Lívia Franco Osti

em apenas um ano

TEMPORADA

Copyright © 2021 by Editora Letramento
Copyright © 2021 by Lívia Franco Osti

Diretor Editorial | **Gustavo Abreu**
Diretor Administrativo | **Júnior Gaudereto**
Diretor Financeiro | **Cláudio Macedo**
Logística | **Vinícius Santiago**
Comunicação e Marketing | **Giulia Staar**
Assistente Editorial | **Matteos Moreno e Sarah Júlia Guerra**
Designer Editorial | **Gustavo Zeferino e Luís Otávio Ferreira**
Capa | **Fábio Brust**
Preparação e Revisão | **Lorena Camilo**
Diagramação | **Isabela Brandão**

Todos os direitos reservados.
Não é permitida a reprodução desta obra sem
aprovação do Grupo Editorial Letramento.

Dados Internacionais de Catalogação na Publicação (CIP) de acordo com ISBD

O85e	Osti, Lívia Franco
	Em apenas um ano / Lívia Franco Osti. - Belo Horizonte : Letramento ; Temporada, 2021.
	282 p. ; 15,5cm x 23,5cm.
	ISBN: 978-65-5932-074-5
	1. Literatura brasileira. 2. Romance. 3. Aurora boreal. 4. Carro. 5. Wollvensberg. 6. Catarina. 7. Figueiredo, Bernardo. 8. Drama. 9. Costume nórdico. 10. Natal. 11. Religião. 12. Competição. 13. Emprego. 14. Série. 15. Futebol. 16. Viagem. 17. Casal. 18. Humor. 19. Família. 20. Casamento. 21. Amizade. 22. Moça. 23. Engenharia. 24. Oslo. 25. Chicklit. 26. Literatura feminina. I. Título.
	CDD 869.89923
2021-2314	CDU 821.134.3(81)-31

Elaborado por Vagner Rodolfo da Silva - CRB-8/9410

Índice para catálogo sistemático:
1. Literatura brasileira : Romance 869.89923
2. Literatura brasileira : Romance 821.134.3(81)-31

Belo Horizonte - MG
Rua Magnólia, 1086
Bairro Caiçara
CEP 30770-020
Fone 31 3327-5771
contato@editoraletramento.com.br
editoraletramento.com.br
casadodireito.com

Temporada é o selo de novos autores do
Grupo Editorial Letramento

*Aos meus pais, que me ensinaram que
não existem sonhos impossíveis.*

7   Capítulo 1 – O início da história

10   Capítulo 2 – Você tem cheiro de amêndoas

16   Capítulo 3 – Belo carro

22   Capítulo 4 – Da cor do fogo vivo

26   Capítulo 5 – Pseudo promoção

31   Capítulo 6 – Você poderia parar de tentar criar este clima?

38   Capítulo 7 – Catarina, *cat*, gata, gatinha

46   Capítulo 8 – A roupa não define sua competência

51   Capítulo 9 – Bar dos Ardos como sempre?

55   Capítulo 10 – Cigarro, álcool e perfume barato

61   Capítulo 11 – Acho que nós nos escolhemos

66   Capítulo 12 – Na minha terra isso tem outro nome

74   Capítulo 13 – Até logo, Bernardo

80   Capítulo 14 – Você se esqueceu disso

84   Capítulo 15 – Não sou esse tipo de garota

88   Capítulo 16 – Qual o seu problema?

92   Capítulo 17 – A polícia está a caminho

98   Capítulo 18 – O infame mês de janeiro

105   Capítulo 19 – Vem caçar auroras comigo

110   Capítulo 20 – Sabe que dia é hoje?

114   Capítulo 21 – Quer meu cobertor?

121   Capítulo 22 – É que nós temos muita química

130   Capítulo 23 – Nós só não estamos juntos dessa maneira

138   Capítulo 24 – Bernardinho está apaixonado?

144	Capítulo 25 – M-Outubro
150	Capítulo 26 – Vai com calma, campeão
160	Capítulo 27 – Angel ao resgate!
166	Capítulo 28 – Quem são vocês?
174	Capítulo 29 – Por que você decidiu morar com alguém?
180	Capítulo 30 – O Velho Costume
187	Capítulo 31 – Ainda tem um pouco de Catarina
193	Capítulo 32 – Eu pertenço ao seu mundo
200	Capítulo 33 – "Viva os noivos?"
207	Capítulo 34 – Martelo de Thor!
211	Capítulo 35 – O que havia de errado?
217	Capítulo 36 – Um milhão de onças de prata
223	Capítulo 37 – Eu gosto quando você me chama de moça
226	Capítulo 38 – É assim que você chama o que fizemos?
230	Capítulo 39 – Ele colocou a mão sobre seu coração, roubando o dela
234	Capítulo 40 – Temos uma missão muito importante
240	Capítulo 41 – Eu acho que tenho uma ideia
245	Capítulo 42 – Um encaixe perfeito
249	Capítulo 43 – Por isso eu te amo
257	Capítulo 44 – E vai comemorar o Natal conosco?
264	Capítulo 45 – Um mundo nosso
270	Capítulo 46 – Não acredito em sorte
281	Agradecimentos

Capítulo 1 – O início da história

Aquilo não era algo normal que ela estava fazendo, porém era melhor do que nada. Os aluguéis em São Paulo estavam com preços estratosféricos, então morar sozinha em um apartamento de dois quartos, sendo um deles uma suíte, não estava fazendo bem ao bolso de Catarina Wollvensberg. Por este motivo ela estava entrevistando possíveis companheiros de apartamento — e no estado de desespero que ela estava, não importava muito quem, apenas que pudesse pagar metade do valor.

— Muito prazer, meu nome é Catarina — a moça estendeu a mão ao próximo rapaz que se aproximou dela.

Bernardo Figueiredo, 27 anos, solteiro, gostava de cachorros, não tinha alergias importantes, comia de tudo, gostava de futebol e esportes em geral. Cabelos e olhos castanhos, pele relativamente pálida e um tom triste em seu semblante.

Aquela seria a quinta entrevista naquele dia e ela não aguentava mais.

— Oi, meu nome é… — Ele apertou a sua mão com a voz rouca e os olhos um pouco perdidos.

— Bernardo. Sim, eu sei, está no *e-mail* que você mandou de apresentação. — Ela voltou a sorrir, apontando para a cadeira ao lado deles. — Quer se sentar?

Ele deu de ombros e despencou na cadeira, pedindo um café expresso duplo sem açúcar. Catarina respeitava pessoas que bebiam café sem açúcar mesmo que ela não conseguisse fazê-lo, talvez respeitasse por não conseguir fazê-lo.

— Bem, me fale mais sobre você — pediu, mexendo em seu chá gelado de limão enquanto esperava que ele recuperasse sua compostura.

O rapaz respirou fundo, apoiando seus cotovelos na mesa e encarando os olhos de Catarina com tanta intensidade que ela se sentiu incomodada, porém não conseguiu desviar o olhar do dele.

— Eu tive quase sete anos de namoro para minha ex terminar comigo. Ela trabalhava com casamentos e tudo mais, e disse, de repente, que eu estava apaixonado pela garota que trabalha comigo, Ana. E agora, um ano depois, ela está organizando o seu próprio casamento com um cara que cuidava das flores dos eventos que ela trabalhava. Romântico, não é? — Ele falou com indiferença, não complementando o olhar desolado que o acompanhava a cada palavra que dizia. — E meu melhor amigo, Luís, vai se mudar com a namorada, então eu realmente preciso de um lugar para morar.

Catarina ficou ali parada com o canudo em sua boca, porém sem beber uma gota daquele líquido, pois a história dele era surreal. Aquilo era quase uma trama mexicana com as reviravoltas, porém, com ainda mais drama e um pobre rapaz sem ter onde morar.

— Olha, moça... — Ele falou depois de recuperar seu fôlego e tomar seu expresso em um gole. — Eu sei que não estou em um dos meus melhores momentos, mas eu sei cozinhar e faço limpezas semanais no apartamento. Sou uma pessoa calma e, por mais surpreendente que possa parecer, sou uma boa companhia.

Novamente, ela estava sem palavras, pois mesmo com a história completamente errada e confusa do rapaz, ele ainda era o melhor candidato que havia encontrado até então. Se não fosse ele, ela teria que se contentar com uma garota e seus quatro gatos. — E os gatos definitivamente não gostaram de Catarina.

— Você fuma? — A moça perguntou, tentando retornar ao seu roteiro.

— Não. — Ele bufou, cruzando seus braços, esperando que ela acabasse logo com aquilo.

— Faz muitas festas em casa?

— Não.

— Gosta de ouvir música enquanto cozinha?

Ele franziu o cenho para aquele questionamento um tanto estranho, porém confirmou, dizendo que gostava inclusive de Ed Sheeran por causa de sua ex.

Depois de mais algumas perguntas de segurança, Catarina havia confirmado que ele era *realmente* o melhor potencial companheiro de apartamento que ela havia encontrado até então.

— Bem, Bernardo... — Ela sorriu, estendendo novamente a sua mão. — Como eu já olhei seu histórico e você não tem nenhuma passagem na polícia, nenhuma postagem estranha no Facebook, seu nome no Google não aparece em nenhum *site* pornográfico, então eu gostaria de lhe dar boas-vindas. Vamos morar juntos.

Ao invés de apertar a mão dela, como era o esperado, ele largou seu peso na cadeira, soltando sua respiração e agradecendo silenciosamente por aquela busca ter sido simples.

— Obrigado! — Ele tentou sorrir, mas falhou. — Você me salvou de dividir o apartamento com minha irmã e suas duas filhas.

— Mas crianças são adoráveis. — Catarina retrucou, sorrindo ao perceber o olhar horrorizado do rapaz.

— Elas eram adoráveis, porém hoje são pequenos monstrinhos comedores de bis e cortadores de gravatas.

A moça sorriu, considerando aquela imagem que ele plantou em sua mente, lembrando-se de algo importante.

— E eu amo futebol, então dias de jogo a programação é dificilmente negociável, tudo bem? — Ela acrescentou, como se aquela regra fosse fundamental para que ele decidisse se gostaria de morar com ela ou não.

Aquilo, finalmente, arrancou um sorriso dele, mostrando que ele tinha um grande potencial de ser uma pessoa agradável — e bonito, uma pequena parte da sua mente a lembrou, porém ela tentou manter o rosto neutro para não trair seus pensamentos.

— Eu não me incomodo. — E eles selaram o acordo com um aperto de mãos. — Quando posso me mudar?

Capítulo 2 – Você tem cheiro de amêndoas

Bernardo estava exausto pela mudança. Foi o dia inteiro pegando suas coisas da casa de Luís para a casa de Catarina — para *sua* nova casa — e tendo que encontrar espaços para tudo.

Quando ele e Sophia terminaram, acabou deixando muitas coisas no antigo apartamento dos dois, porém o rapaz percebeu que ainda possuía inúmeros itens repetidos quando entrou no apartamento mobiliado de Catarina. Além de Luís estar com Bárbara e não poder ajudá-lo, ele descobriu que iria guardar a maior parte de seus pertences no depósito, na garagem, até eles decidirem o que fariam com tudo aquilo. O melhor dos planos? Iriam vender.

— Bem, acho que isso é tudo. — Catarina falou, colocando a última caixa de papelão em cima de sua mesa de jantar. — Quer ajuda com algo? — indagou, olhando a imensidão de caixas ao seu redor.

Ele notou sua triste situação, perdido em um mar de papelão, malas e sacolas, sem saber por onde começar, apenas que ele queria dormir eternamente e acordar com tudo pronto.

— Eu não faço ideia do que fazer — confessou, procurando nos olhos castanhos dela algum apoio ou compaixão.

Ainda bem que ele encontrou o que estava buscando.

— Tenho experiência em mudanças, fiz algumas ao longo dos anos. Você não iria nem acreditar na minha habilidade em tetris. — Ela admitiu, ruborizando um pouco em suas bochechas brancas. — Podemos começar com suas roupas, se quiser.

Bernardo assentiu, pegando suas malas e levando até o quarto, começando a desfazer seus pacotes. Calças. Bermudas. Camisetas. Blusas. Camisas. Terno 1, Terno 2 e Terno 3. Gravatas perfeitamente arrumadas e...

Quando ele percebeu, Catarina já estava dobrando suas cuecas boxer antes que ele pudesse pegá-las. Isso era estranho, não era? Uma garota que conhecia por uma semana já mexendo em suas roupas íntimas? No entanto, ele não tinha mais forças para pedir que ela deixasse aquilo de lado.

E ela realmente o ajudou a tarde inteira, dobrando, movendo e colando coisas em seu quarto, fazendo com que ele se sentisse o mais à vontade possível dentro da casa dela, que agora era dos dois.

O maior embate do dia foi a decisão das canecas, pois a coleção de canecas de viagens que ela possuía era extensa demais para comportar as canecas de séries e filmes que ele havia herdado do seu relacionamento com Sophia.

— Podemos criar um espaço aqui. — Ela empurrou suas canecas para o canto, conseguindo apenas uma fileira, que foi o suficiente para que ele encaixasse as dele ali. — E agora jamais poderemos mexer nisso de novo.

O rapaz sorriu, se fosse tão simples até acreditaria mais, mas nunca era.

— Vou tomar um banho se já terminamos. — Ela disse com o questionamento intrínseco, e ele olhou ao seu redor percebendo que estava tudo pronto para que pudesse passar a primeira noite ali.

— Tudo certo, você já me ajudou o suficiente. — Ele afirmou, pegando a última caixa de livros que tinha que organizar na prateleira de seu quarto.

— Ok, vou fazer algo para jantar depois, você vai querer algo? — perguntou já dentro de seu quarto, mexendo em suas gavetas, longe da visão de Bernardo.

— Eu não quero incomodar, acho que vou pedir comida. — Ele coçou sua nuca.

— Não é incômodo, prefiro cozinhar para dois que para um — garantiu, trancando-se no banheiro, encerrando ali a conversa deles.

Bernardo sentou-se na cama e colocou sua cabeça em suas mãos, pensando em como tudo se complicou quando Sophia decidiu que ele amava Ana. Logo Ana que nada tinha a ver com ele. E como ele conhecia a sua namorada, nada adiantaria ele lhe dizer que era loucura, pois ela já tinha escolhido como iria seguir com aquilo.

E agora ela estava noiva. Noiva de um florista! E ela tinha um brilho no olhar, no sorriso, que nunca teve quando estava com ele. Por noites sem fim ele se perguntou se não deveria correr atrás de Sophia e declarar seu amor infinito, porém não poderia destruir a felicidade dela. Isso não era amor.

E agora ele se perguntava como poderia se negar a ir ao casamento dela desacompanhado, recebendo a piedade de tantos olhares que bem conhecia. Naquele momento, ele só conseguia pensar em como ele tinha que se mexer e voltar a viver a vida que ele merecia. Uma vida que não envolvesse Ana ou Sophia ou qualquer parte desse passado que ele tanto queria deixar para trás.

E agora?

Catarina saiu do banho com seu roupão azul, fechando as cortinas de seu quarto e colocando uma calcinha, enquanto tentava retirar todas as gotas de água que existiam em seus cabelos ruivos.

Ela nunca foi extremamente vaidosa, ainda mais trabalhando em um ambiente tão masculino quanto um escritório de engenharia automotiva. Ela, que nunca fora muito fã de carros em si quando criança, era a responsável pelos novos *designs* que a empresa entregava aos clientes. SC Motors ainda era uma *startup* pequena em comparação com as outras, porém, depois de ganhar alguns prêmios nacionais, estava começando a receber o reconhecimento que merecia. Eles tinham uma missão: ser o melhor carro 4x4 do país até 2032. Tinham tempo, mas a concorrência era desafiadora.

Havia, então, a competição de M-outubro, que ocorria a cada três anos em um país diferente e, naquele ano, seria no Brasil. A SC Motors estava dedicada completamente a essa competição, pois ela era patrocinada pelo grupo da Mercedes Daimler, e isso significava que eles ganhariam o patrocínio dela. E isso era grande. Muito grande.

Catarina se arrepiou pensando na última reunião que teve com o pessoal que trabalhava, foi intenso demais. Muitas pessoas sob pressão, muitos profissionais exigindo o impossível. Ela não tinha ido trabalhar lá para ter um cotidiano daquela maneira, porém cada vez mais sentia que pertencia àquele lugar.

A moça saiu de seu quarto e foi até a cozinha, começando a revirar suas prateleiras de comida a fim de encontrar algo que desse para duas pessoas.

Tinha atum. Ele gostava de atum?

Catarina andou até a porta de Bernardo e bateu, esperando a resposta enquanto lia o rótulo da latinha que tinha em mãos para verificar a validade.

— Sim? — Ele estava com a voz grogue, provavelmente havia dormido depois do dia exaustivo de mudança.

— Gosta de atum? — Ela indagou, ainda mexendo na lata.

— Gosto — respondeu.

Ela não elaborou muito, voltando para a cozinha para refogar alho e cebola. Se havia algo que Catarina gostava, era daquele aroma. Na verdade, ela acreditava que todas as pessoas que um dia já refogaram algo eram apaixonadas por aquilo. Absorta em seus pensamentos, acabou ignorando a música que aumentava no quarto de Bernardo, enquanto despejava o atum na panela e para mexê-lo. Aquilo com certeza faria com que seu cabelo cheirasse a atum no dia seguinte, ela ponderou, porém pouco poderia se importar, pois a fome falava mais alto.

Seu celular começou a tocar e a engenheira espiou a tela, pensando em quem iria mandar mensagens tão tarde em pleno domingo — contudo havia acabado de perceber que era apenas oito da noite e a pessoa era Guilherme.

Catarina engoliu em seco ignorando seu celular, pois aquilo era o melhor que ela poderia fazer, mesmo que seus dedos estivessem formigando para saber o que ele havia escrito daquela vez.

Não, aquilo não era bom, pelo menos não desde *aquele* dia em que Elisa havia passado o mês trancada em seu quarto, tentando passar no vestibular de Medicina e os dois decidiram beber juntos na casa de Catarina. Aquele dia não foi prudente, não desde que Guilherme e Elisa haviam decidido que o relacionamento aberto deles agora estava fechado.

Catarina suspirou, acrescentando shoyo em seu atum e verificando o macarrão que já estava no fogo, sempre voltando às raízes dos seus problemas, dos seus dilemas, pois ela e Guilherme eram amigos desde o colégio, e mesmo cursando faculdades completamente diferentes, continuaram amigos desde então. Tão amigos que às vezes a linha entre amizade e outras coisas ficava tênue e complicada.

E então ele conheceu Elisa neste meio tempo — entre o cursinho e a faculdade — e se enrolou com ela por anos, sempre em um relacionamento que estava aberto demais para ser real, porém com ciúmes demais para funcionar. Eles terminavam e voltavam com mais frequência do que Catarina conseguia acompanhar, porém ela sempre permanecia ao lado dele, como a boa amiga que era.

— A comida está quase pronta! — anunciou para Bernardo, voltando a olhar seu celular e percebendo que Guilherme havia mandado mais mensagens.

Catarina foi até a sua geladeira e se serviu de uma taça do vinho tinto que já estava aberto, esperando que isso pudesse acalmar suas mãos.

Eles haviam concordado que nada havia acontecido, não é? Não haviam se beijado, então nada havia acontecido de verdade. Mas houve uma troca de olhares, carinhos, abraços e... E beijos. Não na boca, pois parecia que aquilo havia traçado uma linha do permitido e do proibido, porém beijos no pescoço, na bochecha e no canto da boca não eram tão inocentes assim. Nem o roçar dos lábios dele nos dela.

Aquilo jamais seria tão sério se Elisa não tivesse contado que ela e Guilherme estavam namorando oficialmente havia mais de uma semana. Exatamente uma semana desde *aquela* noite. Havia algo errado com Guilherme, mas havia algo ainda mais errado com Catarina por não conseguir ignorar completamente o ocorrido como ele fazia — e não fazia quando bem lhe entendia.

Desde aquele dia, houve uma pequena tensão entre os dois, porém logo aquilo dissipou e eles voltaram a sair normalmente. No caso, os três, e tudo estava certo. Até que Elisa voltou estudar durante as noites com mais frequência e Catarina se encontrou em mais situações apenas com Guilherme.

Era muito errado, mas ela não conseguia dizer não aos convites "inocentes" dele para filmes e vinhos, pois mesmo que eles realmente fossem assistir um filme ou beber um vinho, ainda havia uma pequena, e nem um pouco inocente, troca de olhares.

Eram só olhares, era o que a garota se reafirmava para tentar se consolar. Eram apenas olhares — pelo menos da parte dela.

Quando percebeu, ela já havia terminado com a sua taça de vinho e o atum estava queimando. Correndo, conseguiu salvar o jantar, escorrendo a água do macarrão e preparando dois pratos relativamente bonitos, servindo-se de mais vinho enquanto pensava em sua vida e desbloqueava a tela de seu celular.

💬 Guilherme de Freitas

> Oi, o que está fazendo?
> Viu que foi confirmado o romance de GOT?
> Da Danny e do Jon?
> Estou esperando o Fantástico começar
> Vai acompanhar meu SP na luta contra o rebaixamento?
> Já que o Inter tá na B
> Sabe pq o Inter curte vinho?
> Pq cai melhor

Catarina respirou fundo e bloqueou a tela de seu celular. Ela odiava piadas sobre o estado preocupante do seu time na série B, porém aquilo era temporário, pois logo no ano seguinte ele já estaria competindo na série A de novo. Rumo a libertadores? Era o que ela esperava. Em cima do São Paulo ainda, só para esfregar na cara de Guilherme.

A porta do quarto de Bernardo foi aberta abruptamente e ele saiu cambaleante, levemente embriagado.

— Tudo bem aí? — Ela se levantou, indo na direção dele com as sobrancelhas franzidas, sem entender o que poderia ter acontecido no pequeno espaço de tempo das duas horas que ele ficou ali sozinho.

— Vou sair para beber com uns amigos do trabalho. Preciso sair. Preciso beber. — Ele desviou do toque dela, e a fitou com o olhar inchado e magoado, porém não era com ela especificamente, talvez com a vida no geral. — Obrigado, você é um anjo que caiu na minha vida na hora certa, mas agora eu preciso sair.

— Precisa beber. Tudo bem, eu entendi — afastou a mão dele, ainda olhando-o com calma. — Mas mande mensagens, tudo bem? E me dê o seu celular.

Ela pegou o celular do bolso dele antes que ele tivesse tempo para responder e anotou o nome e número de dois amigos dele, Carlos e Rodrigo, para que pudesse ligar caso Bernardo não voltasse naquela noite para casa.

O rapaz apoiou o queixo dele na cabeça dela, talvez com um palmo de diferença entre os dois, de uma maneira que, estranhamente, se encaixou.

Catarina nunca chegou a ser uma garota extremamente alta, curvilínea ou um arrasadora de corações. Na verdade, era pequena, magra, tinha poucas curvas e um rosto extremamente jovem, contudo, ela estava aprendendo a amar e admirar cada pedacinho de si mesma.

— Você tem cheiro de amêndoas. — Bernardo murmurou com o nariz enterrado em seus cabelos.

— É o meu óleo de banho. — Ela comentou, ainda concentrada em pegar informações suficientes para que o rapaz não desaparecesse para jamais ser encontrado. — Tudo bem, você está pronto para ir. — A moça devolveu o celular para ele. — Se divirta.

— Obrigado, moça — agradeceu, depositando um beijo confuso na cabeça dela e saindo pela porta, sem se lembrar de trancá-la atrás de si mesmo.

— De nada. — Ela falou para si mesma, guardando o prato dele dentro do micro-ondas caso ele sentisse fome quando voltasse do local que estava indo.

Aquilo foi quase suficiente para que ela se esquecesse de Guilherme, e por pouco ela não voltou a comer sem o responder, mas ela não queria fazer aquilo, pois conversar com Guilherme lhe fazia bem, em algum lugar dentro do seu subconsciente.

Capítulo 3 – Belo carro

No dia seguinte, Bernardo parecia ter sido atropelado por um tanque de guerra russo, ou ao menos foi isso o que Catarina pensou quando viu o rapaz se arrastar de um lado para o outro do apartamento.

Ela preparou um misto quente simples, um copo de suco de laranja e colocou dois comprimidos ao lado do prato: um para o enjoo e outro para a dor de cabeça. Todo mundo já teve seus dias difíceis e ele não seria o último que precisaria daquele tipo de ajuda, então nada lhe custava dar um pouco de apoio moral.

No entanto, mesmo parecendo com um zumbi, ele tinha um ar levemente melhor do que quando havia saído da casa na noite anterior e aquilo tranquilizou Catarina — até que uma mulher saiu de calcinha e sutiã do quarto dele, abotoando o vestindo e indo embora. Definitivamente não era o que ela estava esperando.

O problema não era que ele estava com outra mulher no apartamento, o que mais a incomodou foi o fato de ele não ter dito absolutamente nada sobre isso, afinal, eles moravam juntos!

— Hum... Bernardo? — Ela o chamou, batendo na porta do banheiro que era o local em que ele se encontrava.

— Sim? — O rapaz perguntou, berrando, pois provavelmente estava embaixo do chuveiro.

— Podemos conversar quando você sair daí? — indagou, olhando seu relógio de pulso e pensando em como chegaria atrasada por perder o seu ônibus.

Ele não respondeu, então ela apenas voltou a se arrumar para o trabalho, prendendo seus cabelos em um rabo de cavalo e colocando o crachá da empresa dentro de sua bolsa.

Bernardo saiu do banheiro com apenas a sua toalha, fazendo com que Catarina derrubasse seu batom nude no chão, tentando pegá-lo sem parecer tola novamente, contudo ele não aparentou se importar com aquilo tanto quanto ela, então a engenheira apenas voltou seu olhar na direção dele, olhando-o nos olhos — e não nos pingos que estavam escorrendo pelo corpo dele — e cruzou os braços, fingindo reprovação.

— Olha, sei que você estava acostumado a morar com um cara, mas temos que ter regras sobre as mulheres que você traz aqui em casa — bufou —, ainda mais sem avisar.

O rapaz fechou os olhos, apoiando-se no batente da porta e passando as mãos nos cabelos, deixando a toalha ao redor de sua cintura mais frouxa — não que ela estivesse olhando.

— Eu... Eu sinto muito. — Ele falou, surpreendendo-a. — Não estava em nenhum dos meus planos que isso acontecesse.

— Bem, eu só espero que me avise caso você queira fazer isso de novo — Catarina deu de ombros. — E avise a elas que não saiam de lingerie pela casa. Já tenho o meu corpo para olhar e certamente não estou interessada no delas.

Bernardo sorriu, provavelmente pensando em algumas piadas que poderia fazer sobre o assunto, porém ela não permitiu que falasse nada sobre o assunto, apenas apontou para a comida que deixou na mesa para ele.

Desde pequena, sua mãe lhe ensinou uma palavra que, de acordo com Dalla Gunnarsdóttir, seriam as mais complexas que a pequena Catarina aprenderia em sua vida: pluralidade, e a sua convivência com o rapaz era a maior prova de que duas pessoas poderiam *sim* ser extremamente diferentes.

— Estou atrasada — ela comentou. — Nos falamos de noite, pode ser?

— Espera. — Ele pediu, desprendendo-se do batente da porta. — Onde você trabalha?

— Perto da Faria Lima com a Juscelino, por quê? — indagou, abrindo a porta de sua casa.

— Trabalho por ali também, eu te dou carona, moça. — Ele apontou para o sofá e entrou no quarto, arrumando-se em tempo recorde para ir trabalhar.

Catarina sorriu, estranhando a pequena calma que teve ao imaginar uma vida sem metrô, ônibus, caminhadas terríveis e empurra-empurra para pegar um lugar. Aquilo seria uma experiência transformadora.

Pouco depois, ele estava impecável ao passar perfume, prender o relógio em seu pulso e pegar a comida que ela preparou e já estava fria — no caso do misto quente, pois o suco apenas esquentou —, engolindo os comprimidos para sair com ela.

Eles desceram até o estacionamento e entraram no carro dele, um Chevrolet Cruze branco, brilhante e lustroso. Catarina parou apenas um momento para deixar seus olhos deslizarem pelo carro, pois trabalhando com automotivos da maneira que ela trabalhava, adorava observar cada detalhe que poderia apreciar, apenas em busca de inspiração.

— Belo carro. — Ela elogiou, sentando-se no banco de couro para prender o cinto ao seu redor e ajustar a poltrona.

— Obrigado, comprei com o bônus do ano passado. — Ele comentou, dirigindo-os até o trabalho.

— Bom gosto. — Ela passou o dedo pelo banco, sentindo a sua maciez. — Motor de base com turbo de 1,4 litros, quatro cilindros, consumo de 17 km/l, mais longo que o anterior, porém mais leve também. Ele é 2,5 centímetros mais baixo que o do ano passado.

— Está chamando meu carro de rebaixado? — Ele brincou e a moça notou que seus olhos se enrugavam com o gesto.

— Eu iria dizer que é mais aerodinâmico. — deu de ombros, soltando um sorriso lateral. — Não é muito fácil fazer um *design* tão balanceado quanto este, ainda mais para os 4x4, pois são carros mais robustos e, normalmente, usados para trabalhos pesados.

— Ah, verdade. — Ele a olhou de soslaio, parando no semáforo vermelho. — Você trabalha com carros, não é?

— Sim, levemente. Eu faço o *design* e as vezes ajudo com o material e manufatura, mas prioritariamente passo o dia na frente do AutoCAD e Solidworks para montar os modelos. — Ela disse, olhando para fora da janela.

— Parece mais interessante do que comprar e vender ações com o dinheiro dos outros. — Ele gracejou, arrancando um sorriso dela.

— Às vezes eu fico vesga de tanto que eu olho para a mesma linha. — A moça apontou para seu rosto e ele apenas pode rir da constatação.

Neste tempo, o celular dele tocou, mostrando o número de Ana.

— Seu celular. — Catarina comentou, percebendo que ele o olhava, no dilema moral entre atender ou não.

— É do trabalho, posso atender no viva-voz? — Ele indagou, surpreendendo-a, pois ela jamais faria aquilo com ele, *principalmente* sendo alguém que trabalhasse com ela.

— Claro.

— Alô? — Bernardo conectou o celular com o carro, então todas as caixas de som transmitiam a voz estridente de Ana.

— Oi, Ana, o que foi? — Ele indagou, entrando o retorno e pegando o início do trânsito que Catarina já bem conhecia.

— Jones quer saber se você consegue liderar a videoconferência de hoje de manhã, já que o Carlos avisou que vai chegar tarde. Sobrou para você essa missão. — Ela comentou com naturalidade, porém havia um grande burburinho abafando sua voz.

— Claro, chego em vinte minutos se o trânsito permitir. — Ele considerou. — Talvez 25.

— Qual o estado da sua aparência? Muito deplorável? — Ela riu. — Claro que não, você está sempre elegante, não é, meu bem?

— Ana... — A voz dele ficou mais grave, em tom de reprovação enquanto olhava para Catarina e se desculpava, sendo que a garota pode apenas sorrir em retorno sinalizando que estava tudo bem.

— Você e Sophia terminaram faz um ano, Bê. Você é permitido a seguir em frente com quem quiser. — A mulher disse com mais ênfase nas palavras do que era necessário, fazendo com que Catarina se engasgasse com a própria saliva ao tentar conter um riso.

Ela olhou ao seu lado e percebeu que Bernardo estava consternado com aquilo, meneou a cabeça sem saber como recusar aquela oferta tão direta de maneira gentil.

— Eu sei, muito obrigado pelo décimo lembrete, Ana. Vou fazer questão de escrever no meu celular como frase motivacional da minha vida. — Ele revirou os olhos, ultrapassando o carro da frente e esquecendo-se da parte sobre ser gentil.

Catarina reparou que ele era um motorista extremamente responsável, sempre sinalizando e respeitando a cartilha da autoescola com louvor, quase quis dar uma estrela pela proatividade dele.

— Você sabe, sempre que precisar conversar ou... — Ana fez uma pausa propositalmente longa. — Pode contar comigo.

— Obrigado, você é uma ótima *amiga*. — Ele deu ênfase na palavra. — Nos vemos daqui a pouco.

Ele desligou rapidamente, orelhas em chamas, tentando se concentrar na avenida enquanto Catarina se deliciava de tanto rir.

— Você está proibida de rir disso. — Ele retalhou, acabando por sorrir no final, não deixando sua frase tão séria quanto deveria. — Não tem graça.

— A garota está louca por você! Por que não sai com ela? — Ela indagou, olhando para ele e percebendo como o perfil dele era harmonioso, até mesmo a barba falha que ela não costumava gostar nos homens parecia que caia melhor nele.

— Ela... Ela é uma coisa complicada. — Ele suspirou, parando no congestionamento. — Sophia achava que eu era apaixonado por Ana, e eu não quero que ela possa ter a satisfação de dizer que estava certa sobre nós.

— E Sophia é...? — Catarina não se recordava deste nome.

— Minha ex-namorada. — Ele falou com sobriedade, sem acrescentar mais detalhes.

— Mas se você não tinha sentimentos pela Ana, por que não tentou lutar mais por Sophia? — Ela questionou, percebendo que havia algo faltando.

— Porque mesmo que me mate falar isso, em um ponto ela tinha razão. Nós já não éramos mais os mesmos. Nossos sentimentos enfraqueceram e por mais que nós nos amássemos, havia algo faltando. Uma chama. Uma paixão. — Bernardo olhou para Catarina, aproveitando a confusão no semáforo a sua frente. — Não pense que eu deixei de amá-la, pois eu não deixei, mas não é o mesmo.

— Nunca tive um amor desses. — Ela comentou, olhando para a rua, pois sustentar o olhar dele, ou de qualquer pessoa, era simplesmente difícil.

— Às vezes dói e isso é uma droga. — Ele confessou, sorrindo. — Mas às vezes é a única coisa que parece fazer sentido no mundo.

— Parece legal. — Ela murmurou, mexendo em seu celular, hesitante.

— Às vezes é. — O rapaz ponderou.

— Mas se você não a ama da mesma maneira, por que estava tão triste semana passada? — Ela perguntou antes que pudesse se impedir. — Não responda, desculpa, às vezes minha boca funciona mais rápido que meu cérebro.

— Não, está tudo bem. — Ele disse devagar, afrouxando seu aperto de ferro no volante e mudando a marcha do carro. — Só me incomoda o fato que ela conseguiu seguir em frente e encontrou a pessoa certa tão mais rápido. Parece que... Parece que o que tivemos já passou.

— E se tiver passado? — Catarina indagou, atraindo o olhar dele. — Talvez Sophia tenha percebido que o que vocês tinham era ótimo, mas que poderia existir algo melhor.

— E você acha que o melhor é a Ana? — indagou ao roubar um olhar na direção dela.

— Eu não acho nada, mal te conheço. — Ela sorriu para ele de maneira inocente, pois realmente não tinha o que falar naquele caso.

E aquilo era verdade, mal se conheciam e ele já havia sido tão honesto com ela sobre coisas tão pessoais que a assustou. Ela jamais conseguiria fazer aquilo com ele ou com qualquer outra pessoa, pois aquilo era algo dela, que guardava tudo internamente, poucas vezes compartilhando com outros.

— Quem sabe você um dia não consegue me dizer, então? — Ele refletiu e a moça concordou, não sabendo se aquele dia chegaria.

Aquele Bernardo era uma versão completamente diferente do que ela havia conhecido na semana anterior e, às vezes, tudo o que ele precisava era de uma desconhecida acordando em sua cama no dia seguinte para colocar a vida nos eixos. Os melhores remédios para um coração partido não se encontravam no fundo de uma garrafa, mas sim em outra pessoa. Será que isso valia mesmo que a pessoa fosse uma completa desconhecida e ele a estivesse usando apenas para sexo? Essa resposta Catarina não possuía.

— Estamos chegando à minha rua. — Ela avisou, caso ele não tivesse percebido. — Muito obrigada pela carona.

— Quer carona de volta? — perguntou antes que ela conseguisse se soltar do cinto de segurança.

— Que horas você sai? — Catarina o olhou, vendo como ele estava descontraído esperando pela sua resposta, parando o carro na esquina da rua dela, bem na frente do seu prédio.

— Seis e meia? — Ele ofereceu, programando mentalmente o seu dia.

— Talvez eu saia mais tarde, depende da reunião da manhã. Tenho que entregar um esboço até o final da semana e nem o monobloco está pronto. — Ela confessou, saindo do carro e o olhando pela janela do motorista. — Pode ir se der o seu horário e eu não estiver pronta, ok?

— Duvido. — Ele gracejou com um tom sarcástico. — Não pode roubar meu cargo *workaholic*, moça. — E, com isso, ele foi embora, acelerando o carro até o seu trabalho.

Catarina olhou o rapaz se afastar, se perguntando se morar com outra pessoa era tão fácil ou ela que havia tido sorte de encontrar uma pessoa como Bernardo Figueiredo — que mesmo confuso, ainda conseguia ser uma companhia agradabilíssima.

Se todos os dias fossem daquela maneira, trabalhar não seria tão difícil.

— Namoradinho novo? — José Paulo, um dos rapazes que trabalhavam em seu setor, brincou, pegando-a desprevenida.

— Não começa. — A engenheira resmungou, batendo no braço dele com sua mão e entrando no prédio que a SC Motors alugava apenas o nono andar para seus projetos.

— Pensei que você estava com o garoto com cara de oitava série. — Heitor passou pela catraca com ela, juntando-se a brincadeira do colega.

— Não vou nem comentar. — Ela devolveu com a voz indiferente.

Trabalhar continuaria sendo tão difícil quanto possível enquanto ela trabalhasse na engenharia da SC Motors, porém não abriria mão daquele time tão cedo, pois eles eram parte do motivo dela gostar tanto do que fazia.

Capítulo 4 – Da cor do fogo vivo

— Quer tomar um café? — Ana ofereceu quando Bernardo havia terminado de almoçar, ignorando o restante das pessoas ao redor deles que ainda comiam.

— Não, muito obrigado. — Ele respondeu cordialmente, vendo Carlos e Rodrigo rindo embaixo de seus guardanapos.

Eles jamais deixaram de importuná-lo por ele não querer nada com Ana, porém até o dia anterior não entendiam que Bernardo queria algo com qualquer mulher, menos com Ana.

— Vocês viram que o banco Sacs amanheceu comprado na Oil Railway hoje? Acham que isso tem a ver com o pré-sal? — Gabriel perguntou do outro lado da mesa, olhando entre Luisa e Jéssica, porém sendo ignorado pelas duas.

— Acho que não, acho que tem mais a ver com a descoberta de mais um poço no meio dos Estados Unidos. — Bernardo respondeu, recebendo um sorriso agradecido de Gabriel.

— Bom ter você de volta, campeão. — Carlos comentou com animação.

— Ficamos preocupados que você fosse virar celibatário. — Rodrigo riu, fazendo com que Ana se engasgasse com sua água, olhando entre eles com profunda atenção.

Bernardo revirou os olhos, ignorando os olhares questionadores dela e tentando se distrair com o movimento do restaurante.

Nisso, ele avistou Catarina em uma mesa perto da janela. O cabelo dela estava solto em madeixas desarrumadas da cor do fogo vivo, sorrindo, algo que combinava perfeitamente com a luz ambiente que tocava o seu rosto. Ela estava acompanhada por um rapaz de terno que portava uma maleta e gesticulava demais com as mãos, como se contasse uma história incrivelmente interessante pelo seu olhar focado. Ele segurou a mão dela, contudo Catarina se afastou como se aquilo jamais tivesse acontecido — foi neste momento que Bernardo notou o anel prateado na mão direita do rapaz. E, principalmente, a ausência de um aliança na mão dela.

Assim, Bernardo começou a prestar mais atenção na dança de olhares e movimentos dos dois, notando que havia algo extremamente estranho ali, porém era algo que provavelmente não deveria ser do seu conhecimento ou interesse. Antes que ele pudesse voltar os olhos à sua mesa, Catarina o flagrou e, em um pequeno aceno e sorriso amarelo, ela o cumprimentou, retraindo-se em sua cadeira.

A moça falou algo para o rapaz que a acompanhava, pegando sua carteira, por mais que ele meneasse a cabeça, e deixou algumas notas de dinheiro ao se levantar da mesa, mesmo que seu prato estivesse pela metade. O rapaz a olhou confuso, percebendo que ela estava andando na direção de Bernardo e fechando o seu cenho para aquilo, porém voltando-se para o seu prato sem questionar ou andar na direção da moça.

No meio do caminho, Catarina começou a prender seus cabelos em um coque um tanto estranho, que mais parecia um embolado de fios do que um penteado de verdade, contudo eles ainda não tinham intimidade o suficiente para que ele lhe dissesse isso.

— Oi, não sabia que você almoçava por aqui. — Ela se aproximou, mais relaxada, sorrindo ao apoiar sua mão na cadeira dele.

— Apenas às segundas. — Rodrigo respondeu, arqueando uma sobrancelha na direção de Bernardo.

— Interessante. — A ruiva disse como se realmente achasse aquela informação interessante e não apenas uma palavra para preencher o silêncio.

— Catarina, este são meus colegas de trabalho. — Bernardo apontou para todos — Gabriel, Jéssica, Luisa, Rodrigo, Carlos e Ana.

— Oi. — Ela deu um aceno de cabeça geral antes de voltar a olhá-lo. — Tenho que ir, preciso recuperar o tempo da reunião da manhã.

— Muito ruim? — O colega indagou com pena.

— Um massacre, isso sim. — Ela suspirou. — Talvez eu aceite sua carona para casa, se ela ainda estiver de pé. Minha outra carona não está muito feliz comigo neste momento — apontou para o rapaz da mesa de trás, porém ele já não estava mais ali.

— Claro! Bom trabalho, moça. — Ele assentiu.

— Para vocês também. — Catarina se afastou e saiu do restaurante sendo seguida por seis pares de olhos curiosos, fazendo com que ele se arrependesse de apresentá-la aos seus colegas.

— Não. — Bernardo os alertou.

— Então, Catarina? — Carlos soltou sem entregar muitas indagações na pergunta, porém o suficiente para que o interrogatório seguinte fosse extenso. — E ela quer uma carona para casa?

— Catarina-que-mora-com-você? — Rodrigo complementou.

— Você faz soar como se esse fosse o sobrenome dela. — Bernardo estranhou, tentando mudar de assunto.

— Você não mora mais com o Luís? — Ana questionou, batendo suas unhas esmaltadas na mesa e olhando para Bernardo com frieza.

— Bárbara vai se mudar para a casa do Luís e é insustentável morar com os dois. — Ele respondeu dando de ombros, pois aquilo era inexorável.

— E quem é ela? De onde vocês se conhecem? — Gabriel se uniu aos seus colegas.

— Uma garota que eu conheci semana passada quando estava procurando apartamento para dividir. — Ele explicou, sabendo que aquilo acarretaria mais perguntas. — Garçom! A conta, por favor!

— Catarina? — A engenheira ouviu a voz de Vitório a chamando.

Ela fechou seus olhos, salvou o desenho em que estava trabalhando e pegou seu caderno de anotações, pois sabia que quando ele a chamava era porque tinha algo extremamente urgente para ontem a ser entregue ainda naquele dia, pelo menos, era assim que o seu gestor sempre trabalhou

Andando calmamente foi até a sala dele e se sentou na poltrona grande demais que existia ali, sentindo que estava sendo engolida por ela.

— Como anda o projeto? — Ele questionou cruzando suas mãos a sua frente, encarando-a com sua grande e quase única sobrancelha.

— Bem, estou com problemas de acoplamento de geometrias, mas vou trabalhar nisso melhor amanhã. Por enquanto estou tentando acertar o *design* para adaptar o modelo do chassi para o monobloco — disse sem demora, pois, sabia que aquela era a melhor maneira de trabalhar com Vitório. Sem enrolar ou encontrar desculpas, apenas respostas diretas.

— Muito bem. — Ele assentiu, porém ela percebeu que havia algo errado com a voz dele, havia algo não dito. — Estamos pensando em dividir nosso *portfólio* em dois: os nossos tradicionais 4x4 e os carros aerodinâmicos, como gostamos de chamar.

Ela manteve seu rosto calmo, tentando prever se aquela seria uma conversa boa ou ruim, porém ainda estava às cegas.

— Como você é nossa melhor *designer* de carros, gostaríamos de deixá-la à vontade em escolher qual setor da empresa você mais gostaria de trabalhar. — Ele sorriu, genuinamente contente com aquela fala.

Diferente de muitas pessoas naquela empresa, Vitório sempre valorizou Catarina pelo seu potencial e não a desvalorizou por ela ser mulher ou jovem.

— Será um grande desafio escolher os carros aerodinâmicos, ainda mais porque gostaríamos de nos inscrever na competição do final do ano que vem para veículos leves. No entanto eu defendi seu nome para o conselho e eles concordaram que você tem o melhor desempenho e adaptabilidade da equipe, se optar pelo desafio.

Ela mordeu seus lábios, sentindo o gosto do estímulo explodir em sua boca, fazendo com que ela sorrisse em antecipação.

— Muito obrigada, Vitório, pela oferta. Eu adoraria trabalhar com os aerodinâmicos... — Catarina começou a falar.

— Mas? — previu.

— Mas eu gostaria de terminar meu atual projeto, estou me dedicando muito e tenho certeza de que ele nos conquistará uma boa colocação no M-Outubro — admitiu, sentindo seu semblante reluzir.

— Não esperava menos. — O seu gestor se levantou e estendeu sua mão, recebendo a mão dela em retorno em um aperto forte e firme, da maneira que seu pai a ensinou. — Agora pode voltar para sua mesa. Semana que vem vamos comunicar ao restante da equipe, ok? E, aproveitando, teremos que liberar o andar na sexta para desinfetar, então avise seus colegas que faremos *home-office*.

— Sim, senhor. — Ela se levantou, segurando seu caderno com força. — Muito obrigada, senhor!

Catarina saiu da sala radiante, pegando seu celular e correndo até o banheiro para discar o número que ela sabia que rapidamente a atenderia.

— Guilherme! Você não vai acreditar! — Ela exclamou, jogando as palavras fora de sua boca com tanta rapidez que pensou que iria se engasgar.

Ela lhe contou a grande notícia, recebeu grandes congratulações dele, marcando que eles iriam comemorar aquela notícia na quinta-feira. Coincidentemente o dia que Elisa estaria ocupada com o InterMed, as competições universitárias da Medicina. Havia um tempo que Guilherme estava as mantendo separadas, porém como Catarina e Elisa não eram grandes amigas, a garota não chegava a se importar.

Depois de falar com ele, ligou para seus pais e contou a sua importantíssima novidade e os dois vibraram com ela com tanto fervor que parecia que a filha havia ganhado o Nobel. Mas, estes eram seus pais, sempre entusiastas de suas vitórias.

Catarina estava a mil e utilizou toda aquela alegria para trabalhar em seu projeto. As linhas que traçou aquele dia não eram apenas firmes ou certas, eram perfeitas. Nem mesmo o *marketing* da empresa poderia ter pedido um carro tão bonito.

Capítulo 5 – Pseudo promoção

— Boa noite. — Catarina despediu-se de todos os seus colegas enquanto eles saiam.

— Kitkat. — Jéferson, do setor de manufatura, a chamou e quando se virou percebeu que ele estava deixando em sua mesa um KitKat, o doce que deu origem para o seu apelido no trabalho. Uma brincadeira entre o nome do chocolate e o fato do seu nome ser Catarina, que combinava com o *Kat* de KitKat — O carro do seu namorado está ali embaixo te esperando.

— Já disse que Guilherme não é meu namorado! — Ela disse furiosa, pegando a sua bolsa e percebendo que já eram oito horas da noite e ela não viu o dia passar. Passou o dia concentrada em terminar a parte de dentro do esboço, assim poderia trabalhar nos bancos e no painel principal na manhã seguinte...

— Não é o Civic preto, é o Cruze branco. — Ele a corrigiu, a despertando dos seus pensamentos. — Trocou de amorzinho sem consultar a equipe? Sabe que somos muito dedicados a sua vida amorosa.

— Sei — revirou os olhos, mordendo o chocolate. — Até demais... — comentou baixinho e despediu-se dele.

Ela pensou que seu colega de apartamento já havia ido embora com a sua demora, ainda mais que não havia ligado ou mandado uma mensagem, porém, aparentemente, ele tinha o *timing* certo.

Saindo do prédio avistou Bernardo em uma conversa casual com José Paulo e Heitor. Não havia nada que ela temia mais do que seus colegas de trabalho dentro de sua vida pessoal.

— Boa noite para vocês. — Catarina deu a volta no carro e entrou no banco de carona, colocando o cinto. — Acelera que não vai atropelar ninguém.

— Mas já? Seu amigo aqui é legal, já até aceitou beber uma cerveja com a gente... — José Paulo gracejou e ela mostrou o dedo do meio a ele, esquecendo-se de que Bernardo também estava ali.

— Vocês já me dão trabalho demais no expediente, não preciso passar mais tempo com vocês para saber que seria um erro — olhou para o motorista. — Por favor, ignore esses caras e vamos embora.

— Kitkat, assim você nos machuca. — Heitor riu, porém, bateu no ombro de José Paulo, o chamando. — Vamos deixar a mocinha sair no encontro com o amorzinho supersecreto dela.

— Não é um encontro! Ele não é meu amorzinho! — berrou internamente com frustração da insistência deles, quase rosnando. — Ele apenas mora comigo!

— *Mora com você?* — Os dois perguntaram ao mesmo tempo.

— Acelera. Por Odín, Bernardo, *acelera*! — Catarina implorou e, desta vez, o rapaz acatou o seu pedido mesmo rindo tanto ao ponto de seus olhos estarem lacrimejando.

Eles deixaram os colegas de trabalho dela para trás, ambos com rostos surpresos e cheios de perguntas. Oh, ela sabia que teria que responder cada uma delas no dia seguinte, porém não estava com paciência para isso naquele momento.

— Sou seu amorzinho? — Bernardo indagou depois de alguns minutos de silêncio, assim que eles pararam no primeiro sinal de congestionamento.

— Não. Vou. Comentar — falou pausadamente, tentando aparentar estar brava, porém ela mesma sabia que falhava miseravelmente, então logo desistiu. — Não pode alimentar a mente deles. Eles já me importunam demais normalmente, não preciso que você dê combustível para eles me incomodarem ainda mais — disse, previamente cansada do dia seguinte.

— Isso foi o troco por você ter aparecido na minha mesa de almoço daquela maneira. Acha que foi fácil para mim? — indagou, tentando fingir indignação.

— Então... Aquela era a Ana? É bem bonitinha. — Catarina sorriu, mordendo sua boca e o olhando ao apoiar sua cabeça no banco mesmo que ele não estivesse olhando para ela.

— Não. — O rapaz meneou a cabeça. — Quero dizer, sim, a Ana é bonita, mas não tem nada a ver comigo — buzinou para o carro que cortou a sua frente, freando bruscamente.

Os dois se assustaram, porém não havia sido nada grave.

— Vamos ficar no trânsito por um tempo. — Bernardo comentou, olhando o mar de luzes que não se movia.

— Normal, pelo menos não estou no ônibus. — Ela comentou com um pouco de alegria.

— Pensei que você viria de carona, mas sua carona cancelou... — Ele questionou sem perguntar, roubando uma olhada na direção dela para ver se ela estava concentrada em seu celular.

— Acertou, nós tivemos um pequeno desentendimento naquele momento — abanou o fato com a mão. — Mas tudo certo agora.

— Ah, tá — comentou, porém ela percebeu que ele não se importava com aquele fato, apesar de notar que havia algo que ele ainda iria querer saber.

— Pode perguntar — ofereceu, sabendo que se não quisesse, não precisava responder, o que ela normalmente fazia.

— Quem era? O rapaz? — indagou, mostrando genuína e inocente curiosidade.

— Meu amigo Guilherme, nós nos conhecemos no colégio e somos amigos até hoje. — Catarina respondeu, pois, aquela era a verdade.

A questão era que a moça não queria adentrar nos pormenores do relacionamento dos dois, pois ela e Bernardo apenas moravam juntos, não precisavam ser melhores amigos.

— E como foi a sua reunião de manhã? — Ela perguntou, tentando mudar de assunto.

Bernardo desatou a falar sobre empresas e termos do mercado financeiro que ela jamais havia ouvido falar em sua vida, porém apenas o incentivou a continuar com pequenas palavras ou comentários colocados em momentos propícios. Então ele perguntou sobre o dia dela e Catarina desandou a falar sobre a oferta do setor de aerodinâmicos e a horrível reunião da sua manhã.

— Ele não pode ter falado que o desenho do carro parecia fezes felinas. — Bernardo pareceu horrorizado e admirado com o nível da reunião, achando graça em passagens que ela sentia vergonha de contar, porém aquilo a atiçou a revelar mais detalhes constrangedores da sua equipe.

— Sim! E o Paulo deu algumas sugestões pouco gentis sobre o que ele deveria fazer com aquilo — respondeu, gargalhando com ele, sem perceber que o trânsito estava mais fluído.

— E o que você falou? — Ele olhou para o espelho retrovisor e virou à esquerda, aproximando-os de casa.

— Eu nunca falo nada nesse tipo de reunião. — A engenheira estremeceu apenas em pensar. — Só mostro meu progresso e fico calada. Odeio confrontos ou discussões, elas normalmente me deixam desconfortável.

— E isso não é ruim? — Bernardo franziu o cenho. — Se você não se posicionar, como será ouvida?

— É o jeito que eu aprendi a sobreviver ali — confessou. — Fazer ou falar algo que foge do *script* deles não é bom para mim.

— Mas por quê? Por você ser tão boa eles deveriam te ouvir e respeitar a sua opinião! — O rapaz disse com obviedade, pois aquilo *deveria* ser algo óbvio.

— Eu sou mulher, Bernardo. É muito difícil ter respeito no mundo da engenharia sendo mulher. — Ela suspirou as palavras, fazendo com que ele se calasse e refletisse sobre o assunto.

O clima no carro havia ficado frio, com Bernardo olhando para rua enquanto Catarina olhava para a paisagem de luzes ao redor deles.

— Acho que temos que comemorar a sua pseudo promoção. — Ele comentou com tom de voz suave, como se testasse o território para saber a aprovação dela.

— Não foi uma promoção — murmurou, porém, depois de um longo suspiro, acabou concordando que ela merecia algo —, mas podemos comemorar.

— Eu conheço um bar muito legal que nós podemos ir na quinta-feira. Você pode chamar seus... — Bernardo foi interrompido quando ela começou a negar aquilo com a cabeça, não o permitindo terminar a sua frase.

— Não posso na quinta — falou sucintamente.

— Bem, tudo bem... Quinta é dia de *happy hour* e os seus colegas já haviam me convidado para... — Novamente, ele foi interrompido, porém desta vez com o olhar fulminante dela.

— Você *o que*? — A moça gritou, fazendo com que ele se assustasse com a ira que ela exalava — Não! Pode desmarcar agora!

— Por quê? Eles pareciam boas pessoas. — Bernardo retrucou, incomodado com o temperamento da garota com aquilo.

— Porque eles são insuportáveis. Eles sempre se metem na minha vida e gostam de complicar tudo! — Catarina espirou tentando controlar seu coração descompassado. — Não é como se eles fossem pessoas ruins, eles apenas são expansivos demais e... Eu não sou assim. Eu gosto das coisas separadas, gosto de ter dois mundos diferentes.

— Bem... — comentou depois de avaliar calmamente suas próximas palavras. — Eu os conheço e moro com você, acho que não há nada que eles possam falar que eu talvez já não vá descobrir.

Ela abriu os lábios para retrucar, porém logo os fechou pela racionalidade apresentada no argumento dele. Realmente, ele morava com ela e já havia conversado com os rapazes, então qual seria o mal de sair com todos?

— Eu só... Eu não costumo muito sair para *happy hours* do trabalho. — A moça falou indiferente, abrindo uma bala e jogando a embalagem dentro da sua bolsa.

— Por que não? É um ótimo lugar para socializar. — O rapaz disse com animação, pois o bar de toda quinta era a única coisa que mantinha sua equipe funcionando o restante da semana. Foi a única coisa que o ajudou a superar Sophia.

— Eu prefiro livros ou séries. Tenho Netflix, HBOGo e um Kindle. E livros físicos também. — Ela falou aquilo como se tudo fosse explicado. — Eu só acho que bares são lugares cheio de pessoas com a profundidade de uma piscina de criança.

— Mas a graça é ir com amigos, e não para conhecer novas pessoas! Esse tal de Guilherme jamais tentou te levar a nenhum *pub* legal? Vocês simplesmente ficam em casa? — Ele estava ultrajado, ela poderia notar, pois o rosto dele havia ficado com uma cor avermelhada e a sua voz estava mais aguda.

— Não é o tipo de coisa que fazemos — respondeu tentando manter a voz tranquila, pois parte dela dizia o oposto, que tudo seria melhor se aquilo fosse exatamente o tipo de coisa que eles fizessem.

— Essa sexta nós vamos sair, então... — Bernardo anunciou. — Prepare-se que vou te mostrar que ir ao bar é algo legal.

Catarina queria dizer que não era necessário, porém sabia que ceder às vezes era mais fácil do que negar um milhão de vezes. Ela poderia ficar uma hora, dizer que estava cansada e ir embora. Assim as pessoas parariam de incomodá-la sobre sua inatividade social.

— Tudo bem, sexta — concordou —, mas hoje vou abrir uma bela garrafa de vinho para comemorar comigo mesma.

— E eu aqui pensando em te pagar um jantar. — Ele meneou a cabeça com falsa frustração. — Acho que fui deixado de lado.

— Não seja tolo, não vou beber uma garrafa de vinho sozinha — sorriu para seu motorista.

Aquilo era tão fácil que ela mal percebeu que por este mesmo motivo, seria perigoso. Não fisicamente. Não. Não havia nenhum perigo físico à sua frente.

Capítulo 6 – Você poderia parar de tentar criar este clima?

— Merlot ou Pinot Noir? — Bernardo levantou duas garrafas que estavam dentro da adega que ele havia trazido em sua mudança.

Aquela adega tinha história, e a maior delas foi o dia que ela estava estocada apenas com garrafas de vodca para o Carnaval de quatro anos antes. Naquele Carnaval Luís quase entrou em coma alcoólico e Bernardo tentou o acompanhar — Sophia teria matado os dois, porém ela estava ocupada demais com sua melancia atômica.

— Tanto faz, de verdade. — Catarina sorriu, retirando os pratos de alumínio da comida que eles haviam pedido por *delivery* e os colocando em travessas. — Eu não gosto muito de escolher as coisas, prefiro que os outros decidam por mim.

— Não pode me dizer que é de libra. Eu sou de peixes, sabe o que isso significa, não sabe? — falou com animação, porém por perceber que o rosto dela permaneceu impassível, suspirou guardando a garrafa de Merlot na adega e começou o processo para abrir a de Pinot Noir. — Essa é uma cantada que Carlos me ensinou, pois, de acordo com ele, garotas gostam de caras que entendem de signos e combinações.

— Não entendo nada disso — disse sem muita animação. — Mas você acertou, sou libriana. E você é mesmo de peixes ou isso é parte da cantada?

— Sou de peixes, mas posso mudar de signo dependendo da garota — confessou, arrancando um riso dos lábios de Catarina.

Bernardo serviu uma taça para cada um enquanto eles comiam o salmão grelhado com batatas ao murro que ele insistiu em comprar — havia sido uma disputa quase sangrenta, porém ele chegou ao garoto do *delivery* antes que ela pudesse passar o seu cartão e quase a nocauteou para impedi-la de colocar a senha. Ótima convivência, sua mente o provocou.

— Está muito bom. — Ela elogiou.

— Qual deles? — falou, tapando sua boca com o guardanapo, pois as batatas estavam muito quentes.

— Tudo! Muito obrigada — voltou a comer, esquecendo-se da sua taça de vinho por um tempo indeterminado, algo que não passou despercebido pelo rapaz.

— Não gostou do vinho? — franziu as sobrancelhas, pois aquilo era um Pinot Noir DOC, não era dos melhores, porém *era* muito bom.
— Não! Quero dizer, sim! Eu gostei! — Ela se explicou, limpando sua boca com o guardanapo e o colocando ao lado do seu prato vazio. — Eu só não tenho o costume de beber muito, normalmente uma tacinha ou duas.
Ele ponderou as palavras dela, tentando imaginar o que aquilo realmente significava. Ela nunca havia bebido pra valer? Era fraca para bebidas? Havia bebido tanto uma vez que ficou traumatizada? Eram muitas alternativas que ele não sabia qual poderia ser a mais verdadeira.
— Isso significa que você nunca ficou bêbada? — externalizou a mais gritantes das possibilidades com a voz tranquila, fingindo que aquilo não era nada demais, porém se perguntando como ele conseguiu encontrar o seu completo oposto social.
— Não. — Ela falou depois de pensar por alguns minutos, tentando contabilizar as inexistentes vezes que havia excedido seu controle no quesito álcool.
Depois disso, Bernardo ficou consternado olhando para sua comida e a taça de vinho, tentando encontrar uma equação onde ele poderia tentar falar o mesmo, porém aquilo não existia. Era o processo natural da faculdade: passar no vestibular, notas baixas, álcool, festas e formatura. Todas as pessoas que ele conhecia também passaram por aquele mesmo rito de passagem.
— Não me leve a mal, mas como você sobreviveu a faculdade sem tomar um porre sequer? — Ele se viu perguntando, percebendo que a frase havia soado melhor em sua cabeça. — Quero dizer, você precisa beber até passar mal para ter uma bela ressaca e se prometer nunca mais beber. É assim que funciona.
— Você já fez isso? — Ela estreitou seus olhos, olhando para a quantidade de garrafas que estavam esperando por ele dentro de sua adega.
— Claro, mas eu sempre menti quando jurei nunca mais beber. — O rapaz passou a mão pelos seus cabelos, rindo de nervoso. — Jura pra mim que você nunca teve uma ressaca? Você realmente existe? Nossa, eu estou me sentindo horrível aqui, minha mãe sempre me disse que sou uma péssima influência para as pessoas. E eu acho que ela tem razão. Um dia você vai encher a cara e a culpa vai ser minha. Estou sentindo.
Os dois se olharam vermelhos de vergonha, e começaram a rir pelo absurdo da conversa.

— Não sei nem o que responder, mas acho que podemos marcar algo — concordou, surpreendendo-o. — Tranquilo e com responsabilidade. Tipo o bar de sexta, né?

— Esse foi o sim mais discreto que eu já vi em minha vida. Com certeza vou usar isso com as garotas. — Ele abriu os braços e eles se cumprimentaram em um *high five* entusiasmado. — Agora vamos, meia garrafa de vinho não mata ninguém.

Catarina concordou e ele serviu mais um pouco, enchendo a taça deles para começar a lavar a louça enquanto ela as secava, assobiando uma melodia incrivelmente feliz.

Após tudo lavado e devidamente guardado, os dois se sentaram no sofá, bebericando seus vinhos e jogando mais conversas para o vento.

— Preciso de um banho, hoje o ar-condicionado quebrou no meu andar. — Bernardo falou, levantando-se e ouvindo que ela faria o mesmo.

Ele entrou no chuveiro, agradecendo o bom gosto dela em duchas com boa pressão e temperatura, e começou a sentir a tensão do dia ir embora. Mesmo depois de todo o interrogatório ao redor da dinâmica "Catarina-Bernardo", e como a peça Catarina poderia mudar as estatísticas do jogo para os *traders*, o restante do dia havia sido tranquilo.

Tranquilo à sua maneira, ele ponderou, considerando que Rodrigo acidentalmente colocou a quantidade de ações errada no GTS e iniciou um leilão de UsiDourado — sorte a dele que Carlos estava ali com clientes que estavam tomando todos os lotes e o prejuízo não foi tão grande quanto poderia ter sido. Mas isso não significou que Rodrigo estava contente, muito pelo contrário, logo após o fim do leilão, ele correu até o banheiro para vomitar o almoço de tanta tensão que estava sentindo. Também teve a confusão com o contrato da Aguire, para que a empresa começasse a operar com a equipe de Bernardo, porém o *compliance* deles barrou uma cláusula e tiveram que revisitar tudo desde o começo. Teve o incidente de Luísa e Ana, que estavam em uma onda de apostas consecutivas e Luísa voltou sem sapatos para casa, pois apostou que conseguia comer sete bolachas de água e sal sem beber água. Ah, e Gabriel fechou uma operação de futuros de dólar que rendeu a corretagem que ele tinha que fazer no mês — e o rapaz ficou tão feliz que acabou batendo o joelho na mesa e desmaiou de dor. Ou seja, seu dia foi um dia tranquilo. Normal até.

Até que Sophia mandou uma mensagem, pedindo pelo novo endereço dele, pois ela precisava mandar uma caixa de coisas que havia guardado que ainda estavam em seu apartamento. Aquilo o deixou confuso, pois saber que mesmo depois de um ano, ela ainda havia guardado pertences dele, parecia que não queria que ele a superasse. Mas por que ela iria querer um futuro tão deplorável para alguém que amou tanto? Bernardo não sabia, por isso apenas respondeu o novo endereço a ela e não recebeu um retorno. Aquilo não deveria significar nada, era somente uma devolução atrasada de suas coisas. Não significava nada. Ela amava outro.

Ele saiu do banheiro já com seu pijama, uma calça de moletom e uma camisa puída, percebendo que Catarina já estava escolhendo o filme que eles assistiriam. Ela estava enrolada em um cobertor bege, contrastando com o sofá cinza, seu cabelo ruivo estava solto, estendendo-se pelos seus ombros desnudos.

O rapaz estava se esforçando para ter uma convivência sem conflitos, porém ela não o estava ajudando nenhum pouco. Ele riu internamente, desde quando um ombro nu por uma regata era motivo de provocação? Não deveria ser. Ele que precisava se ajeitar.

— Gosta de *Game of Thrones*? — Ela perguntou, oferecendo chocolate enquanto clicava nos controles, concentrada, seus movimentos eram tão rápidos que antes mesmo de ele concordar, já havia colocado o episódio na televisão.

— Gosto — respondeu no mesmo tempo em que a abertura da série começou.

Ela pegou as duas taças da mesa e ofereceu uma a Bernardo, que percebeu, que ela havia recarregado o vinho ali de dentro.

— Obrigado — agradeceu, pegando o chocolate amargo ali ofertado e o comendo.

Depois de meros minutos, ele começou a sentir frio e se acomodou embaixo das cobertas com ela, mantendo uma distância aceitável entre eles, mesmo que seus pés às vezes tocassem os dela, que estavam cobertos por uma meia — isso era algo que ele não conseguia fazer, permanecer de meia.

Então a situação começou a esquentar na televisão da sala, onde Cersei e Jamie definitivamente mostravam que não se consideravam irmãos. Ele roubou um olhar na direção dela, percebendo que estava compenetrada na série e mal percebia que aquilo poderia ser uma situação estranha para os dois. O que, de fato, não deveria ser estranho, não é?

Ele voltou a beber o seu vinho, notando que sua taça, antes cheia, já estava vazia.

— Vou pegar mais, quer? — Ele ofereceu e ela estendeu a taça, murmurando algo que deveria ser um agradecimento.

Ele abriu a adega e percebeu que a garrafa que eles estavam tomando já havia acabado, então pegou um vinho nacional e abriu, sem olhar muito o que estariam tomando ao preencher as taças e levar a garrafa consigo, pois não queria ter que sair do calor da coberta de novo.

Quando ele olhou para televisão, a cena já tinha desaparecido e havia algo sobre política acontecendo, porém ele não estava se concentrando muito — talvez fosse o álcool, ou o sono ou os dois.

— Quer assistir outra coisa? — Ela ofereceu o controle a ele, levantando-se do sofá para abrir a janela da sala.

Realmente estava abafado, ele pensou, então chutou as cobertas para fora e encontrou *Friends* passando, colocando no primeiro capítulo, pois não havia ninguém no universo que não gostava de *Friends* — a não ser Ana, mais um ponto negativo para aquela pessoa.

Catarina voltou ao sofá e também ignorou o cobertor, pegando a sua taça de vinho e a bebendo longos goles como se aquilo fosse suco. Bernardo pensou em avisá-la que aquilo não era uma boa ideia, mas parou no meio do caminho, pensando em como aquela discussão seria cansativa e não renderia nada. No final, cada um iria para o seu próprio quarto e eles dormiriam de qualquer maneira, então não havia problema em deixá-la beber o quanto quisesse, ainda mais que ela havia confessado que nunca havia ficado bêbada na vida.

O rapaz pegou um chocolate e enfiou em sua boca, assistindo aquele episódio pela terceira ou quarta vez, porém como se fosse pela primeira. Ele apoiou suas costas contra o sofá, relaxado, percebendo que Catarina havia feito o mesmo, todavia o olhar dele demorou-se um pouco demais nela do que deveria, ou melhor, na renda azul-marinho que havia aparecido por debaixo da sua blusa cinza.

Bernardo engoliu em seco e se arrumou sentado no sofá.

— Hum... — Ele limpou a sua garganta. — Ei, moça, seu... Hum... Está aparecendo. — Ele a avisou, gesticulando a gola da sua própria camiseta para que ela percebesse.

No entanto, quando o olhou, ele não viu constrangimento, apenas indiferença. Catarina ajustou a blusa e não disse mais nada, como se aquilo não fosse nada — e não era, era?

Ele continuou a olhá-la, tentando entendê-la, pois ela era fechada para tantos assuntos, porém ali, com ele, parecia relativamente à vontade. Seria o vinho ou seria ela?

— Pare de me olhar — pediu, sem retornar seus olhos na direção dele, tentando assistir à televisão.

— Por quê? — Ele desviou o olhar, notando o relógio na parede da sala e percebendo que ainda não havia dado meia-noite. Parecia tarde, mas não era tanto assim.

Ela pegou a sua taça e serviu mais um pouco, olhando para ele e estendendo a garrafa, algo que ele aceitou sem hesitar. Ao mesmo tempo, um brilho surgiu na mesa e ele percebeu que um dos dois havia recebido uma mensagem, porém como o celular dele estava em seu quarto, provavelmente era o dela. Ela não se moveu para verificar o que era, mesmo que seus olhos tivessem se demorado na tela, identificando o nome da pessoa.

— Pare com isso — pediu com as bochechas avermelhadas talvez pelo calor, talvez pelo vinho ou talvez por ele mesmo. — Por que você está me olhando tanto?

— Não sei também. — Ele deu se ombros, tentando concentrar seu olhar na taça. — Acho que eu gosto de te olhar.

— Ah, claro. — Ela disse com ironia, rindo dele por motivos que ele desconhecia. — Uma bela visão.

— Eu acho — concordou mesmo que ela estivesse sendo sarcástica. — Você é uma moça bonita.

— Eu estou *acabada*, Bernardo. — Ela o corrigiu colocando bastante ênfase na palavra. — Tive um dia do cão, estou com a cara lavada e eu não poderia estar com um pijama mais velho. Eu me amo e me acho lindíssima, mas vamos trabalhar com a realidade aqui, ok?

Ela colocou a sua taça em cima da mesa, um pouco constrangida com a abordagem abrupta e sincera, e ele fez o mesmo, pois não conseguia manter suas mãos paradas para segurar algo tão delicado como aquilo.

— Continuo achando, então. — Ele meneou a cabeça, aproximando-se dela. — Você não precisa estar arrumada para ser bonita. E você *é* bonita, até os caras que trabalham com você sabem disso.

Ela começou a se afastar, negando veementemente tudo o que estava escutando, porém ele a segurou pelo pulso, perdendo o equilíbrio e fazendo com que seu corpo se aproximasse ainda mais do dela.

A respiração deles parou por um instante, era muito contato, muito próximo, muito repentino, muito intenso. Ele abaixou o rosto para olhá-la, enquanto ela o fitava de volta com o semblante surpreso e os lábios entreabertos.

— Certo, você poderia parar de tentar criar este clima? — Catarina pediu, mesmo que as suas palavras não condissessem com o que seus olhos sussurravam. — Não tem nada rolando aqui, você sabe, não sabe? Nós moramos juntos, seria superestranho, então não tem nada acontecendo.

— Não? — Ele perguntou com a voz rouca, sentando-se tão próximo dela que as pernas dela estavam em cima das dele.

— Não. — Ela mordeu seus lábios. — Nadinha. — E prendeu a respiração.

Bernardo sorriu, pois por mais que ela tentasse afirmar algo, ainda não havia ido embora. Ela ainda estava ali. Com ele. Próximo.

— Certo — concordou. — Então por que não me prova que não tem nada? — Ele pediu, deixando seus dedos deslizarem pelo rosto dela, contando o número de sardas que existiam ali. Parecia uma constelação. E ele podia jurar que era a constelação de peixes.

— Posso provar. — Ela se prontificou. — Vou te mostrar que não tem nada acontecendo entre nós.

E antes que ela pudesse escolher o jeito que iria comprovar sua teoria, ele puxou o rosto dela e a beijou.

Capítulo 7 – Catarina, *cat*, gata, gatinha

Foi uma mistura de pressa com suavidade, onde as bocas deles se misturaram uma na outra enquanto seus corpos deslizavam para a posição horizontal no sofá.

Bernardo havia dormido com uma garota na noite anterior, porém ele não se lembrava de quase nada daquilo. Na verdade, ele acreditava que havia dormido antes que algo pudesse acontecer — e tinha certeza de que o que estava tendo com Catarina era uma confusão de sentimentos e prazeres que ele não teve com a outra mulher.

Ele passou o braço por baixo do corpo dela, juntando-a ainda mais contra o seu, sentindo as pernas da moça se prendendo em sua cintura enquanto seu tronco arqueava para cima, aumentando o contato entre eles.

Bernardo não precisou de muito tempo para sentir que a desejava ou que ela o queria, a fina blusa que ela usava já não conseguia mais conter os mamilos entumecidos dela, muito menos quando os dois começaram a se movimentar.

As mãos dela agarraram a nuca dele, aprofundando ainda mais o beijo, sentindo os dedos dele parados em suas costas, em sua pele nua, puxando-a mais para cima quando ele se sentou, fazendo com que ela estivesse em seu colo.

A garota soltou os lábios dele, recebendo murmúrios de reprovação, porém ela desceu seus beijos pelo seu pescoço, dando pequenas mordidas que o faziam tremer por antecipação.

Ele estava se controlando, porém nada podia fazer se ela continuasse a se mover no ritmo que se movia em cima dele, talvez até involuntariamente. E soube, no momento que a língua dela tocou o lóbulo da orelha dele, que seria no sofá mesmo que eles acordariam no dia seguinte e ele não se importaria.

Bernardo a separou dele, olhando o brilho do desejo e prazer no semblante dela, mordendo a alça da sua blusa e sutiã para baixo de seu ombro, expondo-a.

— Você é maravilhosa. — Ele sussurrou com a voz instável, esperando pelo contato da sua boca contra a sua pele, deixando seus pelos completamente arrepiados.

No entanto o contato nunca aconteceu, pois eles foram interrompidos pelo celular dela que estava tocando em cima da mesa.

Duas ligações perdidas de Guilherme. Porém, naquele caso, era sua mãe que estava ligando para ela.

— Eu preciso... — Catarina se desvencilhou de Bernardo, tentando ignorar a situação em que eles se encontravam.

Suas pernas estavam bambas, porém ela conseguiu firmá-las no chão para que ele não notasse o quão mexida estava com o que havia acabado de acontecer. Ela pegou o seu celular, sabendo que segunda de noite era o dia que ela tinha para conversar sobre a semana com seus pais e, por causa do fuso, eles sempre ligavam tarde, pois era quando estavam acordando.

— Realmente... — murmurou ironicamente. — Não existe nada rolando.

Ela andou até o seu quarto e tomou um minuto para se recuperar, tentando arrumar a sua aparência — e principalmente suas roupas — para, então, atender o celular.

E mesmo que a conversa tivesse durado 22 minutos e 31 segundos, ela não conseguiu parar de pensar no calor do corpo de Bernardo contra o dela por um momento sequer. O que havia acontecido? Ela não costumava fazer aquilo. Não era algo que fazia com pessoas que mal conhecia, principalmente com o cara que morava com ela.

Aquilo havia sido extremamente errado. Ela passou a mão de seu pescoço até o seu coração, que martelava contra o seu peito furiosamente em uma corrente quente que a envolvia.

Ao longe, escutou o som da ducha do banheiro sendo ligada e concordou que talvez aquilo fosse exatamente o que precisava, ainda mais que sabia que se ela estava daquela maneira, não havia a mínima possibilidade de Bernardo estar em melhor estado.

— Você parece mais feliz. — Ana comentou no dia seguinte quando Bernardo chegou ao trabalho, porém o tom de voz dela não estava tão contente quanto o seu sorriso forçado.

— Eu resolvi ouvir o seu conselho, Ana, estou seguindo em frente.
— Ele respondeu, tomando cuidado para não ser mal-educado.

Quando ele acordou — sem dor de cabeça, amém Deus! —, logo se colocou a pensar no que havia feito na noite anterior com Catarina, se perguntando se ela o odiava ou se havia aprovado, então testou o campo com sua companheira de apartamento, fazendo-lhe um pão na chapa e um café coado bem forte — descobrindo depois que ela só tomava café com leite. Com muito leite e muito açúcar, porque a verdade era que ela não tomava café, apenas chás.

Ele ofereceu carona de novo e ela aceitou, agindo naturalmente, como se na noite anterior eles quase não tivessem transado no sofá da sala dela. Na sala *deles*.

Bernardo não sabia que agradecia ou se amaldiçoava por ter colocado a relação boa e harmoniosa que ele estava começando a ter com Catarina a perder por uma noite cheia de álcool — ele queria se prometer que jamais faria aquilo de novo, porém não poderia fazer falsas promessas, pois aquela garota, com o jeito carismático e o olhar doce, estava o deixando louco.

A conversa dentro do carro foi superficial "terça-feira, sempre melhor que segunda", "o tempo hoje parece que não vai fechar", "manifestação na paulista às 18h, quer sair mais tarde para fugir do trânsito?", "hoje é dia de bisteca!", e outras frases aleatórias que eles soltaram durante os trinta minutos de carro até o trabalho dela.

— Que bom. — Ana respondeu. — Jones quer saber se você fez o relatório e zerou a posição do *Frs* ontem — perguntou, porém ele começou a rir.

Não havia como se manter sério quando ela chamava o FRS de "frs", como se fosse uma palavra.

— Zerei, fica tranquila — sorriu para ela.

— Bom dia, campeão. — Carlos o cumprimentou, sentando-se na mesa à frente da dele, sendo que eles estavam separados por dois monitores.

— Bom dia, rapaz. — Rodrigo sentou-se ao seu lado. — Como foi mais uma noite com a *Catarina*?

Algo na maneira como ele pronunciou o nome dela fez com que Bernardo se retraísse, não querendo revelar nada sobre a noite anterior, pois se tudo desse certo, aquilo não era nada e ele não tinha nada a contar.

— Tranquila, ficamos assistindo *Friends* — comentou, logando no computador e esperando os demorados cinco minutos até que ele ligasse.

— Sabia que Jéssica estudou no colégio com a namorada de um amigo da Catarina? — Gabriel se juntou, pois era sempre assim, todos os dias assim, quando havia uma pessoa sendo importunada, todos apareciam para ajudar na desgraça.

— Sério? — Ele perguntou sem muito interesse, pois aquele mundo era pequeno e a probabilidade de alguém conhecer alguém que conhece alguém que sabe de algo sempre era muito grande.

— Sim, um tal de Guilherme. — Gabriel acrescentou.

Guilherme? Aquele nome não lhe era estranho, ele pensou, até que se lembrou de que Guilherme era o rapaz que estava almoçando com ela no dia anterior e possivelmente era o melhor amigo que ela tinha — pelo menos, que ela falava sobre.

— Bacana — disse, quando seu computador iniciou e ele começou a abrir suas planilhas dinâmicas e as notas de corretagem do dia anterior, observando o que estava acontecendo nas contas de seus clientes.

Menos de dois segundos depois, seu Bloomberg apitou e ele viu que o Charleston já estava mandando mensagens sobre a rolagem do dólar, que ocorria todo fim do mês. Percebeu que ele tinha uma quantidade considerável de lotes a serem rolados a cada trinta minutos, ou seja, teria muito trabalho pela frente.

Bernardo era um dos únicos *traders* do banco que lidava com operações com derivativos de clientes estrangeiros: primeiro, porque ele sabia falar inglês até de trás para frente; segundo, porque ele não tinha medo de receber um belo esporro gringo no telefone; e terceiro, porque ele era uma das únicas pessoas ali que realmente sabia o que significava operar um derivativo.

Isso fez com que sua ascensão fosse rápida, porém, ao mesmo tempo, que a pressão por resultados aumentasse ainda mais. Aos 27 anos ele era o mais experiente da mesa de BM&F Bovespa, tendo o cargo de sênior, e sabia que poderia chegar ainda mais longe — o contato do Deutsche Bank que ele recebeu no mês anterior confirmou suas suspeitas, porém não estava seguro de que seu alemão estava afiado o suficiente para considerar a proposta do banco europeu.

— Luisa nos convidou para ir ao Bar dos Ardos na sexta para uma confraternização de trabalho. — Carlos comentou com uma sobrancelha levantada, pois confraternização de trabalho sempre significava encher a cara e beijar bocas conhecidas *e* desconhecidas.

— Eu marquei de sair com a Catarina na sexta, no Porto Luna... — Bernardo comentou, percebendo que todos ao seu redor haviam ficado calados. Ele levantou seus olhos, notando o que aquilo parecia e temendo que tivesse piorado a situação horrível que já havia se instaurado no dia anterior, sobre a relação tórrida que eles achavam que estava tendo com ela. Logo tentou embalar uma justificativa em sua resposta.

— ... e com os caras que trabalham com ela. Fiquem tranquilos que o *happy hour* de quinta ainda está de pé. — Bernardo disse, esperando que aquele fosse o problema.

— Vai sair com os caras que trabalham com ela? — perguntou Ana, de braços cruzados, olhando-o com curiosidade. No entanto, ele sabia que a curiosidade dela estava sempre ligada a um interesse nada sutil.

— Sim, eles me convidaram quando fui buscá-la ontem e vamos comemorar que ela foi pseudo promovida — continuou a narrativa, sabendo que aquilo seria inútil, pois as pessoas sempre escutariam o que elas bem quisessem e não importava muito o que ele tinha a argumentar sobre o assunto.

— Tudo bem, podemos ir nesse aí com você. — Rodrigo bateu nas costas de Bernardo com um sorriso grande demais. — Vamos conhecer sua gatinha. — Ele riu sozinho. — Entendeu? Catarina, *cat*, gata, gatinha?

— Entendemos. — A mesa disse junto, pois todos já conheciam as inabilidades de Rodrigo para com apelidos ou piadas.

— Mas gente, vamos ser sinceros, vocês não querem ir nesse *happy hour*. — Bernardo voltou a defender seu ponto, começando a digitar freneticamente com a Estela, a analista do *Research* sobre o *call* de cenário econômico daquele dia com a Bertpire — vai ser algo bem tranquilo, com poucas pessoas e tudo mais.

— Perfeito, vamos fazer número à festinha. — Carlos sorriu, unindo-se a Rodrigo e recebendo sinais de aprovação das outras três pessoas interessadas, menos de Ana, que ainda o olhava.

— Isso, vamos sair com a Cat. — Ana falou com um pequeno sorriso forçado nos lábios, segurando a sua blusa com tanta força que Bernardo achou que ela fosse rasgar.

— Não posso sair para almoçar hoje. — Catarina comentou com José Paulo, percebendo o olhar desconfiado dele. — Tenho que terminar esse desenho até o final da semana e eu nem comecei o painel.

— Tudo bem, quer que eu traga algo? — Heitor se ofereceu, recebendo uma nota de cinquenta e instruções minuciosas sobre o frango ao molho branco com espinafre que ela queria. — Voltamos em uma hora.

Eles se despediram e ela voltou a se focar no trabalho. Às vezes Catarina gostava de *não* sair para almoçar quando todos saíam, pois, dessa maneira, ela ficava com o escritório para si, podendo apreciar o silêncio e trabalhar sem interrupções.

No entanto, naquele dia, sua própria mente já era o canal de interrupções que a atrapalhava, pois ela ficava se lembrando das mensagens ignoradas de Guilherme e da estranha conversa com Bernardo pela manhã.

Guilherme estava bravo por ela ter demorado a respondê-lo e ignorado as suas ligações — e ela o fez por um ótimo motivo, algo que não mencionou —, e começou a falar que ela não se importava mais com a amizade deles bem no momento em que ele mais precisava dela.

Aparentemente, o irmão dele estava com problemas de novo e os pais informaram que não iriam ajudar. Era uma confusão que ela jamais conseguiu entender muito bem, e Guilherme nunca quis explicar com detalhes.

Então lá estava ela, voltando a mandar mensagens de apoio, enxugando tudo o que poderia ter um duplo sentido, contudo ele conseguia encontrar palavras soltas que teriam segundas intepretações e a provocava com isso. Aquilo era normal, mas não deveria ser. Não quando Elisa e ele estavam juntos. Não quando ele iria passar o ano novo com a família dela. Não quando a própria Catarina não queria ser a causadora de tantas brigas entre o casal.

Sua mãe sempre lhe disse que a relação dela com Guilherme um dia poderia se complicar, e a única culpada seria ela mesma. No entanto, aquilo ainda parecia ser algo tão distante e surreal que a garota mal conseguia visualizar os problemas que poderiam ocorrer neste *um dia*.

E havia Bernardo — ah, Bernardo —, que amanheceu um cavalheiro, fazendo comida, segurando portas e deixando que ela escolhesse as músicas do carro. Provavelmente tentando compensar o clima estranho da noite anterior, porém ele não criou aquele clima sozinho, aquilo ela tinha certeza. A engenheira só tinha que mostrar que eles poderiam ter uma relação tranquila juntos, só tinham que aprender a não criar situações como a de ontem, com muitos olhares e vinhos — e ela tinha certeza absoluta de que o culpado de tudo era o vinho.

Catarina tinha que voltar a tomar no máximo uma taça ou duas, porém o vinho de ontem estava surreal de tão bom, e ela nem percebeu que havia bebido demais.

— Kitkat? — A moça olhou para cima e viu Angélica a olhando.

Angélica Lima era a líder da equipe de manufatura, também rodeada de homens, porém todos eles a respeitavam, pois ela já havia provado inúmeras vezes que era tão competente quanto qualquer um deles. E, além disso, era bonita, elegante, inteligentíssima e carismática. A verdade era que aquela deusa da engenharia de manufatura que estava parada em sua frente era tudo o que Catarina sonhava em ser. Era quase como se ela estivesse conhecendo o D'Alessandro da SC Motors.

— Oi, Angel, tudo bem? — Ela a cumprimentou com o apelido que a garota recebeu em sua primeira semana de trabalho, por ter cabelos loiros platinados e olhos azuis cristalinos.

— Tudo! — Ela abriu um sorriso sincero, sentando-se ao lado de Catarina. — Vitório me contou da decisão do conselho e eu queria vir pessoalmente aqui te dar parabéns pela sua promoção. Todos nós sabemos que a única pessoa apta e capaz de liderar o projeto dos carros aerodinâmicos é você. — A loira resplandeceu de alegria. — E é tão bom ter mais uma mulher como gestora de área aqui, porque isso apenas fortalece que o nosso lugar é onde *nós* quisermos. Então, em nome de toda a equipe de manufatura, parabéns! — E a abraçou. — Mas agora vamos falar sobre coisas sérias, e eu espero que você não me leve a mal.

— Pode falar. — Catarina respondeu, hesitante.

— Certo, então, eu queria te dar algumas dicas sobre como... Como conquistar respeito e o seu espaço mesmo sendo mulher. — Angélica falou com o semblante sério, muito diferente do que ela havia chegado em sua mesa, trinta segundos antes. — Não estou dizendo que você está fazendo algo de errado, mas eu já estive na sua posição e, bem, se eu posso te ajudar em algo, por que não, né?

— Ahm... Pode ser? — Catarina respondeu incerta, porém sabia que aquela era uma ótima oportunidade, porque aquela era uma ocasião única.

— Hoje, depois do trabalho, vamos conversar, que daí tudo flui naturalmente, será que podemos começar na sua casa? Eu tenho uma ou duas ideias do que podemos fazer. — Ela se levantou da cadeira, sorridente, despedindo-se de Catarina com uma piscadinha. — Confia em mim, Cat.

Antes que a ruiva pudesse dizer algo, a sua colega de trabalho já havia ido embora. Aquilo foi certamente estranho, porém nada muito fora do comum.

> **Catarina Wollvensberg**
> Oi, Bernardo, tudo bem? Vou para casa com uma amiga hoje de noite logo depois do trabalho, então não vou precisar da carona, ok? Bom restinho de trabalho.

Catarina só esperava que ele não pensasse que ela o estava evitando por causa da noite anterior, pois aquele não era o motivo — por enquanto.

Capítulo 8 – A roupa não define sua competência

— O primeiro passo é se vestir da maneira que você se sinta forte e imponente. — Angélica explicou assim que as duas entraram na casa de Catarina. — Mas, principalmente, confortável.

— Eu me sinto confortável com estas roupas. — A ruiva resmungou, olhando para como ela se vestia e como *Angélica* se vestia.

Catarina usava *jeans*, blusas com rendas e regatas por baixo, não passava muita maquiagem e sempre andava de sapatilha, já Angélica usava calças e saias com o corte perfeito, blusas de seda e algodão macias, e normalmente um salto que a deixava mais alta do que os rapazes da SC Motors. E, mesmo quando tinha que colocar um macacão e a mão no trabalho pesado, ela o fazia sempre com um sorriso, como se aquilo fosse natural.

— Ah, eu sei. — A loira comentou, sorrindo. — Mas confie em mim quando eu digo que precisamos te deixar ainda mais confortável.

— Só se eu trabalhar de pijama. — Catarina respondeu, recebendo uma risada em retorno.

— Eu te entendo, meu sonho seria vir com meu pijama de flanela para o trabalho. — Angélica a puxou pela mão até o quarto da garota, olhando as roupas que ali havia. — Eu estou tentando te mostrar um novo mundo aqui. O mundo onde você não vai ser menosprezada por ser mulher. O mundo onde você pode trabalhar com a roupa que você quiser e todos ainda beijarão o lugar em que você pisa. Eu não quero mudar você, eu quero que você me ajude a mudar o mundo! Porque você merece o mesmo respeito se estiver de saia ou de calça. A roupa não define sua competência.

Catarina olhou para Angélica com admiração, querendo aquela confiança para a sua vida, não apenas no aspecto profissional, onde ela poderia começar a apontar dedos e se impor mais, mas no pessoal também. Ela queria ser incrível e não ter medo de dizer isso aos quatro ventos.

— Tudo bem, me mostre o truque. — Ela concordou, recebendo um longo sorriso de aprovação.

— Vamos começar aqui dentro para ver o seu potencial escondido. — Angélica sorriu, separando as roupas de Catarina em duas pilhas. — O primeiro passo para se sentir mais confiante é usar a *lingerie* certa, então vamos sair daqui a pouco para cuidar disso, porque essa "calcinha de vó" nunca vai te fazer chegar a lugar algum.

— Ei, eu gosto dessa calcinha! Ela é confortável! — Catarina se defendeu depois de trinta segundos de pane.

— Ai, Cat, contanto que não seja de vovó, estamos chegando a algum lugar. — Angel deu um sorriso sincero e a ruiva apenas a olhou, porque, no fundo das suas piscinas azuis, ela acreditava que ela estava certa. — O que eu verdadeiramente quero aqui é que você comece seu primeiro dia no novo setor com esse seu belíssimo nariz mirando o céu, porque você sabe que é incrível e merece estar ali. Então não importa tanto se for de *jeans* ou vestido de gala, quem vai mandar é você, porque eu estou aqui por *você*, Catarina. Sempre.

Bernardo estava jogando FIFA na televisão da sala quando ouviu uma pequena movimentação no corredor, pausando o jogo para abrir a porta para saber do que se tratava.

— Boa noite. — Catarina o cumprimentou enquanto entrava no apartamento com algumas sacolas.

— Você realmente saiu com a sua amiga. — Ele considerou, recebendo um olhar de reprovação dela.

— Claro que sai, achou que eu estava mentindo? — Ela perguntou desafiando-o.

Ele achava, mas preferiu não mencionar isso para não ter conflitos posteriores com a moça.

— Não, apenas achei que você só tinha *um* amigo. — Ele brincou, ajudando-a com as sacolas. — Você não costuma brincar em serviço, não é?

— Não fui eu, foi a Angélica. — Ela falou como se aquilo explicasse todas as sacolas, mas, para ele, aquilo não explicava nada. — Ela estava me dando algumas dicas.

— Que bom?! — respondeu, não sabendo muito bem o que dizer.

Bernardo a ajudou a levar as sacolas para dentro do quarto dela, deixando todas em cima da cama e parando para ver o único cômodo da casa que ele ainda não conhecia.

Era um quarto simples com uma parede cheia de cartões postais, livros organizados por cor em uma parede inteira e três armários com espelhos nas portas. A porta do banheiro estava fechada e a cama de casal perfeitamente arrumada com os lençóis passados. E havia uma camiseta antiga do time Internacional com a assinatura de um jogador, e aquilo era tão importante para ela que estava emoldurada em sua parede.

— O que é isso tudo? — Ele perguntou quando ela começou a retirar as roupas das sacolas e guardar em cabides e gavetas.

— Aparentemente meu cabelo pede tons terrosos e o verde-musgo é meu novo melhor amigo. — Ela explicou, vendo que ele estava prestando atenção nos movimentos dela, e não em suas roupas.

— Fez uma reforma no guarda-roupa? — Ele riu, divertindo-se com a ideia.

— Ela só não fez uma reforma em mim, porque disse que eu sou naturalmente bela. — Ela sorriu, abrindo sua sapateira e colocando ali dois sapatos. — Quase me derreti com esse elogio. — Gracejou ao menear sua cabeça.

— Fico feliz por você, eu acho. — Ele se desencostou. — Quer ajuda com algo?

Ela o observou por um momento e assentiu virando seu pescoço na direção dele levantando seus cabelos, deixando seu pescoço exposto, fazendo com que ele fosse invadido pela fragrância que ela estava usando. Seria amêndoas?

— Esse colar possui dois feixes e eu não consigo soltá-los, pode me ajudar? — A moça pediu.

Só então ele percebeu o colar e se colocou a ajudá-la, abrindo um depois do outro e colocando-o na mão dela. Ele fez aquilo com paciência e tentando ter o mínimo de contato físico possível, pois a noite de ontem ainda estava impregnada em sua pele.

— Obrigada. — Ela sorriu e ele notou outros detalhes diferentes, como a coloração dos seus lábios, o brilho em seu rosto e os acentuados cílios que moldavam seus olhos.

Bernardo já sabia, mas era desconcertante o quanto ele achava que Catarina era bonita, mesmo que ela alegasse que seu rosto sem maquiagem era apenas normal.

— De nada. — Ele disse, afastando-se dela e enfiando suas mãos dentro do bolso ao desviar o seu olhar.

— Vou começar a guardar minhas calcinhas, você realmente quer ficar aí olhando? — Ela pegou uma sacola e balançou na frente dele, brincando.

Ele colocou o seu melhor sorriso torto no rosto, percebendo que ela não esperava por aquela reação, mas aquilo não a fez recuar — algo que ele achou interessante.

A moça pegou peça por peça, umas menores que outras, e começou a guardá-las com a etiqueta mesmo, dobrando cada uma delas, mesmo que algumas fossem pequenas demais para serem dobradas, até que terminou com a pilha e começou a mexer nos sutiãs.

O olhar dela era neutro, não revelando suas emoções, porém ele não conseguia prestar muita atenção no rosto dela, pois apenas conseguia olhar para as peças de renda sendo guardadas. Pequenas. Rendadas. Ele fechou os olhos por alguns segundos, pensando no guisado de sua mãe. No porco de estimação de Ivana que morreu no último ano. No barulho irritante das unhas de Ana. Depois de conseguir se recuperar, ele voltou a olhá-la, vendo um pequeno sorriso dançando nos lábios dela, que não estava lá anteriormente. Ela definitivamente estava se divertindo com a situação deplorável dele. Isso significava algo bom ou ruim?

— Agora que já viu minhas lingeries novas, pode sair. — Ela começou a empurrá-lo para fora, percebendo a resistência no corpo dele em se mover. — Você malha?

— Malhava, mas acho que vou voltar, talvez depois do trabalho enquanto você continua revolucionando o mundo automotivo. — Ele olhou para ela.

— Boa noite, Bernardo. — Ela disse, fechando a porta.

— Boa noite, moça. — Ele sorriu, voltando-se para sala e percebendo que a televisão já havia desligado pela demora dele em voltar a jogar.

Quarta-feira passou depressa para ambos. Bernardo na correria para fechar contratos e conseguir novos clientes, Catarina para terminar o seu desenho antes que fosse alocada para o novo setor da empresa.

Não havia nada de especial naquela quarta-feira. Na verdade, ela estava se revelando mais monótona do que as segundas, porém, logo depois da quarta, vinha a quinta-feira. E quinta-feira era, sim, um dia importante para muitos.

A quinta-feira era um dia que Catarina estava temerosa por chegar, pois Bernardo já havia avisado que iria sair com seus colegas de trabalho e voltaria tarde, e enquanto isso, ela receberia Guilherme para mais um dia de queijos e vinhos. Ela gostaria de poder conversar com alguém sobre o que a estava incomodando, pois não sabia ao certo o que fazer com aquele tanto de roupas então mandou mensagens para Angélica na quinta de manhã, resumindo seu conflito interno.

Catarina Wollvensberg

Então? O que eu visto?

Angel Lima

Depende do que você quer. Eu particularmente acharia melhor você vir arrasadora hoje, pois é o dia do anúncio que você vai liderar a área de projetos aerodinâmicos. Mas você é quem tem que se sentir bem, né?

Catarina Wollvensberg

Acha que eu devo ir querendo respeito?

Angel Lima

Você tem que vir exigindo respeito, Kitkat. Ele é seu por direito.

 Aquilo foi tudo o que foi necessário para que Catarina começasse a procurar algo em suas roupas novas e velhas que combinasse com a ocasião. E ela achou exatamente o que estava procurando, em uma mistura que fez com que ela se sentisse, realmente confortável, forte e segura.

Capítulo 9 – Bar dos Ardos como sempre?

— Bom dia — Catarina falou, saindo do seu quarto e vendo que Bernardo já estava pronto, esperando-a no sofá.

Ela estava se sentindo bem. Muito melhor do que bem. Ela estava se sentindo *angelicamente* bem, se é que ela poderia usar o apelido de sua colega como um adverbio naquele momento.

— Novo visual? Ficou bom. — Ele a cumprimentou, levantando-se do sofá e andando até ela.

Catarina estava usando uma calça justa preta com cintura alta que ganhou de seus avós no aniversário passado, uma camisa listrada verticalmente cinza e branco que estava aposentada em seu guarda-roupa há anos com o salto novo que havia comprado, acrescentando aquele seu colar de dois eixos que pareceu combinar tanto com ela que Bernardo queria comprar mais dois para a moça.

Foi estranho, como se tudo o que colocasse a deixasse apenas mais Catarina, como se a complementasse e não estivesse mudando nada em sua essência.

Bernardo dirigiu como todos os dias, tranquilamente, porém a engenheira estava inquieta com tudo o que ainda iria acontecer naquele dia.

— Você quer carona para voltar para casa hoje? — Ele perguntou ao deixá-la em frente ao prédio em que trabalhava.

— Hoje não, Guilherme vai me buscar, mas muito obrigada. — Ela sorriu para ele, saindo do carro e andando até seus colegas de trabalho. — Bom *happy hour*! — Ela acenou para ele.

— Isso é só de noite. — Ele a corrigiu, tirando o carro do ponto morto.

— Então bom trabalho, e depois bom *happy hour*. — A moça refez a sua frase.

— A você também. — E ele foi embora.

Ao se aproximar de Heitor e José Paulo, ela jogou seus cabelos soltos para trás, algo que normalmente não usava, e sorriu:

— Sabe o que eu estou pensando? Que hoje eu aceito um elogio. — Ela comentou com um sorriso entrando no prédio, sendo seguida pelos dois que ainda estavam atordoados demais com a mudança em seu humor para conseguirem dar elogios concretos.

A melhor reação que ela encontrou foi a de Angélica, que ao olhar para ela deu uma piscadela e um *high five*, mais feliz com o sorriso que havia no rosto da amiga do que com as roupas em si.

Catarina conseguiria fazer isso. A chave não era a roupa, era a confiança — e isso ela estava esbanjando.

Ela teria a melhor reunião de sua vida.

— Aonde vamos hoje? Bar dos Ardos como sempre? — Rodrigo perguntou, percebendo que Ana o olhou, porém ele a ignorou.

Quinta era o único dia que eles conseguiam sair sem mais ninguém para atrapalhar, então eles não queriam e não convidavam outras pessoas. Bernardo sorriu e assentiu, era a tradição desde que viraram amigos, então quebrar o costume era algo que nenhum dos três queria fazer.

— Vai querer convidar sua gatinha? — Carlos o provocou, sorrindo enquanto revisava o *e-mail* de Luisa sobre os prazos de liquidação da Oferta Pública da Neo NanoPharma.

Bernardo pensou em corrigir que Catarina não era sua gatinha, porém sabia que aquela era uma discussão inútil, então apenas a ignorou aquela provocação.

— Ela vai sair com um amigo e não, quinta não é dia de mulheres — respondeu, recebendo dois sinais de aprovação distintos, mesmo que os dois reclamassem que queriam conhecer a famosa Catarina Wollvensberg além do que eles haviam pesquisado no Facebook.

E era isso, ela apenas tinha o Facebook. Nada de Twitter, *vlog*, *blog*, MySpace, Snapchat, Instagram ou coisas relacionadas. E até mesmo no Facebook dela, já que eles eram amigos no *site*, ela não costumava colocar muitas coisas, apenas atualizava a foto de perfil anualmente e era marcada em publicações de seus amigos e familiares, que obviamente não falavam português.

Carlos havia decidido que passaria o dia inteiro buscando mais informações da moça, e Rodrigo continuou a perguntar se ela era simpática, engraçada ou se ela cozinhava bem. Eles estavam sedentos por detalhes e o colega optou por desviar de todos os questionamentos, alegando que não sabia de nada.

Eles mal sabiam o que Bernardo já sabia, e o rapaz não queria compartilhar, então eles não saberiam o que ele sabia.

— Hum... Amigo, é? — Rodrigo provocou, tentando arrancar alguma reação suspeita de Bernardo, porém ele era muito bom na arte de ficar calado quando queria gritar. Ele aprendeu a omitir o que realmente estava pensando nos meses após o término com Sophia e, principalmente, após descobrir que ela estava noiva de outro.

— De acordo com ela, é só um amigo. — Ele concordou olhando pra o relógio ao sentir seu estômago rugir de fome. — Vamos almoçar? Estou cansado de comer na mesa de trabalho.

Não precisou de mais incentivo para que todos concordassem, porque aquele seria o terceiro dia seguido que todos estavam tendo que ficar no escritório de tão tumultuado que estava a rotina. E, o que mais gostavam era sair na hora do almoço para abstrair um pouco, descer os doze andares de elevador para irem ao restaurante de quilo de toda quinta-feira era quase sagrado e ninguém mexia nisso.

Eles se serviram e se sentaram na mesa perto da porta, a única que comportaria tantas pessoas, e começaram a comer como se o amanhã não existisse.

— Bernardo? — Ele ouviu o seu nome ser chamado e levantou a cabeça com a coxa de frango que estava comendo na boca, sendo flagrado por um *flash* luminoso e notou os cabelos grisalhos de José Paulo, e a barba de Heitor, os colegas de Catarina.

— Oi, como vão? — Ele apenas acenou com a mão, não querendo sujar a deles de gordura.

— Bem, tivemos um dia mais calmo hoje. — Heitor comentou.

— Obrigado pela foto. Kitkat vai adorar ter essa chantagem em cima de você.

— Ela jamais usaria isso — argumentou José Paulo.

— Dependendo da situação, acho que usaria sim. — Heitor retrucou e os dois entraram em consenso que dependeria da boa vontade dela.

— Obrigado, eu acho. — Bernardo disse, olhando ao redor deles e procurando Catarina que não estava ali.

— Ela está trabalhando no desenho. A pressão está chegando por todos os lados, mas ela está se virando bem. — José Paulo comentou, sentando-se em uma das cadeiras vazias que havia na mesa de Bernardo, apoiando uma sacola branca na mesa. — Hoje na reunião ela foi um estouro.

— Ah, é? Ela comentou que estava nervosa, mas deu tudo certo, então? — Bernardo perguntou, voltando a comer sua coxa de frango.

— Sim, ela começou falando sobre os defeitos do novo *portfólio* e o Otávio tentou mandá-la ficar quieta, porém ela se levantou e... — Ele suspirou.

— Ela o colocou no lugar dele com tanta delicadeza e elegância que ela poderia tê-lo chamado de bosta ambulante que ele agradeceria. — Heitor complementou e os dois riram.

Bernardo sorriu, não conseguindo reconhecer a garota que havia falado segunda-feira em seu carro que odiava conflitos e confrontos, e que ser mulher era difícil. Aparentemente ela estava se saindo muito bem.

— Que bom, ela merece! — Ele disse com um sorriso, limpando a sua mão no guardanapo.

Na verdade, ele não sabia se ela merecia, pois eles se conheciam a menos de duas semanas, contudo, acreditava que se alguém naquele mundo merecia respeito, Catarina era uma dessas pessoas.

— Ah, e aproveitando que a Kitkat não está aqui. — José Paulo olhou ao seu redor, confirmando que a moça não estava. — Vamos te inteirar em um assunto que ela jamais vai comentar, mas que você precisa estar a par.

— Se ela nunca vai falar sobre isso comigo, por que eu preciso saber? — Bernardo perguntou, bebendo seu suco.

— Porque hoje ela vai sair com o Cara-de-oitava-série e ela está sob muita pressão. Talvez possa fazer uma besteira. — Ele confessou, olhando para sua comida e não para o rapaz a sua frente.

— Guilherme? — Bernardo perguntou, conferindo se estavam falando da mesma pessoa.

— Sim. — Heitor respondeu com seriedade. — Esse cara não faz bem para nossa Kitkat, mas jamais tente falar isso para ela, pois não costuma aceitar muito bem as críticas nesse assunto. Só queremos que você esteja ali caso ela precise de um amigo.

— Pode deixar. — Bernardo concordou, percebendo que os dois haviam devorado a comida naquela conversa e já estavam se levantando.

— Bom te ver, cara. Até amanhã. — Eles se despediram e Bernardo ficou olhando para os dois ao se afastarem, para, enfim, notar que o restante de sua mesa o observava.

— Não comecem. — Ele pediu, porém, era tarde demais.

— Kitkat? — Carlos perguntou, com um sorriso maligno nos lábios.

Bernardo não precisava ser vidente para saber o que aconteceria logo em seguida. Mas o que mais lhe intrigou, foi o olhar de Jéssica na direção dos dois rapazes, como se estivesse juntando peças de um quebra-cabeça que só ela tinha acesso.

Capítulo 10 – Cigarro, álcool e perfume barato

💬 Guilherme de Freitas

Está pronta?

Catarina desligou o seu computador ao receber aquela mensagem, guardando o *notebook* dentro de uma maleta e saindo com ela do prédio para terminar seu desenho no dia seguinte.

A reunião havia sido explosiva. Melhor do que ela imaginou que seria, porém ainda pior do que ela queria que fosse. No entanto, Angélica tinha razão, ela estava se sentindo forte e confiante para falar com os outros sem ter medo de ser calada. A engenheira definitivamente conquistou o respeito de algumas pessoas no andar.

Quando chegou na rua, o Civic preto de Guilherme já estava ali, e diferente do dia anterior, José Paulo e Heitor não se aproximaram para conversar como fizeram com Bernardo. Havia uma tensão entre eles que ela jamais entendeu.

Ela entrou no carro dele sorrindo, colocando o cinto e já começando a falar sobre a sua semana, recebendo respostas tão entusiasmadas quanto as dela.

Catarina apoiou a cabeça contra o banco do carro dele, olhando para seu amigo, percebendo que ele estava tentando criar uma barba que não deveria tentar. Não fazia sentido aquela tentativa de pelos no rosto se o cabelo dele era fino e relativamente curto.

— Está olhando demais. — Ele comentou, mudando a marcha e virando na esquina.

— Olhando a pelugem que você chama de barba. — Ela o provocou, recebendo olhares indignados.

Pouco tempo depois, quase sem trânsito, eles já haviam chegado ao apartamento dela, entrando e subindo os sete andares até a porta. A primeira coisa que ele notou quando entrou foi a nova adega, perguntando sobre a nova aquisição e sendo informado, pela primeira vez, que ela estava morando com outra pessoa. Um rapaz.

Guilherme não gostou muito daquilo.

— Ele pode te fazer mal. — Ele reagiu, apontando para os lados. — Ele pode não ser uma boa pessoa.

— Está tudo bem, eu pesquisei sobre a vida dele e estamos morando juntos faz quase uma semana sem incidentes estranhos — tirando o dia da sala, porém aquilo ela manteve dentro de seus lábios selados.

— Mas você mal conhece o cara, pelo amor de Deus, Catarina! — Ele estava exasperado apontando para ela. — Parece que jogou o seu juízo pela janela.

— Se não gostou, pode ir embora. Até meu último extrato bancário, eu ainda pago as minhas contas. Não você. — Ela tentou, contudo não conseguiu evitar o fulminar com o único olhar que ela sabia que ele respeitava: o de ódio. — Vai confiar no meu julgamento? Eu sempre me virei muito bem sem ter que dar um parecer a você sobre tudo, muito obrigada.

Ele a olhou intensamente e, pela primeira vez em sua vida, ela sustentou o olhar dele sem conter uma fibra do seu ser. Então ele recuou, desviando seus olhos dos dela.

— Eu confio em você, só me preocupo demais. — Ele tentou sorrir para ela, vendo que havia fechado a porta e retirados os seus saltos, deixando-os do lado da porta junto com os sapato dele. — Você está maravilhosa hoje, o que aconteceu?

— Eu estou sempre maravilhosa, certo? — gracejou, gostando do elogio. — Mas hoje decidi variar um pouco — corou um pouco ao notar como os olhos dele estavam presos a ela, em seu corpo.

— Achei uma ótima mudança. — Ele a elogiou, abrindo a geladeira e pegando a garrafa de Salton que ela havia comprado para aquela noite. — O que mais mudou?

— Aprendi a beber mais de uma taça de vinho em uma noite. — Ela sorriu para ele, contando sua novidade com alegria.

— Não! — Guilherme fingiu surpresa, porém realmente estava surpreso.

— Vou sair sexta-feira com o pessoal que trabalha comigo em um *pub*. — Ela continuou no mesmo tom animado, divertindo-se com as expressões surpresas do seu amigo.

— Isso tudo está acontecendo sem mim? Não consigo acreditar! — fingiu estar magoado, abraçando-a com força. — Não pode mudar demais e deixar que ser minha amiga.

— Difícil. — Ela o provocou, porém o abraçou de volta, aconchegando sua cabeça contra a dele.

Estar nos braços dele era diferente do que estar nos braços de Bernardo, era algo confortável e atormentador, os dois ao mesmo tempo. Ela tinha certeza de que não fazia ideia do que estava acontecendo quando estava com Guilherme, pois, por mais que eles se conhecessem há anos, havia algo tão diferente na maneira que eles se tratavam.

Ela se separou dele percebendo a sua relutância ao soltá-la, porém ele o fez e ela se certificou de não o olhar pelo próximo minuto.

O rapaz abriu a garrafa e serviu duas taças. Eles fizeram um brinde a ela e se arrumaram nos bancos do balcão para começarem a beber ali, compartilhando histórias sobre o que havia acontecido em suas vidas neste meio tempo, focando mais nos trabalhos dos dois, ele na advocacia e ela na engenharia.

Ela evitava falar sobre Bernardo, percebendo como aquilo estava incomodando Guilherme. E Guilherme, por sua vez, evitava falar de Elisa, pois aquilo também o incomodava.

— Isso é ridículo. — Ele disse, maravilhado com a história de Catarina.

— É verdade, eu mandei Otávio rever os seus números, pois eles estavam fora da realidade automobilística e ele se retratou depois, dizendo que eu estava certa. — apontou para ele com sua taça, exibindo um sorriso implacável em seu semblante. — Eu descobri um talento novo que adorei utilizar.

— Você vai ser uma máquina manipuladora. — O advogado sorriu, olhando para os lábios dela. — Já é, quando quer.

— Não sou. — Ela saiu do banco, evitando que aquele assunto se prolongasse. — Sou uma pessoa com boas intenções.

— Isso, o inferno está cheio de pessoas como você. — Ele a seguiu, rindo, já alegre.

Ela olhou para a garrafa na mesa e percebeu que estava quase vazia, e Catarina estava se sentindo simplesmente leve. Era uma sensação diferente de quando estava bêbada de vinho tinto na segunda, pois parecia que as bolhas do espumante faziam com que seus pés flutuassem no chão.

— Ah, está dizendo que vou para o inferno? — Ela terminou o seu copo, enchendo as taças dele e terminando com a garrafa.

— Com certeza, alguém tem que me fazer companhia. — Ele segurou a mão dela e a girou, fazendo com que a moça colidisse com o corpo dele, prendendo-a ali.

O rosto dele estava se aproximando demais do seu. Ela tinha que fazer algo.

— E Elisa? — Ela perguntou, sabendo que aquilo o afastaria.

E afastou, pois ele se soltou dela como se ela estivesse em chamas ou congelada. Tocar nela doía. Tocar nele a machucava.

— Ela... Não, ela não vai comigo. — Ele respondeu, olhando para a sua taça e virando tudo o que estava dentro, esperando encontrar algo ali que Catarina não sabia o que era. Ou ele esperava encontrar algo com ela, que também não ajudaria em nada.

— Está tudo bem? — Ela perguntou, segurando a mão dele e o guiando até o sofá, se sentando ao lado dele.

— Não. — Ele confessou enterrando a cabeça dele contra o pescoço dela, inspirando profundamente.

A moça ficou parada, não querendo guiá-lo por caminhos que eles não poderiam percorrer. Ela queria estar ali com ele como uma amiga, porém, ao que parecia, ele queria algo a mais.

— O que foi? — Ela fez cafuné na cabeça dele, respirando pausadamente.

— Elisa, nós estamos brigando de novo... — Ele contou. — E tem o meu irmão. E meu pai. E minha mãe. Parece que tudo está mais complicado do que deveria. A única coisa que parece ser sempre constante é você.

— Não, não pode falar assim. Você sabe que vocês têm problemas, mas vocês, vocês todos, sempre conseguem lidar com isso e ficam bem. Vai ficar tudo bem. — Ela sorriu, apertando a bochecha dele. — Você sabe que tudo sempre fica bem.

— Eu queria ter você me motivando assim sempre. — Ele levantou a cabeça e a olhou, colocando os cabelos dela atrás da sua orelha.

— Sempre tem, qual a novidade nisso? — Ela brincou, soltando a bochecha dele e tentando se afastar, porém ficou presa nos seus braços.

— Não tenho sempre. — Ele voltou a se aproximar de Catarina. — Cada vez mais você vai começar a perceber que é boa, que não precisa de amigos ruins como eu.

— Não é verdade. — Ela negou com a cabeça, prendendo a respiração ao sentir o hálito quente dele contra a bochecha dela, percorrendo a sua pele até o canto de seus lábios, deixando um traço em chamas.

Ela tinha que se afastar dele. Naquele momento. Se não ela não conseguiria se afastar depois.

— Na verdade você é mesmo um amigo ruim, pois, seu time vai cair para a série B e o meu vai para a série A. — A colorada brincou, percebendo que ele hesitou com a mudança dela, permitindo que pudesse se soltar dele e se afastar.

— Catarina... — O advogado falou, bufando e colocando a mão em seu rosto, tão quente quanto o dela. — Você poderia parar de brincadeiras?

— Não estou brincando. — Ela falou sério. — Estou traçando um limite.

Era aquilo. Ela encontrou a resposta! O álcool a deixava mais ousada, mais sincera para tudo o que estava sentindo.

— Qual limite? — Ele riu dela, levantando-se do sofá e cruzando os braços na frente do corpo dele. — Série A e série B?

— O limite que me incomoda. — Ela apontou para o chão como se aquilo traçasse mesmo uma linha imaginária.

— Nós ultrapassamos este limite faz um tempo, Cat. — Ele a segurou pela cintura, enrolando seus dedos nos cabelos dela e beijando o seu pescoço.

— Me solta... — Ela pediu quase sem força, pois por mais que ela quisesse o beijo dele, sabia que aquilo era um dos desejos mais obscuros que ela um dia já teve. Era errado e ela não lidava bem com coisas erradas.

— Ninguém além de nós precisa saber. — Ele sussurrou no ouvido dela, desabotoando um botão da blusa dela.

— Não quero, Bernardo! — Ela falou sem pensar, afastando-se.

No momento que as palavras deixaram os seus lábios, ela soube que havia falado aquilo que não deveria pelo olhar de Guilherme, pois de sorrisos e beijos, ele a olhava com raiva.

— *Bernardo*? Você está transando com esse cara? Por isso que estão morando juntos? — Ele perguntou, segurando o pulso quando ela tentou se afastar.

— Me solta que você está me machucando. — Ela pediu, puxando seu braço.

— Fala meu nome certo primeiro. — Ele trincou os dentes, puxando-a com mais força.

— Guilherme, me solta. — Ela falou alto e ele a soltou. — Você não pode ficar bravo! Nem mesmo se eu realmente estivesse transando com ele. Você tem Elisa!

Guilherme segurou o pescoço dela, tentando roubar-lhe um beijo, porém, mais uma vez, falhando quando Catarina se soltou com determinação.

— Você tem razão, eu tenho Elisa. E mesmo assim isso não nos impediu em janeiro. — Ele disse com veneno e nojo. — Nunca mais me chame com o nome dos seus casinhos. — Ele apontou o dedo na cara dela. — Eu sou a única pessoa que você tem aqui. A única que sempre esteve com você...

Aquilo era demais para ela. Ele não tinha nenhum respeito pela sua pessoa.

— Vai à merda, Guilherme! — Catarina gritou batendo o dedo dele para o lado. — Eu realmente pensei que você gostasse da minha companhia, que fôssemos amigos. Acho que eu errei, porque aparentemente não estamos na mesma página sobre o que significa ter uma amizade, então pode ir embora, ok?

Ela pegou os sapatos dele e abriu a porta, empurrando-o para fora, porém percebendo que ele havia colidido com algo.

Não, com alguém.

— Tudo bem, moça? — Bernardo perguntou com um sorriso, cheirando cigarro, álcool e perfume barato.

Capítulo 11 – Acho que nós nos escolhemos

A gravata de Bernardo estava frouxa, a manga da camisa estava arregaçada, seu paletó pendia em uma das mãos e havia um sorriso torto que logo se desfez ao olhar de Catarina para o rapaz que ela estava jogando fora do apartamento.

Essa era uma cena que ele jamais imaginou a moça protagonizando.

— Não. — Ela murmurou, com os punhos cerrados tão forte que ele via os nós dos dedos dela brancos.

Ela olhou para o outro rapaz com raiva e jogou os sapatos que estavam em sua mão na direção dele, acertando-o na perna, e puxou Bernardo para dentro e trancando a porta.

— Catarina, tudo bem? — Ele indagou de novo, pois estava tremendo tanto, derramando tantas lágrimas, que ele não sabia o que fazer.

Ela colocou as mãos em seus lábios, meneando sua cabeça e se afastando para entrar em seu quarto. Ele, por motivos óbvios, a seguiu, mesmo que ela estivesse arrancando as roupas enfurecidamente no meio do caminho.

A moça estava plena e serena de calcinha e sutiã na frente de Bernardo, ligando o chuveiro de seu banheiro, mas ele não se concentrou no corpo dela, apenas que ela não estava pensando com racionalidade.

— Catarina! — Ele segurou o braço dela, puxando-a antes que pudesse se jogar dentro do chuveiro. — Para e respira um pouco. O que aconteceu?

Aquilo era horrível. Ele estava seriamente bêbado e não tinha condições de ajudá-la da maneira que ela precisava ser ajudada... Droga, era exatamente disso que José Paulo e Heitor estavam falando naquela tarde, não era?

— Eu sou uma pessoa horrível! — Ela soluçou de tanto chorar. — Ele tem razão. Eu... eu...

Não. Estava tudo errado. Se uma moça tão doce quanto Catarina estava se sentindo daquela maneira por um rapaz sujo como aquele seu suposto amigo... Que tipo de amizade era aquela?

Antes de conseguir encontrar uma resposta para aquilo, ele a cobriu com o seu paletó, não querendo que ela se sentisse mais exposta do que já estava ao receber um abraço como resposta.

— Você não é uma pessoa horrível. — Ele murmurou, beijando os cabelos dela, enquanto ela o agarrava pela blusa. — Você é uma ótima pessoa.

— Não sou. Desde janeiro eu sou uma pessoa terrível. Eu pensei que estava fazendo tudo certo, mas na verdade eu estraguei tudo. — Ela resfolegou. — Eu achei que se eu não o beijasse, estava tudo bem. Mas não está, Bernardo. Não está! Isso é traição também. Coitada da Elisa.

— Quem é Elisa? — Ele indagou, confuso.

— A namorada de Guilherme. — Ela respondeu, conseguindo parar de chorar.

— E Guilherme era...? — O rapaz indagou, apontando para a porta e recebendo apenas um aceno de cabeça em retorno. — Não sei o que aconteceu entre vocês, mas você tem que parar de se culpar. Você não fez nada sozinha.

— Isso não muda que eu fiz algo. Eu... — Ela mordeu o seu lábio e meneou a cabeça, fazendo seus cabelos caírem sobre o seu rosto.

Bernardo desligou o chuveiro, pegou a mão de Catarina e a levou até a cama dela, colocando-a ali embaixo, enquanto entoava algumas melodias que tinha em sua mente, abraçando-a.

Aquilo era algo que ele fazia com Sophia quando ela estava triste, porém não se sentiu culpado ao fazê-lo com Catarina, pois sabia que se sua ex soubesse daquilo, diria que ele fez o certo. Ela sempre soube entender e olhar o melhor lado das pessoas.

— Amanhã vai dar tudo certo. Tudo vai estar melhor. — Ele sussurrou, sentindo as mãos dela se agarrando a blusa dele com força. — Você não vai se lembrar disso.

— Vou sim. — A moça assentiu com a cabeça. — Mas também vou me lembrar de que você fez isso por mim. — Murmurou, levantando sua cabeça para olhá-lo. — Pode ficar? — Ela lhe pediu com um sorriso tímido. — Pelo menos, eu gostaria que você ficasse.

Bernardo sorriu, cobrindo ainda mais o corpo dela com o cobertor e chutando seus sapatos para fora da cama até pensar no que estava fazendo.

— Eu achei que nunca fosse me convidar. — Ele sorriu, fingindo arrogância. — E eu sei que um dia posso acabar no mesmo estado que você ou até pior, então já estou te preparando. — Comentou, já prevendo o dia que seria ela que teria muito mais trabalho que ele.

— Vou te ajudar — bocejou. — Obrigada, Bernardo — respirou fundo e espirrou. — Em quem você se esfregou para cheirar tão mal?

Ele riu com aquilo, ficando por cima das cobertas e fazendo carinho nos cabelos dela, fio por fio, inconscientemente enquanto se lembrava dos momentos até aquele.

Rodrigo e Carlos ainda deveriam estar no Bar dos Ardos, bebendo uísque barato e soltando cantadas ruins para ver qual delas poderia funcionar melhor. Eles haviam chegado cedo e, depois de alguns pastéis fritos, começaram a ver as pessoas se descontrolando na pista de dança enquanto compartilhavam ideias e questionamentos sobre suas vidas.

Foi quando Bernardo confessou que ainda estava atormentado por causa de Sophia e sua mensagem misteriosa, entretanto, aquele pensamento foi barrado quando uma morena se aproximou dele e soltou algumas palavras no pé de seu ouvido.

No entanto, ele não estava interessado nela, então a dispensou com delicadeza, vendo seus amigos ficarem indignados com aquilo.

— Ela era o sonho! — Carlos berrou sobre a música alta, olhando para a silhueta dela desaparecendo na pista de dança. — Vou atrás dela. — Ele virou sua dose de tequila e foi.

— Quer dar uma tragada? — Rodrigo convidou Bernardo, porém ele recusou, pois ele só havia fumado nas semanas iniciais do término com Sophia, mas já estava melhor. — Se importa se eu for? — O colega meneou a cabeça mais uma vez.

E, naquele momento que ficou sozinho, ele se lembrou do que Catarina havia falado sobre estes lugares e entendeu o que ela queria dizer. Era muito caótico e sem propósito. Aquele lugar não era o lugar que ele gostaria de estar naquele momento.

Então, quando Rodrigo voltou depois do seu cigarro, Bernardo disse que estava indo embora, pois estava cansado. Normalmente Rodrigo reclamaria, falaria que ele estava desmotivado, contudo ele não discutiu, apenas desejou boa noite e pediu para que ele dirigisse com cautela.

E foi assim que ele chegou ao apartamento ouvindo o final da discussão, e decidiu não se manifestar, pois ele tinha total consciência que Catarina conseguiria acabar com qualquer um que a incomodasse. Ela era do tipo que sabia que tipo amizade deveria manter por perto.

— Carlos usa alguns perfumes estranhos, mas ainda gostamos dele.
— Bernardo comentou, notando que a respiração dela ainda estava rápida então ainda não havia adormecido.
— Nós nunca brigamos desse jeito. — Catarina falou baixinho, quase como se aquilo fosse um segredo apenas para ela ouvir. — Nunca brigamos. Hoje foi... Horrível. Nunca pensei que Guilherme poderia dizer coisas tão...
— Shhh... — Bernardo a puxou para mais perto, percebendo que as lágrimas dela já haviam secado. — Não precisa falar.
— Mas se eu não falar, como vou entender o que eu estou fazendo de errado? — Ela questionou, virando-se para olhá-lo de frente.
— Primeiro, você tem que se livrar desse cara, afinal, ser chamado de Bernardo é um elogio — gracejou, não pensando no que aquilo significava.
O olhar de Catarina ficou escuro, negro, e ela se afastou, agarrando o cobertor contra seu corpo, olhando para cima.
— Você ouviu, então? — indagou retoricamente, pois a única resposta que ele poderia dar era "sim".
— Ouvi.
— E o que achou do meu melhor amigo? Uma figura um tanto... Escrota? — disse, rindo de si mesma antes de voltar a chorar. — Eu juro que ele nunca tinha falado comigo dessa maneira.
— Eu sei, não precisa chorar. — Bernardo pediu, passando os dedos pelo rosto dela. — Você não mereceu nada do que ele falou. E se ele tem uma namorada, problema dele. Melhor para mim. Agora eu tenho Catarina Wollvensburg só para mim.
— Wollvensberg. — Ela o corrigiu com um sorriso.
Ele sorriu como reflexo, percebendo que estava funcionando, então não poderia parar por ali, tinha que continuar.
— É alemão? Seu sobrenome? — indagou, impedindo que ela voltasse no assunto anterior.
— Sim, meus avós paternos são alemães. São de Aachen — falou, virando seu pescoço na direção dele.
— Eu fiz intercâmbio durante a faculdade na Universidade de Aachen. — Ele falou, extasiado com a surpresa. — Na RWTH!
— Mentira! — A moça abriu um sorriso que iluminou o quarto inteiro.
— Não estou. — E ele começou a contar sobre as suas aventuras na universidade de Aachen.

Não eram muitas, porém ele se lembrava daquela época com os detalhes vívidos, e aproveitou o momento para compartilhá-los com Catarina: o dia que ele foi expulso de uma balada, quando dormiu na estação de trem e perdeu o horário de partida, quando comprou mais chocolate do que poderia comer na fábrica da Lindt, e até mesmo o dia que foi pedido em casamento por uma turca que ele deu uns beijos em uma festa — tudo isso aconteceu antes de Sophia.

Bernardo e Catarina falaram um pouco em alemão, mesmo que o dela fosse fluente e o dele enferrujado, e ela continuou contando sobre seus pais que estavam morando em Oslo, porém sempre paravam para visitar os avós dela por parte de pai em Aachen.

A moça não parava de surpreendê-lo, pois a sua vida, comparada a dele, era muito mais interessante e empolgante de se ouvir mesmo que ela alegasse que não. E tudo o que ele mais queria era que ela não voltasse a chorar, pois não sabia mais nada a dizer além de "não foi sua culpa".

— Muito obrigada por aceitar morar comigo — agradeceu, bocejando.

— Entre todos os loucos do mundo, você me escolheu, então eu que tenho que te agradecer. — Ele fechou seus olhos, cansado de tanto pensar.

— Acho que nós nos escolhemos. — Ela sorriu, Bernardo pôde perceber apenas pela sua voz.

Capítulo 12 - Na minha terra isso tem outro nome

Catarina acordou no dia seguinte com a ausência de Bernardo em sua cama. Ela não soube exatamente quando que ele havia saído do seu lado, porém notou que havia preparado pão de queijo e que estavam dispostos em cima de um prato no formato de um sorriso. Ela os comeu, pegou seu *notebook* e começou a se concentrar em seu trabalho, querendo ignorar todas as notificações que estava recebendo no celular, optando por desligá-lo para não se distrair.

Talvez isso tenha sido um erro, porque ela focou tanto que perdeu o horário do almoço e do lanche da tarde, pois estava desenhando os últimos traços do banco, acoplando-os dentro do carro para enviar para sua equipe, para, enfim, desligar seu computador.

Mesmo contra a sua vontade, ela pegou seus óculos de grau — que só usava quando a dor de cabeça estava beirando o insuportável — e começou a olhar para suas roupas, pensando em como poderia cancelar aquela noite. Sabia que se não quisesse sair de casa, não precisava. Na verdade, aquilo seria a coisa mais simples do mundo. Até porque, *simplesmente* não precisava ir. No entanto, algo dentro dela não queria ficar trancada dentro de seu apartamento com suas séries enquanto poderia aproveitar uma noite com pessoas que ela nunca deu uma chance antes.

Então era isso, ela decidiu, entrando no banho, lavando a noite anterior de seu corpo. Pensou que se Guilherme queria ser um babaca, que fosse, porém ele não iria estragar sua vida com uma briga. Ele a havia decepcionado em tantos níveis na noite anterior, tanto com palavras quanto com seus atos, que ela estava cogitando seriamente romper com aquela amizade.

Depois do banho ela abriu seu guarda-roupa, escolhendo um vestido que havia ganhado de sua mãe, porém que nunca quis efetivamente usar — ou melhor, ela poderia ter usado, mas parecia um desperdício se sentar no sofá de casa com ele. O tecido era de renda bege e delicado com um decote nas costas e um comprimento um pouco mais curto do que ela estava acostumada, colocando uma sapatilha preta e deixando sua maquiagem neutra.

Ela, então, ligou o seu celular e percebeu que Guilherme havia tentado falar com ela — algo que ela ignorou e deletou sem remorso —, e que Bernardo a havia mandado uma mensagem.

> **Bernardo Figueiredo**
> Pronta? Vou passar para te buscar

> **Catarina Wollvensberg**
> Totalmente fora de mão. Eu pego um táxi.

> **Bernardo Figueiredo**
> Chegando em 10 minutos.

Ela pegou a sua bolsa e voltou a se olhar no espelho, não gostando da combinação do vestido com a sapatilha, decidindo que o *look* ficava e o sapato iria embora, trocando-o por um salto alto que havia ganhado de sua avó fazia anos, porém que quase nunca usava. Agora sim ela se sentia bem. Sentia que tudo poderia, realmente, dar certo.

Catarina desceu e esperou por quase dez minutos até que Bernardo efetivamente chegasse. Ele estacionou o carro na garagem e os dois pediram um Uber, pois, de acordo com Bernardo, ele não queria demonstrar os talentos de motorista bêbado perto dela tão cedo — o que significava nunca.

— Você está deslumbrante. — Ele a elogiou, voltando seus olhos para rua, observando o trajeto. — Já vou avisando que o pessoal da minha mesa está no bar nos esperando com algumas doses duvidosas, mas juro que eu te carrego pra casa se precisar.

— Estou virando alcoólatra, bebendo três vezes na semana. — Ela sorriu para ele, vendo que eles pegariam um trânsito preocupante até chegarem ao bar. — Desculpa pelo incômodo.

— Não é incômodo, moça — sorriu para ela, sendo jogado um pouco para o lado dela quando o motorista fez uma curva fechada.

— Depois me diga quanto te devo por todas as caronas. — Ela pediu.

— Não deve nada, eu usaria meu carro de qualquer maneira. — Bernardo deu de ombros, vendo que aquilo estava fluindo melhor do que o esperado, porém não alimentando esperanças.

— Então eu abasteço nossa adega para compensar. — A moça ofereceu.

— Agora sim, você sabe conquistar o meu coração. — Ele colocou a mão do lado esquerdo do seu peito, sorrindo para ela.

Depois de meia hora, finalmente, chegaram e conseguiram entraram no bar, pegando uma comanda e procurando pelos colegas que os esperavam.

— Kitkat! — Ela ouviu a voz de Heitor a chamar e foi em direção dele, o cumprimentando com um abraço. — Bem-vinda ao nosso bar preferido.

— Prazer em conhecer esse bar — comentou, cumprimentando José Paulo ao lado dele.

— Angélica não acreditou que você viria, então vamos mandar uma foto para mostrar o que ela está perdendo. — Heitor pegou o celular dele do bolso e tirou uma foto, mandando rapidamente para a engenheira loira.

— Como vocês são vingativos! — Catarina riu.

— Vamos? — José Paulo apontou para uma mesa com seis pessoas que ela conhecia apenas de vista. — O pessoal do mercado financeiro está quase leiloando nossos *shots*.

Ela se virou para mesa e viu que Ana estava com a mão no braço de Bernardo, não notando a aproximação de Catarina antes de Carlos e Rodrigo.

— Kitkat! — Eles a cumprimentaram com o apelido que ela não sabia que conheciam.

A moça olhou para seus amigos e eles deram de ombros murmurando que a culpa era do Jéferson, e que ele já estava chegando junto de Sibele — a existência de Sibele era o que mais fazia sentido na frase, apesar de Catarina não conhecer nenhuma Sibele

— Oi — cumprimentou os rapazes primeiro e depois as mulheres, recebendo um beijo tão superficial de Ana que aquilo não poderia ser considerado um cumprimento.

— Vamos beber! — Luisa anunciou, apontando para as cadeiras vazias na mesa e depois para os copos cheios em cima da mesa. — Primeiro tequila, depois jäger, e quem aguentar pode virar um absinto.

— Nunca nem ouvi esses nomes. — Catarina sussurrou para Bernardo, ouvindo-o rir em seu ouvido.

A risada dele era mais charmosa do que a música de fundo e ela teve vontade de patenteá-lo.

Aquele não era o seu tipo de ambiente, porém sentia que precisava desta mudança para que tudo ficasse bem. E tudo ficaria se ela soubesse ser sincera consigo mesma sobre o que queria ou não queria em sua vida.

— Segue a sequência. — Bernardo falou no ouvido dela, percebendo que se ele não falasse daquela maneira, ela não o ouviria.

Então ela notou que para ele estar tão próximo a ela, tinha que estar de pé atrás da cadeira dela.

— Não quer se sentar? — Ela perguntou, apontando para a sua cadeira.

— Você está com salto — argumentou e ela deu de ombros, pegando o copo de tequila junto com todos os outros. — E eu iria devagar, não precisa virar tudo de uma vez.

— Acha que eu não consigo? — Ela sentiu o desafio no ar.

— Acho que você vai ficar louca. — disse com obviedade e ela virou o seu *shot*. — Desse jeito mesmo. Doidinha! — Ela virou o segundo.

— Espera! Vamos virar o terceiro juntos.

Ele virou rapidamente o *shot* de tequila e de Jägermeister, pegando o copo dele e o dela e os brindando.

— Ao melhor apartamento. — Ele anunciou e todos repetiram a frase dele, inclusive Catarina.

— Ao melhor apartamento! — Ela virou o *shot*, se engasgando com aquela bebida. — Você tentou me envenenar?

— Não, só embebedar. — Ele segurou a cabeça dela e a balançou, recebendo reclamações. — Eu disse que eu era uma péssima influência. Nem uma semana comigo e daqui a pouco você vai ter o seu primeiro PT.

— Para com isso! — Catarina segurou as mãos dele, e o olhando percebeu que mesmo estando em um bar lotado, não conseguia prestar em atenção em mais nada. Mais ninguém. — Eu preciso de uma água — anunciou, tropeçando em seus pés e sendo parada por Heitor, que estava do seu outro lado.

— Eu pego, fique aí! — Heitor a olhou com preocupação e desapareceu no bar.

Ela o obedeceu, prestando atenção nas conversas aleatórias do ambiente. Luisa e Jéssica já haviam saído da mesa, Gabriel estava tentando conversar com uma garota, José Paulo estava olhando ao seu redor, Ana olhava Bernardo, que olhava para nada. Carlos e Rodrigo vieram na direção dela, puxando-a de sua cadeira.

— Vamos fazer amizade com você, Kitkat! — Carlos anunciou, puxando Catarina para longe antes que Heitor voltasse com sua água.

— Como tem se comportado o nosso bom e velho amigo Bernardo? — Rodrigo indagou, berrando para ser ouvido.

— Muito bem. Ele até lava a louça — falou sem pensar, vendo os dois se divertirem.
— Você é engraçada! — Carlos falou.
— Uma gracinha, normalmente o elogio é esse. — Ela o corrigiu e os dois riram ainda mais.
— Agora eu entendo o motivo para ele falar tanto de você. — Rodrigo disse bebericando sua cerveja.
— Boas coisas, eu espero. — A engenheira pediu, olhando para a pista e percebendo que até mesmo Ana havia saído da mesa, e havia restado apenas Heitor e Bernardo, que tomavam a água de Catarina.
— Sempre boas. — Rodrigo concordou. — Você tem feito bem ao nosso amigo, muito melhor do que Luís poderia feito.
— Não fazia ideia, mas fico feliz? — Ela berrou a resposta, pois a música estava muito alta e ela mal conseguia escutar seus pensamentos.
— Continue assim! — Carlos gritou no ouvido dela, com a língua enrolada.
— Tentarei. — Ela olhou para Bernardo e abriu um longo sorriso, arrumando o comprimento do seu vestido e a alça dele.
— Relaxa, continua bonita. — Carlos disse atrás dela, fazendo-a virar e sorrir sem jeito com o súbito elogio. — E você tem namorado?
— Não — negou, começando a se preocupar com o caminho daquela conversa.
— Muito bem, campeão! — Rodrigo segurou Carlos pela gola da blusa, parando-o antes que ele desse mais um passo na direção de Catarina. — Não pode mexer com a garota dos outros.
— Não sou "a garota" de ninguém — interveio por si mesma, notando que eles não estavam prestando mais atenção nela.
Assim ela se afastou, voltando à mesa que estava antes, pegando a água da mão de Bernardo e a tomando.
— Pensei que havia me trocado pelos meus amigos mais bonitos. — Ele brincou com um sorriso inocente.
— Vou procurar o Heitor. — Heitor falou, porém nenhum dos dois percebeu que ele havia acabado de falar que iria procurar a si mesmo no bar, pois estavam se olhando.
— Não troquei, eles apenas queriam me elogiar. Dizer que sou maravilhosa, a melhor coisa que aconteceu na sua vida — disse com graça, colocando a água gelada em seu pescoço, agradecendo o frescor naquela festa quente.
— Acho que eles deram o recado errado. — Ele sorriu, meneando a cabeça.

— Não é verdade? — perguntou, sorridente, voltando a puxar o seu vestido, fazendo com que os olhos de Bernardo acompanhassem as mãos dela até as suas coxas.

— Já disse que você está linda? — O *trader* perguntou, entregando-lhe um sorriso torto.

— Já, e muito obrigada de novo — concordou. — Mas não me sinto muito confortável.

— Imagino — riu do olhar sofredor dela. — O salto deve machucar.

— E o cabelo solto me deixa com calor, o vestido curto de deixa exposta. — Ela se abraçou, olhando ao redor e vendo que alguns rapazes a olhavam de uma maneira que ela não estava gostando. — Eu me sinto um pedaço de carne à venda.

— E quanto custa? — Bernardo perguntou, segurando a mão dela e a fazendo girar, como se estivesse avaliando. — Um pouco magrinha, mas parece ser de qualidade.

Ela bateu na mão dele, rindo, pronta para revidar, quando parou para prestar atenção naquilo que ligava a mão de Bernardo ao seu corpo — algo que as pessoas chamavam de braço.

Os braços dele eram realmente grandes. E macios, pelo que ela se lembrava. E gentis. E firmes.

Ela queria estar no abraço dele de novo.

Catarina sentiu seu mundo dar um giro e voltar ao lugar, perdendo o equilíbrio por um momento e se segurando em Bernardo para não cair no chão quando seu estômago deu uma cambalhota revoltada pelo álcool ingerido, notando as mãos dele contra as suas costas nuas, descarregando-lhe cargas elétricas.

Havia um mundo de sentimentos passando por ela. Sensações que ela jamais havia sentido antes só de estar nos braços de alguém. Seu corpo tremia, pulsava no ritmo do seu acelerado coração.

— Meu herói. — Ela suspirou, ainda segurando-se em seus braços, não querendo que ele a soltasse.

— Estava apenas facilitando a sua vida e te impedindo de cair no chão. — Ele a olhou significativamente.

— Na minha terra isso tem outro nome — brincou, aproximando seu quadril do dele e passando um dedo por cima da sua blusa. — Mas gostei deste truque.

— Ah é? — Bernardo perguntou, olhando diretamente para ela, dando um passo para frente, escorregando sua mão pelas costas da moça, sentindo sua pele quente contra a dela. — Não é você quem disse que não temos química?

— Não temos clima. — Ela o lembrou de suas exatas palavras. — E não temos mesmo, não se lembra? — Ela sorriu para ele, esperando que ele entendesse o que ela quis dizer.

Se ele não entendesse, ela sempre poderia ir embora e fingir que aquilo nunca havia acontecido. Ela estava bêbada, então poderia colocar a culpa no álcool como havia visto as pessoas fazerem inúmeras vezes.

— Não lembro. — Ele deu um sorriso sacana, colocando a mão em cima da sua. — Vai ter que me relembrar.

Ela fechou seus olhos quando sentiu os dedos dele em seu rosto, esperando pelo toque em sua boca.

— Eu só acho que nós deveríamos parar de fazer isso quando estamos bêbados. — Ele murmurou contra os lábios dela, envolvendo seus cabelos ruivos com a mão.

Aquele gesto era tão parecido com o de Guilherme, mas tão diferente de outras maneiras, pois ela *queria* aquele toque. As mãos dele nas dela. Sua barba roçando em sua pele, seus lábios escorrendo por seu pescoço, sua língua...

As pernas dela estremeceram e ela o olhou com desejo nu e cru.

— Eu acho que podemos fazer isso quando acordarmos amanhã. — Ela mordeu os lábios dele. — De novo.

Pelo olhar de Bernardo, ela soube que o tinha, que iria parar de se enrolar e beijá-la. E se ele quisesse tomá-la ali mesmo, contra uma mesa de bar, ela não iria pestanejar um segundo que fosse.

— Ah, Bê! Ainda bem que te achei. — Uma voz estridente os encontrou, fazendo com que Catarina virasse o seu rosto e visse Ana os olhando.

Se Ana pudesse, com certeza estaria jogando adagas em chamas nos dois pela intensidade do olhar dela neles. A mulher havia retirado a sua camisa de trabalho e estava apenas com uma regata que empurrava seus peitos para fora — na verdade aquela era uma regata normal, porém Catarina estava invejando Ana naquele momento, então seus pensamentos eram maldosos. Ela bem que queria ter tanto peito quanto a loira. A verdade era que as pessoas eram eternamente insatisfeitas, então ela tinha certeza de que se tivesse mais peitos, gostaria de ter menos. Leis da vida.

No entanto, Bernardo não pareceu se incomodar com a aproximação de Ana — ele nem chegou a olhá-la, apenas aproximou sua boca do pescoço de Catarina e começou a beijá-la ali, mordiscando a sua pele.

Ana continuou olhando para eles, esperando alguma reação do rapaz, porém ele não deixava o pescoço da ruiva por um segundo, fazendo com que ela se perguntasse o estado do seu pescoço no dia seguinte. Contudo aquilo era prazerosamente bom, e jamais pediria para que ele parasse.

— Vocês ainda vão ficar muito aqui? — Ana tentou chamar a atenção dele de novo, porém, mais uma vez, não obteve resultados.

Catarina afastou-se do rapaz, cutucando-o para que ele pudesse dar atenção a mulher com quem trabalhava, contudo, era perceptível que tudo o que ele menos queria era conversar com Ana.

— Estou pensando em ir daqui a pouco. — Ele passou a mão pelo quadril de Catarina, deixando-a extremamente mais abaixo do que o necessário, um movimento que Ana captou facilmente. — Vem comigo? — olhou para a ruiva, esperando aprovação.

— Já que moram juntos, certo? — A loira indagou, inclinando-se querendo chamar a atenção do rapaz para si.

Bernardo não respondeu, nem precisou, pois ele lançou um sorriso cheio de malícia para Catarina que qualquer um poderia sentir a as más – ou boas – intenções escapando pelos seus pensamentos.

— Claro, por isso mesmo. — Catarina acrescentou, segurando a mão de Bernardo e o puxando dali. — Tchau Ana, foi muito bom sair com vocês.

Capítulo 13 – Até logo, Bernardo

A cabeça de Catarina estava explodindo ao abrir seus olhos no dia seguinte, porém ela recuou, enfiando sua cabeça embaixo do travesseiro, não querendo encarar a luz do dia.

Ainda bem que era sábado, senão ela não conseguiria sobreviver o dia de trabalho que teria na segunda. A moça inspirou fundo, sentindo uma colônia masculina vinda do lençol, porém ela tinha certeza de que seu amaciante tinha o aroma de peônias. Ela não trocava suas peônias por outro — mesmo que estivesse na promoção.

Aos poucos, retirou a cabeça do travesseiro e percebeu que seus cabelos estavam um emaranhado em chamas à sua frente, então também os colocou de lado, notando que aquele não era seu quarto.

Era o quarto de Bernardo.

Ela respirou fundo, vendo sua roupa jogada no chão, calcinha e sutiã inclusos, e que vestia apenas uma blusa masculina para cobrir seu corpo inteiro.

Catarina nunca teve grandes problemas com o infame "dia seguinte", contudo ela não planejava não se recordar de *nada* da noite anterior. Principalmente sendo com o rapaz que morava com ela.

Ela estava muito ousada, e suas bochechas começaram a queimar imediatamente com as lembranças, das indiretas no bar e o beijando da maneira que o beijou dentro do Uber. O que aquilo significava?

A porta do quarto se abriu e ela segurou a coberta o mais próximo possível de seu pescoço assim que viu Bernardo aparecer apenas de toalha e com um sorriso genuinamente contente nos lábios.

O que eles haviam feito?

Bernardo entrou no quarto sorrindo, depois de um longo e merecido banho, tendo em vista o caos que foi a noite anterior.

Nunca mais ele beberia tantos *shots* de uma vez em uma festa. Não importava o que ele fosse dizer. Jamais.

Até a próxima vez.

Ele olhou para Catarina em sua cama e se lembrou da noite anterior, onde eles não conseguiam retirar as mãos um do outro, arrastando-se até o quarto dele, retirando suas roupas às cegas. No entanto, ela acabou dormindo de tão bêbada que estava, então nada havia acontecido, além de ele a ter vestido com uma antiga camiseta da atlética da faculdade.

Eles tinham que parar de beber perto um do outro, pois aquilo definitivamente não estava dando certo para nenhum dos dois. Uma hora tudo daria errado. Por que o álcool fazia com que eles pensassem que péssimas ideias eram ótimas? Quem disse que dormir com a moça que morava com ele era um plano genial?

Ele gostava demais de Catarina para fazer aquilo com o que eles tinham. Não poderia ser o tipo de cara que arriscava a amizade de uma garota sensacional por uma noite de sexo — por mais incrível que ele achasse que fosse.

— Bom dia. — Ele a cumprimentou, pegando uma cueca e uma bermuda em suas gavetas, voltando a sair do quarto.

Em algum lugar de sua logística, ele não havia contabilizado que ela poderia acordar antes que ele se vestisse. E *Deus*! Por que ela tinha que ser tão sensual mesmo tendo acabado de acordar?

Nem Sophia conseguia aquela façanha, nem mesmo nos meses efervescentes da louca paixão. Na verdade, sempre achou irritante quando ele se enrolava nos cabelos longos da ex, e quando ela babava em seu braço durante o sono.

Catarina havia dormido quieta, como um pequeno gato que se embolava em seu próprio corpo, ocupando o mínimo espaço que poderia. Ele só sabia que ela ainda estava viva, pois respirava fundo às vezes, como se estivesse recuperando o seu ar enquanto sonhava.

Aquela garota o levaria à loucura antes que ele percebesse.

Ele esperou dentro do banheiro, mesmo depois de já ter colocado a roupa, para que ela saísse de seu quarto e não tivessem mais nenhum encontro constrangedor naquela manhã. Qual estratégia ele poderia adotar naquele momento? Uma coisa havia sido segunda-feira. Porém, sexta também? Aquilo estava recorrente demais para que eles conseguissem voltar à estaca zero.

Só havia um jeito. Eles tinham que virar praticamente irmãos.

Ou...

Catarina saiu do quarto de Bernardo às pressas, trancando-se dentro do seu e tomando um banho apressado para verificar que havia pegado todas as suas peças da noite anterior. Menos sua calcinha. Droga!

Ela colocou uma calça de moletom cinza e uma camiseta do *Big Bang Theory* com piadinhas internas que poucas pessoas entendiam a referência. A garota prendeu seu cabelo ainda molhado e olhou ao seu redor, colocando a mão em seu rosto, pegando seus óculos de grau para ver se ele lhe ajudava em algo.

Segunda foi um acidente que ela pensou que eles poderiam passar facilmente, porém a noite anterior não fora acidental. Ambos sabiam exatamente o que estava acontecendo e deixaram acontecer.

Ela nem ao menos se lembrava de ter transado com ele. Droga! Pelo menos ela gostaria de saber se havia valido a pena o clima estranho que havia se instaurado na casa — o arrependimento veio em dose dupla, pois tinha absoluta certeza de que o sexo deveria ter sido fenomenal, afinal, ela estava falando de Bernardo.

Depois de respirar fundo, encontrando forças para abrir um sorriso que ela havia treinado diversas vezes, se preparou para abrir a porta do quarto e deixar a estranheza para trás. Ela conseguiria fazer aquilo, não conseguiria? A partir daquele momento, Catarina e Bernardo seriam melhores amigos. E apenas aquilo. Amigos. E nada mais.

Ela ouviu o interfone tocando e Bernardo atendeu, tentando se perguntar quem queria falar com um deles em pleno sábado.

Uma batida seca soou em sua porta e ela soltou palavras desconexas que ele poderia abrir e entrar no quarto.

— O porteiro disse que tem uma encomenda para você e o entregador está subindo. — Bernardo disse do lado de fora, ignorando as instruções dela.

Catarina respirou fundo e, finalmente, abriu a porta, agradecendo o recado e se dirigindo para a sala, esperando o velho Sr. Fausto com um possível presente atrasado que os pais dela mandavam vez ou outra da Europa. No entanto, não foi Sr. Fausto que apareceu na porta de sua casa quando o elevador se abriu. Era uma mulher morena, deslumbrante, com um sorriso brilhante e olhos negros que eram assustadoramente profundos. Ela era quinze centímetros mais alta que Catarina — ok, ela estava de salto, então tudo bem —, e em suas mãos havia um belíssimo buquê de flores em mãos.

— Com licença. — A mulher pediu. — Você deve ser Catarina. — Ela lhe entregou um grande buquê de rosas vermelhas e brancas, perfeitamente misturadas entre si. — Vim entregar uma encomenda da Floricultura Mortens. Poderia assinar aqui que recebeu, por gentileza?

Catarina assinou, pegando as flores, completamente confusa do que estava acontecendo e quem poderia ter lhe mandado tal arranjo.

— Obrigada — murmurou, levando as flores até a cozinha, não notando que a mulher a seguiu para dentro do apartamento, portando um pequeno pacote em mãos.

A ruiva pegou um vaso de vidro que pouco usava e o encheu de água, colocando suas flores ali, em cima da bancada, procurando um cartão e o encontrando, preso dento das flores.

Nisso, um espinho lhe furou o dedo. Ela praguejou baixo, colocando o dedo dentro de sua boca e pensando onde poderia ter *band-aid* em sua casa. Talvez no banheiro de Bernardo.

— Bernardo, você tem um curativo para mim? — perguntou alto, esperando que ele pudesse lhe ouvir, enquanto voltava a olhar para a morena que analisava cada centímetro da casa. — Posso te ajudar?

— Eu gostaria... — Ela começou a falar, levantando o pacote em suas mãos, porém parou todos os seus movimentos quando Bernardo surgiu com uma pequena caixa em mãos.

Ele não chegou a reparar na mulher, porém ela certamente havia reparado nele, parecendo quase assustada por ele estar ali.

— Aqui. — O rapaz ofereceu, pegando o dedo de Catarina e o olhando. — Como se cortou?

— Com um espinho — apontou para as flores de maneira lacônica.

— E quem te mandou flores? — indagou, franzindo suas sobrancelhas, com curiosidade.

— Ainda não descobri, mas veio com *delivery* e tudo. — Ela inclinou a cabeça na direção da mulher morena, vendo que ela hesitou quando Bernardo a olhou.

Ele terminou de colocar o curativo no dedo dela, completamente desatento, apenas olhando para a mulher. Catarina havia perdido alguma coisa, com certeza, pois não estava entendendo a grande troca de olhares que eles estavam tendo.

— Bernardo. — A mulher o cumprimentou, com um sorriso radiante. — Quanto tempo.

— Sophia. — Ele a cumprimentou, sem entusiasmo algum.

Sophia? Catarina recuou, reconhecendo imediatamente o nome da ex-namorada de Bernardo, que estava noiva e iria se casar logo mais. E, naquele momento, o elefante branco entrou no apartamento e os três ficaram sem jeito.

— Eu vou... — Catarina apontou para seu quarto, porém Bernardo meneou a cabeça na direção dela, pedindo que ela não saísse.

— O que está fazendo aqui? — O *trader* indagou, cruzando seus braços em seu peito.

A voz dele tremeu um pouco no começo, porém ela ficou estável depois de duas palavras.

— Você está bem. — Ela constatou, ignorando a pergunta dele. — Fico feliz. Faz muito tempo que não nos vemos e...

— O que você está fazendo aqui, Sophia? — perguntou novamente ao bufar, deixando seus ombros cansados caírem.

Ela hesitou e entregou o pacote a ele, fazendo questão de evitar o contato dos seus dedos, talvez temendo sentir algo que não desejava.

— Eu disse que tinha algumas coisas suas comigo. — Ela deu de ombros e sorriu. — E eu queria saber... Por que você respondeu que não iria ao meu casamento?

— Não preciso dar explicações. Estranho foi você ter me convidado — retrucou, pegando o pacote com facilidade e o deixando no balcão da cozinha.

— Mas nós nos conhecemos há tanto tempo e você é meu... — Ela parou no meio de sua frase, medindo suas palavras e o que realmente queria dizer. — Eu gostaria que você fosse.

— Não vou fazer isso comigo mesmo. Eu tenho um enorme carinho por você e te desejo tudo de bom, mas não acho que eu deva ir ao seu casamento. — Ele se afastou. — Sinto muito por te magoar.

— Por favor, Bernardo. — Sophia pediu, suspirando. — Você me cortou de todos os seus contatos. Eu sinto sua falta! Não consigo mais falar com você. Você desapareceu e...

— Você está noiva, Sophia! — disse com dentes trincados. — Você terminou comigo faz meses. Não pode falar comigo como se o culpado de nossa separação fosse eu.

Ela deu um passe para trás, não esperando por aquela resposta e talvez jamais imaginando aquele pensamento se passava pela cabeça de Bernardo.

— Pelo menos está com Ana? — A morena perguntou, com um sorriso desgostoso nos lábios.

— Nunca houve nada entre nós. — Ele olhou para Catarina, percebendo que ela ainda estava ali, observando aquela cena como se assistisse uma partida de pingue-pongue. — Ah, essa é Catarina.

Sem mais apresentações. Apenas "essa é Catarina". Aquilo não soava muito caloroso, porém não é como se ela pudesse reclamar dele apresentá-la como "Catarina que mora comigo", principalmente depois de ver a reação das pessoas com aquilo.

— Catarina? — Sophia cerrou seu cenho, como se o nome lhe fosse completamente desconhecido. — Ah! — Algo surgiu em sua mente. — *Ah!* — E a lembrança, aparentemente, estava completa. — Prazer.

— Prazer. — Catarina disse com a voz falha, limpando a sua garganta, porém ninguém pareceu notar.

— Bem, pense no assunto. — Sophia pediu, sorrindo para ele e se afastando. — Prazer em te conhecer, Catarina. Espero vê-la mais vezes. — Porém nada em sua voz transmitia tanto calor. — Até logo, Bernardo.

Ela se virou e saiu, fechando a porta atrás de si.

Catarina suspirou pesadamente, pegando o cartão de suas flores e entrando em seu quarto, não querendo interromper Bernardo e seus pensamentos.

Capítulo 14 – Você se esqueceu disso

Bernardo passou a tarde com o pacote o encarando, que com certeza queria que fosse aberto apenas para despertar sentimentos já adormecidos.

Aquilo foi cruel. Foi um golpe baixo e Sophia sabia disso. Sabia tanto que apareceu não esperando que ele fosse recusá-la. Ela apareceu, convicta que iria receber uma resposta positiva e se orgulhava imensamente por ter resistido.

Ele foi até a sala e deixou o embrulho ali, avistando a flores que Catarina havia recebido e se perguntando quem poderia ter mandado, afinal era um buquê grande e bonito.

Entrando em seu quarto, pegou seu celular e o girou em sua mão, deslizando seus dedos de um lado da tela até o outro, porém sem decidir nada concreto do que iria fazer, então pensou em mandar uma mensagem para Catarina.

Bernardo Figueiredo

Bonitas flores, quem te mandou?

Aquela não era a sua abordagem mais sutil, porém não aguentava mais ficar sozinho com os fantasmas de Sophia lhe implorando que ele fosse ao seu casamento e a assistisse se casar com outro.

Não demorou muito para que ela visualizasse a mensagem e começasse a digitar a resposta.

Catarina Wollvensberg

Ninguém importante.
E o pacote?
O que tinha dentro?
Acho que você não estava esperando por essa visita, né?

Ele meneou a cabeça, pois não havia como esperar que ela respondesse tranquilamente a pergunta. Catarina sempre desviava de assuntos que não gostava de falar sobre.

> **Bernardo Figueiredo**
> Não abri, está na cozinha.
> E sim, faz mais de um ano que não nos encontramos e ela acha que pode entrar assim na minha casa?
> *nossa casa
> Ela me irrita ainda com essa atitude que sempre sabe o que pode e vai acontecer.

Ele batucou os dedos no teclado, pensando em escrever algo a mais, porém nada lhe surgiu a mente.

> **Catarina Wollvensberg**
> Bem, não está curioso para saber o que é???!!!
> Ela veio entregar flores, acho que foi a desculpa perfeita para te encontrar.

E apenas aquilo.

Catarina não o estava ajudando a se livrar do restante de Sophia que havia dentro do seu ser.

> **Bernardo Figueiredo**
> Pode me fazer um favor?

> **Catarina Wollvensberg**
> Dependendo do que...

> **Bernardo Figueiredo**
> Pode abrir o pacote? Se for algo que você realmente acha que eu iria querer de volta, me entrega. Se não, só joga fora.

> **Catarina Wollvensberg**
> Vai confiar no meu julgamento sobre sua ex?

> **Bernardo Figueiredo:**
> Eu estou, não estou?

Ela não respondeu, porém ouviu a porta do quarto dela se abrindo e seus passos preencheram o silêncio do corredor da casa em pleno sábado de tarde.

Ele permaneceu na tela da conversa, esperando uma mensagem, porém se surpreendeu ao perceber que ela estava gravando uma mensagem de áudio, e mesmo próximo à sala ele não conseguia escutar nada do que ela estava falando.

Então, a mensagem foi recebida por ele que logo apertou o botão para que ela fosse reproduzida:

— Hum, vejamos. Temos aqui uma blusa florida velha que tem totalmente o seu estilo praiano, porém ela tem uma mancha de vinho e um botão faltando. Tem também uma carta, que certamente é para você e eu não ousaria a ler. E uma camiseta... Do Pal-mei-ras? Você é *palmeirense*, Bernardo? Como pôde me falar isso só agora?

No mesmo momento que o áudio acabou, parecendo que estava esperando a sua deixa, Catarina entrou no quarto, vermelha, e jogou a camiseta do time do Palmeiras no colo dele.

— Como você me escondeu uma falha tão grande? — perguntou, andando de um lado para o outro do quarto. — Ser são-paulino tudo bem, é um time respeitável com os três mundiais e tudo mais, porém o Palmeiras? Nem mundial vocês têm! Acho que só ficaria pior se você fosse corinthiano, porém se fosse este o caso, nós não estaríamos tendo essa conversa tão amigável.

Ele começou a sorrir, até que o primeiro riso escapou de seus lábios e ele não se segurou mais, deixando que sua gargalhada invadisse o apartamento inteiro. O rapaz ria tanto, mas tanto, que acabou chorando de tanto rir, e de tanto chorar de tanto rir começou a realmente chorar.

— Bernardo... — Ela se sentou na cama dele, colocando uma mão em cima do seu joelho com os olhos preocupados. — Está tudo bem?

— Não esperava que ela fosse guardar essa blusa por um ano — sorriu, retirando as lágrimas do seu rosto, limpando a sua garganta e tentando aparentar estar mais no controle de seus sentimentos do que realmente estava.

— Palmeirense? — questionou, com um leve sorriso nos lábios.

— Não sou, na verdade eu não acompanho futebol. — Ele meneou a cabeça. — Mas um dia perdi uma aposta e tirei uma foto com a blusa do Palmeiras, ainda na época que ele estava na segunda divisão do brasileiro.

— Ufa, foi um momento de leve insanidade, então. — Ela colocou a mão em seu coração, fingindo estar profundamente aliviada.

— Pode jogar fora também — deu de ombros, com as costas apoiadas contra a cabeceira de sua cama. — Pode jogar tudo, até a carta.

Catarina o encarou, com os olhos um pouco manchados do restante de maquiagem da noite anterior.

— Não. — A moça meneou a sua cabeça, pegando a camiseta e a segurando com suas duas mãos. — Vou guardar tudo isso dentro da caixa. Estará em meu quarto quando estiver pronto, ok? — Ela sorriu para ele, um sorriso que prometia que dias melhores estavam por vir.

Bernardo estava ferrado.

Ela não estava nem tentando.

— Pode guardar isso também? — Ele abriu a sua gaveta e entregou a ela uma caixa pequena e velha. — É só uma coisa que tenho eu devolver para meu pai.

— Claro. — Ela se levantou e começou a sair do quarto.

— Espera! — disse alto, chamando a atenção dela, porém desta vez ele já estava de volta com seu sorriso tradicional. — Você se esqueceu disso.

Ele lançou a calcinha na direção dela, acertando-a na cabeça, fazendo com que ela ficasse tão vermelha quanto uma pequena pimenta e ele gargalhou abertamente daquele momento.

— E não sei se você se lembra, mas você desmaiou na cama antes de qualquer coisa — esclareceu, pensando que pelo estado de embriaguez de Catarina, ela provavelmente havia perdido aquele pedaço de memória no álcool.

— Nós não...? — apontou entre os dois, enroscando seu pé, discretamente, em sua calcinha e a jogando para fora do quarto dele.

— Não — concordou.

Ela passou por alguns estados de emoções explícitas, porém todas elas eram relacionadas a alívio ou felicidade.

— Obrigada — agradeceu, voltando a sair do quarto.

— Acontece com todo mundo. — Ele deu de ombros.

— Não apenas por isso.

Capítulo 15 – Não sou esse tipo de garota

Depois da fatídica primeira semana de Catarina e Bernardo morando juntos, a convivência se tornou evitável e normal, pois Catarina estava voltando de carona com José Paulo todos os dias depois das nove da noite, enquanto Bernardo jogava seu videogame, ou saía com seus amigos, o que era mais frequente.

Eles se tornaram bons em prever o horário um do outro para eles não se atrapalharem na casa. A sincronia era quase perfeita, só não era perfeita, pois Bernardo se esquecia de retirar a roupa da máquina de lavar e normalmente elas tinham que ser lavadas duas vezes por isso — e isso fazia Catarina roubar taças de vinho da adega dele como recompensa.

Os projetos dela estavam lentos, porém se movendo na SC Motors, enquanto ele estava tendo um mês estressante no trabalho por causa da crise política no Brasil. Certo domingo de outubro, Catarina acordou com mensagens indignadas de Guilherme sobre uma suposta foto dela com Bernardo, porém não conseguia entender como ele tinha a coragem de ficar indignado com *ela*. *Ela*, entre todas as pessoas o mundo. *Ela*, que não lhe devia nenhuma explicação. *Ela*, que mesmo que quisesse, não deveria, nem poderia ter nada com a segunda pessoa da foto.

A foto já estava tão velha que a noite havia sido esquecida, ou, ao menos, era isso o que ela queria. Tanto pelo bem quanto pelo mal. Nem mesmo as flores que ele havia mandado poderiam curar um machucado tão doloroso.

Guilherme e Elisa haviam terminado pelo espaço de tempo de uma semana, porém a ruiva tinha certeza de que até o final da semana seguinte eles iriam voltar, pois esta era a dinâmica do relacionamento deles.

Ela saiu de seu quarto com seu roupão e o cabelo ainda molhado, abrindo a geladeira e esperando que um pouco de comida pudesse se materializar ali. Infelizmente, isso não aconteceu.

— Bernardo! — Catarina o chamou, porém ele não a respondeu. Então ela ignorou a existência do rapaz e voltou a procurar algo para comer.

Catarina pegou um pouco de salada e grelhou um frango rapidamente, esperando que aquilo matasse a sua fome, ligando sua televisão e retornando a assistir as suas séries esquecidas, pois ainda não estava no horário do jogo.

Bernardo chegou um pouco mais de tarde, suado e com uma toalha em mãos, tendo visivelmente ido à academia que ele tanto havia comentado que frequentava nas últimas semanas.

— Eu decidi — falou, pegando seu Gatorade e tomando desesperadamente.

— O que? — perguntou, com frango em sua boca.

— *Sexy* sem ser vulgar — comentou em um gracejo, olhando para ela enquanto se sentava no balcão da cozinha.

— Não estava tentando — resmungou, com as bochechas em chamas.

Aquilo estava acontecendo com mais frequência do que ela gostaria, suas bochechas corando, porém, ao mesmo tempo, sentia que estava ficando melhor em estar indiferente a ele e a seus comentários. Aquilo era apenas mais uma prova da vida.

— Você ainda não respondeu o que decidiu fazer. — Ela o lembrou, desviando os olhos da tela.

— Vou ao casamento — anunciou, recebendo um olhar surpreso de Catarina, algo que supôs que ele já esperava.

— Pensei que você não queria... — A engenheira pegou seu celular e olhou em seu calendário. — Não é daqui uma ou duas semanas?

— E sabe quem eu vou levar? — O rapaz a olhou e ela se preocupou, pois ele parecia um pouco perturbado com seus pensamentos. — Ana.

— Sério? — Ela o olhou com tanta reprovação que ele hesitou. — Não pode estar falando sério. Isso é patético!

— Não é. — Ele se levantou e se sentou no sofá ao lado dela. — Sophia não queria que eu ficasse com Ana? Então vou levar Ana!

— E você quer algo com a Ana? — Catarina indagou, cruzando seus braços.

— Bem... não, mas... — começou a falar, porém ela o interrompeu e ele se calou.

— Você vai usá-la apenas para se vingar de Sophia? — Ela se levantou do sofá com o prato vazio em mãos. — Isso é horrível da sua parte! Você vai magoar Ana só porque pode?

— Ela está esperando esse momento faz meses e...

— Bernardo! Se trata, por favor! Olha que absurdo você está falando. — Ela colocou o prato na pia e começou a lavar a louça que sujou. — Você não pode fazer isso com a Ana se não gostar e não quiser nada com ela.

— E o que você sugere que eu faça? — Ele se levantou, indo atrás dela.

— Bem, eu não usaria Guilherme para magoar Elisa mesmo que ela sempre tivesse sido uma idiota comigo. — Catarina respondeu com dentes trincados, percebendo que havia falado demais, calando-se de repente. Ela não deveria ter compartilhado tanto.

A verdade é que Elisa a estava enlouquecendo nos últimos tempos, mandando mensagens sem sentido todos os dias, querendo que Catarina admitisse coisas que ela não fez.

Não importava.

Não de verdade.

— Elisa está te incomodando, moça? — indagou o rapaz, precisando de pouca dedução para aquilo.

— Não é nada... — A moça negou, olhando para seu celular que num piscar de olhos já estava nas mãos de Bernardo, pois ele sabia a sua senha — Bernardo! *Não*!

Tarde demais, ele já havia lido a conversa, ou pelo menos, a parte que interessava do monólogo de Elisa Maria.

— Não sabia que você estava falando de novo com Guilherme. — Bernardo comentou, devolvendo o celular a ela.

— Não estou — secou suas mãos e o olhou. — Não mexa nas minhas conversas, não foi educado.

— Tem algo que eu não possa ler? — sorriu, imaginando coisas que ela provavelmente não falaria, porém aquilo não importava para a imaginação dele.

— Certamente. — Ela o olhou com indignação. — Minha vida particular e profissional não te diz nenhum respeito.

— Desculpa. — Ele levantou as mãos em sinal de trégua.

— Tudo bem, apenas não faça mais isso — respirou aliviada, pois seu mundo ruiria se ele lesse alguma coisa que ela falava com Angel sobre ele.

E era muita coisa.

Muitas fofocas e questionamentos.

— Então o que acha que eu devo fazer? — O *trader* jogou a garrafa vazia de Gatorade fora. — Em relação ao casamento.

— Pode ir ou não ir, apenas faça isso pela razão certa — respondeu com calma, dando um leve e encorajador sorriso a ele. — Faça para ter paz no seu coração. Amor não é uma competição, Bernardo. Se você acha que é, então você vai perder.

Ela se afastou dele, andando até o seu quarto. Jamais, em nenhum milhão de anos, Catarina sonharia que conseguiria dizer algo tão profundo e sincero sobre o amor com a sua pouca experiência sobre o assunto, porém ela acreditava que havia feito um bom trabalho.

— Tudo bem. — Bernardo falou alto e ela se virou. — Quer ir comigo?

— E quais as suas intenções comigo, *Herr* Figueiredo? — cruzou os braços em frente de seu peito com um sorriso.

— Uma companhia que vai me impedir de fazer merda — confessou.

Ela avaliou a resposta dele, olhando-o e medindo suas palavras com pesos imaginários.

— Qual a cor da sua gravata? — indagou a moça.

— Não seria eu quem deveria perguntar a cor o seu vestido? — Ele franziu o cenho.

— Não sou esse tipo de garota. — Ela entrou em seu quarto e fechou a porta, apenas depois de dar uma piscadinha em sua direção.

Capítulo 16 – Qual o seu problema?

— Kitkat? — Carlos olhou para Bernardo.

O rapaz não fazia ideia quando um apelido de alguém poderia significar tantas coisas dependendo do tom que a pessoa indagasse.

E, como a brincadeira poderia fazer aniversário de três meses e jamais ficaria velha, todas as segundas-feiras Bernardo recebia um pacote de KitKat. O motivo daquilo ele ainda não havia identificado, muito menos quem o estava incomodando.

— O que tem ela? — Ele indagou, terminando de beber sua água no restaurante depois do almoço.

A convivência deles estava tão tranquila que ele quase não se lembrava que já passaram muito próximo de romper o acordo silencioso de não se envolverem — ele só se lembrava daquilo quando ela estava no mesmo ambiente que ele. Principalmente quando ela estava próxima o suficiente para que ele sentisse a fragrância de amêndoas que ela emanava depois do banho. Ele conheceu muitas mulheres na vida, cada uma com um perfume diferente, porém nenhum deles se impregnou nele com tanta intensidade. O apartamento inteiro o lembrava sua proprietária, Catarina.

Por esse motivo ele estava saindo mais com Carlos e Rodrigo, tentando afastar-se dela o suficiente para que não se intoxicasse com sua essência — ele até mesmo estava preferindo sair com Bárbara e Luís que ficar com Catarina. Não que aquilo importasse, pois ela quase nunca estava em casa, sempre trabalhando, sempre chegando tarde. Ela até estava saindo com José Paulo e Heitor, e às vezes com Jéferson e Angélica.

Pelo menos ela não estava mais com Guilherme, e aquilo realmente deixava Bernardo uma pessoa mais feliz. Até o momento que ele olhou ao seu redor e viu Catarina no mesmo restaurante que ele, acompanhada de nada mais, nada menos do que com Guilherme.

Ele franziu seu cenho e se levantou, andando na direção deles em um reflexo automático, ignorando seus amigos que falavam com ele.

— Catarina. — Ele a cumprimentou, fazendo-a se assustar com a aproximação rápida.

— Bernardo. — Ela olhou ao seu redor e encontrou os amigos dele na mesa, acenando — Já almoçou?

Ela estava sentada em uma mesa para dois, com Guilherme olhando o cardápio, não se importando nem em cumprimentá-lo.

— Já, daqui a pouco vamos voltar ao trabalho para o fechamento do mês. A rolagem do dólar será insana — sorriu, entregando-lhe o seu melhor sorriso de camaradagem.

— Boa rolagem. — A moça sorriu de volta, lentamente, como se apreciasse o gesto, sem desviar seus olhos. — Vou à casa de Angel essa semana para escolher um vestido para o casamento, tudo bem? Ela tem uma coleção maravilhosa e pode me emprestar um.

— Claro, avise se precisar de carona de volta — enfiou suas mãos em seu bolso, sabendo que deveria pagar a conta, voltar para sua mesa, se afastar dela e não se incomodar.

— Não precisa. — Ela colocou uma mecha de cabelo atrás de sua orelha. — Posso pegar um táxi qualquer coisa.

— Não seria incômodo, eu... — Porém ele foi interrompido por Guilherme, que decidiu abrir sua boca exatamente quando não deveria.

— O casamento de Sophia Valentim? O primo do noivo dela trabalha comigo — falou, olhando apenas para Catarina, ainda ignorando Bernardo. — Podemos ir juntos, o que acha de eu buscá-la sábado uma hora antes?

Catarina e Bernardo não souberam se ele estava brincando ou falando sério.

— Eu vou com Bernardo. — Ela disse calmamente. — Comentei com você essa semana.

Bernardo ouviu apenas que eles estavam se falando havia uma semana. Uma semana que ela não havia comentado nada com ele, principalmente depois da conversa deles sobre Elisa.

— Ah! — Guilherme o olhou, finalmente. — Então nos encontramos lá.

— Você não iria levar Elisa? — Catarina indagou, cruzando seus braços. — Você sabe que tem que levá-la depois que...

— Você não se cansa de o tempo todo querer dar conselhos moralistas aos outros? — Guilherme questionou, seco, chamando um garçom.

Catarina ficou com os lábios entreabertos, seus olhos arregalados, mirando Bernardo e tentando dar um sorriso, porém ele saiu amarelo, então ela apenas meneou a cabeça para que ele não falasse nada.

— Bem... — Bernardo disse com os dentes trincados. — Nos vemos em casa, moça.

— Deve estar contando os segundos... — Guilherme murmurou, porém em um tom relativamente alto para que fosse ouvido.

Bernardo cerrou seus punhos e se afastou, percebendo que algo estava acontecendo ali. Algo que ele não sabia e não gostava, porém falaria com Catarina assim que ela voltasse para casa para saber o que *diabos* ela tinha na cabeça para voltar a conversar com aquele sujeito.

— Guilherme! — Catarina ciciou o nome dele, depois que eles fizeram seus pedidos. — Qual o seu problema?

— O rapaz estava passando dos limites convencionais enquanto te olhava. — O advogado comentou, segurando a mão dela com delicadeza.

Ela se soltou dele meneando sua cabeça, sem saber como se desculpar com Bernardo depois daquele horrível episódio.

— E quem é você para ditar como devem me olhar? Se *eu* não estou incomodada, você não deveria estar. Tem que tratar meus amigos bem, entendeu? — cruzou seus braços, encerrando o toque das mãos deles e notando o olhar divertido dele enquanto a olhava.

— Amigos? Claro! E quando você vai voltar a *me* tratar bem? — Ele indagou, franzindo suas sobrancelhas. — Não me surpreende você ter poucos amigos. E com poucos amigos eu quero dizer quase nenhum.

— Você está passando dos limites. Qual o seu problema? — Ela sentiu uma veia de sua testa saltando.

— Meu problema é que de repente aparece um cara no seu apartamento, você não para de falar do quanto ele é simpático, inteligente e engraçado. Você sai com ele mais do que comigo. E você sabe que Elisa e eu terminamos e não tenta por um segundo me procurar. — Guilherme pegou seu copo de água e tomou um gole. — Você encontrou outra pessoa para passar o tempo, então me largou como lixo.

— Você *foi* um lixo comigo a última vez que nos encontramos. — Ela pontuou, controlando a respiração. — Você *está sendo* um lixo agora!

Ele colocou a mão sobre seu rosto, impedindo-se de falar coisas que provavelmente machucariam o coração de Catarina mais uma vez, porque havia sido uma odisseia para que ela concordasse com aquele almoço.

— Eu me sinto horrível por janeiro. Eu voltaria no tempo e esqueceria e não faria nada. — Ela explicou a ele com calma. — Mas eu não posso, então eu estou tentando ser sua *amiga*. Eu estou tentando muito desde aquele dia, mas você não me deixa. Você sempre quer algo a mais e... O que você quer de mim?

Ele a olhou e a moça vislumbrou um pequeno pedaço perdido dentro deles, como se ele fosse feito de cacos e por isso a machucava tanto.

— Não consigo simplesmente esquecer, Cat — murmurou, perturbado. — Você me segue o tempo todo. Elisa sabe disso. Ela sabe que mesmo que exista um pedaço meu que seja dela, existe um pedaço meu que sempre será seu.

— Eu não quero — sussurrou no impulso, desesperada com o rumo da conversa. — Entregue a ela. Eu não quero ser a causa...

— Não é tão simples! Não posso simplesmente desligar meus sentimentos por você. Se fosse simples eu teria feito isso faz meses!

— Eu pensei que você me queria de volta como amiga. — Ela se levantou, olhando para ele com decepção. — É só isso o que eu queria. Ter o meu amigo de volta.

— Cat... — Ele tentou chamá-la.

— Ligue para Elisa e se acertem. Eu não quero estar no meio do drama de vocês o tempo todo, é simplesmente exaustivo. — Ela disse, entregando a ele um pequeno sorriso e saindo do restaurante.

Catarina não sabia qual o motivo exato para não conseguir se desvencilhar de Guilherme apesar de tudo, porque depois de todas as palavras e ações dele deveria ser simples apenas ir embora e nunca mais olhar para trás, mas ela não conseguia fazer isso. Mesmo assim, queria acreditar que tinha jeito, porque dentro dela, em um lugar escuro e pouco habitado, tinha medo de que ele tivesse mesmo razão e que, se não o tivesse, então não teria mais ninguém.

O que Catarina não notou, foi que bem ao canto, os amigos de Bernardo a olhavam, principalmente Jéssica.

Capítulo 17 – A polícia está a caminho

— Esse vestido? — Angélica perguntou, mostrando o terceiro vestido que tinha e poderia servir em Catarina.
— Acho que ele vai ficar estranho em mim. — Catarina comentou, constrangida por estar dando tanto trabalho por algo tão simples.
Era só um vestido. Não precisava ser algo tão importante quanto Angélica fazia questão de parecer que era. Não era como se ela fosse madrinha ou algo do gênero, pois não era. E Catarina não era Cinderela, ela só iria acompanhar Bernardo.
— Tenho... Já sei! — A loira avançou contra o armário, pegando diversas embalagens que encobriam os vestidos que ela acumulou ao longo de sua vida. — Usei este em minha formatura. Com certeza deve servir, vai ofuscar até a noiva!
— Não quero ofuscar a noiva, Angel, quero apenas um vestido. — Catarina retrucou, agradecendo mentalmente que Angélica tinha um armário tão incrível e um coração tão bondoso.
— Qual a graça em ter apenas um vestido? — Ela deu de ombros, mostrando o tecido vermelho escuro com detalhes em dourado que capturaram os olhos de Catarina. — Eu sabia que era a sua cara. Vamos, experimente!
Ela não precisou de persuasão para retirar o vestido verde que havia ficado folgado em seus quadris para deslizar sobre o outro, vendo que mesmo estando um pouco justo, ele lhe servia melhor do que os outros.
— Posso mesmo pegar emprestado? — A ruiva indagou, esperando Angélica terminar de prender todas as partes necessárias para que ele não caísse.
— Claro! Eu não ofereceria se não achasse que você iria tomar cuidado e me entregar inteirinho. — A loira sorriu, admirando sua amiga.
— E ficou ótimo em você. Ficaria ainda melhor se você começasse a tomar mais sol e ficasse morena. Seu regime de Netflix não te ajuda em nada, você sabe.
Catarina revirou seus olhos, sorrindo, pois ela sabia que deveria ser menos sedentária, porém passava o dia na frente de um computador e quando chegava em casa, tudo o que ela queria era existir em seu sofá.

— Talvez um dia eu vá — cogitou a ideia. — Andar de bicicleta é uma boa atividade, não é? Eu me lembro de que gostava de andar de bicicleta quando era menor.

— Só não pode cair e se matar. — A loira pediu, analisando-a. — Tem algo de ouro ou dourado para colocar com o vestido?

A outra garota assentiu, lembrando-se das joias que havia herdado de sua avó antes dela perder contato. Não eram modernas, porém tinham um charme clássico, atemporal.

— Bom, já que terminamos com o vestido, Kitkat, por que não me conta alguma coisa enquanto bebemos um chá? Eu passo o dia ouvindo sobre soldagem e rebites, e eu estou desesperada para ter um tempo longe do cheiro de defumado e dos retrabalhos. — Angélica comentou, sorrindo e antes de apontar para a sua cozinha com o queixo, enquanto Catarina retirava o vestido e o guardava, colocando suas roupas.

— José Paulo disse que nem o Cruze muito menos o Civic estão te buscando nos últimos tempos. Algo errado?

— Os nomes dele são Bernardo e Guilherme. E você sabe disso, Angel. — Catarina afirmou, prendendo seu cinto e se sentando na cama de sua amiga.

— Apelidos personalizados. — A loira deu de ombros, ainda interessada. — Ainda não me respondeu.

— Está tudo bem, eu acho. — A ruiva respondeu, porém, parou para pensar no assunto e percebeu que aquilo mascarava a realidade. — Na verdade, acho que está tudo mal. Sou péssima para saber o que está acontecendo na cabeça das pessoas.

— Não é muito difícil. Por exemplo, eu sei que você está apaixonada pelo vestido e quer usá-lo o tempo todo. — Ela sorriu, triunfante.

— Não é algo muito difícil de se deduzir. — Catarina suspirou, feliz com a escolha e que seu caminho tivesse cruzado com o que Angélica naquele ano.

— Exato. Nem tudo é difícil, Kitkat. Na verdade, eu acho que nós dificultamos mais a nossa vida do que o necessário quando não percebemos que o caminho mais simples também pode ser correto. — deu de ombros, olhando para a aliança dourada em sua mão esquerda e a retirando do dedo, pousando-a ao seu lado. — Já que você não vai compartilhar, eu compartilho.

Angélica suspirou, pegando o bule de chá que estava em infusão com um *blend* da Blend Perfeito fazia alguns minutos e servindo uma xícara para cada.

— Estou me divorciando. — Angélica explicou, ao se sentar na cama e deixar a xícara no chão. — Lucca me traiu com uma das mulheres que trabalha com ele. Eu não quis saber quem. Só pedi o divórcio e que ele saísse de meu apartamento. Não estamos nos melhores momentos.

Catarina abriu seus lábios, porém tinha certeza de que todos os conselhos e frases de apoio que ela tinha em mente, Angélica já deveria ter ouvido várias vezes de várias pessoas.

— Eu sempre pensei que eu fosse mais esperta, sabe? Sempre achei que uma mulher traída era fraca e não estava presente. Sempre achei que eu fosse o melhor que eu poderia ser. — Ela meneou a cabeça, seu semblante era uma melodia trágica. — Mas isso não é verdade, porque as pessoas traem por qualquer motivo. Eu fui traída e perdi o amor da minha vida no processo. E eu... Eu só estou confusa.

Catarina meneou a cabeça, sabendo que sua voz iria falhar, não queria que aquilo acontecesse.

— Eu sigo em frente e encontro outro amor ou não encontro? Tem que estar tudo bem também. A minha felicidade não pode depender de ter um homem ao meu lado. — A voz de Angélica estava diminuindo, enfraquecendo. — Eu estou tentando ser forte, mas às vezes eu consigo tudo, menos isso.

— Ah, Angel... — Catarina a abraçou, embalando o corpo de sua amiga, sabendo que às vezes abraçar poderia acalmar mais a alma do que ser discurso bonito.

E percebeu que ela também precisava ter sua alma acalmada, pois conviver com Bernardo a estava levando à loucura. Ele sempre sorria oferecendo uma taça de vinho esperando que se juntasse ao sofá, porém ela não se arriscava. Não poderia mais.

— Quando quiser sair só para se distrair, sabe que pode me chamar. — A ruiva sussurrou, sentindo a amiga soluçar em seus braços. — Eu não sou uma das melhores companhias do mundo, admito, porém eu me esforço. E juro que por você eu até topo ir a uma balada.

Angélica riu, abraçando sua amiga de volta e agradecendo o apoio, murmurando palavras incompreensíveis de gratidão.

— E olha que eu só saio de casa amarrada. — Catarina brincou, arrumando os cabelos da loira e limpando as lágrimas dela. — E está tudo bem se sentir confusa, todo mundo fica às vezes.

— Eu sei. — Angel riu, limpando sua garganta e arrumando seus cabelos que estavam colados em seu rosto por conta das lágrimas. — Acho que eu só não surtei porque agora temos que nos concentrar no M-Outubro.

Aquilo a fez sorrir, lembrar-se de que Vitório ainda queria que ela participasse do projeto da competição de M-Outubro com tanta motivação. Catarina estava levando o projetista júnior, Fábio, a querer matá-la de tantas mudanças e ajustes, porém ele também concordava que as ideias eram boas e necessárias.

Ela estava trabalhando no *design* dos modelos aerodinâmicos todas as tardes — criando conceitos, descobrindo qual era a visão e a missão deles, pesquisando o que a concorrência estava projetando —, porém reservava suas manhãs para o M-Outubro.

Bernardo brincava que ela parecia não morar mais com ele, porém ele não fazia ideia do quanto que ela queria simplesmente poder chegar em casa cedo e dormir antes das 19h.

No entanto, ela não tinha essa liberdade e aquilo a estava matando. Era por pouco tempo, pouquíssimo tempo. E ela tinha que usar este tempo da melhor maneira possível.

Bernardo recebeu uma mensagem de Catarina, pouco depois de terem se encontrado coincidentemente no almoço. No textão estava escrito que ela iria sair com uma amiga do seu trabalho, além de um relato "breve" sobre a briga dela com Guilherme. Mal sabia Catarina que todas as pessoas que trabalhavam com seu colega de apartamento já estavam pedindo para ele verificar se ela estava bem, inteirando-o do assunto.

Rodrigo e Carlos se apegaram a garota, mesmo que eles se encontrassem raramente em dias de almoço ou quando se reuniam em sua casa para decidir a pauta das reuniões gerais da mesa da semana — e parecia que Catarina estava sempre ali, às vezes arrumada, às vezes indo dormir, com um sorriso cansado e um chá em mãos.

Chá. Ela não se cansava de chás. E cada chá precisava de uma xícara diferente, pois ela afirmava que a essência do chá sempre impregnaria a xícara e sentiria a mistura de sabores. Besteira, se alguém perguntasse a Bernardo, porém Rodrigo pareceu concordar, dizendo que não usava a garrafa de seu café para outras bebidas.

— E ela fez! — Rodrigo sorriu, apontando para mesa do bar em que Bernardo e Carlos haviam se juntado a ele depois do expediente.

— Fez mesmo, campeão? — Carlos questionou, não aceitando a história de Rodrigo como verdadeira, mesmo que Bernardo tivesse corroborado sua veracidade.

Às vezes Rodrigo tinha históricas épicas com as mulheres que ele encontrava pelo Tinder.

— Fez a cesta de costas, acabou comigo no basquete. — O rapaz moreno de cabelos ondulados concordou. — Foi uma noite louca! — Ele olhou para Bernardo, que estava distraído da conversa. — E como anda a vida? Muito tumultuada?

— O casamento de Sophia é esse sábado — comentou, dando de ombros. Cada dia que estava mais próximo, menos ele conseguia se importar com aquilo.

Antes, ele estaria formando planos maquiavélicos para separar o casal e voltar com o antigo amor de sua vida, porém, naquele momento, ele não queria atrapalhar a felicidade deles. Ele só queria seguir em frente.

— Difícil... — Carlos comentou, acenando ao Luís, que pela primeira vez em semanas, aparecia no bar sem Bárbara. — Quem é vivo sempre aparece!

— Ela está me enlouquecendo. Cabelo no ralo, louça por lavar, sapatos espalhados pela casa, demora duas horas para se arrumar e está sempre gastando mais do que seu orçamento pode cobrir! — Luís se sentou à mesa, pedindo um uísque forte para tentar acalmar suas mãos trêmulas. — É muito mais difícil do que eu imaginei.

— Bem, ela sempre foi meio folgada... — Carlos acrescentou, recebendo olhares repreendedores. — Mas é verdade. Ela jamais se prontificou a fazer uma reunião de amigos na casa dela e nunca quis dividir presentes conosco.

Bárbara um dia trabalhou com eles no primeiro estágio dela, porém acabou se tornando secretária da Sacs logo após iniciar o namoro com Luís, afastando-se deles.

— Isso, ele tem razão. — Rodrigo concordou, recebendo um aceno de cabeça de Bernardo como resposta.

Guilherme, ele bufou internamente, o que uma pessoa tão boa quanto Catarina estava fazendo com ele? Aceitando ser tratada da maneira que ele a tratava?

O seu celular começou a tocar. Era Catarina.

O *timing* de seus pensamentos estava assustadoramente preciso nos últimos tempos.

— Bernardo? — perguntou em um sussurro. — Você por um acaso não perdeu a chave de casa e está forçando a porta, não é?

Ele franziu sua sobrancelha, ficando com a postura ereta ao ouvir sons de batida ao fundo.

— Está tudo bem? Onde você está? — perguntou preocupado.

— Eu acabei de chegar em casa. Tem certeza de que talvez não tenha sido um dos seus amigos? — A voz dela estava mais fina, sua respiração mais curta.

A garota limpou a garganta e ele conseguiu ouvi-la engolindo a seco.

— Eu estou indo, ligue para a polícia e se mantenha dentro do seu banheiro. Todas as portas devem estar trancadas entre vocês, certo? — Ele se levantou, pegando seu paletó e se despedindo às pressas, porém foi seguido porque seus amigos acabaram notando a tensão no ar. — Não desligue.

— Tudo bem — ouviu o trinco das fechaduras como pano de fundo.

— Mas como vou ligar para a polícia se não posso desligar? — indagou com uma pequena risada ao fundo.

— Carlos, pode ligar para a polícia por mim? Lá em casa — pediu e seu amigo, sem perguntar muito, começou a discar.

Os quatro entraram no carro de Bernardo e ele acelerou, sabendo da possibilidade de multas em sua carteira, porém não tinha uma quantidade de pontos preocupantes. O que lhe preocupava era a segurança de Catarina.

— É crime dirigir enquanto fala no celular — murmurou, tentando se distrair.

Ele colocou o celular no viva voz do carro.

— Tudo bem, estamos indo. Fique calma e em silêncio — pediu, percebendo que seus amigos estavam agitados com a situação, entendendo o real perigo. — Eles estão tentando ainda?

— Não sei. — Ela sussurrou, esperando um pouco. — Acho que sim, os barulhos estão mais... — Houve um barulho alto, como um grito feminino, porém não vindo de Catarina. — Tenho que desligar.

— Não! — Mas já era tarde, ela havia desligado.

— Calma, cara, a polícia está a caminho. — Carlos lhe garantiu, tentando confortar o amigo.

— Ela vai ficar bem. Ela deu uma chave de braço na almofada outro dia que eu tenho certeza de que o assaltante deveria ficar com medo.

— Rodrigo disse, rindo, tentando fazer com que Bernardo relaxasse.

No entanto, ele só conseguiria quando visse que Catarina estava bem e segura.

Capítulo 18 – O infame mês de janeiro

Bernardo deixou que Luís manobrasse seu carro na garagem, enquanto ele corria até seu apartamento com seus amigos, vendo que a polícia já estava ali.

Ele abriu a porta e notou uma garota de cabelos negros falando exasperada com um policial. Ela tinha a figura esguia e um salto maior do que o antebraço, porém o que mais o chamou atenção foi o olhar dissimulado dela, focados na parede. Estava fulminante e ao mesmo tempo desesperada.

Então, atrás dela, com uma policial e uma xícara de chá, estava Catarina com o rosto pálido, levemente abalada, porém com força o suficiente para dar alguns sorrisos efêmeros. Ela segurava um saco de gelo contra o rosto, perto de sua bochecha, completamente descabelada.

O coração de Bernardo bateu com tanta força que ele pensou que estivesse prestes a escapar-lhe, porém ele lhe permaneceu fiel.

— Catarina! — Ele a chamou, indo em sua direção e a abraçando, sentindo que a xícara estava entre seus corpos e o saco de gelo havia caído no chão, porém não se importou. — Está tudo bem?

— Agora sim — sorriu sem felicidade, afastando-se dele e se voltando para policial. — Será que eu não posso ir embora? Essa noite foi muito cansativa.

— Claro, já temos o seu depoimento sobre o assunto, mas, como a porta foi arrombada, aconselhamos que você durma em outro lugar até amanhã, quando a porta for arrumada. — A mulher falou, entregando alguns papéis para que a moça assinasse.

— Droga! — Catarina murmurou, olhando para Bernardo. — Desculpe a confusão. Não queria te expulsar de casa.

— Tudo bem, você não tem culpa. — Ele garantiu, segurando a mão dela. — Quer que eu ligue para minha irmã? Ela mora na Oscar Freire, não fica muito longe daqui.

— Não quero incomodar, posso ligar para Angel ou pegar um hotel e… — Ela começou a falar, porém parou, olhando para a outra garota.

Havia algo ali. Algo muito errado. Algo perigoso. E Bernardo estava disposto a fazer de tudo para proteger Catarina daquilo.

— Vamos, vou pegar uma troca de roupa e vamos logo para lá. Ela está morrendo de vontade de te conhecer e os caras amam o bolo de cenoura dela. — Bernardo passou o braço ao redor do ombro dela, guiando-a ao seu quarto.

— Obrigada. — Catarina sussurrou, desparecendo dentro do cômodo.

O caminho até a casa da irmã de Bernardo foi estranho. Cinco pessoas amontoadas em um carro, sendo que Catarina, por ser pequena, havia sido escolhida para ficar no desconfortável banco do meio. Ela até aproveitou para anotar, em sua lista mental, que seria ótimo fazer bancos do meio mais espaçosos depois daquela experiência.

Quando chegaram lá, foram recebidos por uma garotinha de cabelos castanhos encaracolados com a boca suja de chocolate, e a irmã de Bernardo, que estava com um neném em seu colo.

— Podem entrar, não liguem para o estado da casa — cumprimentou a todos, com a voz melodiosa e um sorriso arrebatador. — Prazer! — Ela deu um abraço apertado em Catarina. — Meu nome é Célia, essa aqui no meu colo é a Becca. Rebecca, na verdade, e o pequeno monstrinho no chão é a Ivana.

Catarina cumprimentou a todas, vendo que Ivana já estava nos braços de Bernardo e os rapazes haviam se acomodado nos sofás da casa, deliciando-se com o bolo que estava em cima da mesa.

Ela ficou um pouco ali, parada, sem saber para onde ir ou onde deixar sua mochila. Deveria ajudar Célia com o jantar, se juntar aos garotos e comer bolo ou ir até Bernardo e...?

— Eu pego isso. — Bernardo surgiu ao lado dela, içando a mochila que pendia em seu ombro enquanto ainda segurava Ivana. — Vou deixar no quarto de Ivana, tudo bem?

— Sem problemas. — Catarina concordou, andando até Célia e vendo um sorriso banguela surgir dos lábios de Becca. — Ela é muito fofa.

— Você diz isso porque não estava aqui quando ela nasceu. Foram seis meses de puro terror neste apartamento! — Célia comentou, colocando Becca no cadeirão. — Mas agora ela só sorri, come e dorme. Tudo o que uma mãe pode desejar.

— Imagino — murmurou, olhando a cozinha bagunçada, porém cheia de desenhos e fotos das três. — Quer ajuda?

Célia olhou para Catarina e meneou a cabeça, rindo mais do que era normal para a situação.

— Vou falar para Bernardo te trazer mais vezes aqui, porque adoro quando as pessoas me oferecem ajuda. — comentou com leveza, sentindo que ali havia um recado discreto. — Mas não precisa, muito obrigada. Estou fazendo uma lasanha à bolonhesa para tentar tapear a fome de todos.

— Mas, realmente, se quiser ajuda, pode pedir. — A engenheira reforçou a oferta.

— Bem, pode cuidar da Becca enquanto eu termino a comida? Eu tenho medo de que ela caia do cadeirão enquanto eu estou de costas — pediu, mostrando que em seu rosto jovem havia mais história do que seu sorriso contava.

— Claro! — Catarina sorriu, pegando Becca no colo e vendo que a menina não choramingou com aquilo. Mas nossa, como ela era pesada!

De acordo com seus pais, Catarina foi uma criança chorona e difícil até seus dois anos, quando ela começou a comer tomate. Desde então, eles criaram a superstição que tomate a deixava feliz, era algo bobo que ela não levava a sério, porém quando sentia saudades deles, tomava uma sopa de tomate como a que sua mãe fazia.

A moça começou a embalar Becca para dormir, tentando se distrair e não pensar nos eventos anteriores àquela momento.

— Kitkat! — ouviu e se dirigiu até a voz que a chamava, que era de Rodrigo. — Precisamos de mais um homem para jogar truco.

— Não sou um homem — constatou, mostrando que estava com Becca no colo. — E eu não quero fazer vocês chorarem, sou ótima neste jogo.

E ela era pois sabia blefar, porém fazia anos que não jogava. Ela só praticou seu talento no começo da faculdade, antes que conhecesse filmes, séries, cobertor e pipoca.

— Tem que levar ela em uma quinta pra nós testarmos essa teoria, então. — Carlos falou, e mesmo que ele não tivesse direcionado a fala a ninguém, estava implícito que era para Bernardo.

Bernardo, que estava sentado no chão com Ivana pintando suas unhas de rosa, apenas concordou, discutindo se aquela cor lhe realçava os olhos.

Catarina sorriu para a cena, e o rapaz sorriu para Ivana.

— Jantar na mesa! — Célia anunciou e todos se dirigiram à mesa de jantar.

Eles comeram com tranquilidade, preenchendo a sala com os sons de sete bocas mastigando a lasanha e uma apenas mascando a própria gengiva.

Depois de satisfeitos, Catarina expulsou Célia da cozinha e começou a lavar a louça enquanto Bernardo secava e guardava tudo o que foi usado em seus respectivos lugares. Carlos e Rodrigo tiveram que retirar Luís a força da casa de Célia, pois ele não queria retornar para a sua casa — para voltar à bagunça de Bárbara, nas palavras dele —, porém eles foram mesmo assim.

— Obrigada pela ajuda. — Célia agradeceu com Becca no colo, e Ivana pendurada em sua mão bocejando com os olhos marejados de cansaço. — Agora vou levar essas duas para dormir. Boa noite para vocês. Se precisarem de algo é só chamar.

Catarina e Bernardo agradeceram silenciosamente.

Após estarem sozinhos, a moça disse que iria pegar suas coisas para dormir e ele foi atrás, ainda sem falar nada. Ambos sabiam que havia um assunto ali, uma conversa pendente e inevitável, então se sentaram na cama do quarto em que a sua mochila estava instalada. Tudo o que ela mais queria era não iniciar aquele assunto, até mesmo porque não se sentia pronta para abordar o tema, mas aquele era Bernardo e... Era simplesmente difícil *não* querer falar com ele.

— Quer conversar? — Bernardo perguntou, cruzando os dedos e apoiando seus cotovelos em seus joelhos, enquanto encarava suas unhas e descascava o esmalte azul delas.

— Foi Elisa. — Catarina suspirou o nome. — Aparentemente uma amiga dela, que trabalha com você, contou sobre a minha briga com Guilherme no restaurante e queria tirar satisfações sobre janeiro — disse com pesar. — O infame mês de janeiro.

— E o que aconteceu em janeiro de tão grave para ela invadir nossa casa? — indagou, formando um vinco entre suas sobrancelhas ao coçar sua barba por fazer.

Catarina estava começando a se acostumar com o vinco, pois ele sempre aparecia quando Bernardo estava pensando intensamente sobre algo, e aquilo era interessante, pois ela adoraria saber o que se passava na mente dele às vezes.

— De acordo com Guilherme, foi quando ele se apaixonou por mim. — Ela deixou seu corpo desabar contra a cama, colocando uma mão em sua têmpora direita, prevendo uma dor de cabeça avassaladora. — De acordo comigo mesma, foi um erro.

— E você...? Vocês...? — Ele apontava para o nada com os dedos, não formulando perguntas concretas e não conseguindo concluir o seu raciocínio.

— Não sei o que você está perguntando. — Ela o olhou com confusão, tentando entender o que o havia deixado daquela maneira.

— Você e ele... Fizeram algo... Hum, a mais para ele se apaixonar? — indagou, completamente desconfortável e constrangido.

— Você quer saber se transamos? — Ela perguntou sem discrição, vendo-o hesitar. — Não, mas não sei se isso realmente importa. Às vezes intenções magoam mais do que ações.

— Então vocês...? — O rapaz voltou a perguntar, deixando-a cada vez mais incomodada com o súbito interesse dele naquele assunto em específico.

Ele sabia que Guilherme era um dos amigos mais antigos dela, talvez a única pessoa que ela pudesse chamar realmente de "amigo", porém ele tinha um relacionamento e ela respeitava aquilo. Em janeiro, ele não namorava, porém, agora sim e ela não tinha nenhuma intenção de interferir naquele *status*.

Guilherme a queria, ele dizia que estava apaixonado, porém ela sabia com toda certeza que o que quer que ele alegava sentir logo iria passar, porque era um surto passageiro e ele voltaria logo para Elisa. Quem amava, cuidava, e Guilherme não estava cuidando nem de Elisa e muito menos de Catarina, e ela sentiu um arrepio, lembrando-se de como ele a machucou quando ele esteve em seu apartamento.

— Olha, foi idiota. Duas pessoas com vinho e intimidade de anos. Não sei o que exatamente passou pela minha cabeça, mas de repente tudo bem fazer carinho nos cabelos e deixar ele me dar um beijo na bochecha e... Bem, de repente não era só na amizade. Não aconteceu nada demais, mas, ao mesmo tempo, parece que aconteceu. Só que eles não namoravam nessa época, sabe? Apenas começaram a se relacionarem depois. E quando eles começaram a namorar, eu nunca mais pensei naquele dia. *Nunca mais.* Para mim foi um delírio e pronto. Para ele não, e para Elisa muito menos! — Ela o olhou de uma maneira que o calou, mesmo que ele não estivesse pensado em falar algo — E aí... Aparentemente ela queria respostas e veio atrás de mim. Tentei conversar com ela, mas sabe quando você está pra lá da razão? Então não adiantou.

— E agora? — Bernardo perguntou, verbalizando o grande dilema dela.

— Eu não sei, acho que ela nem vai ser presa nem nada, mas vão registrar um B.O. pro caso dela voltar a me incomodar. — A garota bocejou, colocando a mão em sua bochecha que estava rosada. — Jamais imaginei que ela pudesse agir da maneira que agiu. Ela tinha suas inseguranças, mas não... Nunca foi irracional, sabe?

— Bem, você mexeu com o namorado dela. — Bernardo, inconsciente da culpa que a garota já estava carregando, falou. — Faz sentindo se revoltar.

— Eles não namoravam na época! — Catarina se exaltou e olhou para a porta do quarto de Célia, abaixando o tom de voz. — Foi uma noite errada e eu pedi desculpas. Só Odín sabe quantas vezes eu pedi desculpas, mas você não pode me julgar por uma noite errada! Como se você nunca tivesse feito algo que se arrependesse.

Bernardo hesitou olhando diretamente nos olhos de Catarina, tendo debates internos que ela jamais saberia o que estava pensando, porém, percebendo que alguma pequena parte era sobre ela. Seus olhos estavam focados demais nos seus, como se quisessem ler sua alma.

— Já... — assentiu, não deixando os olhos dela por um segundo. — Eu só não entendo como um cara tão babaca quanto Guilherme conseguiu que uma garota como você perdesse um segundo da sua vida com ele. Você é...

— Burra? — completou, irritada.

— Extraordinária. — Ele a fuzilou com o olhar. — Eu ia dizer extraordinária. Você é melhor do que esse cara, moça. Deixa essa história para trás e segue em frente. Sem ele.

— Ele é meu melhor amigo. Nós temos tanta história... — Ela meneou sua cabeça, cruzando seus braços e se encolhendo. — Ele sempre...

No entanto, quando ela começou a pensar no assunto, o que Guilherme sempre fez por ela? Talvez no começo a amizade deles fosse recíproca, porém, depois de um tempo, ela se tornou uma via de mão única onde Catarina entregava mais do que recebia. Sempre entregou mais tempo, mais atenção e mais amizade, só que, na contramão, parecia que ele apenas a sugava, querendo mais e mais e mais. Se ela parasse mesmo para se lembrar de tudo, também havia o fato de que ele tentou beijá-la a força, que ele a segurou sem gentileza e que sempre estava tentando trazê-la para baixo, para o seu nível. Aquilo era tóxico, abusivo. Não era algo saudável e muito menos certo.

— Você não pode viver de história, não é um museu. — Bernardo colocou o cabelo dela atrás da sua orelha, olhando-a com empatia. — Mas eu sei, às vezes é difícil desapegar dela.

Catarina sorriu, sabendo que ele tinha experiência em desapego forçado por causa de Sophia, e ficou se perguntando se quando ele decidiu que iria sair completamente da vida dela, sentiu uma pontada de dor ou uma grande dose de alívio?

— O que aconteceu com a sua bochecha? — perguntou, passando as costas de sua mão na área rosada.

Será que ele não notava o quão intenso ele estava sendo? Será que ele não se preocupava?

— Elisa me bateu quando fui tentar conversar com ela. — Catarina respondeu, retirando a mão dele de perto de seu rosto com cautela.

— Ela te *bateu?* — indagou, indignado com a informação e furioso ao mesmo tempo. — Eu apostei que você daria conta do assaltante.

— Você *apostou* em mim? — A moça se afastou, incrédula da audácia dele em fazer apostas sobre ela em uma situação como aquela.

— Pensei que você sabia se virar. Vou te ensinar um ou dois truques depois, então — concordou consigo mesmo, como se estivesse vencendo um debate mental.

— Vou usar esses *truques* para te machucar, seu babaca! Como você faz isso quando eu estou em perigo? — Ela se levantou, irada, tentando afastar-se dele, porém sendo parada quando a mão dele a segurou.

— Espera, desculpa. — Ele pediu, desta vez seus olhos não conseguiram encontrar com os dela. — Não fui uma boa companhia agora. Desculpa.

Foi neste momento que ela percebeu o que tudo aquilo significava. Ele havia saído mais cedo de um encontro com seus amigos por ela. Ele atendeu o telefone e a escutou, percebendo que era algo grave logo de primeira. Ele apareceu, preocupado, e fez de tudo para que ela não se sentisse tão mal quanto estava se sentindo.

Talvez tenha cometido alguns erros no meio do caminho, mas ela não poderia exigir que ele sempre soubesse o que estava acontecendo e já tivesse a maneira correta de agir intrincado em seu ser. Ela poderia apenas querer que ele tentasse o máximo possível, como já estava tentando.

— Foi sim, está sendo ainda. — Ela voltou a se sentar, esboçando o início de um sorriso para ele, segurando a sua mão. — E eu tenho que te agradecer por hoje. Você, possivelmente, salvou a minha vida — brincou.

— Já estamos na fase de rir do assunto? — questionou incerto, testando os limites em que ela se sentia confortável.

— Uma hora essa fase tem que chegar. Eu prefiro que ela comece agora. — A garota confirmou.

— Então vou fazer um chá de camomila para você se acalmar e falarmos de como a lasanha da Célia é incrível.

Capítulo 19 – Vem caçar auroras comigo

— Quando vou conhecer seus pais? — Bernardo indagou a Catarina assim que o chá havia ficado pronto e os dois se sentaram confortavelmente na cama de Ivana.

O quarto tinha o tema da Barbie, cheio de roupas rosa e bonecas espalhadas pelo chão, algo que ele descobriu de maneira dolorosa ao pisar em uma.

Bernardo já a havia convidado para um churrasco de domingo com a família, dizendo que estava na hora deles se conhecerem, porém, na verdade, ele só queria ver como Catarina iria se entrosar com sua família, pois a interação dela com Célia havia sido melhor do que ele poderia ter esperado.

— Eles moram em Oslo, então acho bem difícil que este encontro aconteça. — A engenheira deu de ombros, assoprando seu chá.

— E quantas vezes vocês se veem por ano? — Ele se interessou, não tocando em sua xícara, esperando que ela esfriasse naturalmente.

— Uma vez nas minhas férias. Eu acabo pegando um mês e passo os trinta dias com eles ou com meus avós, depende da época do ano — respondeu ao dar de ombros. — Normalmente só fico em Oslo com meus pais quando é época de Aurora Boreal. Gosto de caçá-las pela Noruega inteira, mas meu lugar preferido é Tromsø.

Bernardo sorriu, apreciando a maneira calma com que ela se comportava, pois era isso o que queria desde o começo, mesmo que ele tivesse começado errado ao tocar no assunto Guilherme e as repercussões daquela fatídica noite.

Ele queria machucar o rapaz por machucar Catarina, principalmente por saber que ela sempre tentava isentá-lo de culpa, buscando caminhos onde não havia nenhum. Um dia, Bernardo teria a chance que tanto esperava e queria ter certeza de que Guilherme faria o que deveria ter feito fazia meses: se afastar de Catarina.

Ele não conseguia se conformar como José Paulo e Heitor estavam certos em relação a isso, mesmo que eles nem soubessem.

— Caçadora de auroras? — O *trader* indagou, imaginando a cena de Catarina com roupas de frio que a deixariam o dobro de seu tamanho, dentro de um 4x4, percorrendo a Noruega inteira completamente dona de si.

— Eu gosto. Meu pai era pesquisador da USP, no departamento de Eventos Amostrais destes fenômenos, então ele viajava muito para os países nórdicos por serem o foco do seu PhD — explicou. — Os meus avós maternos são islandeses e moravam em Reykjavík antes de se mudarem para Brasil, então minha mãe também amava estas viagens...

— Como é o nome? — Bernardo perguntou, pegando o seu chá e percebendo que já estava a uma temperatura tolerável.

— Reykjavík. — Ela repetiu com um sorriso nos lábios, notando que ele estava brincando.

— Saúde! — ofereceu e ela revirou os olhos. — Então você é parte alemã e parte islandesa?

— Sou — a moça bocejou, aconchegando-se na cama. — E você?

— Meu tataravô é português, daí veio o Figueiredo, e minha mãe tem descendência italiana — respondeu o rapaz, percebendo a tendência de sua genética.

— Que combinação perfeita — murmurou, fechando seus olhos, com a cabeça contra o travesseiro.

— E quando você vai visitar seus pais de novo? — perguntou, notando que as respostas dela estavam ficando mais e mais espaçadas, delatando que estava adormecendo.

— Vou em novembro e fico por um mês. — Catarina respondeu, virando o rosto na direção dele. — Queria ficar o Natal lá, mas as passagens estavam caras, então marquei o fim das minhas férias para dia 20 de dezembro.

— Como você quer que eu sobreviva um mês sem você no apartamento? — perguntou brincalhão, porém ela o olhou com seriedade.

— Vem caçar auroras comigo. — A moça fechou seus olhos, não revelando se aquilo era brincadeira ou não.

— Boa noite, Catarina — falou, cobrindo o corpo dela com o cobertor antes de sair do quarto.

Bernardo apagou todas as luzes da sala e deitou-se no sofá, cansado depois das tensões daquela noite. Ele olhou seu celular e leu as mensagens de Rodrigo e Carlos no grupo que eles tinham chamado "O melhor da bolsa".

Carlos Rocha Roystov

Avise como Kitkat está
Ela parecia estar ainda meio abalada durante o jantar

Rodrigo Baltasar Visers

Cuida desse docinho
Nós gostamos dessa garota, campeão
Não estraga tudo

Carlos Rocha Roystov

Mas não esquece que às vezes
A gente só tem uma chance
E quando essa chance vai embora
Ela não costuma voltar

Rodrigo Baltasar Visers

Ou seja, a gente só apoia esse relacionamento se rolar casamento

Bernardo Figueiredo

Vocês não conseguem respeitar nem o dia que a moça teve a casa invadida pela namorada do "amigo"?

Carlos Rocha Roystov

Somos amigos, não somos feitos para sermos legais

Rodrigo Baltasar Visers

Estamos aqui para jogar as verdades na cara
E sair correndo

Carlos Rocha Roystov
High five a distância?

Rodrigo Baltasar Visers
High five a distância

 Ele distanciou-se do seu celular, rindo da estupidez de seus amigos e de suas mentes fantasiosas em demasia.
 Não havia nada entre ele e Catarina, e não era como se ele não pensasse nela daquela maneira, pois pensava mais do que deveria, porém sabia que tinha apenas uma regra que ele tinha que respeitar. E se ele não a respeitasse, ele poderia perder sua amizade.
 Não, ele chegou à conclusão, fechando os olhos e mergulhando profundamente em seus pensamentos. Para ele não valia a pena arriscar o que eles tinham por uma noite. Ele queria tudo ou nada. Ela não era mais um investimento que ele poderia comprar ou vender quando queria.
 Ou era tudo ou era nada.

 Naquela noite, nenhum dos dois dormiu bem. Ambos acordavam no meio da noite por motivos adversos: um vento forte, uma chuva na janela, o vizinho chegando de madrugada ou o barulho ensurdecedor do tic-tac do relógio.
 Bernardo passou duas horas em claro, porque a sua mente não conseguia simplesmente se desligar. Ele pensava em como Catarina iria trabalhar no dia seguinte, se Elisa apareceria de novo, se a moça estava conseguindo descansar, se ela queria companhia ou se queria ficar sozinha. Ele nunca mais queria deixar Catarina sozinha mesmo que tivesse plena ciência que ela sabia se cuidar. Não queria que ela sofresse o mesmo trauma duas vezes. Contudo, na terceira hora, já estava exausto de preocupação e adormeceu, acabando, assim, seu problema de dormir.
 Já para Catarina o problema foi outro, pois sempre que seus olhos se fechavam, ela se lembrava de Elisa. Olhava para o teto, mentalizando seu quarto, a camiseta pendurada em sua parede, o porta-retrato dos

seus cachorros, mas nada disso conseguia abafar o choro que ainda ecoava em sua mente. Ela sentia dor, era verdade, porém não fazia ideia do que Elisa sentia todos os dias, amando alguém que... Que sempre a colocava de escanteio.

No final das contas, as duas eram vítimas de Guilherme e suas dissimulações, porém era simplesmente difícil se afastar dele, porque sempre que tentava, ele a puxava de volta com flores, palavras bonitas, desculpas eloquentes, e ela *sempre* acabava acreditando que daquela vez seria diferente, que daquela vez ele a trataria melhor e não a machucaria mais. Mas era como um viciado e suas drogas, sempre com mais promessas do que progresso. Só que estava na hora de tentar de verdade, porque estava cansada de querer bem a quem não tinha apresso por ela.

Então, ela se escondeu de baixo do cobertor, esperando que ele pudesse escondê-la dos seus pesadelos.

Capítulo 20 – Sabe que dia é hoje?

— Tem certeza de que está bem? Acho que eles vão entender se você quiser faltar hoje. — Bernardo comentou com Catarina ao estacionar em frente ao prédio dela.

— Eu não posso abandonar minha equipe duas semanas antes do M-Outubro — meneou a cabeça. — E está tudo bem, não foi algo tão grave assim.

Ele a olhou mais sério, tentando ver por trás do sorriso forçado que ela colocou nos lábios e na maquiagem que usou para esconder as horas não dormidas. Ela dizia que estava bem e Bernardo queria acreditar em sua mentira, mesmo sabendo que naquele dia em específico não deveria.

— Bom dia e bom trabalho. — A moça disse ao abrir a porta do carro e descer, não permitindo que ele continuasse o pequeno interrogatório que fizera a manhã inteira.

No fundo, ela estava bem porque sabia no fundo do seu coração que não era a pior pessoa do mundo. Então conseguiu acalmar o retumbado em seu peito e seguir em frente, deixando o passado onde ele deveria estar.

— Kitkat! — Jéferson a recebeu com um abraço, sendo jogado pro lado por Angélica que a esmagou contra seu corpo. — Ficamos sabendo o que aconteceu! Está tudo bem?

— Estou bem — garantiu a todos que estavam ao seu redor, incluindo José Paulo e Heitor. — Foi uma longa noite, mas acabou.

— Jon Snow não concordaria sobre isso, mas... — Heitor resmungou, arrancando uma risada da turma, relaxando os ânimos de todos.

— Bem, não quero ser um pé no saco. — Catarina falou, jogando a bolsa em sua cadeira e olhando os quatro. — Mas temos um protótipo para terminar em uma semana.

Angélica sorriu, puxando Catarina para a sala da manufatura mecânica e explicando tudo o que eles estavam fazendo com o projeto detalhado que a garota entregou.

As duas passaram o dia discutindo as adaptações necessárias para que o 4x4 entrasse nas especificações do M-Outubro e dos requisitos para ser um carro com tração nas quatro rodas.

Ao final do dia, elas apelidaram o carro de 4Motor, um nome que todos decidiram aderir.

— E quais os planos para amanhã? — Heitor perguntou, olhando para as duas mulheres.

— Eu tenho um casamento. — Catarina respondeu, recolhendo todos os papéis que estavam jogados na sala de reuniões.

— E eu tenho que assinar meu divórcio. — Angélica resmungou, jogando seu copo de café descartável fora. — E se alguém fizer alguma piada sobre o assunto, vai ter uma conversa séria comigo. — Ela se afastou andando até Vitório para finalizar alguns detalhes que ele não havia gostado da concepção final.

— Vai se casar, Kitkat? — José Paulo brincou, observando o escritório movimentado, porém notando que eles não tinham mais muito que trabalhar naquela tarde.

— Claro, só falta encontrar o noivo. — A engenheira riu, abrindo o modelo do DKV 2018, nome do projeto do automotivo aerodinâmico que ela estava trabalhando. — O que acham desse *design*? Muito cheio de curvas?

— Achei que sua marca registrada era ter curvas. — Heitor comentou, alisando sua barba com o olhar compenetrado.

— Sim, mas curvas que auxiliem no movimento leve do carro, e não apenas curvas estéticas — bufou, frustrada que ainda não havia conseguido algo decente.

— Você bem que poderia pensar na estética também. Carros são para serem funcionais e atrativos no visual. — Jéferson deu de ombros, olhando para o desenho dela. — Por que não tenta suavizar as curvas na frente e acentuar as que estão perto das rodas?

Catarina olhou para ele e depois para seu desenho, fechando um olho e depois o outro, tentando visualizar o que ele estava sugerindo e cogitando se aquela era uma boa ideia.

— Acho que vai funcionar — concordou, pegando a caneta e começando a ajustar os traços que ela tanto estava se sentindo incomodada pela falta de harmonia.

— Ei, Kitkat! — Jéferson chamou a sua atenção e ela o olhou. — Sei que este não deve ser o melhor momento para fazer nada na sua vida, mas… — Ele olhou para José Paulo e Heitor, que assentiram com a cabeça. — Feliz aniversário!

Ele entregou a ela uma sacola da Pandora, uma loja que ela apenas passava na frente, porém sabia que era uma das favoritas de Angélica, e claro aquilo tinha um dedo dela.

— Obrigada, mas não precisava. — A aniversariante sorriu, sentindo seus olhos marejando e se culpando. Ela não queria chorar. — Como vocês sabiam que era meu aniversário? Eu tirei do Facebook.

— O RH mandou um *e-mail* com os aniversariantes do mês. — Heitor comentou, sorrindo enquanto penteava sua barba com seu pente de madeira. — Agora abra. Vamos ver se conseguimos te alegrar um pouco.

Ela estava tremendo e sabia disso, da mesma forma que sabia que eles estavam olhando cada movimento seu. Aos poucos ela abriu a sacola e viu que ali havia uma pulseira com quatro pedras já presas. Aquilo deveria ter custado uma fortuna para eles.

— Pelos deuses! — murmurou, colocando sua mão contra a boca e os olhando. — Isso é... É demais!

— Não. — José Paulo meneou sua cabeça, pegando a pulseira e a colocando no pulso de Catarina. — Apenas queremos te relembrar que existem pessoas que te amam, mesmo que você acabe se esquecendo disso às vezes.

Ela sorriu e abraçou cada um deles, vendo que até mesmo Angélica havia retornado para o seu agradecimento.

Catarina nunca foi uma pessoa que se deixava envolver pelas outras, porém aquelas eram o motivo para ela jamais pensar em sair da SC Motors. Eles eram sua família quando sua família verdadeira estava longe, e por mais que não dissesse com frequência, ela era extremamente grata por tê-los em sua vida.

Pelo restante do dia, ela recebeu *e-mails*, mensagens e ligações diversas, todas lhe desejando felicidades, sucesso e saúde. Ela estava acostumada aquele padrão de vida, pois todo ano era exatamente a mesma coisa.

Catarina recebeu apenas mensagens de seus pais, porém aquilo já era o suficiente para ela, pois eles sabiam que uma ligação poderia tumultuar o andamento do seu dia. No final da tarde, ela recebeu novamente a típica carona de Bernardo para eles irem para casa. Ela não comentou com que aquele era seu aniversário, pois sabia que ele ficaria bravo e constrangido por não ter sido avisado antes.

Quando eles chegaram, a porta já havia sido arrumada e o apartamento estava em ordem, porém Bernardo não havia entrado, ainda parado no batente a olhando.

— Certo — comentou, cruzando seus braços. — Quando você pretendia me avisar que hoje era seu aniversário de 25 anos?

Ela foi pega de surpresa e o olhou com os lábios entreabertos.

— Como você descobriu? — indagou, imitando a postura dele e se apoiando no balcão da cozinha.

— Tenho meus meios. — Ele deu um sorriso torto, e ela sabia que os culpados tinham nome, CPF e trabalhavam com ela.

— Não é nada demais — deu de ombros, abrindo a geladeira e pegando uma garrafa d'água. — É só mais um dia no ano.

— Como ousa dizer isso? Aniversários são as melhores comemorações do ano! — Ele se exaltou, andando na direção dela e pegando a garrafa d'água da sua mão. — Vamos, vá se arrumar senão vamos chegar atrasados.

— Para onde? — Ela sorriu mesmo não querendo.

— Para seu presente de aniversário — disse com um sorriso presunçoso. — Na verdade, pode vir, você está ótima do jeito que está.

Ele pegou a mão dela e a levou até seu carro, vendando seus olhos e começando a dirigir.

— Vai me dizer para onde estamos indo? — indagou em um gracejo.

— Não. Não planejei essa surpresa para você estragá-la — confessou o rapaz.

E desta maneira eles seguiram por mais de uma hora de viagem. Ela, indagando, ele, desviando.

— Estamos chegando bem na hora. — Bernardo comentou, diminuindo a velocidade — Sabe que dia é hoje?

— Sexta? — questionou, começando a retirar sua venda.

— E sabe o que acontece quase toda sexta às 21h? — O sorriso dele foi a primeira coisa que ela viu.

A segunda coisa foi o estádio do Guarani.

— Não! — Catarina sorriu de ponta a ponta, abrindo a porta do carro em um salto e observando onde eles estavam.

— Bem-vinda ao estádio do Guarani. O time de Campinas que está na segunda divisão e joga contra o Internacional de Porto Alegre. Hoje. Agora! — Ele mostrou a ela os ingressos que estavam em seu bolso da calça.

Catarina se jogou nos braços de Bernardo, rindo de nervoso.

— Como você fez isso? Nem eu consegui os ingressos, e eu tentei muito! — Ela falou com a voz exultante, soltando-o.

— Tenho meus meios — repetiu a mesma frase de antes. — Agora vamos, senão iremos nos atrasar e perder essa pelada.

— Pelada? Esse jogo vai ser maravilhoso! — segurou a mão dele e andou até os portões do estádio.

Capítulo 21 – Quer meu cobertor?

Bernardo percebeu que entendia menos de futebol do que estava imaginando, quando Catarina teve que explicar a ele como funcionava uma linha de impedimento.

Durante a pausa entre os tempos, ela comprou a nova camiseta do seu time e ficou conversando com alguns rapazes gaúchos que falavam cantado e pronunciavam mais "bah" e "tchê" do que qualquer pessoa que ele já havia conversado antes.

Ele pensou que o dia não poderia melhorar, porém quando o Inter marcou seu segundo gol, ele viu que o rosto de Catarina estava quase da cor de seu cabelo, e ela não conseguia parar de gritar e cantar com a torcida organizada.

Ao final do jogo, eles estavam voltando para o carro de Bernardo enquanto Catarina girava seu corpo e o acompanhava.

— Muito obrigada! — murmurou, olhando-o.

O estádio do Guarani estava escuro, triste pela derrota, porém os torcedores colorados estavam avivando o estacionamento de vermelho e branco em um alvoroço digno de sua vitória.

— Não sei se alguém já me deu um presente tão fantástico antes. — Ela abriu a porta do carro e entrou.

Bernardo entrou em seguida e, logo, estavam voltando para São Paulo. Era meia-noite e eles tinham que dormir, se não o dia seguinte seria sofrível.

— Não precisa agradecer, moça. Hoje é seu aniversário e eu pensei que você poderia aproveitar um pouco para sair de casa e assistir 22 caras correndo atrás de uma bola — deu de ombros, sentindo-se constrangido de tanta gratidão que ela estava demonstrando.

— Hoje era para ser um dia horrível. E... E foi ótimo. — Ela o segredou baixinho. — Vocês sempre conseguem fazer minha vida melhor.

— Somos seus amigos, normalmente essa é nossa missão — retrucou, sorrindo.

A colorada colocou em uma rádio de seu gosto e ele não se incomodou, pois só estava prestando atenção nos murmúrios de canções de vitória que ela estava assobiando.

Chegando ao prédio deles, ela ligou o seu celular no canal de notícias de seu time e ficou assistindo os comentários do jogo.

Bernardo tomou uma ducha e saiu do banheiro secando seus cabelos, vendo que Catarina ainda estava na sala, tomando um chá de hibisco na xícara rosada, a combinação certa. Aparentemente, as coisas estavam voltando ao normal.

— Bem, você sabe — chamou a atenção dela e ela pausou o vídeo. — Nesse final de semana é o casamento de Sophia, mas se não quiser ir...

— Bernardo. — A moça sorriu, se levantando e andando na direção para tomar a mão dele na sua. — Eu quero ir com você. Fica tranquilo. O que aconteceu essa semana foi algo completamente fora do normal e eu não quero mais pensar nisso.

Ele segurou o rosto dela e o inclinou para o lado, vendo que o lugar que ontem estava vermelho, hoje estava de volta a cor normal dela.

— Não quero te incomodar com algo tão pequeno — sussurrou, olhando-a nos olhos.

— Não vai. Eu estou bem. Eu... — Ela meneou sua cabeça.

O rapaz não queria se intrometer na vida dela, era verdade, mas não conseguia mais ficar calado.

— Você deveria contar a verdade a Elisa. Contar a ela que o namorado dela não é confiável e que é ele quem está atrás de você.

— Já fiz isso. Ela está tão cega de amor por ele e quer acreditar no que quer. Se isso é amor, não sei se quero fazer parte disso. — Ela se afastou dele. — E além disso, tenho certeza de que ela não quer a verdade, e sim, apenas, uma mentira bem contada.

Aquela revelação doeu mais nele do que achou que poderia. Como ela poderia pensar que amar era algo errado? Algo ruim? Amar era o melhor sentimento do mundo. Pena que ela só saberia disso quando o sentisse em sua pele.

— Bem, sei que a vida é sua, moça, mas eu fico preocupado em você escolher caminhos mais complicados do que o necessário. — Ele colocou a toalha em seus ombros. — Mas qualquer coisa, sempre bloqueie o soco com o braço.

— Meio tarde para esse conselho — revirou seus olhos, porém voltou a se aproximar dele e o abraçou. — Obrigada por ser essa pessoa fantástica, Bernardo. Eu sinto muito se algum dia eu te causei um problema ou te dei trabalho. E se você precisar de mim, só me avise. Eu quero estar com você sempre que me quiser por perto também.

— Você não faz ideia na cilada que está se metendo — riu, abraçando-a de volta. O rapaz fechou seus olhos por apenas um momento e inspirou fundo, sentindo uma onda de familiaridade que preencheu sua mente, pois, pela primeira vez em muito tempo, tudo o que passava pela sua cabeça era o aroma de amêndoas de Catarina e nada mais.

Era como se ela fosse um interruptor e, sempre que estavam juntos, desligava o mundo externo, deixando-os em uma bolha deles. Pequenos momentos que pareciam que existiam apenas em seu subconsciente, ou melhor, grandes momentos que se misturavam com seus sonhos.

— E qual a graça da vida se eu souber? — Ela se afastou dele, sentando-se no sofá e batendo no lugar ao seu lado. — Vem, já não é mais meu aniversário, mas eu ainda gostaria da sua companhia.

Bernardo ficou parado onde estava, não sabendo se aquilo era um teste ou se ela realmente o estava convidando para o sofá; e quaisquer que fossem as suas intenções, por que elas deveriam mudar as dele?

Ele se aproximou e se sentou ali, esperando que ela fizesse algo, porém Catarina apenas deitou sua cabeça em seu colo e fechou seus olhos.

— Vai me usar como travesseiro? — fingiu indignação, porém deixou seus dedos deslizarem pelos cabelos rubros dela em um carinhoso cafuné.

— Eu vou — respondeu com a voz fraca e os olhos fechados. — Só queria um pouco de carinho.

— Eu acabei de te levar até Campinas em um plena sexta-feira para assistirmos um jogo de futebol. Como isso não envolve muitas doses de carinho? Eu deveria receber o prêmio de melhor *alguma coisa* do mundo. — Ele sorriu, aconchegando-se no sofá.

— Eu já disse que foi o melhor presente do mundo, não disse? — abriu seus olhos e o encarou.

— Seus antigos namorados nunca te levaram para um jogo de futebol? — Ele franziu suas sobrancelhas. — Está certo de que nunca levei Sophia em nenhum, mas nenhum de nós gostávamos...

— Nunca tive um namorado sério para esse tipo de programação, e quando eu queria ir a um jogo, normalmente Guilherme me acompanhava, mas não é a mesma coisa. — Ela deu de ombros, desviando seus olhos dos dele, sentindo uma inquietação nascer em seu peito.

— Por que não?

— Eu não sei, mas não parece ser a mesma coisa.

— Eu sou mais especial, não sou? — O *trader* brincou, começando a fazer cócegas nela, vendo que a moça estava rindo e se contorcendo com aquilo. — Pode admitir que sou.

— Para, Bernardo! — Catarina gargalhava, tentando se afastar dele.
— Ok, você é mais especial!

Ele se afastou um pouco, não conseguindo calar o sorriso nos seus lábios.

— Se você me acha especial agora, mal pode esperar pelo que eu planejei pro Natal — sorriu maquiavelicamente.

— Bem, eu sou ótima em dar presentes, então sinto lhe informar que você será desbancado. — Ela se levantou, passando por ele e mandando um beijo pelo seu ombro. — Não se esqueça de usar uma gravata vermelha escura no casamento. Boa noite.

— Boa noite, moça.

Naquela noite, apenas uma pessoa dormiu bem, sem acordar no meio da noite, sem se revirar na cama.

Bernardo não pensou duas vezes, apenas relembrou o sorriso de Catarina em sua mente e logo embarcou em um sono profundo e merecido.

Já para Catarina, ela não conseguia fechar seus olhos, porém desta vez não era medo, culpa ou preocupação, apenas adrenalina. O seu dia havia sido tão maravilhoso que ela não fazia ideia como poderia dormir e permitir que ele acabasse.

Era incrível como ter as pessoas certas ao seu lado poderia transformar sua vida. Se seu destino já havia sido traçado quando ela nasceu, ainda bem que colocaram Bernardo nele, pois ela tinha certeza de que uma vida sem ele não seria tão boa.

Seu pulso começou a desacelerar, porém a moça ainda não conseguia dormir. Parecia que faltava algo com ela. Faltava ele perto dela...

Antes que pudesse se arrepender do que estava fazendo, ela saiu de sua cama e bateu na porta de Bernardo. Seu corpo tremia em um misto de sentimentos que nem mesmo *ela* sabia o que eram ou de onde vinham, pois sentia seu peito pesado ao mesmo tempo que suas mãos estavam geladas.

O que estava acontecendo?

Ela fechou seus olhos, sentindo uma súbita ânsia ao tentar imaginar o que poderia falar para ele. O que ela poderia falar para ele as 4h05 da manhã? O que ele pensaria dela?

De repente, ouviu o barulho de um corpo colidindo contra algo sólido e passos tão apressados que vacilaram e caíram no chão de novo. O que *ele* estava fazendo?

— Moça? Tudo bem? Elisa está aqui? — Bernardo abriu a porta apenas com o *shorts* do seu pijama e uma raquete de tênis em mãos. Desde quando ele jogava tênis?

Seus cabelos estavam confusos e seus olhos bagunçados, ou ao contrário?

— Eu... Não... Desculpa, não! Eu... — Mas Catarina não conseguiu dizer o motivo para ter acordado o seu colega de apartamento no meio da noite depois de terem tido uma surpresa na noite anterior. — Eu queria saber se você tem coberta suficiente para hoje. Está frio.

— Coberta? Frio? É código para algum pedido de ajuda? — Ele saiu do seu quarto e foi para a sala, ainda apontando a raquete como se fosse uma arma letal.

— Não — falou com um falso sorriso, porém sua voz saiu mais fina do que o necessário e ela se reprimiu internamente pelo erro. — Queria apenas saber se você estava com frio, mas vejo que você é bem quente. Quero dizer *está* quente, com calor. Sem blusa e tudo mais.

Ela bateu uma palma que emudeceu o ambiente.

— Minha missão está cumprida, então vou dormir. — A moça deu uma continência, se virou franzindo seu rosto ao tentar entender como sua boca conseguiu pronunciar palavras tão desconexas. Ela era inteligente!

— Catarina, está tudo bem? — Bernardo indagou mais calmo, parado no batente de sua porta.

Oh, ele estava bravo com ela. Ele nunca a chamava de Catarina.

— Desculpa te acordar, não sei o que deu em mim. Por favor, não fique bravo — pediu, virando na direção dele, vendo que seu rosto não parecia nem um pouco aborrecido.

Ela teria ficado irritadíssima com ele se a acordasse antes do horário que ela havia planejado para si mesma, então por que ele não parecia estar?

— Não estou bravo — respondeu com simplicidade.

— Mas você... — "Me chamou de Catarina e não de moça", porém ela não disse aquilo, apenas engoliu as palavras. — Não aceitou o cobertor, então achei que você estivesse bravo.

Ela precisava voltar para cama e dormir, esta insanidade temporária que a havia acometido tinha que acabar!

— Tudo bem então, eu quero um cobertor extra. — O rapaz concordou, mergulhando em sua loucura.

Aquilo a surpreendeu, pois ela não imaginou que ele pudesse sequer aceitar sua proposta.

Droga, ela não tinha outro cobertor além do qual estava usando atualmente.

— Ok, vou pegar — sorriu, entrando em seu quarto e pegando o seu único cobertor. — Aqui. — A engenheira o entregou com um sorriso tenso. — Boa noite!

— Espera, esse é o seu cobertor — comentou, estendendo-o de volta a ela. — Se está tão frio, você precisa dele também. Talvez mais do que eu, já que sou quente.

— *Está* quente. — Ela o corrigiu rapidamente, sentindo seu rosto arder de vergonha. — Eu disse está quente. Com calor!

— Pode ficar com o cobertor — ofereceu com um sorriso. — Juro que não estou com frio. Confia em mim.

— Ok, se você não está com frio, eu aceito o cobertor de volta. — Catarina respondeu com calma, começando a controlar a garota de doze anos que havia nascido dentro dela nos últimos dois minutos. — Boa noite.

Ela começou a andar em direção do seu quarto pela quinquagésima vez naquela madrugada, remoendo todas as palavras erradas que havia dito e como ele poderia ter interpretado aquilo da maneira mais distorcida possível.

Ela era uma idiota.

E Bernardo, como sempre, um cara incrível.

— Moça, espera — pediu e ela parou onde estava, prendendo sua respiração sem virar seu rosto na direção dele, para que ele não visse como estava mortificada com os recentes acontecimentos. — Talvez eu esteja com frio.

— Está? — Ela virou apenas um pouco do seu rosto e viu que ele já não estava mais sem blusa, e sim com uma camisa branca puída que havia sido lavada, provavelmente, com uma calça jeans e agora estava azul claro.

— Sim.

— Quer meu cobertor? — ofereceu uma última vez, tentando identificar a brincadeira na voz dele.

— Não. — O rapaz respondeu, porém, deu um passo para o lado, liberando a entrada para o seu quarto.

Oh?

Oh.

— Eu não estava tentando te convidar para um caso sórdido de uma noite. Só para você saber. — Ela comentou antes de se mexer, invocando o restante de dignidade que havia restado dentro dela.

Os 25 chegaram com tudo, abalando suas estruturas e a emburrecendo.

— Eu não estou pensando em sexo. Só para você saber. — Ele respondeu com calma e seriedade. Ou seria serenidade?

Os olhos deles se comunicavam com ela em uma língua que ela não tinha certeza se era tão fluente para interpretar tudo o que ele queria dizer.

— Ok, então. — A moça assentiu timidamente, sentindo seu corpo relaxar tanto que seus braços soltaram o cobertor, porém ela não se importava mais com ele. — Tudo bem.

Seus pés a guiaram para mais perto do rapaz, esperando que mudasse de ideia a qualquer momento, porém ele não se moveu, como se tivesse virado uma estátua grega de um minuto para outro. Talvez ele próprio fosse a inspiração de Michelangelo para esculpir Davi.

— Tem que pagar pedágio — comentou assim que ela estava ao seu lado, parando-a ali mesmo.

O rapaz inclinou a sua bochecha na direção dela, apontando com o indicador.

— Não sou Ivana, não pode me cobrar um beijo como pedágio. — Catarina comentou com uma risada franca.

— Não, você não é Ivana. — Ele murmurou, passando uma de suas mãos na nuca dela, deslizando seus dedos pelos cabelos dela em uma atitude que roubou o seu fôlego.

A boca dele não foi tão gentil quanto suas palavras ao se encontrar com a dela.

Catarina se afastou dele rapidamente.

— Bernardo, eu não… — Ela começou a falar, porém perdeu seu raciocínio quando ele voltou a beijá-la, porque ela não realmente queria pará-lo.

— Eu sei — murmurou contra a boca dela, fazendo com que ela sentisse o hálito morno e mentolado dele em seus lábios.

E a partir dali ela não tentou mais se explicar, pois havia uma sensação crescente em seu estômago que, por mais que a inquietasse, ao mesmo tempo a acalmava, dizendo-lhe que enquanto ela estivesse com ele, estava tudo bem, principalmente quando sua boca repetia isso a cada beijo, a cada toque, até que os dois adormecessem.

Capítulo 22 – É que nós temos muita química

Bernardo olhou para o relógio em seu pulso e suspirou, percebendo que a amiga de Catarina estava demorando mais tempo do que eles tinham disponível para chegarem no casamento sem estarem inconvenientemente atrasados.

Ele deveria entrar no quarto? Não, provavelmente não. Não é só porque ele e Catarina dormiram juntos que ele poderia ter esse tipo de intimidade. E com dormir, ele queria dizer que apenas dormiram, entre beijos, claro, mas dormiram mesmo assim.

E foi uma ótima noite de sono, mesmo que ao acordar ele não tivesse total certeza se aquele acontecimento havia realmente ocorrido ou se fora apenas mais um de seus sonhos. Catarina em seus braços foi uma ótima confirmação da realidade.

Pena que Angélica chegou logo em seguida e tudo se transformou em caos, pressa e ele foi banido dos planos delas.

— Moças? — O rapaz chamou, andando em círculos pela sala e confirmando que estava usando tudo o que tinha que usar.

Aparentemente ele não estava se esquecendo de nada, porém tinha a leve sensação que estava saindo só de cueca e aquilo não o deixava confortável de maneira alguma.

Poucos minutos depois Angélica saiu do quarto com sua grande bolsa de maquiagem e sorriu para Bernardo, despedindo-se e desejando a eles uma boa festa. Então Catarina saiu do quarto e ele entendeu o porquê havia demorado tanto tempo.

Estava completamente embonecada, cheia de brilho e cores, com os cabelos presos em fios e grampos que desafiavam as leis da física apenas por estarem de pé.

Ela era a criatura mais bela que já havia pisado na terra e aquilo independia da quantidade de brilho ou maquiagem que colocasse no rosto. Afinal, ele via o rosto daquela mulher sem maquiagem todos os dias e ela continuava incrível, mas palavras lhe fugiam sempre que ele pensava em um elogio.

A moça era uma bela visão para se admirar. Pena que eles tinham que sair.

— Muito elegante, Bernardo Figueiredo — comentou quando eles estavam descendo pelo elevador, olhando para o nada.

— Você também — elogiou de volta, olhando-a e percebendo que a palavra "elegante" não começava nem a descrever tudo o que ela era.

— Isso está horrível! — Bernardo comentou com Catarina, segurando o copo de cerveja em sua mão com mais leveza do que ele pretendia, sentindo-o escorregar, porém conseguindo reequilibrá-lo.

— Não está horrível. — A engenheira rolou seus olhos, acenando para um garçom trazer mais uma taça de vinho branco para ela.

Eles chegaram em cima da hora à cerimônia, sendo recebidos por colossais arranjos de flores que coloriam a entrada da igreja e os corredores. A cerimônia havia sido rápida, durando aproximadamente meia hora, contudo aqueles minutos foram os mais longos da vida de Bernardo desde o momento que Sophia havia entrado na igreja, de branco, com as madeixas soltas e o vestido com uma cauda longa, dominando tudo o que estava no campo de visão dele.

Quando os noivos estavam trocando votos, ele sentiu a mão de Catarina na sua, e notou que a sua própria estava tremendo — não violentamente, porém tremia. Então ele segurou a dela e se apoiou naquele aperto para aguentar o restante da noite.

Sophia não havia medido esforços para ter o melhor casamento para desbancar todos os outros, pois a sua festa era no terraço do Hotel Hilton da Avenida dos Roseiros e estava sendo impecável.

— O que você acha que não está bom? — Catarina indagou, olhando o bufê de comidas para depois suspirar pela mesa dos docinhos.

— Bem... — Bernardo parou para pensar, ouvindo a *YMCA* do Village People no fundo. — A banda ainda não começou a tocar músicas boas.

— Normalmente, o começo é definido por músicas ruins. — Catarina argumentou, segurando a barra de seu vestido e se dirigindo às comidas. — E está na hora de comermos algo, pois estamos aqui faz uma hora e bebemos mais do que o restante.

— Eu vim pela bebida — comentou, andando ao lado dela e deixando os seus copos em uma mesa vazia.

— Eu vim pelos homens bonitos de terno! — A moça sorriu, recebendo um olhar reprovador de Bernardo.

— Você volta para casa comigo, moça. — Ele pegou um prato de comida e começou a enchê-lo com um pouco de tudo o que via na sua frente.

— Tão encantador este convite... — resmungou ao se sentar em uma mesa para poder comer.

Não era um convite. Não exatamente, mas era a verdade. Ela voltaria com ele. Mais uma noite.

Os dois se calaram enquanto comiam, porém nenhum deles parecia estar com muita fome, pois apenas reviravam a comida de um lado para o outro e observavam o ambiente ao redor deles. Bernardo estava incomodado, ela pôde notar, pois havia afrouxado a gravata, retirado o paletó, aberto um botão de sua gola e arregaçado suas mangas.

O problema era que o incomodo era dentro dele mesmo, então não sumia.

— Posso te confessar algo? Eu não gosto muito de casamentos. — Catarina comentou, capturando a atenção dele, de maneira que ele parasse de tremer a sua perna em apreensão. — Às vezes parece que é tudo um jogo de enganação, que o quanto mais você gastar em sua festa, melhor será o seu relacionamento. É tudo milimetricamente calculado para que as outras pessoas não tenham o que reclamar, quando, na verdade, você deveria fazer uma comemoração para você e seu respectivo, sabe? Casamentos deveriam ser a celebração de uma união perante os deuses e não... Algo que pode se dissolver em um ano.

Ele parou, olhando para ela e absorvendo suas palavras e tudo o que ela havia dito. Era incrível como Catarina conseguia sintetizar sentimentos tão complexos em poucas palavras.

— Eu acho que concordo mais com você do que gostaria, mas quando eu namorava Sophia, eu não podia dizer isso em voz alta — considerou, anuindo. — Hoje em dia as pessoas têm pressa para tudo, tanto para começar um relacionamento quanto para terminar um.

— Se eu tivesse que planejar algo assim — apontou de maneira lacônica para o salão de festas inteiro. — Eu gastaria todo esse dinheiro em uma viagem com meu noivo ou marido e faria... Enfim, minha família nem mora aqui para comemorar comigo, então não faz muita diferença uma grande festa ou não.

— Mas eles não viriam se você fosse se casar?

— Não sei, acho que esse assunto nunca chegou à tona. Tenho certeza de que minha mãe acredita que vou me casar com o carburador do carro que estou montando — deu de ombros, arrancando uma risada de Bernardo que chamou a atenção de algumas pessoas.

— Bem, pelo menos estaria muito bem acompanhada. — Ele acrescentou. — A não ser que o virabrequim decidisse separá-los.

Ela o olhou, meneando sua cabeça em uma risada contida e gentil.

— Você realmente não faz ideia da estrutura de um carro, não é? — Catarina segurou a mão dele e a fechou, contornando os nós de seus dedos com a ponta dos seus. — Um dia posso te ensinar, se quiser.

— Você está me fazendo muitas promessas, moça — retrucou, virando a mão dela para cima para desenhar a linha da vida em sua palma.

— Primeiro me chamou para caçar auroras, agora quer me mostrar como funciona um carro...

— Me disseram que era o jeito de conquistar o coração de um cara, não é? — arqueou as sobrancelhas, gracejando.

— Olha, para a maioria deles acho que não, mas não sou como a maioria. — Ele riu, soltando a mão dela para comer mais um pouco, porém percebendo que o garçom já havia levado seu prato embora.

— Ah, não? Então estou conquistando seu coração? — Ela se aproximou dele ao estreitar seus olhos. — Não responda. Tenho certeza de que uma resposta bem espertinha está na ponta da sua língua.

Bernardo sorriu, divertindo-se, percebendo que havia alguma esperança para aquela trágica noite.

— Bernardo! Que bom que veio. — Sophia comemorou ao lado deles, sendo notada apenas naquele momento, olhando diretamente para ele com seu sorriso fascinante. Ela apontou para um rapaz ao seu lado. — Este é o André, primo do Júlio. André, estes são Bernardo e Catarina.

Júlio. Seria estranho pensar que mesmo depois de tanto tempo ouvindo falar sobre este casamento, Bernardo ainda não sabia o nome do noivo — agora marido — de Sophia?

— Quer dançar comigo essa música, Catarina? — André perguntou de maneira ensaiada e a garota olhou para Bernardo, querendo saber se ele ficaria bem naqueles poucos minutos e apenas recebeu um aceno de cabeça.

O que Sophia estava planejando?

Os dois se levantaram e se afastaram, andando enquanto conversavam até o meio da pista de dança, enquanto Sophia tomava o lugar de Catarina e se sentou, quase cegando Bernardo com o tamanho do brilhante que havia em seu dedo esquerdo.

— Anel bonito. — Ele comentou, notando que estava seco demais e que talvez fosse melhor se ele fosse mais simpático com ela. — Quero dizer, você está maravilhosa, mas já deve saber disso.

— Obrigada. — Ela piscou para ele e relaxou seu corpo. — Eu realmente estou muito feliz que você veio. Significa muito para mim saber que toda a nossa história não foi esquecida, e sim guardada como boas lembranças.

— Claro — concordou, pois era o certo a se fazer e ele não queria contrariá-la.

— Então, você trouxe Catarina? Pensei que viria com Ana — comentou com suavidade, mas a nota de curiosidade estava mais reluzente em sua voz do que o branco em seu vestido.

— Ana nunca foi uma opção — omitiu a conversa que teve com Catarina algumas semanas antes. — E eu não viria aqui sozinho, então ela disse que viria comigo.

— Ela parece ser uma boa pessoa. — Sophia sorriu, observando-a na pista de dança. — E ela parece ter um carinho muito grande por você. Se você também sente o mesmo, então será que...

— Olha, eu realmente estou tentando aqui, mas você precisa parar de fazer isso, Sophia. — Ele a alertou, percebendo que ela chegou a recuar com o seu tom de voz.

— Fazer o que? — indagou, surpresa.

— Mexer na minha vida como se soubesse o que é o melhor para mim.

— Mas eu só quero o que é melhor para você. — Ela revidou constrangida por ter sido flagrada.

— Eu sei que você quer, mas eu não sou um caso de caridade. Só porque você encontrou o seu felizes para sempre em apenas um ano, não significa que eu tenho que encontrar o meu. Não é assim que funciona. — Ele meneou a sua cabeça, bufando em frustração.

— Tudo o que eu mais quero nessa vida é que você encontre um amor que te faça atravessar um oceano por ele. Que você olhe para a mulher da sua vida e perceba que vai morrer se não estiver com ela todos os dias da sua vida. Que você acorde com o abraço dela e vá dormir com o seu cheiro. — Ela sussurrou, segurando a mão dele e a beijando. — Eu quero que você volte a amar, Bernardo. Você foi o primeiro homem que eu amei. Não posso me permitir viver uma vida onde você é infeliz. Ouse amar de novo! Não importa se é em apenas um ano, mais ou menos.

— Você não deveria pensar nisso. Eu consigo cuidar da minha vida. — Bernardo parou, porque não queria ter aquela conversa com ela, principalmente no dia do seu casamento.

— Eu sei que consegue. — Ela soltou a mão dele e os dois apenas se olharam. — Eu realmente só desejo sua felicidade.

— Eu também desejo a sua, Sophia. — Ele se levantou. — Aproveite sua festa, está realmente muito boa.

Bernardo começou a andar na direção de André e Catarina, percebendo que os dois estavam conversando mais do que estavam dançando .

— Oi, minha vez? — Bernardo perguntou, colocando sua mão na cintura dela com uma expressão leve.

— Claro! — A moça assentiu mais alegre do que o normal, sorrindo para ele. — Obrigada pela dança, André.

Os dois saíram antes que o rapaz pudesse responder, porém não começaram a dançar, como Bernardo havia planejado. Aparentemente Catarina tinha outros planos, e o estava guiando até o bar.

— Pelo jeito, André trabalha no mesmo escritório de advocacia que Guilherme e ouviu falar do incidente. — A engenheira revelou, suspirando em alto e bom som. — E me ofereceu ajuda jurídica caso Elisa tentasse me machucar de novo. — Ela mostrou o cartão dele, colocando-o no bolso da calça de Bernardo. — Acho que antes de dançar, nós precisamos de um pouco de bebida, afinal esta noite está tensa demais para permanecer sóbria.

— Tirou as palavras de minha boca. — Ele começou a puxá-la pelos corpos das pessoas até o bar, vendo as garrafas de bebida disponíveis. — Para mim vai ser uma dose dupla de uísque, forte.

— Dois. — Catarina pediu, apoiando-se no balcão e olhando para Bernardo. — Meus pés já estão me matando, acredita?

— Não acha que vai ser muito forte para você? Vinho já te deixa alegrinha. — Ele a analisou, vendo que ainda não estava nem levemente alegre.

— Eu sei controlar meu álcool — cruzou seus braços.

— Dá última vez que você me disse isso, acabou me atacando e desmaiou na minha cama, então perdão por suspeitar das suas intenções. — O rapaz brincou, vendo o rosto de Catarina ficar surpreso por ele desenterrar aquela noite. — Estou brincando.

— Ha-ha, muito engraçado. Mas devo te lembrar que você me atacou ontem? Devo sim! — murmurou sem graça quando ele lhe respondeu apenas com um sorriso de canto. — Mas hoje eu pretendo não beber demais. Tenho que ficar de olho em você e suas segundas intenções.

— Foi você quem me ofereceu um cobertor ontem — pontuou com seu copo.

— Eu estava sendo gentil. Você poderia estar com frio. — Ela meneou sua cabeça com um riso. — Tudo bem, vamos mudar de assunto.

— A nossa saúde. — Ele brindou com ela, quando suas bebidas chegaram. — Está mesmo forte.

— Foi o que você pediu. — Catarina tombou seu rosto para o lado, tentando beber do copo, porém também sofrendo com a quantidade de álcool que havia ali. — Mas se quiser beber até cair, sem problemas, eu posso ser a adulta responsável entre nós e garantir que vamos chegar em casa vivos.

— Nem pensar, você tem a tolerância de um pré-adolescente — colocou a mão na frente do seu corpo protetoramente, querendo bloquear o possível golpe que ela poderia deferir nele.

No entanto a reação dela foi menos agressiva do que o esperado.

— Vou te ignorar pelo bem da nossa amizade — começou a se afastar do bar para ir até a pista de dança.

No entanto, Bernardo segurou a sua mão, puxando-a de volta para si, fazendo com que ela trombasse no corpo dele e quase derramasse sua bebida.

— O que está fazendo? — colocou sua bebida no balcão e o olhou, enquanto pegava guardanapos para limpar as gotas que escorriam por seus dedos.

— Sabe o que eu percebi? — O rapaz indagou e ela esperou. — Não tiramos uma foto.

— Nós nunca tiramos fotos — deu de ombros. — Quero dizer, apenas no meu aniversário, mas aquele jogo mereceu uma *selfie*.

— Eu sei, é só que... Acho que hoje a gente precisa de uma foto — retirou o seu celular do bolso e percebeu que ela hesitou. — O que foi?

— Poderia ter tirado uma foto no começo, né? Agora meu cabelo deve estar louco, minha maquiagem meio borrada e meus olhos delatando a ressaca de amanhã. — A moça cruzou seus braços, encolhendo-se.

— Tudo bem, eu ajudo — disse, colocando o celular em cima do balcão e olhando para ela.

Bernardo passou o dedo pelo rosto dela, tentando suavizar as linhas de expressão da maquiagem, contornando seus lábios para retirar os pequenos borrões do batom, e no canto de seus olhos, para tentar minimizar as falhas. Então olhou para o cabelo dela, pensando em como poderia melhorar algo perfeito.

As mãos dele foram mais rápidas que sua mente, apenas soltando os grampos embaixo do cabelo dela, liberando-a do coque de Angélica e deixando que seus fios ardentes escorressem pelas suas costas.

— Pronto — disse, satisfeito consigo mesmo.

— Ainda estou com olhos de ressaca — comentou, aproximando-se quando ele pegou seu celular.

— "Cigana oblíqua e dissimulada", mas não vale me chamar de Bentinho, hein? Isso, claro, se minha opinião vale de alguma coisa...

— Ele passou o braço ao redor do corpo dela e sorriu.

Depois de algumas *selfies* e alguns sorrisos, Bernardo guardou seu celular no bolso, feliz com os resultados alcançados.

— Vamos jogar um jogo — sugeriu com um sorriso. — Duas verdades e uma mentira.

— Ok, quer que eu comece? — Ela indagou e ele concordou. — Sei falar quatro idiomas, nunca tive um relacionamento sério e sou católica — inclinou-se mais na direção dele. — Sua vez. Depois tentamos adivinhar juntos.

Ele concordou, franzindo seu cenho e começando a pensar em algo que ela provavelmente não sabia sobre si. De repente, sentiu uma mão em sua testa, entre suas sobrancelhas, e percebeu que era a de Catarina, que massageava sua pele e sorria, bebericando de seu copo.

— Dá rugas. Vai me agradecer no futuro — brindou com o nada, bebendo mais um pouco.

Ele sorriu, suavizando sua expressão, continuando a olhá-la, pois era a única pessoa na sala inteira que merecia sua total atenção.

— Nunca morei sozinho antes, sei trocar um pneu e moro com uma garota fantástica. — Ele continuou a encará-la, porém ela desviou o seu olhar para a pista de dança.

— A sua é muito fácil — comentou, mirando seu copo. Bernardo notou que elas tremiam. — Você não sabe trocar um pneu.

— Ah, é? — sorriu, fascinado com a escolha dela.

— Suas mãos não devem ter visto um dia de trabalho braçal na vida além da faxina que te dá bolhas — deu de ombros, arriscando um olhar para cima apenas para perceber que ele ainda a olhava. — Errei?

— Não, mas é bom saber que você se acha maravilhosa — pegou o seu copo e tomou um gole.

Parecia que a bebida não estava mais tão forte assim.

— *Você* disse que sou fantástica. — Ela o corrigiu. — E quem sou eu para negar um elogio desses?

Ele riu, passando o braço ao redor da cintura dela, puxando-a para mais perto e repousando sua mão ali. Era o álcool ou ele encaixava perfeitamente no corpo de Catarina?

— Acho que você mentiu quando disse que sabe falar quatro idiomas.

— Errou — meneou a cabeça. — Eu não sou católica.

— Jura? — Ele pareceu surpreso com aquilo. — Então você nunca teve *mesmo* um namorado? — virou seu copo, colocando-o no balcão que eles estavam apoiados para passar a mão na bochecha dela, sentindo-a quente em relação ao seu toque gelado.

— Nunca, achou que eu estava mentindo? — Ela deu de ombros, imitando o movimento dele de virar o copo e o deixar no balcão, não conseguindo esconder sua expressão de horror ao gosto amargo do uísque. — Você sabe como eu sou.

— Ingenuamente perfeita? — perguntou, arrancando um sorriso dela tão sincero, que ele começou a pensar quantas vezes ela não lhe entregava o que inteiramente sentia.

— Caseira e pouco sociável. — Ele segurou a mão dela, primeiro entrelaçando seus dedos aos poucos ao ver que ela prendeu a respiração com o movimento dele.

O que eles estavam fazendo? Será que ele havia entendido errado? Interpretado errado?

Antes, tudo parecia tão claro, mas agora, as linhas estavam turvas. Tudo estava nebuloso. Tudo. Menos ela.

— Não estamos socializando aqui? — olhou ao seu redor, voltando seus olhos até aquele caleidoscópio âmbar que ela chamava de íris.

— Na verdade não, você meio que me roubou só para você — tentou descontrair o clima, porém aquela deixa era exatamente o que ele estava esperando desde que começaram a conversar.

— É que nós temos muita química — brincou, aproximando seu rosto do dela.

— Já disse que era clim... — No entanto, ela não conseguiu terminar a sua frase, pois os lábios de Bernardo roubaram mais um beijo dos seus.

E não a soltaram.

Ah, se ele pudesse, jamais soltaria.

Capítulo 23 – Nós só não estamos juntos dessa maneira

Catarina estava recebendo ajuda de André, o primo do marido de Sophia, para levar Bernardo até Uber que havia pedido para os dois ao perceber que ambos estavam ridiculamente bêbados para dirigir até suas casas.

Será que apenas ela notava que o chão estava torto? Provavelmente deveria avisar alguém do hotel sobre isso. Era perigoso.

A ruiva abriu a porta do carro e esperou até que André acomodou Bernardo no banco de passageiro, notando que nem mesmo os olhos dele se abriam.

— Precisa de mais ajuda? — André gesticulou na direção de Bernardo, que já estava dormindo.

— Tudo certo. — Ela se espreguiçou e sorriu, sabendo que estava mais baixa do que ele se lembrava, pois havia retirado seus saltos, porém seus pés berravam "liberdade" e estavam em festa.

— Tudo certo, então? — Ele ecoou as palavras dela em uma pergunta, coçando sua nuca e dando um sorriso torto.

— Tudo certo. Garantido. — Ela estendeu a mão para um cumprimento final.

— Tudo certo, então — respondeu, ainda hesitante.

Aquilo a estava cansando e ela só queria ir para casa.

— Perfeito, muito obrigada, boa noite. — A moça disse tudo junto, entrando no Uber e se preparando para fechar a porta.

— Boa noite — murmurou, afastando-se dela com calma. Catarina, por sua vez, apenas fechou a porta e sorriu, aliviada.

Ela olhou para Bernardo pensando se ele poderia ser considerado como morto, porém a sua respiração ainda existia, então essa possibilidade se anulava.

Eles não deveriam ter se beijado — de novo. Aquele era um erro constante que não conseguiam mais evitar. Deveria ser o álcool. No entanto, não havia álcool na noite anterior, ou melhor, o dia antes do dia anterior. Nenhum pouco. E mesmo assim eles se beijaram.

Ela deveria ter se afastado dele assim que ele a beijou, porém as mãos dela não quiseram, e suas pernas ficaram frágeis, então apenas se segurou nele para não cair.

Mentira, mentira, mentira. Havia algo no beijo dele que a envolvia, fazendo com que ela desejasse apenas mais um pouco, mais um minuto, e, no final da noite, percebia que havia beijado o rapaz por horas sem se cansar.

Por alguns segundos ela permaneceu ali, olhando o semblante dele tentando entender se o que se passava na mente dele era a mesma confusão que a dela ou se ele tinha uma ideia melhor do que estava acontecendo.

Será que se perguntasse, ele lhe responderia com sinceridade? Talvez sim, talvez não.

Ela virou seu rosto para a rua, vendo que já era dia e que definitivamente havia perdido a noção do tempo. Estava ansiosíssima para falar com Angélica sobre sua noite, Bernardo, carros e a nova série que estava assistindo. Era tão bom como o assunto entre elas fluía daquele jeito tranquilo.

Atualmente, se Catarina parasse para pensar sobre o assunto, Angel poderia ser considerada sua melhor amiga, algo completamente impensado no começo do ano. Porém, ela tinha certeza de que Bernardo iria reclamar se ela lhe dissesse aquilo, alegando que o melhor amigo seria ele.

Só que ele não era *apenas* seu melhor amigo. Ele morava com ela, fazia jantar, comprava vinhos, lavava a roupa, assistia séries e filmes, até mesmo futebol. Eles falavam sobre economia, mecânica e o clima – meteorológico, claro –, fazendo com que até mesmo os dias mais entediantes fossem memoráveis. Ele participava de vários momentos de sua vida, sabia muito sobre ela, menos o mais importante.

Será que já não estava na hora de ele saber sobre tudo?

— Você não pode fingir que está dormindo para sempre. — Bernardo bateu, novamente, na porta de Catarina para que ela saísse da cama.

Assim que o relógio marcou 8h30 da manhã, o rapaz recebeu uma ligação de Célia, avisando que seus pais iriam fazer um churrasco no prédio dela para reunir a família — e, obviamente, a presença dele era obrigatória.

No entanto, ele sabia que não queria sofrer sozinho, então fez questão de dizer que Catarina iria junto para o churrasco, algo que a moça não fazia ideia, pois estava desmaiada na cama de seu quarto, sem sinais de que levantaria tão cedo.

— Eu *estava* dormindo até um elefante barulhento vir me incomodar — grunhiu, encolhendo-se em seu cobertor como uma bola. — Você deveria ligar para seus pais e dizer que eu estou com cólicas fortes e ir para esse churrasco sem mim! — argumentou com o vento.

— Eles vão achar que você não gosta deles. Célia vai achar que você odiou conhecê-la. E Ivana, pobre Ivana, achará que você odiou sua coleção de Barbies! — Bernardo murmurou, fingindo sofrimento e dor.

Para o tanto que bebeu na noite anterior, ele estava se sentindo como se tivesse dezoito anos de novo e não sofresse as horríveis consequências do álcool.

— Sua cobra traidora! Loki se orgulharia da pessoa que é! — Catarina jogou seu cobertor para cima, saindo de sua cama apenas para ver a cara dele enquanto falava aquelas inverdades. — Um dia eu vou me vingar!

— Estarei esperando, moça, mas enquanto isso, passe alguma coisa na sua cara. Acho que ainda tem maquiagem embaixo de seus olhos — comentou, apontando e recebendo um berro raivoso da moça.

— Isso são as olheiras que eu terei por ter sido acordada antes das minhas cinco horas e meia preciosas de sono, Bernardo! — A engenheira pegou o seu desodorante e jogou na direção dele, porém, ligeiro, já havia escapado pela porta do quarto dela.

Ah, ele nunca tinha visto aquela moça tão furiosa, porém, algo naquela cena fez com que ele quisesse acordá-la todos os dias.

Bernardo estava bebericando café de uma garrafa térmica enquanto dirigia, sem se preocupar se Catarina gostaria de um gole, pois ela havia dormido de novo.

Dormido, na verdade, era um eufemismo, pois havia desmaiado no carro e não acordava nem quando ele passava por cima de um buraco.

E ele não queria acordá-la, não ainda, porém estava na hora e a gasolina não era barata o suficiente para que ele desse voltas na rua apenas para deixá-la dormir mais um pouco.

— Ei, moça — alisou uma mecha revolta do cabelo dela, na tentativa de acordá-la sem um susto. — Moça? — segurou o seu ombro, porém ela não se moveu. — Catarina!

Os olhos dela se abriram imediatamente, tomando um susto pelo tom de voz dele e da proximidade de seus corpos, o que fez com que suas cabeças colidissem.

— O que você está fazendo? — Catarina perguntou, indignada, tentando minimizar sua dor. — Isso é castigo por ter te deixado cair no elevador ontem?

— Eu não... Eu caí no elevador? — perguntou, contudo tudo foi inútil, pois ela já estava fora do carro, esticando suas pernas. — Espera! — pediu, correndo atrás da moça.

— Foi sem querer, você se jogou em cima de mim e eu não consegui aguentar seu peso. — Ela comentou sem olhá-lo, esperando que o porteiro os liberasse. — Não pode me odiar por isso.

— Por que eu odiaria? — questionou, franzindo seu cenho.

— Por ter te deixado cair — continuou se explicando, porém ele não conseguia entender se aquilo era uma metáfora para algo mais complexo ou apenas por ter caído no elevador. Uma queda que ele não se recordava e nem sentia consequências.

Bernardo revirou os olhos e passou o braço ao redor dos ombros de Catarina, sorrindo. O portão foi destrancado e os dois entraram, sendo recebidos por diversos rostos que Bernardo já estava acostumado, então ele levou Catarina para conhecer cada um deles.

Bernardo começou com o básico, reapresentando Célia, Ivana e Becca, que logo se lembraram de Catarina, puxando um assunto leve que não remetesse as condições em que elas se conheceram pela primeira vez. Depois ele a levou até seus pais, Fernando e Marta, apresentando, finalmente, a moça que ele tanto falava que pegava caronas com ele, que jantavam juntos, saíam para comprar vinhos e até foram ao casamento de Sophia. Eles perguntaram sobre ela, sua família, seu emprego, tudo o que Bernardo sabia que ela conseguiria responder tranquilamente, pois às vezes sua família poderia ser expansiva muito rápido, o que poderia assustá-la.

Então ela conheceu o irmão mais velho de seu pai, Roberto, e a sua nova esposa, Maria Amália — que era 25 anos mais nova do que Roberto e com algumas cirurgias plásticas no currículo —, porém Catarina não aparentou surpresa ou indignação com a formulação daquele casal, sorrindo e elogiando os cílios da mulher.

Assim, restaram apenas seus avós por parte de seu pai para conhecerem: Conceição e Augusto, um casal que era a prova de que amor existia, pois estavam juntos por mais de cinquenta anos e ainda possuíam uma harmonia que Bernardo não via nem mesmo em seus pais.

— Ela é simplesmente uma boneca. — Conceição falou, segurando o rosto de Catarina, fazendo com que a garota não se mexesse nem respirasse para não a atrapalhar.

— Obrigada — murmurou, assim que seu rosto foi solto.

— Seu cabelo é natural? Que incrível! — Maria Amália perguntou, olhando para as raízes da garota e tentando decidir aquilo por si só, fazendo Bernardo revirar seus olhos por sua indiscrição. — Eu jurava que você pintava o cabelo quando Bernardo falou que você era ruiva.

— É natural, nunca tive coragem de pintar o cabelo. — Catarina confirmou, juntando suas mãos na frente de seu corpo e olhando para Bernardo na espera de que ele fosse falar algo. Mas o que poderia falar?

— É lindo, tentei pintar meu cabelo de ruivo quando estava na faculdade, porém acabei engravidando e tive que parar. — Célia comentou, entregando Becca a sua mãe e vendo que Ivana estava ocupada brincando com o seu avô. — e Jorge preferia meu cabelo natural, então logo desisti dessa ideia.

Aquilo não era algo que Célia falava com muita frequência, sobre Jorge. Pelo menos não desde que ele foi embora no meio da noite e nunca mais voltou, nunca mais deu sinal de vida, nunca mais nem quis perguntar sobre suas filhas. Becca jamais sentiria falta dele, pois nem chegou a conhecê-lo, porém Ivana chegando na idade de fazer perguntas. Perguntas delicadas que ele sabia que machucavam sua irmã quando tinha que respondê-las.

— Mas você também tem uma cor de cabelo bonita. Bernardo tem a mesma genética sortuda. — Catarina sorriu, sem ao menos saber que havia salvado o churrasco de ficar com um clima pesado.

— Sempre soube que você morava comigo só por causa do meu cabelo. — Ele ponderou, vendo que todos estavam rindo, menos Roberto e Fernando, que estavam cuidando da carne do churrasco, e Conceição e Augusto, que fecharam o cenho.

— Vocês moram juntos? — A avó perguntou, alisando o tecido de sua longa saia, como se estivesse perguntando algo de conhecimento comum.

No entanto, Bernardo conhecia a matriarca e sabia que aquele era o seu jeito de preparar uma armadilha de confissões.

— Sim — respondeu, não acrescentando nada mais, bebericando do seu copo de Coca-Cola.

Ele e Catarina tiveram um embate sobre quem deveria dirigir o carro, porém Bernardo não deixou que ela ganhasse a disputa. No final, os dois estavam bebendo refrigerante, ainda embrulhados da noite anterior.

— E quando você pretendia nos falar que estava noivo? — Sua avó indagou, cruzando seus braços e chamando a atenção de todas as pessoas que estavam presentes.

Até mesmo seu pai e seu tio pararam de cuida da carne para ver aquele embate, pois não era todo dia que Conceição cobrava algo do seu neto preferido. — Ele havia conquistado este posto, pois costumava assistir a *Dança dos Famosos* com ela todos os domingos.

— Não estamos noivos. — Bernardo respondeu calmamente, levantando sua mão e a de Catarina para revelar a falta de anel de noivado ali.

— Você não pediu a pobre menina em casamento porque não tem dinheiro para uma aliança? — O avô pestanejou, levantando-se da sua cadeira para se aproximar dele com sua bengala, batendo-a na canela do rapaz, que recuou.

— Não preciso de dinheiro, vô — meneou a cabeça, vendo que Célia estava se divertindo imensamente com aquilo, pois, durante diversos churrascos de família, ela era quem ficava recebendo as perguntas constrangedoras. — Nós só não estamos juntos dessa maneira.

— Apenas moramos juntos. — Catarina tentou intervir, querendo ajudar a situação, porém apenas a piorou.

— E você acha bonito enrolar uma garota desse jeito? — Sua avó perguntou, levantando-se para andar até ele. — Você tem que fazer tudo certinho! Tem que fazer tudo certo como estava fazendo com Sophia! — O olhar de sua avó mudou, ficando distante, mais vazio. — Onde está Sophia? Faz tanto tempo que ela não aparece para dar oi.

Aquilo o atingiu mais forte do que sua avó poderia ter esperado, pois havia comentado diversas vezes sobre como ele e Sophia haviam terminado fazia algum tempo.

— Vovó, Bernardo e Sophia terminaram, se lembra? — Célia disse com a voz suave, colocando uma mão no ombro de sua avó para que ela voltasse a se sentar.

— Oh, meu menino, por que vocês não voltam a namorar? Ela era uma menina tão bonita, tão simpática... — Conceição murmurou, aceitando a ajuda de Célia para se sentar. — Ela era tão boa. Certamente há algo que você possa fazer para que ela volte...

— Vovó... — desta vez foi Bernardo que falou, ajoelhando-se no chão ao lado, segurando a sua mão e a beijando. — Sophia se casou com outro homem. Nós terminamos faz mais de um ano.

Desta vez, sua avó começou a chorar, porém não era de tristeza por Bernardo, e sim, por si mesma. Ele permaneceu ali, percebendo que pouco a pouco sua família estava tentando voltar aos assuntos triviais de antes, porém aquela cena ainda estava muito fresca para ser ignorada.

— Eu sinto muito, eu... — Sua avó tentou se desculpar, porém Bernardo apenas meneou sua cabeça, impedindo-a de falar algo que sabia que não era sua culpa.

— Está tudo bem. Você não precisa se lembrar dela, pode até esquecê-la se quiser — sussurrou com a voz rouca e trêmula. — Eu me lembro dela e você se lembra de mim. Só isso que me importa.

Catarina ficou parada ali por um tempo, observando a cena e tentando se impedir de chorar, pois ninguém ali parecia estar tão comovido com o ocorrido quanto ela. Então, quando Ivana a convidou para brincar no parquinho do prédio, aceitou prontamente.

Aquilo deveria doer. Perder a memória aos poucos. Esquecer-se quem você é ou quem você ama. Acordar todos os dias menos você e mais a doença que te consome.

A garota meneou sua cabeça e sorriu para Ivana, impulsionando-a mais para frente no balanço.

Assim que sua avó se acalmou, Bernardo se separou dela e foi encontrar com Célia, que havia tomado Becca em seus braços para que sua mãe e Maria Amália pudessem começar a lavar a louça suja.

— Você deveria ter me contado que a vovó estava piorando — comentou em baixo tom, mascarando a conversa enquanto preparava um pão com maionese para comer.

— Você deveria estar mais presente, assim teria percebido isso. — Célia retrucou, enfiando um pedaço de pão de alho na boca com raiva, enquanto Becca puxava seus cabelos e os mordia. — Faz quanto tempo que você não liga para a vovó ou o vovô?

— Qual deles? — indagou, já provando a resposta torta dela.

— Ambos, Bernardo! Você é a pessoa mais ausente que eu conheço desde que começou a trabalhar no mercado financeiro. — Ela o recriminou e colocou Becca no carrinho, percebendo que a criança estava prestes a dormir.

— Agora é culpa do meu trabalho? — cruzou seus braços, percebendo que havia migalhas de pão em sua barba por fazer.

— Não, a culpa é sua — respondeu com mais calma, colocando uma mão em sua cabeça como se desejasse paciência. — Você sempre esteve lá para todo mundo. Às vezes sumia por causa de Sophia ou da faculdade? Sim, mas você ia todos os domingos visitar seus avós e quando não conseguia, sempre ligava. Hoje em dia você só nos procura quando precisa de um favor ou quando é intimado.

— Isso não é verdade — mentiu, pois ele mesmo sabia que ela tinha razão.

— Eu não quero que você se sinta a pior pessoa do mundo, apenas quero que você esteja mais presente. — Célia apontou para seus avós. — Não sabemos quanto tempo mais temos com eles, e você tem que aproveitá-los ao máximo possível, ok?

E isso, sim, era verdade. Ele falhou, mas ele estava disposto a aprender com seus erros e melhorar.

Capítulo 24 – Bernardinho está apaixonado?

— Então, como vocês se conheceram? — Maria Amália perguntou a Bernardo, já que Catarina brincava de princesa com Ivana e não estava ali para responder.

Ele tinha que pensar muito bem na resposta, pois sabia que sua família não aceitaria muito bem seu método não ortodoxo de encontrar um apartamento, então omitiu alguns detalhes e enalteceu outros.

— Acasos da vida. Luís e Bárbara iriam morar juntos, então eu tive que sair do apartamento. Catarina estava com um quarto vago e procurando alguém para dividir as despesas do aluguel com ela — disse, sabendo que Maria Amália gostava de boas histórias, também notando que ela estava mais interessada em sua caipirinha de limão.

— Que sorte, não é? — Sua mãe comentou, preparando um prato com salada e maionese para Conceição e Augusto. — Ela parece ser uma pessoa incrível pelo que você nos contou.

— Ela é — concordou. — Trabalha bem mais do que eu, gosta de ficar em casa e fazer comida. Ela é formada em Engenharia Mecânica, mas trabalha com *design* de carros... Catarina é incrível.

— Ela não é só um rostinho bonito, então. — Seu tio sorriu, recebendo um olhar desgostoso de Maria Amália, porém se ele percebeu, não deixou transparecer. — E onde está o namorado dela?

— Ela não namora, tio. — Bernardo riu, tentando disfarçar o calor que sentiu ao pensar na sua moça com outro homem.

Sua, apenas e *exclusivamente*, pois ela morava com ele. Nada mais.

— Espera um pouquinho. — Sua avó pediu, cerrando seus olhos e franzindo seu cenho. — Meu menininho está morando com aquela ruivinha? E os dois estão solteiros? E você acha que isso não leva a libertinagem?

Bem, sim, mas ele não contaria isso para sua avó!

— Vó, já falamos sobre isso. Catarina é uma moça fantástica, mas...
— Ele não conseguiu terminar a sua frase, pois não conseguiu pensar em nada além de "somos apenas amigos" para reforçar seu argumento, porque queria ser mais criativo, porém estava cansado demais para pensar em outra coisa. — Somos apenas amigos.

— É da amizade que nascem essas coisas — comentou Maria Amália, olhando sedutoramente para seu tio, como se lembrassem de algo só deles.

— Não da nossa. — Ele mentiu para si mesmo mais uma vez naquele dia. — Nós temos uma casa bem harmoniosa, sem um romance para nos atrapalhar.

— Não precisa ficar na defensiva, querido. — Sua mãe lhe assegurou e ele suspirou, percebendo que estava tenso. — Só estamos dizendo que ela parece ser uma pessoa boa, e você merece pessoas boas na sua vida. Mas se você quer mantê-la apenas como sua amiga, tenha certeza de que é isso o que você *realmente* quer, pois oportunidades quando são perdidas não voltam.

— Não — concordou, olhando para onde ela estava por sobre olho, vendo como estava se entregando à história que Ivana estava inventando, rolando no chão e tudo mais. — Não voltam.

— Bernardinho está apaixonado? — Seu pai perguntou em voz alta, quase alheio a todo o assunto que estava sendo discutido antes por ter cuidado da linguiça.

— O que? Não! — disse com rapidez, porém o tanto que ele conseguia enganar Rodrigo e Carlos, ele não conseguia enganar sua família.

Eles poderiam não saber o quanto ele estava balançado com a presença de Catarina no seu dia a dia, contudo, eles sentiam que havia algo ali. Eles sempre sentiam. Bernardo era um livro tão aberto que sua capa já deveria ter se desprendido das folhas do caderno fazia anos.

— Eu... Eu não sei se estou pronto para um relacionamento como o que eu tive com Sophia — confessou ao entrelaçar seus dedos e percebendo que sua família inteira o estava escutando. — Eu não sei se consigo me recuperar de outro término sem desistir para sempre dessa ideia que todo mundo chama de amor.

— Mas, Bernardinho... — Sua irmã falou com um sorriso tímido. — Catarina jamais será Sophia. Não pode rotular que tudo sempre terminará da mesma maneira só porque o primeiro terminou assim. Imagina a droga de vida amorosa eu teria se acreditasse nisso.

— Nós somos amigos, Célia. Não podemos misturar amizade com relacionamento. Nunca dá certo. E ainda moramos juntos.

— Você sabe minha opinião sobre morar junto antes do casamento. — Conceição falou, pegando o prato de comida das mãos de Marta e o colocando à sua frente na mesa. — Foi por isso que Célia engravidou.

— Vó, já falamos sobre isso... — Célia tentou argumentar a favor de sua inocência, afinal ela nunca *morou* com Jorge, porém sua avó era mais teimosa do que poderia desejar.

— Relacionamentos modernos, vocês dizem. — Seu avô resmungou. — Tudo prático. Vai morar junto, tem filho, não casa e depois vai embora quando quer. Onde está o romantismo de antigamente? Eu tinha que cavalgar um dia e meio para encontrar com a sua avó. Hoje em dia vocês mandam uma mensagem e pronto. Sexo.

Célia abriu seus lábios, porém antes que pudesse expressar sua indignação, começou a gargalhar, sendo acompanhada por todas as outras pessoas do local.

— A carne está pronta! — Fernando anunciou, colocando três pedaços de picanhas suculentas em cima da bancada, explicando que havia uma malpassada, uma ao ponto e outra bem passada. — Que tipo de carne a Catarina gosta?

Bernardo parou para pensar, porém percebeu que este assunto nunca havia chegado. Ele não sabia qual o ponto da carne dela. Ele sabia um pouco de tudo sobre ela.

— Eu não sei — confessou, vendo que a moça estava se aproximando de mãos dadas com Ivana, compartilhando segredos que nem mesmo ele teria direito de conhecer. — Ei, moça, que tipo de carne você gosta?

— Malpassada. — Ela sorriu, fazendo com que seus avós e Maria Amália reclamassem da resposta dela, pois carne boa para eles era sola de sapato. — O que eu perdi?

— Nada. — Ele meneou a cabeça e preparou seu prato.

Catarina estava lavando a louça depois do almoço, pois foi proibida de contribuir de outra forma, então aquela era a maneira dela de agradecer.

Ela tinha tido uma tarde diferente, pois fazia anos que não presenciava um churrasco de família como aquele, que por mais que fosse enxuto, ainda tinha ternura de sobra.

Os seus avôs por parte de mãe moravam no sul do Brasil, em Curitiba, se ela não estava enganada, porém eles haviam se afastado dela por causa de uma briga que tiveram com seus pais — algo que ela nunca foi verdadeiramente inteirada —, então eles se encontravam apenas em eventos como formaturas, casamentos ou velórios.

E como seus pais e seus avós, por parte de pai, moravam na Europa, ela não tinha muito mais contato com eles do que as ligações semanais ou as visitas anuais.

Ela nunca chegou a se sentir sozinha, pois estava estudando ou trabalhando. No entanto, agora, ao ser apresentada a família de Bernardo, conseguia sentir uma pequena pontada de inveja de tudo que lhe foi tirado sem que pudesse opinar no assunto.

— Precisa de ajuda? — Marta perguntou, pegando um pano e começando a secar a louça sem que Catarina respondesse.

— Está tudo certo, estou quase acabando. — A garota respondeu com um pequeno sorriso. — Muito obrigada pelo convite. O churrasco estava uma delícia, de verdade.

— Fico feliz que gostou. O Fernando gosta de reunir a família às vezes — disse com leveza. — Minha família mora no interior do estado, então é um pouco mais complicado para visitá-los.

— Imagino. — Catarina murmurou, não querendo comentar de como *ela* tinha dificuldade em encontrar com a sua família, pois aquilo levaria a uma onda de piedade que ela não gostava.

— Mas como é família, mesmo que seja uma vez por ano, o que importa é que cada um faça um pequeno esforço para que tudo dê certo. — Marta acrescentou, sem nem ao menos perceber a expressão da garota. — Bernardo comentou que você vai viajar em novembro para visitar seus pais.

— Vou ficar um mês com eles. — Mas isso não era inteiramente verdade, pois ela iria ficar apenas uma semana com eles ao todo e no restante do tempo iria caçar auroras. — Quero dizer, vou viajar um pouco também, mas...

Às vezes seus pais a encontravam no meio do caminho ou faziam uma parte do percurso com ela, porém, nos cinco anos que ela estava fazendo aquilo, eles só haviam feito aquilo duas vezes.

Por que a família dela não se importava tanto em ficar junta como a de Bernardo? Será que eles só eram mais distantes?

— Pelo menos você está indo. Isso já vale a felicidade do mundo para pais que estão longe de seus filhos. — Marta a assegurou e a moça concordou.

Como aquela mulher sabia exatamente o que falar para acalmar o seu coração? Seria isso um dom materno?

— Obrigada, Marta. — Catarina agradeceu e fechou a torneira, tendo acabado de lavar os pratos antes de ser convocada para comer a sobremesa.

— Viu? Não foi tão ruim. — Bernardo comentou, assim que eles se despediram da família dele para irem embora. — Aposto que você se divertiu.

— Sua família é muito legal. Todos foram muito queridos comigo. — Catarina murmurou em tom de agradecimento. — Obrigada por ter me convidado. Fazia tempo que eu não participava de um churrasco assim.

— Assim como? — indagou, trocando a marcha.

— Com família. — Ela deu de ombros, sua voz fraca.

— Bem, agora que já conheceu todos do lado do meu pai, o próximo passo é passar no Natal com a família da minha mãe. — Ele falou com certeza. — Vai ser outra experiência antropológica, mas eu juro que eles são tão legais quanto.

— Natal? Comemorar o Natal? — Ela deu uma pequena risada. — Acho que não — rebateu sem demora, atraindo a atenção dele, que a olhava com um pouco de confusão. — Não me entenda mal, eu adorei esse churrasco e a sua família, mas... Eles sempre vão entender errado e vão achar que estamos juntos quando não estamos. Às vezes é melhor só deixar as coisas como estão. E eu sempre passo o Natal abrindo presentes que eu mesma me dou e assistindo filmes. Vou ficar bem, te juro.

— Não estou preocupado se você vai ficar bem — falou com ironia. — Estou preocupado com o meu psicológico por você ficar um mês fora de casa. Quem vai poder colocar limites? Quem vai me fazer assistir futebol?

— A temporada de futebol acaba antes... — comentou, porém ele a ignorou e continuou falando.

— Essa sua atitude é extremamente egoísta. Você acha que só tem que pensar em você e nas outras pessoas. E eu? — O rapaz perguntou, arrancando uma risada profunda dela.

— Você vai ficar bem — revirou os olhos, checando as mensagens de sua equipe de trabalho, pois M-Outubro ocorreria no próximo final de semana e ninguém estava poupando esforços para que eles conquistassem uma boa colocação.

— Não tenho certeza. Às vezes eu posso fazer uma besteira e tentar encontrar companhia em uma garrafa de vinho — considerou, tentando fazê-la mudar de ideia.

— Você já faz isso várias vezes por semana. — A moça ponderou. — A única diferença seria que você estaria na companhia de Carlos e Rodrigo.

— Não vê como isso é perigoso? — indagou, fingindo horror.

— Já disse que vai sobreviver. Além do mais, vou comprar um belo presente de Natal para você que vai me perdoar pela ausência. — Ela levantou uma sobrancelha, esperando a reação dele.

— Só se for a Aurora Boreal engarrafada.

— Talvez eu a traga. — Ela o desafiou silenciosamente.

— Tenho outras ideias de presente que você também poderia me dar — sorriu. — Aulas sobre carros.

— Claro, você preferiria ganhar aulas sobre carros do que uma Aurora Boreal engarrafada? — riu com o absurdo da ideia.

— Bem, estando com você, acho que qualquer presente é bom. — Ele deu de ombros, olhando para ela. — Agora é a sua vez de falar que eu sou o melhor presente de Natal da sua vida.

— Não tenho certeza, eu me comprei um casaco ano passado que é a personificação de uma noite quentinha. — Ela se abraçou e estremeceu, como se lembrasse dele. — E tiveram os brincos lindíssimos que comprei com meu aumento faz uns dois anos. E os meus cachorros…

— Tudo bem, já entendi, fiquei lá embaixo na lista. — Ele passou a mão nos seus cabelos, frustrado.

— Fique tranquilo, morar com você já é um presente, não pode se dar duas vezes.

— Então eu sou um presente melhor que o casaco do calor? — Ele a olhou de soslaio, tendo um pouco de dificuldade em manter o foco na rua.

— Só perde para Hela e Bor, os cachorros — explicou com obviedade e ele foi obrigado a concordar.

— E onde você os esconde? — estreitou seus olhos, pois ele tinha certeza de que nunca tinha visto cachorros em seu apartamento.

— Em Oslo, meus pais têm uma casa grande para que os dois possam brincar.

— E eles são tão fofos quanto você? — indagou.

— Um pouco menos, pois quando eles ficam bravos, eu realmente fico com medo — confessou, rindo de si mesma.

— Eu definitivamente preciso conhecer essa versão sua, moça. — Ele sorriu, maravilhado. — Deve ser uma experiência única.

— Não faz ideia do quanto — murmurou para si mesma.

Capítulo 25 – M-Outubro

— Não fique tão nervosa! Deu tudo certo! — Angélica sibilou, segurando Catarina pelo braço poucos minutos depois da apresentação da ruiva.

O M-Outubro estava mais movimentado do que eles haviam previsto, então, quando Vitório pediu para Catarina apresentar sobre o *design* elaborado para o carro, a moça quase infartou, porém apresentou da mesma forma. Primoroso, foi o que escutou como retorno da sua equipe com alguns tapinhas nas costas.

— E de quebra nós realmente temos chance de ganhar! — A loira comentou, apontando para o carro em questão, porque a equipe dela havia passado a noite trabalhando nos últimos ajustes.

— Nós temos a mesma chance que as outras equipes — sussurrou, não querendo dizer que eles iriam ganhar apenas para atrair o oposto, mesmo que ela estivesse sonhando com aquilo fazia semanas.

— Eu acredito no trabalho que fizemos, Kitkat. — Angélica lhe garantiu. — Quando a gente se dedica de corpo e alma, e trabalha no que ama, não tem como *não* dar certo.

— Obrigada, Angel, esse ano não teria sido tão bom se eu não tivesse você aqui comigo. — Catarina replicou e segurou a mão da sua amiga, recebendo um aperto de volta. As duas sorrindo.

— Eu digo o mesmo, porque eu realmente acredito que podemos encontrar pessoas que vão mudar nossas vidas nos lugares mais inusitados, não é? — A loira deu um sorriso brilhante e suspirou. — Mas agora tenho que cortar a nossa *vibe* amorzinho, porque tenho que verificar com minha equipe se eles conseguiram ajustar a pastilha de freio.

— Eu mais do que ninguém apoio essa decisão. — Catarina segurou a mão de Angélica, dando um último aperto de aprovação para soltá-la feira adentro.

Ela observou mais um pouco o trio que havia se formado ali — Heitor, Bernardo e José Paulo —, tentando descobrir o que Heitor havia falado de tão engraçado para Bernardo rir daquela maneira. Será que ele estava contando a história da laranja? Ele não ousaria.

Como ele havia chegado na história da laranja? Para isso ele tinha que ter mencionado o incidente com o fio dental. E para isso José Paulo, sem sombra de dúvida, teria que ter narrado o conto da calça branca. Se ele tivesse feito isso, Catarina encheria sua mochila de carepas.

— Catarina? — Ouviu seu nome e se virou, vendo Vitório sorrir para ela, cumprimentando-a. — Parabéns, ótima apresentação. Nossos clientes estão incrivelmente entusiasmados pelos nossos próximos projetos.

— Muito obrigada! — Sorriu, iluminando-se com o pequeno elogio dele. — Estou muito animada para começar a trabalhar com as novas equipes.

— E eles também comentaram que o *design* do carro foi um dos melhores e mais bonitos em anos, então, parabéns de novo.

— Obrigada, Vitório! — Ela voltou a agradecer, sentindo suas bochechas doerem de tanto que estava sorrindo.

Ele a deixou sozinha para dar atenção a clientes e fornecedores em potencial, fazendo com que Catarina tivesse um pequeno momento de contemplação. Aquela foi a primeira vez que Vitório a elogiava em público, realmente demonstrando satisfação e um sorriso. Ela mal podia esperar para contar aquilo para seus pais.

Já era outubro, e em algumas semanas ela estaria em Oslo com eles...

— Cat? — Ela se virou, reconhecendo a voz de Guilherme.

Ela sentiu um arrepio, como se tivesse encontrado um fantasma. Na verdade, ela preferia ter encontrado um fantasma.

— Oi. — A engenheira o cumprimentou a distância, não se aproximando e sem nenhum traço de sorriso em sua feição, pois eles haviam se afastado drasticamente desde os últimos acontecimentos.

— O carro novo é sensacional. — O advogado apontou na direção do modelo em exposição e para os projetos ao redor deles. — Quando é que vamos ver o teste real? Saber qual é o melhor?

— Os testes vão acontecer mais tarde — respondeu, apontando para a parte externa de Interlagos. — Não é à toa que estamos aqui.

— Achei que era apenas para criar uma atmosfera mais esportiva. — Ele deu de ombros.

— Seria mais fácil se realmente fosse isso, mas não tão emocionante. — Ela riu e meneou sua cabeça. — Temos cinco outras empresas hoje, mas só uma realmente compete igualmente conosco, que é a Hotor.

— Vermelho e laranja? — indagou, procurando-a no meio da multidão e vendo o *stand* deles em um dos cantos.

— Isso. Eles estão com um 4x4 com lubrificação sólida, e isso pode ser o nosso fim se realmente funcionar. Então, nosso sonho é que o carro deles não passe por todos os testes necessários — fechou seus lábios, constrangida por torcer contra o sucesso de alguém.

— Fique tranquila, você jamais deixou de fazer algo sensacional. — Ele colocou a mão no ombro dela, porém seu toque, que deveria ser carinhoso, fez com que ela quisesse recuar. — Eu queria...

— Oi. — Uma pessoa surgiu ao lado dela, com cabelos negros e óculos de sol maiores do que seu pequeno rosto poderia comportar.

— Elisa. — Catarina a cumprimentou, olhando para Guilherme, querendo saber o que ele estava planejando ao convidar a pessoa que não era exatamente sua maior fã para um dos grandes momentos da sua vida.

— Parabéns pela apresentação! Quando Guilherme me disse que teríamos um compromisso sábado de tarde, eu logo não gostei, afinal é o tempo que tenho livre para descansar, mas agora que estamos aqui, acho que estou apaixonada por esse ramo. — Ela deu um sorriso amigável. — Bem mais legal do que estudar sobre o corpo humano.

Então, em um *flash* gigante, Catarina viu a pedra no dedo da garota, pendurado como uma medalha de participação para uma pessoa que não ganhou a corrida, mas se esforçou até o final para conseguir finalizá-la. Só que... por mais que as duas tivessem suas diferenças, Elisa merecia *tão* mais do que apenas meio amor.

— Estão... noivos? — Catarina indagou, incerta se ela queria a resposta daquela pergunta.

Não havia nem um mês que Guilherme havia proferido seu amor eterno por ela e agora... Agora ele estava noivo de Elisa. E por algum motivo aquela notícia não a surpreendeu. O que ela poderia esperar de alguém como ele?

Ou melhor, ela não deveria esperar *nada* de alguém como ele.

— Foi incrível! Ele me levou em uma viagem a Florianópolis, nós ficamos o dia inteiro em um barco na Lagoa da Conceição e no final do dia, com o céu todo avermelhado, ele me pediu em casamento — disse a futura médica apressadamente, beirando a euforia.

— Fico feliz por vocês, de verdade! — A engenheira deu o seu melhor sorriso, vendo que Elisa sorriu de volta.

Os três ficaram em silêncio por um momento enquanto Catarina tentava descobrir como poderia sair dali para acompanhar a competição com a sua equipe, querendo escutar os comentários de José Paulo e Heitor como se narrassem uma corrida de Fórmula 1.

Guilherme, por outro lado, deu um sorriso maldoso, como se notasse que ela estava planejando sua rota de fuga.

— E por você ser a minha grande melhor amiga, Cat — falou, estufando o peito ao segurar mais forte a mão de Elisa, fazendo com que ela recuasse com a mudança. — Eu quero que você seja madrinha do nosso casamento.

A engenheira parou onde estava, olhando para ele com intensidade sem saber se estava delirando ou se era verdade. E foi neste momento que ela soube o que *não* queria de sua vida, pois quando ela disse as próximas palavras, seu corpo foi inundado por uma onda crescente de alívio e liberdade, como se retirasse uma âncora que há anos a mantinha presa.

— Não. — Catarina meneou sua cabeça antes de realmente pensar em respondê-lo. — Eu não quero ter mais nada com você, Guilherme. Estou cansada de você e desse jogo que você está fazendo com nós duas. Eu era sua melhor amiga e você nunca me deu valor, então eu não quero mais ter nada com você. — E olhou para Elisa com pena. — Desculpa, Elisa, se um dia eu te fiz mal, mas você merece coisa muito melhor que ele. Tenho certeza.

Ela estava cansada disso. Cansada dele.

Bernardo já não estava mais prestando atenção em nada, apenas tentava encontrar Catarina para poder conversar com alguém sobre qualquer coisa, porém não a havia visto depois que ela e Angélica se separaram.

Ele queria falar com a moça, saber o que ela estava gostando e o que não havia saído como planejado, pois ele e Catarina mal haviam se falado na semana anterior, depois do casamento de Sophia, porque a moça estava saindo de madrugada de casa e chegando apenas na outra madrugada, dormindo poucas horas e mal mandando mensagens sobre o seu paradeiro.

O *trader* não poderia criticá-la, pois a exposição da SC Motors estava mais do que completa e o painel que ela havia apresentado sobre os *designs* que havia desenvolvido foi sensacional. A moça jamais parava de surpreendê-lo, isso era verdade, mas viver nesta constante expectativa era o que ele amava, pois era por isso que ele estava no mercado financeiro. E ver aquela pequena chama no olhar dela enquanto apresentava sobre o seu trabalho fez com que ele finalmente percebesse que ela se sentia da mesma maneira ali.

— Algo que gostou? — Uma mulher negra o abordou, ela usava um vestido vermelho e um sorriso interessado.

— Estou apenas olhando. — Ele olhou para a credencial dela e aparentemente fazia parte da equipe da Hotor.

Catarina o mataria se soubesse que ele estava conversando com a sua maior concorrente.

— Não sou uma vendedora de carros — explicou, como se ele não soubesse daquilo ainda. — Só vim saber se você tinha dúvidas sobre nosso modelo.

— Não — negou. — Não entendo muito disso para conversar com alguém. Apenas sei que o carro de vocês está tentando inovar na lubrificação sólida. É isso, não é?

— Sabe o suficiente para saber para quem torcer na corrida desta tarde, então. — Ela piscou para ele. — Estamos muito otimistas que isso vai revolucionar o mercado.

— Ainda não seria muito caro? E é seguro? — questionou, genuinamente curioso.

— Caro? Sim, porém é ecologicamente sustentável. E todos os nossos testes tribológicos foram aprovados, então considero que estamos dentro do fator de segurança — respondeu ao jogar suas longas tranças para trás, sorrindo.

Ele concordou com aquilo, sabendo que não tinha nenhum embasamento teórico nem técnico para falar com aquela mulher sobre o assunto, pois ele não era nenhuma Catarina.

— Bem, boa sorte caso a lubrificação sólida não funcione — desejou, começando a se virar.

— Não precisamos de sorte, temos Lubrax — murmurou bem baixo, porém ele a escutou.

Bernardo começou a se afastar, vendo que ela acenava como quem compartilhava de uma piada que ele jamais entenderia. Uma pena era que ele mesmo usava Lubrax em seu carro, então sabia muito bem o que aquilo significava. E ele precisava contar para Catarina, rápido.

No entanto, no momento que ele pensou em procurá-la, ela surgiu em sua visão, conversando com Guilherme e Elisa — e aparentemente não tendo um bom momento.

Ele saiu em sua direção quando ela se afastou e a interceptou, segurando sua mão para fazer com que ela o olhasse.

— Parece que eu arranquei cinquenta quilos dos ombros. — Ela disse, como se aquilo pudesse explicar o sorriso incrivelmente lívido em seus lábios.

— Hotor usa lubrificação líquida para garantir que a sólida não irá falhar. — Bernardo disse, não pensando muito no que ela havia acabado de lhe falar.

Que peso ela havia tirado dos ombros? Ela não estava falando com Guilherme agora pouco? Sobre o que falaram?

A moça arregalou seus olhos quando assimilou a informação e sua expressão transformou-se de raiva para surpresa e depois para indignação. Pegou Bernardo pela gola de sua blusa e o puxou para baixo, para que ele estivesse na altura de seus olhos.

— Você tem absoluta certeza do que está falando, Bernardo? — indagou com os dentes trincados.

— Positivo, moça. É o lubrificante líquido que eu uso no meu bebê — confirmou. — Mas acho que eles devem esperar um pouco mais para fazer qualquer mudança que não seja pega na análise inicial de veículos.

— Você estava me ouvindo enquanto eu falava. — constatou, fascinada.

— Claro, você me ouviu reclamar da queda das minhas ações por quatro horas e me ajudou a montar um relatório inteiro sobre o setor de siderurgia para apresentar para um cliente — sorriu, segurando a mão dela que já estava branca e fria de tanta força que estava fazendo.

— Obrigada — sussurrou, olhando profundamente em seus olhos ao se aproximar dele e beijar sua bochecha.

Aquele gesto deveria ser puramente de gratidão, porém sua pele começou a formigar quando ela o soltou, afastando-se para correr até onde José Paulo e Heitor estavam.

Capítulo 26 - Vai com calma, campeão

Era a última volta.
Todos os olhos estavam no telão.
Todos os corações palpitavam em uma simples vibração.
Todas as pessoas prendiam a respiração na torcida do seu campeão.
Hotor havia sido eliminada antes da primeira volta, pois nos testes foi realmente identificado agentes químicos de lubrificação líquida quando suas especificações técnicas afirmavam que eles não estariam presentes.
Contudo, a Chave de Comando estava se destacando mais do que na pré-seleção. Aparentemente, eles haviam feito boas mudanças em sua estrutura de eficiência e aquilo preocupava um pouco Catarina, porém ela tinha confiança em sua equipe e na sua capacidade. Algumas equipes tinham potencial, porém apenas potencial não era algo que se ganhava corridas.
Última reta da corrida. A Chave de Comando estava na frente por milésimos de segundos.
Catarina apertou o braço de José Paulo, pálida como uma porcelana chinesa, enquanto seus olhos mal conseguiam piscar por conta da adrenalina em seu sangue.
Ela vibrava como o mundo vibrava.
Sentia a energia.
Se sentia parte daquilo.
E nada poderia mudar isso.
Quando o carro passou pela linha de chegada, ela saiu correndo, empurrando pessoas na multidão para procurar por Bernardo, que ainda estava atentamente olhando a televisão com um sorriso bobo nos lábios.
— Bernardo! — berrou, jogando-se nos braços dele e colidindo contra o seu peito, fazendo com que ele vacilasse, porém não perdesse o equilíbrio.
— Parabéns! — Ele a envolveu em um abraço, sorrindo contra os cabelos dela. — Eu sabia que você conseguiria.
— O time da Angélica realmente envenenou esse carro, jamais imaginei que ele pudesse correr tão rápido! — disse, apertando-o ainda mais contra o seu corpo.

Ela inspirou fundo, sentindo o aroma do sabonete dele e o soltou, vendo o brilho em seus olhos e se perguntando se os dela brilhavam tanto quanto.

— Você é maravilhosa — sorriu, alisando o rosto dela.

Por um segundo, tudo desapareceu. As pessoas. A corrida. A tensão. Tudo. Restou apenas ela e Bernardo, e foi por isso, justificou para si mesma, que ela fez o que fez.

Foi por isso que ela o beijou.

Bernardo foi pego desprevenido, não tendo tempo de reação até que os lábios de Catarina estivessem contra os dele e suas mãos se perdessem em sua nuca.

Ele não estava preparado para aquele beijo, porém seu corpo prontamente reagiu, tocando os lábios com os seus e deixando que seus dedos envolvessem a confusão que eram as ondas de seus cabelos.

Catarina se afastou dele, sorrindo, ao deslizar seu nariz contra o dele, enquanto ela olhava para baixo.

Aquele beijo despertou uma grande e adormecida fome em Bernardo. Ele não fazia ideia que estava tão faminto por ela.

— Obrigada por este presente — sussurrou, afastando-se dele e se perdendo na multidão antes que ele pudesse impedi-la.

Aquela garota seria o seu fim, e ele estava mais do que disposto a deixá-la arruiná-lo.

— Vai com calma, campeão. — Rodrigo disse, segurando a mão de Bernardo antes que ele pudesse pedir mais um copo de uísque.

Bernardo nem sequer gostava de uísque, porém, naquele momento, ele queria o melhor analgésico emocional que poderia encontrar no mercado.

— Eu só quero mais um. — O rapaz falou com a língua enrolada, olhando para seus dois amigos, meio perdido e desolado.

— Você não precisa de mais um. — Carlos o segurou pelos braços, puxando-o da frente do bar e tentando levá-lo a uma mesa mais afastada. — Você precisa ir pra casa.

— Eu preciso *não* ir pra casa — tropeçou em seus pés, birrento como uma criança.

— Não pode querer ignorar isso por toda a sua vida. — Rodrigo disse, colocando uma garrafa de água em sua frente, esperando que o rapaz a pegasse por vontade própria, algo que não aconteceu.

— Posso. Posso e vou, pois é isso que ela está fazendo. Ela está me enlouquecendo. Ela me beija e depois age como se nada tivesse acontecido. Ela me fala coisas bonitas, dorme do meu lado, escuta sobre meu dia e depois me dá um soquinho no ombro com a palavra amigo em um soco inglês. Metafórico, claro. — Ele esclareceu, porém guardou as maiores confissões para si mesmo.

Como ele poderia explicar a seus amigos que ele gostava da maneira que ela prendia o seu cabelo em um coque? Ou dos óculos que ela se negava a usar? Como dizer que gostava da maneira que ela ficava alegre com uma taça de vinho e já estava dormindo ao final da quarta? Ele sentia a essência de amêndoas dela, ele a sentia, em todos os cantos.

Bernardo não gostava muito de futebol, porém toda terça e sexta ele aprendeu que eram os dias que a série B jogava, então os dois faziam pipoca e tomavam vinho. E quando o time dela perdia, a moça fazia uma sopa de tomate e se trancava em seu quarto, ligando para seu pai para discutir os motivos da derrota. Contudo, quando ganhava, ela ficava assistindo vídeos que analisavam a partida a noite toda e abria uma barra de chocolate para que eles dividissem.

Ele gostava de como toda segunda-feira, religiosamente, ela ligava para sua mãe, perguntando do inverno, das pesquisas e da vida, e as duas passavam uma hora conversando até que uma delas tivesse que desligar. Sabia tudo o que ela não percebia. Como ela comia primeiro as bordas da torrada e de como uma toalha a vestia muito melhor do que um vestido de marca. Ela era bela. Uma moça incrível e extremamente bela. Inteligente, simpática, encantadora, apaixonante.

E era por isso que ele não poderia contar aos seus amigos o motivo que ele não queria voltar para sua casa, pois Catarina e Guilherme estavam conversando lá. Bernardo viu os dois na porta do prédio quando ele deixou o seu carro. Foi naquele momento que ele decidiu que iria beber com seus amigos e não iria comemorar com ela.

Por que *diabos* ela continuava conversando com ele? Ele era tóxico para ela. Ele era errado. Ele lhe fazia mal, lhe tratava mal. E mesmo assim ela não conseguia se afastar dele, como um viciado não conseguia se afastar de uma droga que ainda iria matá-lo.

— Foi por causa do beijo? — Carlos perguntou a Rodrigo, ignorando Bernardo.

— Acho que tem mais coisa aí, mas ele não está disposto a contar. — O colega respondeu, enfiando a água nas mãos de Bernardo ao notar que o rapaz estava com o celular a postos, pronto para fazer algo que ainda iria se arrepender. — Acho melhor não.

— Eu apenas iria perguntar se ela estava bem — murmurou de olhos fechados, jogando sua cabeça para trás e respirando fundo ao sentir o álcool revirar em seu estômago.

— Ela deve estar dormindo. — Carlos ponderou, tentando chamar a atenção de Bernardo.

— Ela deve estar com aquele cara. — Bernardo disse com raiva e certeza, abrindo seus olhos para encarar o vazio dos corpos em sua frente.

E se ela estivesse? Desde quando ele poderia exigir algo ela? Mesmo que eles estivessem juntos e mesmo que os dois tivessem se beijado, ele não poderia pedir nada além do que ela já estava entregando a ele. Mas ele queria. Ele queria exclusividade na vida dela como nunca quis antes com outra pessoa.

Ele queria seus beijos, seu sorriso e todos os seus momentos felizes. E os tristes também, se ela quisesse compartilhar.

Bernardo olhou as pessoas à sua frente, cogitando se deveria fazer o mesmo que ela e encontrar alguém para transar. No entanto, desde que ele a conheceu, nunca mais viu a graça de estar em lugares que ela não estava, principalmente aqueles com pessoas demais e conteúdo de menos.

— Ela não está. — Rodrigo afirmou, mesmo que nenhum dos amigos dele pudessem lhe entregar essa certeza.

— Eu só... Ah — Bernardo grunhiu, com a voz arrastada.

Ela não estava. Ele não sabia como Rodrigo sabia, porém ele confiava em seu amigo e confiava em Catarina.

— Vou pegar uma Coca pra ele. — Carlos resmungou, desgostoso de ter que cuidar de Bernardo naquela situação.

Enquanto Rodrigo e Carlos conversavam sobre o que poderiam fazer com o seu amigo bêbado, Bernardo aproveitou a oportunidade para pegar seu celular de volta sem que eles percebessem e sair do local, selecionando o número que estava na tela, esperando.

— Alô? — ouviu a respiração dela antes de ouvir a sua voz. — Bernardo, está tudo bem?

— Eu... Eu estou bêbado e sem dinheiro para um táxi. Pode vir me buscar? — pediu, mesmo que tivesse dinheiro. Ele só queria retirá-la de perto daquele cara. Daquele sanguessuga nojento.

— Não consegue pedir um Uber? Estou com minha mãe no Skype — comentou com um sorriso em sua voz, respondendo algo em um sussurro para outra pessoa: — *Mamma,* um segundo, é um amigo.

— Eu... — Ele não havia considerado que ela seria uma pessoa sensível e conversaria com seus pais sobre sua vitória, algo que ele completamente entendia. — Eu acho que sim.

— Espera — pediu, voltando a conversar com, provavelmente, sua mãe — Vou desligar em cinco minutos. Você espera, Bernardo?

— Não quero te incomodar, moça, eu só queria... — Ele estava prestes a responder que queria ir para casa, porém não realmente queria aquilo. Ele queria ficar com ela, abraçá-la e roubar mais um beijo. Queria estar onde ela estivesse.

— Já estou indo, *moço* — respondeu, gracejando da maneira que ele a chamava. — Onde você está atualmente?

— Bar dos Ardos, e eu não vou a nenhum outro lugar — confessou, sorrindo para si mesmo.

— Vou pegar seu carro — ouviu outro sorriso na voz dela. — E não me arrependo de nada.

— Não vou a nenhum lugar. Nenhum lugar mesmo — deu de ombros, repetindo-se ao sair do *pub* e sentando-se na calçada da rua.

Ao seu redor havia pessoas bêbadas, outras passando mal e algumas brigando. Contudo, ele não se importava, pois ela estava chegando.

Antes de Bernardo ligar, Catarina estava terminando de comer seu quinto pedaço de pizza enquanto conversava com sua mãe, ao perceber que estava comendo apenas por gula — mas aquilo não era novidade naquele momento.

Estava comendo com raiva. Raiva de Guilherme.

Após ela ter voltado para sua casa depois do M-Outubro, ele apareceu ali, chamando-a para uma conversa sincera. E foi exatamente isso o que tiveram, por mais que não tivesse gostado muito do retorno que recebeu.

— Precisamos conversar. — Ele estava na frente de seu prédio com os braços cruzados e um semblante sério. — Posso subir?

— Não. Vamos conversar aqui mesmo. — Ela desceu os degraus da escada e parou em frente a dele.

— Catarina, eu só preciso saber uma coisa. Preciso que seja sincera comigo uma última vez — pediu, descruzando seus braços. — Eu te amo, Cat. Você sempre esteve do meu lado nos melhores e piores momentos da minha vida, e eu quero que você continue ali comigo, mas não só como amiga.

Ouvir aquilo não a afetou, apenas fez com que o seu sangue fervesse, porque quem amava, cuidava, e Guilherme jamais cuidou dela além do que era do seu interesse. Na verdade, ele sempre a usou como um brinquedo, deixando-a de lado quando bem lhe convinha e agindo de maneira cruel quando as coisas não aconteciam do seu jeito.

— Não — respondeu, impassível. — Se você acha que pode ficar fazendo esse joguinho comigo e com Elisa, isso acaba aqui e agora. Se teve uma época que eu gostava de você, ela passou faz tempo. Será que você não percebe como é tóxico para nós?

— Você não está entendendo... — tentou pegar a mão dela. — Eu posso mudar. Por você. Se você me quiser, posso ser diferente.

— Essa é a coisa, Guilherme. — Ela se afastou, olhando fixamente nos olhos dele para que a sua mensagem fosse bem transmitida. — Eu não quero. Eu não te amo. Eu quero que você desapareça da minha vida de uma vez por todas. Quero que me deixe em paz.

— Mas Cat, nós somos amigos desde sempre... Não pode...

— Posso. Posso e estou fazendo isso. Agora vá embora — começou a subir os degraus do seu prédio com segurança, sentindo que o quanto mais longe ficava dele, mais leve se sentia.

— Mas se você me deixar, eu vou ficar sozinho! Elisa terminou comigo por *sua* causa, é isso o que você queria? — O advogado a acusou.

— Bom pra ela. Finalmente percebeu que estava perdendo tempo com você. — Catarina deu um sorriso amarelo, irritando-o.

— Cat! — Ele a chamou, porém ela continuou a andar. — É por causa dele?

— Dele quem? — Mas ela já sabia a resposta.

— Bernardo. — O nome saiu com mais dificuldades do que os dois imaginavam que sairia.

A moça estava prestes a responder, mais uma vez naquela vida, que os dois eram apenas amigos.

Mas eles não eram. Não mais, ao menos para ela.

— Não. Você só não merece. Não merece uma pessoa como eu na sua vida — sorriu desgostosa. — E ele é um amigo mil vezes melhor do que você um dia já foi. E é por isso que nunca mais vai acontecer nada entre nós dois, porque você jamais será Bernardo Figueiredo.

— Então você o ama? — indagou em um sofrido sussurro.

Ela parou para pensar. Não, não era amor. Ela nunca soube o que era amor, porém tinha certeza de que era um pouco mais do que estava sentindo.

A verdade era que ela gostava da maneira como ele era sempre uma ótima companhia, como conversarem a deixava mais feliz, e como ele sorria para tudo na vida. Bernardo tinha um jeito especial. Meio cativante. Totalmente único de ver o mundo que ela não conseguia se desprender nem se quisesse.

Ela queria mergulhar nos pensamentos dele e se afogar em seus sentimentos. Desde que ele havia entrado na vida dela, Catarina soube que jamais seria a mesma, e este foi o melhor presente que jamais imaginou receber de alguém.

— Ainda não — sorriu. — E, por favor, procure um profissional para ajudá-lo, porque eu não sou e não tenho a cura dos seus problemas.

E ela subiu as escadas correndo, desesperada para ligar para sua mãe e pensar em outra coisa que não fosse Bernardo Figueiredo e seus lindos lábios.

Bernardo estava prestes a dormir. Na verdade, já estava dormindo, quando ouviu uma voz macia e sentiu uma mão suave o balançando. O rosto de um anjo ruivo preencheu seu campo de visão.

— Vamos? — Catarina perguntou, segurando a mão dele e o puxando para cima.

Ele entrou no carro e ela colocou o cinto de segurança nele, ficando próxima o suficiente para que ele pudesse sentir toda essência que ela tinha a oferecer.

Amêndoas.

Catarina ligou o carro e, logo, os dois estavam a caminho de casa. Ele apoiou a cabeça contra o vidro, sentindo-a quicar contra ele sempre que passavam por algum buraco no asfalto.

— Como foi a sua noite? — A moça perguntou, trocando de marcha e acelerando para não ter que parar no sinal amarelo à frente deles.

Ele a olhou, já com seu pijama padrão laranja com branco e suas pantufas de pelinho. Ela estava usando os seus óculos com o cabelo preso em uma trança — provavelmente estava pronta para ir dormir.

Ele não conseguiu desviar o seu olhar, pois jamais imaginou que uma mulher pudesse ser tão… Envolvente, sendo ela mesma.

— Gostei do visual. Muito *sexy*. Deveria ter entrado no bar, seria o maior sucesso — comentou, vendo-a revirar os olhos.

— Como foi a sua noite? — Ela voltou a perguntar, sem tirar os olhos da rua noturna.

— Eu não sei — confessou. — Acho que não foi tão boa quanto a sua.

— Ah, isso eu tenho certeza. — A engenheira sorriu para ele, arrumando seus óculos no rosto e virando à direita. — Eu pedi uma pizza inteira de catupiry com *borda* de catupiry para mim. Foi a melhor comemoração que eu poderia desejar. E ainda comecei a assistir aquela nova série da Netflix: *Dinastia*. Cheia de intrigas, mas não é exatamente o seu tipo de programação.

— Só isso? — indagou, indiscreto. — Não estava com Guilherme?

Ela o olhou com os lábios entreabertos, pronta para responder algo, porém voltou seu rosto para frente e meneou sua cabeça.

— Não, *mamma*. — Ela resmungou, como se revivesse uma conversa com outra pessoa, talvez sua mãe. — Guilherme foi lá em casa para tentar conversar, porém eu deixei claro que não quero mais nada com ele e seus joguinhos. — Ela deu de ombros, sorrindo. — Acho que finalmente consegui sair do nosso ciclo vicioso.

— E como sabe disso? — Bernardo a olhou, não conseguindo evitar perceber como os cabelos dela pareciam estar em chamas com o brilho da noite.

— Porque eu fui sincera em relação a algo que ele finalmente entendeu — Catarina respondeu, abrindo a garagem com o controle e estacionando o carro.

— E o que é isso? — indagou, tentando se livrar do seu próprio cinto.

— Disse para ele o verdadeiro motivo para eu não querer nada com ele. E eu acho que desta vez... Bem, acho que não tem volta. Não somos mais amigos. — Ela deu um pequeno sorriso, desprendendo-o de suas amarras e saindo do carro. — Vamos, vou te colocar na cama, senão você provavelmente pode acabar se perdendo no meio do caminho.

Ele sorriu, aproveitando a oportunidade para jogar o seu corpo contra o ombro dela, fazendo-a carregá-lo até o elevador e o apoiar contra a parede de metal, mesmo quando eles já estavam ali dentro. Parecia um *déjà-vu*.

— Você é uma coisa misteriosa. — Bernardo refletiu em voz alta, olhando para a luz que piscava acima de suas cabeças.

— Coisa misteriosa? — ecoou as palavras dele, rindo ao retirá-lo do elevador quando chegaram ao andar deles.

Ela abriu porta do apartamento, e ele entrou, trombando na bancada da cozinha para cambalear até o seu quarto. Catarina o seguiu, ajudando-o com o cadarço do seu sapatênis e as meias, até parar mais perto dele.

— Precisa de mais alguma ajuda ou posso ir dormir? — perguntou com a voz suave, sentada na beirada da cama, desfazendo a trança de seus cabelos.

— Eu não sei, acho que está tudo girando. Eu só queria meu pijama — murmurou já de olhos fechados, não sabendo mais o que estava acontecendo. — E eu preciso de carinho.

— Você é uma criancinha mimada. — Ela riu, ajudando-o a retirar sua blusa polo, o cinto e sua calça, vestindo-o em seu pijama e o colocando embaixo de suas cobertas.

Será que aquilo não a afetou nem um pouco? Pois todo o lugar que ela tocou, agora estava em chamas, formigando, e ele se sentia dormente com a separação deles.

— Eu sou, então cuida de mim — pediu, abrindo, com muito esforço, seus olhos. — Dorme aqui e cuida de mim.

Ele percebeu que aquilo a pegou desprevenida, pois ela hesitou, não saindo no quarto, não entrando embaixo de suas próprias cobertas.

— Bernardo... — murmurou, quase sem mover seus lábios enquanto o olhava. — Não é uma boa ideia. Isso cruza uma linha muito delicada e eu não sei se a gente deve cruzar essa linha.

Ela não estava tão coerente quanto ele achava, pelo menos as frases dela estavam quebradas, como se sua linha de raciocínio não estivesse tão disposta a fazer todo o sentido que ela gostaria. Ou, ao menos, era isso o que ele dizia a si mesmo.

— Não temos uma linha — puxou a mão dela de leve. — Nós somos um novelo de lã. Somos enrolados demais para pensarmos em linhas e limites.

— Sua avó não gostaria de te ouvir me convidando de maneira tão sedutora para sua cama — falou, com um sorriso beirando seus lábios.

— Estou quase desmaiado de sono. Como posso ser sedutor? — questionou.

— Não sei, mas é. — Ela riu dele. — E muito fofo.

— Dorme comigo. Não precisa fazer nada. Não precisa nem me tocar. Já dormimos juntos antes e não aconteceu nada. Por favor. — Ele se afastou, abrindo um espaço na cama para ela, soltando a sua mão e esperando. — Eu só quero um pouco de carinho, e não queria dormir sozinho.

Ela estava pronta para recusá-lo, porém aquela frase quebrou sua argumentação, pois era a mesma coisa que ela precisou dias atrás e ele não lhe negou a companhia — e ainda ganhou uns beijos de quebra.

A moça estava em dívida, e se ele quisesse cobrá-la com um gesto inofensivo destes, então tudo bem, ela o faria.

— Você é uma criança mimada — sussurrou. — E eu ainda tenho que aprender a te dizer não.

Ela fechou a porta do quarto, deixando os dois à mercê da escuridão.

Ele sentiu o peso dela na cama quando se deitou, conseguindo, finalmente, fechar seus olhos.

Tudo estava no lugar que deveria estar.

Capítulo 27 - Angel ao resgate!

— Angel, preciso de você! — Catarina sussurrou no dia seguinte para o seu celular, após fugir para dentro do seu quarto ao acordar cercada pelos braços de Bernardo.

A princípio ela não estava entendendo o que estava acontecendo, apenas sentindo a respiração pesada dele em sua nuca e o calor do seu corpo aquecendo o dela. Então, em um movimento de puro pânico, levantou a coberta e percebeu que ainda estava vestida — ainda bem — e ele também.

O problema não era exatamente aquilo. Era seu coração. Ele estava pulsando tão forte dentro do peito que ela chegou a sentir uma pequena dor, como se ele estivesse prestes a explodir. Aquilo a assustou, pois ela já havia acordado nos braços de alguns homens antes, porém nenhum deles teve o efeito que Bernardo tinha nela — pela segunda vez, diga-se de passagem.

Na verdade, ela nunca acordou nos braços de um homem que não havia transado com ela antes. Apenas nos de Bernardo, e isso estava começando a virar um hábito seu.

— Qual o tipo de emergência? — Angélica indagou, completamente atenta.

— Não sei os códigos para isso! Mas eu dormi com Bernardo — revelou, ouvindo a amiga soltar um gritinho do outro lado. — Não exatamente dormir-transar, mas dormir-*dormir*.

— Tipo, conchinha? — A loira tentou entender, muito interessada e proativa. — De novo? Isso já não tinha acontecido antes?

— Sim. — A ruiva confessou, fechando seus olhos e se trocando, na esperança de que Bernardo ainda não tivesse acordado.

— E vocês ainda não estão juntos? Isso já está ficando estranho, Kitkat.

— Ainda não. Quero dizer, não estamos juntos! — percebeu o que havia dito ao ouvir a risada de Angélica. — Preciso sair daqui antes que ele acorde! Não estou pronta para falar sobre isso. É uma questão de tempo até ele perguntar "E aí?" e eu não faço ideia do que falar além de "E aí o quê?".

— Angel ao resgate! — A loira disse. — Quinze minutos e eu chego aí!

Catarina abriu a porta de seu quarto com calma, vendo que a casa ainda estava escura e silenciosa, então saiu pela porta e desceu às pressas para não ser encontrada pelo seu companheiro de apartamento.

Pouco depois, o HB20 vermelho de Angélica estava estacionando em frente ao prédio de Catarina, que entrou correndo no carro.

— Bom dia, Kitkat! — Angélica a cumprimentou, retirando seus óculos de sol do rosto.

— Bom dia, Angel. — A ruiva suspirou aliviada, vendo o carro se afastar do prédio e nenhum sinal de Bernardo para assombrá-la no caminho.

— Agora, antes que eu comece as perguntas, vamos ao Hilton, reservei um *brunch* para nós duas. — A loira fez a curva. — Na verdade meu ex-marido comprou para ir comigo, porém como ele me traiu e nós nos divorciamos, me deu de presente este mimo para que eu o deixasse ficar com o a estátua do *Pensador* que compramos juntos.

— Valeu a pena?

— Vou saber quando chegarmos, mas aparentemente esta reserva veio no melhor momento possível.

As duas entraram no Hilton e foram levadas diretamente à mesa, recebendo uma taça de espumante e uma bela cesta de pães.

— Bom, um brinde aos homens que complicam nossas vidas. — Angélica brindou sua taça com a de Catarina sorriram. — Agora pode me contar o que a está incomodando em ter dormido com Bernardo.

— Já disse que não *dormimos*. Apenas dormimos. — A ruiva a corrigiu.

— E o que, exatamente, eu falei de errado? — Angel passou geleia em seu pão e o mordiscou.

— Sua entonação era diferente. Eu conheço esses tipos de palavras não ditas. — Catarina comentou, levantando uma sobrancelha.

— Completamente verdade, prossiga. — A loira sorriu, pedindo uma água de coco ao garçom.

— Eu não tenho certeza. Acho que... Ultimamente meu relacionamento de amizade com Bernardo está tentando se tornar algo mais romântico. — Catarina deu voz aos seus pensamentos.

— Certo, e por um acaso da vida você não quer isso?

— Não tenho certeza. — Catarina brincou com sua pulseira, olhando para as quatro pedras que ali estavam penduradas. — Eu acho que tenho medo de estar errada. E se for algo que eu acho que está acontecendo, mas na verdade não está?

— Você já tentou falar sobre isso com ele? — Angélica indagou, comendo um pedaço de bolo. — Que coisa mais deliciosa. — Ela comeu mais um.

— Ficou louca? Óbvio que não! — Catarina soltou uma risada nervosa e prendeu seu cabelo em um rabo de cavalo, começando a comer os doces que estavam a sua frente.

Hum, aquilo estava *muito* bom.

— Por que não? Comunicação é a chave de tudo em um relacionamento, Kitkat.

— Não temos um relacionamento, para começar — apontou com o seu garfo para Angélica. — Eu só... Ontem foi uma montanha-russa de emoções. A gente destruiu na competição, eu beijei o Bernardo, aí mandei o Guilherme vazar e *dormi* com o Bernardo. E agora eu tenho medo de me envolver e perder o meu melhor amigo...

— Ei, *eu* sou sua melhor amiga. — Desta vez foi a vez de Angélica apontar a faca na direção de Catarina. — E trate de continuar a comer!

— O que eu estava dizendo — falou, depois de enfiar um pão de queijo na boca —. É que Bernardo, meu *amigo*, não sai da minha cabeça. Eu acordo e penso no sorriso dele. Vou trabalhar me lembrando das nossas conversas. E aí, quando acho que vou me livrar dele, eu sonho com ele enquanto durmo! E ele é uma pessoa maravilhosa! Não tem como não se interessar por ele.

— Opa, estamos evoluindo! — Angélica bateu palmas. — Então está interessada em Bernardo?

— Não. Quero dizer, sim. Eu...

— Você é de libra, eu entendo. — A loira segurou a mão de sua amiga, recebendo um revirar de olhos pela piada. — O que eu quero dizer é: você não precisa saber de tudo. Às vezes você pode apenas deixar rolar.

— Mas, Angel, você ainda não está entendendo. E se ele não *quiser*? — Catarina indagou, tomando um iogurte com frutas vermelhas. — Não posso simplesmente acreditar que ele sempre esteve secretamente apaixonado por mim como em um livro de romance água com açúcar.

— Você teria muita sabedoria nestes "livros de romance água com açúcar" se você lesse algum deles. Provavelmente até não teria esse tipo de dúvidas. — A loira respondeu, jogando seu cabelo atrás de seu ombro e comendo um morango anormalmente vermelho. — E só para você saber, eles são o melhor tipo de literatura, é como se você estivesse falando com a sua melhor amiga. Eu, particularmente, recomendo a leitura.

— Não respondeu minha dúvida. — Catarina a acusou.

— Você quer que eu te fale que é loucura e que você deveria desistir disso, mas eu não posso mentir para você. — Angel olhou para sua amiga com pena. — Você não enxerga coisas tão óbvias que eu não sei se te bato ou te dou um abraço.

— Os dois? — Catarina sugeriu.

— Você é a pessoa mais tapada para relacionamentos que já existiu. — disse com sinceridade. — Eu só não entendo como você não consegue perceber que Bernardo está tão confuso quanto você.

— Confuso? — ecoou a palavra, franzindo seu cenho, confusa.

— Perdido. Ele orbita ao seu redor e todos nós já conseguimos perceber isso. José Paulo e Heitor querem até começar a enviar o convite de casamento de vocês para a Igreja São Luís, na Paulista, que é, por sinal, uma gracinha. Mas eu disse que você tinha que começar a namorar primeiro. De nada.

— Eles querem que eu me case com Bernardo? — Catarina indagou com pânico de como as coisas estavam escalando rapidamente.

— Não. Você está entendendo tudo errado. — Angélica revirou os olhos pedindo mais uma taça de espumante para cada uma. — Estou falando que se o problema é não saber se ele gosta de você de volta, ele gosta. Agora você tem que saber o que *você* sente por ele.

— Como você sabe disso? Como tem tanta certeza? — Catarina afundou em sua cadeira, decidindo se comeria a torta de frango ou o quiche de ricota.

Bem, já que ela estava ali, poderia muito bem comer os dois.

— Eu não tenho, Kitkat, mas eu realmente acho que você escolheu um cara bacana desta vez. E eu nunca te vi tão feliz desde que ele foi morar com você. — A loira voltou a beber da sua água de coco.

Meu Deus, será que Angélica não notou que estava com duas taças de espumante, uma água de coco, um iogurte e um suco verde que não estava tão verde?

— Porque somos amigos! — Catarina tentou argumentar, sentindo suas bochechas queimando.

— Vou te ignorar, porque eu tenho certeza de que sua cabeça quebra até diamante. — Angélica revirou seus olhos. — E você não tem duas semanas antes de passar o mês fora? Aproveita esse tempo para decidir algo, e qualquer coisa, se algo der errado, só fingir que nada aconteceu.

— Você fala como se isso fosse algo fácil. — Catarina resmungou.

— Às vezes é fácil mesmo, Kitkat. — Angélica mordeu seu lábio.

— Isso é tão frustrante! E muito injusto! Para ele deve ser fácil, né? Afinal já amou, então sabe o que está sentindo. E eu? Nunca nem estive apaixonada, quem dirá, amar? — Catarina resmungou, percebendo que as pessoas olhavam na sua direção pelo seu tom de voz alto.

— Ele teve uma história com a ex, ponto. Acabou. E se tudo der certo, ele terá outra história, só que com você. São pessoas e sentimentos diferentes. Uma coisa não tem nada a ver com a outra. — Angel explicou com paciência.

— Mas não é o mesmo amor? — Catarina fechou sua expressão, como se aquela ideia não lhe fosse familiar. — Quero dizer, amor não é algo transferível? Você só ama uma pessoa por vez.

Angélica sorriu, segurando a mão de Catarina e a afagando com ternura.

— Não, Kitkat, cada pessoa ama da sua maneira. Não existe uma fórmula mágica para entender o amor. Você só tem que saber que o seu amor de hoje, mesmo que seja pela mesma pessoa, não será o seu amor de amanhã. Amor é algo mutável, adaptável e *vivo*. O amor... — A loira abaixou sua cabeça com lágrimas nos olhos, impedindo-se de continuar para não as derramar. — Você pode amar uma pessoa com todo o seu coração em um dia, e no seguinte decidir que não a quer mais. E você... Você fica se sentindo pequena...

— Angel, não está tudo bem. O que aconteceu? — Catarina indagou, vendo que os olhos de sua amiga estavam ficando avermelhados.

— Lucca. Ele me traiu e... E ao invés de eu odiá-lo com toda a força do meu ser, tudo o que eu quero é que ele me mande uma mensagem, peça desculpas e diga que me ama. Eu até... — Angélica começou a limpar as lágrimas de seu rosto, rindo de sua tragédia. — Eu não consigo olhar para outras pessoas porque ainda tenho sentimentos por aquele ex-marido estúpido.

— Angel... — Catarina murmurou, sentindo-se estúpida por não ter notado aquilo antes, tão absorta em seu drama particular. — Você não deve se sentir assim. Ele fez algo errado, mas não pode se forçar a transformar todo amor que você sentia por ele em ódio. Vocês tiveram uma história linda.

— E ele jogou tudo fora! Por uma... Por quê? — sussurrou com a voz mais aguda do que ela pretendia.

— Não sei o motivo, mas ele errou. Errou muito feio. Só que, você não pode querer destruir toda história pelo final dela. É tipo dar *uma* estrela para um livro muito bom só pelos últimos parágrafos. — Catarina apertou a mão de sua amiga.

— E o que eu devo fazer? E se eu nunca deixar de amá-lo? Ele pode seguir em frente e eu... Eu vou ficar para sempre presa com esse amor estilhaçado?

— Não, uma hora a ferida vai cicatrizar. O amor nunca mais vai ser o mesmo, mas você não pode se culpar por ele ter dado errado. Você fez o seu melhor.

— Eu apenas odeio me sentir assim tão... Tão vulnerável. Odeio que dei esse poder a alguém que me magoou sem pensar duas vezes — meneou sua cabeça e sorriu. — Obrigada, Kitkat. Você vai me odiar, mas seu discurso agora pode muito bem ter saído de um de meus livros água com açúcar.

— Quem disse que eu nunca li um deles? — Catarina sorriu misteriosamente. — São o melhor tipo de literatura pelo que ouvi falar.

Capítulo 28 – Quem são vocês?

— Você vai embora semana que vem? — Bernardo perguntou quando passou pelo corredor e viu que a porta do quarto de Catarina estava aberta.

— Sim, finalmente minhas férias começam. — Ela sorriu, arrumando sua mala enquanto o rapaz a observava da porta.

— Como você acha que pode me deixar sozinho cuidando do apartamento? — indagou, fingindo indignação. — Eu provavelmente vou deixar nossa tartaruga morrer de fome.

— Não temos uma tartaruga — revirou seus olhos, rindo dele.

— Viu? Já morreu. — Ele abaixou o rosto, como se fizesse uma prece silenciosa em homenagem a tartaruga que nunca existiu.

— Eu confio em você — disse, parando o que estava fazendo para olhá-lo.

— Bem... — cruzou seus braços. — *Eu* não confio em Carlos e Rodrigo, e eles já estão planejando fazer do nosso apartamento um *strip club*. — Por que ele havia falado aquilo?

— Bom saber, preciso trancar meu quarto? — Ela o olhou por sobre ombros, algo que deixou com que Bernardo visse com exclusividade a covinha que ela tinha do dado direito do rosto. — Só não quebre nada, mas de resto está tudo bem.

— Está permitido mulheres nuas andando pela casa? — simulou uma comemoração para continuar a brincadeira.

— Na verdade, não, mas eu realmente não quero saber o que você pretende fazer enquanto eu estiver fora — pediu. — Não sei se nossa amizade tem esse nível de intimidade para você me contar da sua vida sexual ou... — estremeceu com o pensamento, porque Bernardo com outra era algo que ela não tinha certeza se gostava.

— Não posso fazer nada se você não consegue se controlar perto de mim. — Ele piscou, e ela tentou jogar nele um par de meias enroladas nele. — Opa, controle sua agressividade.

— Claro, tão agressiva quanto um *pinscher*. — Ela se aproximou dele para pegar suas meias.

— Late muito, mas não morde? — fingiu que a iria morder, porém apenas jogou o bolo de meias na direção dela. — Metade ódio e a outra metade tremedeira?

Catarina, a moça sem reflexos, tentou pegar as meias, porém suas mãos agarraram o ar enquanto a bola de pano caía no chão.

— Tão maduro — resmungou, pegando as meias e as jogando dentro da mala. — Preciso me concentrar, Bernardo, senão vou esquecer até mesmo minhas luvas. Pode me dar um espaço?

— Mas eu vou sentir sua falta — arregalou seus olhos e fez um beicinho.

— Tenho certeza de que Ana adorará te fazer companhia — começou a empurrá-lo para fora do quarto.

— Isso é golpe baixo. Isso na verdade nem deveria ser um golpe permitido! Com certeza ele foi banido do livro oficial de golpes baixos. — Ele a acusou, resistindo apenas um pouco a força dela.

— Vale tudo para te irritar. — Ela deu de ombros, chegando até a porta de seu quarto.

— Comprei um vinho novo. — Bernardo comentou, desviando dos braços de Catarina e parando no batente da porta mais uma vez. — DOCG, Chianti. Vamos, eu sei que você não vai passar essa oportunidade. Um último vinho antes da sua viagem?

— Temos ainda uma semana — argumentou.

— Mas você está fazendo tanta hora extra que já deve ter pagado o seu mês de férias. Vamos, como nos velhos tempos — pediu.

— Uma tacinha. — Ela levantou o dedo e ele a puxou.

Bernardo abriu o vinho e colocou a taça na mesa, bem em frente à Catarina.

— Você nunca fez sua sopa de tomate para mim — comentou, como quem não queria nada, apenas olhando para o vinho e tomando um gole.

A moça parou com a taça entre sua boca e o ar, olhando para ele com descrença, não sabendo o que realmente pensar.

— Não sabia que você gostava de sopa de tomate — retrucou com suavidade, bebericando de sua taça e fixando seu olhar nela.

— Não sei se gosto, porque você nunca fez para mim. — Ele a olhou com uma pequena vulnerabilidade que normalmente não possuía.

— Eu... — Ela começou a falar, porém o telefone dele começou a tocar.

— Um segundo — pediu, atendendo a ligação. — Oi, Célia! — falou, contudo se calou e seu rosto se fechou. — Aconteceu alguma coisa? O que...? Onde vocês estão? Estou indo! — desligou o telefone com as mãos trêmulas, derrubando o aparelho. — Vovó está no hospital. Preciso ir para lá.

— Vamos. — A ruiva concordou, segurando a mão dele e apenas soltando quando sentiu que ele não estava mais tremendo.

Havia algo de estranho em hospitais. Em um andar alguém dava à luz a uma nova vida e em outro tinha um universitário em coma alcóolico. Catarina estava parada no corredor, respirando com dificuldade. Se ela pudesse viver uma vida inteira sem *eles*, ela o faria.

Eles eram o mau agouro. Nunca houve uma história completamente feliz em um hospital, pois em algum momento, a pessoa estava realmente mal para estar ali. Ela realmente detestava aquele cheiro de remédio com produto de limpeza e álcool.

Ivana estava lendo um pequeno livro de princesas, e Becca estava dormindo em seu colo. Ela, como a única pessoa que não era da família, estava cuidando das crianças enquanto todos se reuniam com a avó de Bernardo, a dona Conceição.

— A vovó vai ficar bem? — sussurrou Ivana, não olhando para Catarina enquanto perguntava aquilo, com a voz completamente frágil.

— Eu acho que sim. — Ela não poderia dar certeza, pois ninguém que tinha informações suficientes apareceu para contar a ela o que estava acontecendo, porém preferiu não verbalizar seus medos. — Sua avó é uma mulher forte.

A garotinha concordou com a cabeça, virando a página do seu livro e suspirando.

Catarina não fazia ideia do que fazer. Aquilo era completamente novo para ela, porém não precisou agir, pois Maria Amália apareceu em sua frente, pegando Becca no colo e a avisando que Conceição queria vê-la. O porquê? Isso era um grande mistério.

Ela andou até o quarto correto e adentrou, vendo que Fernando e Roberto conversavam com o médico, enquanto Marta tranquilizava Augusto e Célia com um abraço.

Apenas Bernardo estava apagado ali, escondido atrás de todos, segurando a mão de sua avó com ternura.

Quando Catarina entrou na sala, Conceição sorriu, chamando a atenção de todos, e, desta forma, eles se retiraram da sala, inclusive Bernardo que demorou a soltar a mão de sua avó.

— Boa noite. — Catarina disse com a voz suave, limpando a sua garganta e tentando sorrir. Ela ainda não havia entrado completamente no quarto.

— Venha cá, minha querida. — A senhora pediu, apontando para a cadeira ao seu lado. — Eu queria um pouquinho da sua companhia. Eu... Eu estou cansada de me esquecer daqueles que amo e você tem essa alma boa que me faz bem.

Catarina assentiu, fechando a porta atrás de seu corpo e se sentando na cadeira, mantendo-se tensa, pois... Hospitais...

— Conte-me algo novo. — Conceição pediu, virando sua cabeça e sorrindo. — Conte-me uma mentira. Distraia essa mente cansada, por favor.

Distração? Algum tempo atrás Catarina diria que ela não sabia fazer aquilo, porém a vida lhe ensinou muito bem.

— Eu... Eu vou viajar semana que vem, para Oslo — pegou seu celular, abrindo sua galeria de fotos. — Vou ficar com meus pais por uma semana, e nas outras três semanas, vou viajar pelo país em busca de Auroras Boreais.

E durante algum tempo, ela contou sobre o gelo, o frio e a neve. Sobre as noites infinitas, sobre as comidas exóticas e, sobre os mistérios e peculiaridades da língua norueguesa. Sobre seus dois cachorros, sua lareira e seus pais. Sobre os mistérios, sobre a vida e como tudo parecia se encaixar. E, finalmente, sobre as luzes.

Por experiência própria, ela sabia que uma jornada por suas lembranças poderia levá-la a lugares distantes, porém Conceição estava disposta a embarcar naquela aventura, perguntando e comentando em todas as passagens de suas histórias.

Então contou todos os detalhes, como ela adorava ir até Tromsø, mas às vezes, quando existia, as luzes na Escócia eram ainda mais bonitas em seus tons de vermelho e laranja. Ela contou sobre os lagos congelados, sobre o surfe embaixo da aurora e como ela se sentia conectada com o mundo todo. Com todos os mundos.

— Parece um lugar mágico. — A senhora buscou palavras, fechando seus olhos, tentando imaginar aquilo que tanto viu na tela do celular da moça.

— Eu acho que é — concordou com um sorriso discreto.

— Leve meu Bernardinho com você. O rapaz é iludido com o mundo e acha que viagens sempre tem que ter um castelo para visitar. — Ela bufou da maneira mais adorável que Catarina pôde ver. — Existe tanto para ver... Tanto para aprender...

— Um dia eu levarei. — A moça lhe garantiu, bloqueando a tela de seu celular.

— E... E cuide do meu menino. Ele tem um coração gigante por trás de tantos números e sorrisos falsos, mas ele é só um garotinho. Meu Bernardinho... Eu só quero que ele volte a ser feliz e eu sei que ele está no caminho certo, mas eu não sei se ele tem forças para continuar a jornada sozinho. — Os olhos da senhora se perderam no rosto de Catarina e ela sorriu, deixando uma lágrima escorrer. — Ah, Célia. Me dói tanto o coração ver você assim.

— Dona Conceição, eu... — Catarina começou a falar, porém foi interrompida por palavras que trepidavam dos lábios da senhora.

— Eu sei que Jorge não foi um bom rapaz com você, mas pelo menos ele te deu o melhor presente que alguém pode receber. Duas filhas lindas e saudáveis. Já o Bernardinho — suas palavras se quebraram com um leve soluço. — Ele não tem ninguém. Ninguém desde Sophia. Eu rezo todas as noites para ele encontrar alguém, pois a ideia do meu menino morrer sozinho...

— Ele é jovem, apaixonante e incrível. Jamais ficará sozinho. — Catarina respondeu, sabendo que era inútil tentar explicar que ela não era Célia.

— Ele ficou tão triste quando Sophia o deixou e agora... — Conceição deixou mais algumas lágrimas escorrerem. — Você tem que me prometer que cuidará do meu Augusto se algo me acontecer.

— Vai ficar tudo bem — sussurrou, ouvindo o barulho de uma porta se abrindo, porém, não querendo ver quem era. — Me dê a sua mão. — pediu, pegando uma caneta em sua bolsa e desenhando um traço que parecia um raio na mão de Conceição.

— O que é isso? — A senhora perguntou, olhando para o rabisco.

— É um símbolo de Sigel, o Sol. Significa vitória incondicional e força vital. — Catarina sorriu. — Ele não tem poder sozinho, porém, se você se manter forte, ele vai te guiar e ficará bem.

— Forte? Este velho corpo não consegue nem pensar direito. — A senhora riu, desgostosa, porém não parava de olhar para sua mão, como se realmente sentisse algo fluir.

— Mas ainda consegue brigar comigo como se estivesse competindo em uma modalidade olímpica. — Bernardo surgiu e se sentou no braço da cadeira que Catarina estava preenchendo todo espaço vazio, e sorriu com olhos cansados. — Vamos, vovó, a Catarina tem que trabalhar amanhã, então não pode mais ficar aqui. Mas eu venho visitá-la antes de ir para o trabalho.

Conceição olhou para seu neto e recuou ao toque de Catarina, afastando-se dos dois.

Aquele pequeno movimento removeu o sorriso contente de Bernardo com crueldade.

— Quem são vocês? — indagou, receosa.

Seu neto fechou os lábios, trincando seu maxilar e flexionando seus dedos brancos.

Quantas vezes aquilo já não deveria ter acontecido naquele dia, Catarina se perguntou.

Parecia... Parecia que a avó de Bernardo estava cada vez pior.

— Dona Conceição, sou eu, Catarina, estávamos conversando até agora — disse com calma, tentando apelar para a memória recente da mulher e respirou fundo. — Posso pegar a sua mão?

— Eu... Catarina? — Ela olhou para sua mão, notando a marca ali já desenhada e a estendeu, vendo a caneta na mão da moça. — Vai fazer outro desenho?

A engenheira sorriu por saber que ela se lembrava ao menos daquilo, então tomou a mão da senhora e inscreveu em sua pele algo que parecia a letra N ao contrário.

— Esse é Hagall, o Granizo, ele fala sobre limitações naturais e forças superiores — explicou com calma, afagando a mão da senhora. — É a harmonia cósmica do mundo nos ensinando que precisamos aprender a conviver com as limitações da vida.

— Limitações. — Conceição ponderou. — Prefiro esta palavra do que doença. — Olhou para Bernardo. — Olá, meu Bernardinho.

— Oi, vovó. Vi que você e Catarina ficaram bem amigas — comentou, colocando uma mão no ombro de Catarina, como se agradecesse.

Ela fechou seus olhos, desejando que ele não perguntasse muito sobre o que havia acabado de acontecer e se concentrando apenas no calor do toque dele em sua pele.

— Ela estava me ensinando a desenhar na pele. — A avó de Bernardo comentou, estendendo sua mão na direção da moça. — Minha vez, mas os dois tem que ficar de olhos fechados!

Bernardo e Catarina se entreolharam, porém, concordaram depois que ela deu a caneta a senhora, para, então, sentir a tinta em seu dedo anelar esquerdo, tentando ser forte mesmo com as cócegas que a caneta lhe causava.

— Pronto. — A senhora falou e os dois abriram os olhos. — Agora que Catarina tem propriamente um anel de compromisso, podem morar juntos.

Catarina olhou sua mão e viu que Conceição havia desenhado uma linha trêmula em seu dedo anelar, fazendo com que ela começasse a gargalhar da engenhosidade da mulher.

— Vovó... — Bernardo disse sério em tom de aviso.

— Ela só está implicando conosco. — Catarina colocou a mão em cima da do rapaz. — A não ser que este anel feito de caneta te assuste e você queira ir embora.

— Não! — Ele se sobressaltou, fazendo com que as duas o olhassem sem entender o susto. — Não quero deixar de morar com você!

— Eu estava falando sobre ir embora pra casa... — A garota comentou com a voz baixa, sentindo-se constrangida com a reação dele.

— Ah... — Foi tudo o que ele disse.

— Bem, estou cansada. Durmam bem, crianças, agora que possuem a benção do meu anel de tinta. — Conceição estendeu a mão à Catarina. — Muito obrigada, por cuidar de nós.

— Não tem que agradecer, temos que cuidar de quem sempre cuida de nós. — Ela se levantou, dando um beijo na testa da mais velha e parando antes de sair do quarto.

Catarina abriu sua bolsa e buscou algo ali dentro, um livro pequeno e surrado que havia ganhado quando realizou seu batismo, aos três anos de idade. Ele sempre lhe dava forças quando ela se sentia frágil, então decidiu que estava na hora de repassar a força a alguém que realmente precisasse.

— Um presentinho — disse, colocando o pequeno livro nas mãos de Conceição. — Está em islandês — confessou, não querendo ter que explicar mais do que aquilo. — Mas sempre me deu forças quando mais precisei, espero que você encontre a mesma força nele.

— Mas, minha querida... — Conceição parecia atordoada com aquele gesto.

— Um presente — reafirmou, soltando as mãos da senhora. — Agora, boa noite e descanse bastante.

— Boa noite, vovó! — Bernardo se despediu à caminho da porta.

Os dois saíram da sala e ficaram em silêncio.

— Você está bem? — Ela indagou, prendendo suas mãos contra seu corpo e o olhando.

— Eu estou. Apenas odeio ver minha avó tão frágil — sorriu, porém, uma lágrima escorreu se sua bochecha e ele fungou, virando seu rosto para longe dela. — Ela sempre foi uma mulher muito forte e agora, quando eu a vejo deitada naquela cama, tão pequena e frágil... Eu só tenho medo por ela.

— Está tudo bem em ter medo. — Ela o assegurou, colocando uma mão em seu braço de maneira desajeitada. — Agora não chore,

Bernardinho. Tenho certeza de que vai dar tudo certo. — Ela o provocou com seu apelido, tentando fazê-lo sorrir.

Havia algo no sorriso que se formou no rosto de Bernardo, que fazia com que Catarina desejasse que ele fosse o seu sol particular, de tão caloroso e brilhante.

— Você nunca trocou minhas fraudas para me chamar de *Bernardinho*. — Ele cruzou seus braços, dando um sorriso torto. — E hoje em dia eu te garanto que não existe mais nada de "inho" aqui.

Catarina ficou atordoada com suas palavras, tentando encontrar algo para fazer ou falar que diminuísse o seu sorriso, porém ela não encontrou nada. Na verdade, não queria dizer nada para não tirar o sorriso dos lábios dele.

Capítulo 29 – Por que você decidiu morar com alguém?

Naquela noite, Bernardo não conseguia dormir.

Nunca teve problemas com sono em sua vida — até o caso em que Elisa invadiu o apartamento para discutir com Catarina, e mesmo depois dele, conseguiu voltar a ter uma rotina de sono tranquila. Ele era o tipo de pessoa que poderia dormir em qualquer lugar a qualquer momento, então quando seus olhos teimavam em permanecer abertos, soube que não havia nada a ser feito naquele momento.

O rapaz saiu debaixo de suas cobertas e foi em direção da cozinha, percebendo que a luz já estava ligada e Catarina estava de costas para ele, enrolada em seu roupão branco.

Ela estava cozinhando, e pelo cheiro, provavelmente, envolvia alho e cebola refogados com algo vermelho, talvez tomate?

— Não consegue dormir? — indagou, sentando-se na bancada da cozinha e vendo que Catarina não se virou para ele.

— Não muito bem — murmurou com a voz fraca. — E você?

— Por enquanto não, mas daqui a pouco melhora. — Ele lhe assegurou, percebendo que ela hesitou ao ouvir aquilo. — Está tudo bem com você?

A moça concordou, desligando o fogo e procurando dois pratos fundos dentro do armário.

Ah, ela estava fazendo sua famosa sopa de tomate.

— Quer um pouco? — perguntou, colocando algumas colheradas em um dos pratos e esperando pela confirmação dele.

— Claro — sorriu, pois tinha certeza de que ela tinha um tempero especial em sua sopa que ele jamais havia experimentado antes. — Vou fazer algumas torradas para acompanhar, quer?

— Acho que pode ser — respondeu com a voz um pouco mais firme.

Ele pegou um pão francês que havia sobrado da compra da padaria e o cortou, colocando-o no forno alto, apenas para dar crocância e aquecê-los.

— Eu vou fazer uma entrevista amanhã, pro Deutsch. — O *trader* comentou despretensiosamente, apenas para puxar assunto. — Não sei se eu tenho chances, mas seria uma oportunidade incrível para minha carreira.

— Sério? Vai trabalhar com o que? — indagou, entregando-lhe mais interesse do que ele havia imaginado.

— América Latina. Eu basicamente faria exatamente o que faço hoje em dia, porém em uma escala bem maior, por isso que eu acho que talvez não dê certo.

— Claro que vai, você é o melhor *trader* do mercado e todo mundo sabe disso — sorriu. — Você mesmo me ajudou a aplicar meu dinheiro naquela LCI. Duvido que outra pessoa teria conseguido isso.

— Não é exatamente isso o que eu faria lá — riu, porém ela apenas deu de ombros, não querendo aquela falsa modéstia por parte dele. — O que eu quero mesmo é um dia me tornar gestor de fundos deles.

— E seria para sede da Alemanha? — arqueou as suas sobrancelhas com um sorriso discreto. — Vai ter que tirar a poeira do alemão primeiro, né?

— Claro que não, seria pro Brasil. — Ele rolou seus olhos enfaticamente e ela apenas subiu ainda mais suas sobrancelhas, confusa com a resposta dele. — Com certeza meu currículo não é tão impressionante assim para uma vaga internacional. Assim, admito que seria incrível morar e trabalhar lá, mas é um sonho basicamente impossível.

— Nada é impossível, Bernardo. Não para você, pelo menos. O não você já tem, então por que não está correndo atrás do sim? — Ela lhe garantiu com um sorriso contido. Seus olhos lhe dizendo tantas coisas que não sabia se havia entendido tudo.

— Se eu passar vergonha, a culpa é sua — meneou a cabeça com um riso fraco. — Mas então tá, vou me inscrever. Me ajuda depois com o currículo? Meu alemão está mesmo enferrujado.

— *Naja*. — A moça piscou e ele se sentiu compelido a olhá-la. Admirá-la. Por que ela conseguia transformar decisões tão difíceis em coisas tão simples? Como ela fez com que ele realmente se entusiasmasse com aquela possibilidade? Só que então veio o silêncio e ela se virou de costas para ele, provavelmente perdida em seus pensamentos pré-viagem, enquanto ele se perdia nela.

Havia algo ali. Um assunto inacabado. Palavras que nem mesmo eles sabiam que queriam dizer.

Por que Bernardo sentia que estava pisando em ovos? Por que sentia que tinha que ser cauteloso? Tudo estava indo perfeitamente bem até aquele momento. O que mudou tudo?

Catarina colocou os pratos de sopa com suas devidas colheres na mesa e se sentou, começando a tomar o caldo vermelho, mesmo que ele estivesse visivelmente quente para aquilo.

Bernardo suspirou, sentindo o cheiro do pão e abrindo o forno, pegando as fatias e as colocando em um prato raso, deixando entre os dois.

— Olha, moça, eu fiz alguma coisa que te magoou? Eu fui... Eu falei algo errado em algum momento? — indagou, passando suas mãos pelos seus cabelos. — Eu sei que ir ao hospital cuidar de minha avó não é a melhor programação do mundo, mas eu realmente agradeço por você ter ido lá comigo e, bem, só de me dar apoio você já fez o meu dia melhor.

— Tudo bem. — Ela rasgou um pedaço do pão, jogando-o na sopa e o mergulhando com a colher para depois enfiá-lo na boca, mastigando, tentando, enfim, terminar de falar. — Eu... eu estou feliz que pude te ajudar.

— Tem certeza? Se eu fiz algo errado, pode me falar. Eu juro que...

— Estamos bem. — Ela o olhou de relance e sorriu. — Estou apenas com muito o que pensar.

— Por causa da viagem? — deduziu.

— Também — respondeu rápido demais, porém suspirou e meneou sua cabeça, fazendo com que seus cabelos cobrissem o rosto. — Na verdade, eu só estava pensando na minha família.

— O que tem eles? Algo errado? — Bernardo pulou da cadeira e andou na direção dela.

— Não, tudo bem. Todos bem — sorriu, segurando a mão dele para acalmá-lo. — É só que... Conviver com você anda me fazendo pensar na minha vida e na minha família.

— Como assim?

— Célia fez uma ligação e todos haviam se movimentado para estar lá por um de vocês. — Ela tomou mais um pouco da sopa. — Isso é... Isso é algo muito especial.

— Você faria o mesmo pela sua família — considerou. — E é mais fácil quando todos moram na mesma cidade.

Ela meneou sua cabeça, o mostrando que não havia entendido ainda o que queria dizer.

Então o que ela queria dizer?

— Eu... Minha família é bem diferente da sua. — Ela lhe explicou, porém ele sentiu que havia palavras não ditas pairando entre eles, esperando que entendesse todas.

— Diferente não é ruim. — Bernardo disse, levantando um dos cantos de sua boca.

— Não, não é — concordou, pensando no que sua mãe havia lhe ensinado sobre pluralidade, colocando o seu prato na pia e suspirando.

— Mas, às vezes, o quanto mais distante você fica de alguém, menos você para pra pensar nela. Eu converso com minha mãe toda segunda e mesmo assim acho que ela não sabe nada sobre mim. E eu não sei se a culpa é dela por não perguntar ou minha por não dizer. Às vezes eu acho que gosto mais de ficar sozinha do que deveria.

— Não é verdade — negou, aproximando-se dela.

— É sim. A solidão chega de mansinho e sussurra no seu ouvido, dizendo que se você não sair hoje, pode descansar um pouco para amanhã — começou a explicar. — Aí amanhã ela vai dizer que você não quer sair porque uma pessoa que você não gosta está ali e assim vai. Quando você percebe, está sozinho e agradece por isso.

— Mas você não está sozinha. Eu estou aqui. Todo dia — contraiu suas sobrancelhas. — Te incomoda eu morar contigo? Você preferiria morar sozinha?

— Eu escolhi morar com alguém. — Ela lhe garantiu, dando o primeiro sorriso sincero desde que começaram a conversar. — Eu cansei de conviver com a minha solidão e decidi que a melhor maneira de lidar com estes sussurros era não ter escolha, a não ser ter alguém.

— E eu consegui afastar a sua solidão? — começou a esboçar aquele sorriso preguiçoso que demorava até dominar completamente o rosto dele, o tipo de sorriso que já sabia a resposta de sua pergunta.

— Eu nunca mais me senti sozinha, Bernardo. E eu não quero mais estar — revelou, hesitando. — Mas por que *você* decidiu morar com alguém?

— Bárbara estava se mudando com Luís e eu... — começou, porém ela logo o interrompeu.

— Não é isso. Eu sei e você sabe — estreitou seus olhos. — Eu sei que você tem dinheiro para bancar um apartamento só seu se quiser.

— Um gasto desnecessário se eu posso dividir com alguém — desviou os olhos dela, indicando que estava mentindo.

— Não é isso — repetiu. — Você também estava cansado da solidão. — Ela ecoou seus pensamentos. — Você também gosta de companhia.

— Você não é a única que quer fugir dos sussurros, moça — falou mais baixo, com a voz tão séria que não parecia que ele estava sorrindo meio segundo atrás.

— Eu acho que é por isso que nós nos damos tão bem juntos.

— Foi um belo acaso nós termos nos encontrado — inclinou seu corpo um pouco para frente, notando que ela não se afastou.

— Não acredito em acaso. Ninguém deveria. Acha que nossa vida é um jogo de dados que alguém lança para cima e não sabe previamente o resultado? — indagou com um sorriso, mesmo que sua voz estivesse mais grave que o normal. — Nós nascemos com nossos destinos já traçados. Pelo menos, é nisso que eu acredito.

— Alguém traçou nos nossos destinos que deveríamos morar juntos? — indagou, arqueando levemente suas sobrancelhas.

— Com certeza entrelaçaram nossas vidas bem antes de sermos Bernardo e Catarina — concordou com simplicidade.

E ele entendia. Entendia tanto que até se assustava.

Catarina não sabia exatamente tudo o que tinha para saber sobre ele, mas tentava, tentava e tentava até quase conseguir, e era isso o que mais valia. E o melhor de tudo era que eles sempre aprendiam algo um com o outro. Era como se todo dia ele fosse dormir pensando no que ela falava, escutando sua voz até pegar no sono e acordava em um mundo mais esclarecido, melhor.

— O que eu vou fazer em um mês inteiro sem você, Catarina? — perguntou em um sussurro.

As palavras de Bernardo foram pronunciadas com tanta suavidade que a moça não sabia se aquilo era um eco de seus pensamentos ou a realidade, pois ele nunca a chamava pelo seu nome.

Ela abriu seus lábios para falar algo, qualquer coisa, porém tudo o que conseguia fazer era olhar para ele, para seu perfil, para sua intensidade.

Estar na companhia de Bernardo fazia com que o coração dela descompassasse com mais frequência, e tinha quase certeza que ele a estava deixando em uma situação cardíaca comprometedora. Na verdade, estar na companhia dele fazia com que ela se sentisse bem, se sentisse segura, e fazia anos que ela não se sentia daquela maneira com alguém.

— Vou procurar um lugarzinho no meio do nada pra me esconder enquanto conto estrelas e observo as auroras — brincou, porém, seu sorriso não alcançou o canto de seus lábios. — Nem vai dar tempo de pensar em você.

— Às vezes ter saudade mostra que a gente realmente gosta de ter alguém por perto — refletiu.

— Eu não disse nada sobre saudade — replicou, não querendo que ele a entendesse de maneira errada.

— Não, eu assumo a culpa disso — segurou o olhar dela no dele.

— Vá me visitar — sugeriu com um gracejo, chamando a atenção dele e puxando seu braço para longe, conseguindo se livrar do toque dele e andando até o seu quarto.

— Se você continuar a me convidar, vou comprar a passagem, ok? — disse para ela, a distância. — Mais uma vez e eu já arrumo minhas malas para embarcar semana que vem.

— Então vem comigo, Bernardo. Sua vez de conhecer o meu mundo — sorriu, fechando a porta de seu quarto.

Capítulo 30 - O Velho Costume

— Sinto o cheiro de bacon! — Catarina cantarolou do alto da escada da casa de seus pais, descendo como uma pluma enquanto seguia o aroma dos deuses.

Ela mal havia visto o tempo passar, pois quando se deu conta, ela já estava em Oslo.

Bernardo estava muito atarefado na última semana, então eles quase não se encontraram e o último momento que se viram, ela estava de malas prontas esperando o táxi e ele estava voltando da academia.

A conversa não foi uma das melhores, pois ele estava atordoado e ela, atrasada.

— Já vai? — Ele havia perguntado.

— Sim, não posso perder meu voo — deu de ombros, recebendo uma mensagem que o carro estava chegando.

— Boa viagem! — desejou, porém não a abraçou por estar suado.

— Obrigada! Tente não destruir o apartamento, ok? — pediu e ele apenas sorriu, não negando e nem confirmando.

— Acho que nem vou ficar por aqui. Quero viajar e caçar algumas auroras — andou até o seu quarto e ela ficou aguardando ele dizer que estava brincando.

— Foi brincadeira, né? — Ela queria a confirmação dele, porém foi recebida apenas por silêncio e uma constatação que estava começando a se atrasar. — Bernardo! Estou saindo, ok?

— Boa viagem, moça, te vejo em alguns dias — falou e ela o ignorou, pois era praticamente impossível que ele tivesse planejado uma viagem inteira sem perguntar nada a ela antes.

Catarina chegou até os últimos degraus da escada de sua casa e foi recebida pelos seus cachorros. Um deles era uma Lundehund Norueguesa, uma raça de tamanho médio de cor caramelo e com uma flexibilidade inexplicável chamada Hela; e o outro era o Bor, um Elkhound Norueguês acinzentado com pelagem grossa e macia que chegava até a cintura da moça.

Os dois haviam sido presentes dela quando havia conseguido seu trabalho na SC Motors, avisando seus pais que suas visitas seriam menos frequentes, porém que eles teriam dois filhos para tomar conta enquanto ela estivesse distante.

Catarina chegou à cozinha e viu sua mãe, Dalla, lendo o jornal enquanto seu pai, Johann, fritava os bacons.

Aquele era um dia normal de outono na casa deles.

— Dormiu bem? — Sua mãe perguntou, abaixando o jornal para sorrir mostrando que, finalmente, as marcas da idade chegaram em seu rosto.

Dalla Gunnarsdóttir possuía os mesmos cabelos vermelhos que sua filha, trazendo um pouco dos seus traços islandeses, colorindo a cozinha de mogno antigo com imagens das suas verdadeiras crenças, a religião nórdica, ou o Velho Costume, como também o chamavam, e aquilo era algo tão intrincado nela, tão fiel ao seu coração, que não conseguia se enxergar com outro *Wyrd*, outro destino

Já seu pai, Johann Wollvensberg, era tipicamente alemão, tanto física quanto psicologicamente, porém, por ter nascido e morado metade de sua vida no Brasil, acabou se deixando aquecer pelo calor tropical.

— Muito! Eu amo o cheiro dessa casa. — A garota comentou, passando sua mão pelo armário da cozinha até se sentar à mesa, gravando todos os detalhes com seus pequenos olhos.

— Quer dizer que ama o cheiro da neve. — Sua mãe a corrigiu, colocando um copo de chá à frente de sua filha.

Ela não notou, mas Catarina hesitou ao ver que o chá de rooibos com hibisco estava na xícara azul e não na rosa-escura, porém ela não poderia dizer nada, afinal não estava, realmente, em casa, e eles faziam tudo com tanto amor...

— Ela quer dizer que ama o cheiro das auroras. — Seu pai corrigiu Dalla, sorrindo para suas duas mulheres. — Ainda não entendi o motivo por não ter estudado os efeitos físicos das Auroras Boreais. Sabia que eu tinha um projeto aqui perfeito para você? Era a introdução das equações de Schroedinger não lineares para descrever as ondas pela magneto hidrodinâmica. Seria o nosso sonho! Está no nosso sangue!

Catarina sorriu, meneando sua cabeça, pois seu pai nunca entendeu sua paixão por mecânica.

— Johann, já conversamos sobre isso. — Dalla o recriminou, pois todos os anos a mesma discussão voltava à tona.

— Eu amo as auroras — Catarina concordou, assoprando seu chá —, mas eu amo muito mais o que eu faço. Eu estou realizada e feliz.

Seu pai continuou fritando seus bacons em silêncio, contrariado, enquanto as duas começavam a conversar sobre os acontecimentos de suas vidas. Obviamente, Catarina possuía uma notícia extremamente importante para sua mãe e soube que ela iria contar ao seu pai de qualquer maneira, então não se intimidou:

— Ok, eu tenho uma novidade para vocês, mas vocês não podem surtar: Guilherme e eu não somos mais amigos — revelou de uma vez.

— Eu decidi que a amizade dele não me fazia bem, então pedi para que ele não me procurasse mais e eu estou bem com isso. Muito bem.

Por mais que seus pais fossem pessoas reservadas, uma característica do seu sangue europeu, ambos sorriram conspirativamente.

— Podemos comemorar? — Seu pai perguntou, ligando o rádio, aumentando o volume e dançando no meio da cozinha com a espátula em mãos.

Sua mãe se juntou a ele e Catarina revirou os olhos, rindo por ver como eles pareciam mais leves com a notícia. Deveria ter ouvido os avisos e alertas deles ainda no colégio, assim poderia ter se poupado de muitos problemas e decepções.

— E como anda o coração? Espero que não tenha perdido tempo se despedaçando por ele. — Dalla indagou friamente, pegando as torradas da torradeira e colocando-as em pilha em cima da mesa.

— Não, estou muito bem, na verdade. — A garota sorriu de leve, bebendo seu chá e começando a passar manteiga em uma fatia de pão.

— Qual o nome do rapaz? — Seu pai indagou, algo que em 25 anos de vida ele jamais havia feito antes.

Havia uma linha que os separava. Um acordo silencioso que ele não perguntava e ela não falava nada que pudesse acalorar as discussões da casa durante o seu mês de férias. E Johann Wollvensberg estava quebrando, por livre e espontânea curiosidade, aquela regra de ouro.

— Não existe rapaz — respondeu prontamente, porém ela sentiu seu rosto ficando quente.

Catarina olhou para o termóstato da casa, que estava marcando 18 °C, uma temperatura que só era alcançada com muito aquecimento naquela época do ano, fazendo com que eles andassem relativamente agasalhados. Infelizmente, por este motivo, ela não poderia culpar o rubor de suas bochechas na alta temperatura, algo que não passou desapercebido por ninguém.

— Conhece a tradição. Você vale no mínimo quinze onças de prata. — Seu pai gracejou, pois aquela foi a piada que o pai de sua mãe havia feito com ele.

— Repetir a mesma piada anos depois não a deixa mais engraçada, querido. — Sua mãe o recriminou. — Casado comigo faz mais de trinta anos e ainda não conhece nada das nossas tradições.

— Vocês vivem em um mundo diferente do meu. — Johann comentou ao dar de ombros olhando para sua esposa com carinho. — E estamos casados há 32 anos, quatro meses e dois dias. Perdão, mas não me lembro o horário exato da nossa cerimônia.

Era sempre assim. Seu pai era honesto até o final, jamais pretendendo magoar ninguém com sua opinião, porém, quando percebia que havia magoado, conseguia surpreender a pessoa da maneira mais inesperada — e amável — possível.

Se Catarina pudesse, gostaria de escrever um livro sobre a história de sua família. Como um rapaz sulista com descendência alemã havia conseguido encantar a única islandesa da região até o dia do casamento. E como, mesmo tendo crenças diferentes e costumes distintos, eles fizeram funcionar por tantos anos.

Aquilo era amor, mas será que aquela era a única forma de se amar?

— Mas ainda não nos disse qual o nome deste rapaz... — Sua mãe pediu, pegando as fatias de bacon fritas e as colocado em um sanduíche de ovos.

A moça ficou dividida entre contar a verdade ou omiti-la, pois revelar a eles que ela poderia estar nutrindo sentimentos românticos por Bernardo, o rapaz da porta ao lado, não era algo que eles estavam preparados para ouvir.

Seus pais poderiam ser pessoas tranquilas e compreensivas, porém aquilo só servia para tudo o que se encaixava na zona de conforto dos dois — e provavelmente a reação deles ao arranjo de moradia de Bernardo e Catarina seria parecida ou pior do que a de Conceição e Augusto.

— Se um dia ele tiver nome, poderei contar algo. — Ela desviou do assunto, comendo pão.

O seu pai estreitou os olhos, porém estava satisfeito com a resposta, afastando-se do fogão e alertando que sairia para dar uma volta com os cachorros. Ele colocou o casaco em cima de outro casaco para enfrentar o ar gélido, pois a previsão era que a máxima seria de 3°C, e ele não gostava de passar frio.

No exato minuto que seu pai saiu de casa, Dalla se aproximou da filha com uma caixa de chocolates e um sorriso discreto. Aquele era o sinal para o momento de mãe e filha que elas tinham acordado há anos.

— Digamos que exista um rapaz... — Catarina supôs, fazendo o sorriso de sua mãe aumentar. — Criado da minha imaginação fértil.
— Ela se explicou.

— Claro. — Dalla concordou, pois era assim que a aproximação das duas funcionava.

— Ele pode ser um rapaz ótimo, de 28 anos, solteiro e muito inteligente. E com um sorriso lindo. — Catarina tentou especificar, ainda mantendo-se no genérico. — E digamos que eu já o tenha beijado em um momento...

— Que imaginação fértil a sua, *datter*. — Dalla murmurou para si mesma, porém sua filha ouviu.

— *Enfim*. — Catarina deu de ombros, escolhendo um chocolate da Lindt para experimentar e se deliciar. — Supondo que eu goste um pouco dele. Ainda não sei o quanto ele gosta de mim ou se devo investir nisso.

— Investir nisso? — Sua mãe riu. — Estamos falando de relacionamentos e não de uma venda de imóveis.

— Você entendeu o que eu quis dizer. — A moça sorriu, pensando que sua mãe adoraria ter uma conversa sobre investimento com alguém que realmente entendesse do assunto, alguém como Bernardo. — Não sei se devo me arriscar.

— E por que não? — O sotaque de sua mãe estava carregado.

Na verdade, seus pais possuíam um sotaque que beirava o incomunicável, porém eles faziam questão que falar apenas em português dentro de casa para não perderem o costume.

— Ele é um cara maravilhoso, cativante e apaixonante. E eu... — Ela olhou para si mesma, vendo seu antigo casaco de lã desgastado que ainda lhe servia perfeitamente bem mesmo tendo estado em seu guarda-roupa há anos. — Eu só tenho medo de estar confundindo amizade com paixão. Não sei se ele sequer já pensou em mim dessa maneira.

— Claro que já! Você é fantástica! É *Dallasdóttir*! Minha filha! — Sua mãe disse, segurando a garota pelos braços com ternura. — Você me surpreende cada dia mais com suas escolhas e com sua perseverança, vencendo todos os seus obstáculos e me ensinando que é, sim, possível alcançar todos os seus sonhos.

Dalla era uma mãe fora de série, completamente feminista, pois tinha ideais que prezavam igualdade, afinal, foi ensinada assim. Do seu lado da família, ela tinha um irmão e os dois foram tratados como iguais, tanto nos afazeres domésticos quanto nas cobranças acadêmicas. E foi dessa maneira que ela criou Catarina, acreditando que ela valia tanto quanto qualquer homem, fazendo com que ela acreditasse que deveria ter os mesmos direitos que qualquer pessoa.

— Você é minha mãe, tem que me amar. Faz parte do nosso contrato. — Catarina se sentiu constrangida, pois aquele talvez fosse um dos gestos mais íntimos que elas compartilharam em anos.

— Eu vou te amar até o Ragnarok, *datter*. — Dalla sussurrou, afagando o rosto de sua filha com seu polegar.

— Espero que este dia não chegue tão cedo, então. — Catarina respondeu com um sorriso leve.

Um segredo que Catarina jamais comentava com outras pessoas era que foi batizada pelos costumes nórdicos e recebeu seu nome apenas quando tinha três anos — pois era assim que a tradição prezava —, então a influência dessa cultura em sua vida era maior do que revelava.

Talvez os costumes fossem mesmo velhos, porém sua fé se renovava todos os dias.

Enquanto no Brasil ela escondia este seu lado, estando em Oslo, na terra em que seus antepassados lutaram contra os ingleses e triunfaram em nome de Odín e Thor, ela não poderia mentir.

— Eu acho que você merece se dar uma chance. — Sua mãe falou, como se concluísse um raciocínio. — Você sempre soube como levar a vida da maneira certa, então tenho certeza de que a pessoa que você escolher para ter ao seu lado, será a pessoa certa para você.

— Supondo que exista alguém... — Catarina relembrou, jogando um pedaço de chocolate dentro de sua boca.

— Supondo que é este rapaz da sua imaginação. — Dalla concordou, piscando para a filha e fechando a caixa de chocolate.

O momento havia acabado.

— Haya, a filha de Norna, vai se casar no próximo dia de Frigga. — Sua mãe falou a distância, chamando a atenção de sua filha, que seguiu sua voz. — Na sexta, se lembra?

Como sempre, os casamentos que seguiam a religião dos deuses nórdicos antigos ocorriam no dia de Frigga, por ser um dia auspicioso para matrimônios, visto que ela era a deusa do amor, fertilidade e maternidade.

— Ela não tem vinte anos? — Catarina indagou.

O que era o tempo certo para uns, era o errado para outros, aparentemente, pois com vinte anos ela estava no meio da faculdade e sua maior preocupação era passar em Resistência dos Materiais.

— Sim, mas pelo menos ela encontrou um rapaz bom que a ama de solstício a solstício. Sabe que Norna ficaria de coração partido caso sua filha encontrasse alguém que eles achassem indigno. — Dalla prendeu seu cabelo em um coque em sua cabeça.

Ela tinha em mãos um cipó trançado com flores, verificando para ver se estava bom o suficiente e trocando algumas flores não tão bonitas por outras — aquilo era uma coroa floral de casamento.

— Norna, às vezes tem a mente em Ginnungagap. Quem tem que amar o rapaz é Haya, não é? — Catarina murmurou, sentando-se no sofá em frente à sua mãe.

— Isso são modos, Catarina? — Dalla a recriminou com a voz e o olhar. — Norna pode não ser tão "moderna" quanto o restante de nós, mas pelo menos só quer o melhor para sua filha, assim como eu e seu pai queremos para você.

Oh, não, o olhar de decepção.

— Perdão, eu não quis dizer por mal. — A filha se desculpou, abaixando sua cabeça, fugindo dos olhos de sua mãe. — Mas, *mamma*, você sabe que eu pretendo partir na quinta, não sabe? Sei que um dia talvez não faça diferença para você, mas se eu não for nesta data, provavelmente não conseguirei ficar em Tromsø tempo suficiente para ver a Aurora Boreal. Ouvi dizer que a época não está muito propícia.

— Você sempre quis ser uma Valquíria quando pequena. — Dalla se lembrou e as duas sorriram com as recordações que aquilo lhes trouxe. — Tudo bem, vá ao encontro de suas irmãs nas luzes do norte. Vá encontrar o que seu coração deseja.

E, assim que Dalla Gunnarsdóttir pronunciou aquelas palavras, o telefone de Catarina tocou e as duas estranharam, pois ela raramente recebia ligações quando estava ali com eles.

— *Hei!* — cumprimentou, depois de ter visto o número regional desconhecido.

— Oi, está bem frio aqui na estação e eu acabei de notar que não tenho seu endereço. — A pessoa do outro lado murmurou as palavras enquanto trincava os dentes de frio.

— Quem fala? — fechou seu rosto, imaginando que estava recebendo uma ligação falsa de brincadeira, até que percebeu que a outra pessoa falava português.

— Bernardo, moça. — Ele respondeu, e ela conseguiu reconhecer até mesmo a respiração dele do outro lado da linha. — Por favor, venha me buscar! Eu não estou pronto para ser um sacrifício viking.

Capítulo 31 – Ainda tem um pouco de Catarina

Bernardo estava tremendo de frio, pois algo dentro de sua cabeça distraída havia se esquecido de pegar todos os casacos que ele possuía. Ele pegou até mesmo um terno, por algum motivo desconhecido, mas esqueceu do casaco. Então lá estava ele, com um moletom da faculdade, uma calça jeans e um sapatênis.

Ele deveria ter prestado mais atenção em Rodrigo e Carlos falando sobre o frio nórdico e menos em como ele iria falar com Catarina. Eles estavam planejando aquilo fazia semanas, desde o incidente com Elisa, quando a moça o convidou à Oslo.

O rapaz poderia ter interpretado que aquilo era um convite por pura educação, porém quando a passagem não estava extremamente cara e o RH liberou seu um mês de férias por ele estar entrando em compulsórias, não hesitou. Ele precisava ir para lá.

No entanto, seu dia estava começando precocemente com péssimas escolhas. Ali, todos falavam inglês, ainda bem que ele utilizava aquela língua todos os dias, pois, senão ele estaria enrascado.

Ele estava dentro da estação de trem que ligava o aeroporto até a cidade e aguardou. Havia comprado um *chip* de celular para falar com Catarina e um Subway, que haviam custado a única parte decente de seu fígado.

E ele esperava. Todo carro que se aproximava, seu coração acelerava com a saudade de estar em um local com o mínimo de calor, porém, depois de cinco vezes, ele estava desesperançoso.

Até que uma Hilux antiga parou em sua frente e uma pessoa compacta e cheia de casacos saiu do banco do motorista, usando gorro, cachecol, casaco, calça e uma bota que aparentava ser o paraíso quentinho para os pés quase congelados dele.

— O que você está fazendo aqui? — perguntou, aproximando-se de Bernardo.

Ele conseguia ver apenas os olhos dela e alguns fios avermelhados, porém soube que aquela era a *sua* Catarina.

Ao invés de responder, ele tremeu e ela envolveu sua mão enluvada na dele, pegando-o e o levando até o seu carro. O local estava confortável, porém não chegava a ser quente. Ela retirou sua toca e cachecol, assim como suas luvas e o olhou, vendo seu rosto vermelho pelo frio que corria em suas veias.

— Bernardo, o que você está fazendo aqui? — perguntou novamente em um sussurro, não conseguindo esconder seu sorriso.

— Eu aceitei sua oferta. Quero caçar auroras com você — disse assim que conseguiu parar de tremer, olhando para ela.

Catarina pegou seu cachecol e o colocou ao redor do pescoço de Bernardo, enfiando sua toca na cabeça dele, percebendo que ela estava pequena, porém poderia aquecê-lo.

— Vamos, vou te levar para um lugar realmente quente — ligou o carro e eles saíram.

Bernardo nunca havia percebido que a moça sabia dirigir bem um carro, pois a única vez que ele havia pegado carona com ela, estava completamente embriagado, então naquele momento, a coordenação motora dela era uma surpresa bem-vinda.

— Bem-vindo a Oslo — disse, sem retirar os olhos das ruas. — Atualmente não está nevando muito, porque ainda não é inverno, porém já dá para sentir seus ossos congelarem, não é?

Ele concordou, com suas mãos perto do aquecedor do carro.

— Não sei quem moraria em um iglu em forma de país — murmurou baixinho e ela riu.

Ela dirigia devagar, provavelmente temendo o deslizamento do carro, e Bernardo agradecia aquela atenção, pois não queria que seus dias terminassem em uma vala qualquer, mesmo que fosse em Oslo.

— Meu pai é professor aposentado da Universidade de Oslo, mas hoje em dia apenas dá conselhos e tira dúvidas da nova geração. Ele gosta de ficar se gabando dos seus dias de glória, quando ele foi um grande cientista físico e fez muitas descobertas em relação a Aurora Boreal — contou a ele. — Já ouviu falar de magneto hidrodinâmica? Ele é PhD no assunto.

Ele não conhecia, mas não comentou sobre o assunto.

— Minha mãe estudou a literatura e os costumes nórdicos na faculdade, e até hoje ela é a pessoa que possui maior conhecimento do assunto que eu conheço. — Catarina continuou falando. — Então é por isso que eles estão aqui.

— Mas sua mãe não é islandesa? Eles não teriam mais sucesso lá? — indagou.

— As oportunidades não surgem exatamente onde as pessoas mais esperam. A deles surgiu aqui. — Ela lhe explicou ao dar de ombros. — Em Oslo, a probabilidade de se enxergar a Aurora Boreal é pequena, pois elas só podem ser vistas em lugares remotos e com pouca influência de iluminação artificial, mas a pesquisa aqui no assunto é muito valorizada.

— Por isso você viaja até Tromsø? — Ele voltou a questionar.

— Alguém realmente prestou atenção no que eu estava falando, mas sim. Exatamente por isso. — Ela sorriu e o olhou de relance, voltando seus olhos para o breu.

Os faróis do carro dela iluminavam a rua à frente, revelando casas e casarões, com ruas estreitas e algumas largas, tendo uma tranquilidade que ele invejava.

— Bernardo. — Ela o chamou e ele a olhou, notando como ela estava séria. — Eu não costumo receber amigos aqui em casa, então acho bom você se preparar para responder algumas perguntas dos meus pais, porque eles... Ah, temos que comprar carne de ovelha e repolho para o jantar.

— Ovelha? — Bernardo indagou, pois ele tinha quase certeza que nunca havia experimentado aquela iguaria.

— Tipicamente norueguês — respondeu, parando o carro na frente de um mercado. — Quer entrar comigo ou prefere ficar no carro?

Sem muitas palavras, ele abriu a porta e saiu, entrando rapidamente no mercado para perceber que ali não estava nem frio, nem quente, algo que ele apreciou.

Catarina pegou uma cesta e começou a recolher os itens que eram necessários para aquela receita: repolho, batata e ovelha, aparentemente.

— Aqui, o pedaço de ovelha que iremos comer se chama borrego. — Ela mostrou a ele e ele ficou aliviado por perceber que aquilo era apenas carne. — O prato se chama *fårikål*, uma ideia da minha mãe, então espero que goste.

— Muito obrigado — agradeceu, percebendo que muitas pessoas o olhavam. — Tem algo errado comigo?

— Estamos falando português, as pessoas estranham — contou a ele como se aquilo fosse um segredo que deveria permanecer daquele jeito. — E você não tem cara de escandinavo, né?

— E você tem? Só por ser um pouco islandesa? — O rapaz brincou.

— Islândia não pertence a Escandinávia — A engenheira sorriu, percebendo que ele havia ficado um pouco sem graça com a informação. — Mas eu só fui descobrir isso mais tarde na vida, então está tudo bem você não saber.

— Catarina? — Os dois se viraram e uma mulher começou a falar a língua mais estranha que Bernardo já havia ouvido falar. E, para sua maior surpresa, Catarina estava respondendo no mesmo idioma.

As duas olhavam e apontavam para Bernardo, até que a senhora que havia chamado a atenção de Catarina estendeu a sua mão a Bernardo e começou a falar inglês com eles, algo que estava mais entendível a ele.

— Você é namorado de Catarina? — indagou e olhou para moça?

— Esse é o Bernardo, ele é brasileiro, Grima, ele veio... — Porém a brasileira parou a apresentação em inglês quando percebeu que o olhar da mulher na direção de Bernardo estava menos amigável.

— Brasileiro? — desdenhou, acompanhando Catarina na troca de idiomas. — Raios de Thor, por essa eu não esperava! — Então ela voltou a sorrir para garota, predatoriamente. — Você sabia que Mikal está trabalhando na Norsk Hydro como engenheiro hidrelétrico? — Como toda mãe, ela tinha seus olhos brilhando ao falar do sucesso do filho.

— Ele estará no casamento da filha de Norna. Às vezes ele fala sobre você, sabia?

As bochechas já coradas de Catarina permaneceram naquela coloração, fingindo estar imune as indiretas de Grima, que pioravam mais a cada ano, e ela sorriu. Com certeza, Mikal não falava sobre ela, mas sua mãe nunca superou que eles não se tornaram um casal.

— Não sei, provavelmente já estarei na estrada até Tromsø. Sabe que é quase um dia de viagem se eu decidir não parar em nenhum lugar.

— Ainda procurando as luzes do norte? *Min unge*, eu pensei que sua loucura por *Bifröst* já tivesse passado! — A senhora voltou a olhar para Bernardo. — E este rapaz vai com você?

Catarina sorriu internamente, sabendo como Bernardo deveria estar confuso com todo o norueguês que a mulher estava falando na presença dele.

— Temos que ir, Grima. — Catarina começou a se afastar da mulher e Bernardo a seguiu. — Muito bom encontrá-la, mande minhas lembranças a Mikal, Koll e Sigyn.

Os dois pagaram apressadamente as compras e saíram do mercado, esperando que ela não os estivesse seguindo para mais um interrogatório desnecessário.

— Quem é Mikal? — Foi a primeira coisa que Bernardo perguntou quando estavam dentro do carro e saindo do estacionamento.

— Filho de Grima — respondeu.

O céu já estava escurecendo e ainda não era nem uma da tarde.

— Ela parecia extremamente empolgada que vocês se encontrassem no casamento. — Ele continuou falando, com a voz indiferente, porém com curiosidade e algo mais escorrendo pelas suas palavras.

— Ela me adora desde que participei do casamento de sua filha mais velha, Sigyn, e ela mora quase do lado da nossa casa. — Catarina estremeceu ao se lembrar que nem mesmo sua mãe, a pessoa que amava tudo e todos, gostava de Grima. — E desde então ela adoraria que eu me casasse com o seu filho Mikal.

— *Isso* eu percebi — disse desgostoso, porém seu rosto brilhou e ele saltou no seu banco, animado. — Você fala norueguês? Isso eu não sabia.

— Bem... — Ela sorriu e concordou. — Acabei aprendendo para me comunicar para saber ler os rótulos no mercado, sabe? Eu queria saber o que eu estou comendo.

— E o que mais você sabe falar? — indagou.

— Português, inglês, alemão, norueguês e... Um pouco de islandês — confessou. — Mas bem pouquinho, só tipo "oi", "tchau" e "eu não falo islandês".

— E eu achava que era poliglota por falar portunhol. — O rapaz resmungou, porém, estava sorrindo para ela. — Você é muito incrível, moça, sabia disso? Deveria ser tombada como patrimônio universal da UNESCO.

— Do que está falando? Não faço nada demais. — A engenheira riu do absurdo da ideia. — De acordo com meu pai eu faço apenas a minha obrigação.

— Mas isso é dever de todo pai, se eles nos elogiarem demais, ficamos arrogantes — contou e ela teve que concordar. — E o que mais eu vou acabar descobrindo de você aqui? Por acaso você tem uma irmã gêmea ou você é tipo uma X-Woman?

— De onde surgiu essas ideias? — perguntou, rindo tanto que diminuiu a velocidade para conseguir recuperar seu fôlego.

— Não sei, parece que você está diferente aqui. Não sabia que você dirigia na neve, ou falava norueguês, ou que comia carne de ovelha. — Bernardo comentou, brincando com os fios soltos do cachecol dela. — Esse cachecol não tem cheiro de amêndoas.

— Ah, não — concordou. — O meu óleo de amêndoas fica no Brasil. Aqui eu optei por uma abordagem neutra, literalmente. — Estendeu o seu cabelo na direção dele e ele o fungou. — Sentiu?

— Ainda tem um pouco de Catarina.

Chegando perto da casa de seus pais ela respirou fundo e olhou para Bernardo quando estacionou o carro.

— Vou repassar aqui algumas dicas para sobreviver esse jantar — disse com um sorriso culpado. — Evite assuntos polêmicos, evite falar que moramos juntos e evite qualquer coisa que você perceba que não será um assunto levemente abordado. — Ela começou a sair do carro e um vento gelado invadiu o veículo. — O assunto mais seguro são as auroras boreais, costumes nórdicos, desde a cultura até a mitologia. E o quanto eu sou incrível. Boa sorte!

Capítulo 32 – Eu pertenço ao seu mundo

A família de Catarina era diferente do que Bernardo esperava, porém se encaixava perfeitamente nela de uma maneira que ele não conseguia mais desver as semelhanças.

Ela tinha os cabelos e o formato do rosto de sua mãe, porém o restante dos seus traços era de seu pai. Menos a cor dos olhos, que não se encaixavam em nenhum dos dois na verdade, pois eles eram quentes, parecendo metal derretido.

A casa era completamente distinta da casa que Catarina possuía no Brasil, porém, ali, ele sentia que ela estava realmente *em casa*, como se fosse uma pequena peça de um quebra-cabeça que se encaixava apenas ali.

O pai de Catarina havia emprestado a Bernardo um par de botas e um casaco, fazendo com que ele, por fim, não estivesse mais tremendo de frio, e por aquele motivo, o rapaz queria ser o convidado mais gentil que eles já tiveram.

— Então, Bernardo... — Johann começou falando, sua voz carregada de sotaque e firmeza, algo que fez com que ele engolisse a seco. — Você trabalha no que?

Ele olhou para Catarina e se perguntou o que ela já havia contado a eles, porém recebeu apenas um sorriso encorajador em retorno, então interpretou aquilo como um incentivo.

— Eu trabalho o mercado financeiro. Basicamente faço dinheiro cuidando do dinheiro alheio. — Ele deu de ombros.

— Este não é o sonho de todos? — Dalla respondeu e todos deram risadas amigáveis.

— Ele está sendo modesto, pois ele é ótimo no que faz e tem um futuro incrível. — Catarina acrescentou, piscando para ele. — É uma pressão imensurável que ele aguenta todos os dias e mesmo assim continua firme. Sabia que a empresa dele foi responsável pelo IPO da Petrotecnologia e da Beaubiul? Com certeza já ouviram falar de quase tudo o que ele faz no trabalho.

Bernardo não conseguiu esconder o sorriso que aflorou em seus lábios, pois não sabia que Catarina enxergava tudo isso nele. Ela nunca lhe disse nada.

— Parece emocionante. — O pai dela considerou, brincando com a sua barba relativamente comprida. — Agora, fiquei interessado, conte-nos um pouco mais sobre você.

E desta maneira, um *déjà-vu* veio à sua mente, pois havia passado pela mesma situação quando conheceu os pais de Sophia, porém, naquele momento, se sentia mais intimidado por algum motivo. Ele tinha medo de errar de maneira incorrigível e por isso segurou a mão de Catarina por baixo da mesa.

— *Pabbi*, por favor, Bernardo é meu amigo e não precisa de um interrogatório. — Catarina pediu, olhando-o com os olhos mais puros e inocentes do mundo, entendendo o sinal dele com precisão.

— Quero ter certeza de que desta vez está escolhendo um amigo com índole boa — respondeu, ainda olhando para Bernardo. — Deus sabe que não aguentaríamos mais um Guilherme em sua vida.

Bernardo, por sua vez, sentiu suas mãos suarem.

— O jantar está pronto! — A mãe de Catarina anunciou, colocando o prato à mesa.

Aquilo parecia joelho de porco com chucrute, porém ele tinha certeza de que o gosto não seria tão parecido quanto.

— Obrigada, *mamma*. — Catarina sorriu. — Hela e Bor já comeram? — Ela se levantou, conferindo os potes de comidas dos cachorros que estavam revirados e sem um grão de ração.

— Sim, claro, agora vamos comer. — Sua mãe apontou para mesa e olhou seriamente para Johann. — Hoje é dia de Odín e não de Tyr, então vamos tentar comer sem invocá-lo, tudo bem?

— Acho que Bernardo não está... Hum, acostumado com nossas crenças. — Catarina falou hesitante, olhando para os três rostos que estavam presentes à mesa. — No Brasil, o conhecimento da religião nórdica — olhou para o rapaz —, da nossa religião, não é muito amplo.

— Paganismo Nórdico, como muitos conhecem, mas elas preferem chamar De Os Velhos Costumes. — Johann esclareceu as palavras que provavelmente Catarina não queria dizer.

Bernardo olhou para a moça, que não o olhava, apenas encarava seu garfo sem comida e o deslizava pelo prato, apreensiva, porém havia um pequeno brilho no seu olhar que não estava ali antes e ele quis, desesperadamente, ser o responsável por aquela chama que aquecia a sua alma.

Se Bernardo não sabia o que estava sentindo até aquele momento, agora ele tinha certeza de que estava apaixonado por aquela deusa guerreira viking islandesa que ela era.

— Cheia de surpresas — comentou, sorrindo e se servindo de comida.

Catarina estava folheando um livro quando Bernardo se aproximou da sala, sentando-se em uma cadeira perto da dela e utilizando-se do fogo da lareira para se manter aquecido.

— Você, aqui, é tipicamente uma escandinava, não é? Cabelos ruivos, fala essas línguas difíceis, reza para o deus do trovão... — falou como se aquela conversa já estivesse acontecendo fazia tempo, talvez dentro da mente dele. — Por que você nunca me disse nada disso? Por que sempre escondeu esse seu lado?

— Bernardo... — Ela se virou para ele, fechando o livro, deixando-o de lado. — Eu não estava escondendo, eu só... É difícil saber qual vai ser a reação das pessoas quando descobrem algo tão diferente e pessoal, sabe? Alguns não são tão tolerantes quanto você a tudo o que é diferente do que eles acreditam. Nem mesmo meu pai concorda com metade das minhas escolhas, então quem dirá alguém que não me conhece?

— Mas poderia ter contado isso para mim. *Eu* teria entendido. — Ele se aproximou dela, segurando a sua mão, vendo um desenho em sua palma que se estendia até seu pulso, várias pequenas inscrições. — O que é isso?

Catarina percebeu o que ele estava olhando e suspirou. Era uma vida inteira que ele estava perguntando.

— O quanto você conhece da mitologia nórdica? — indagou, levantando-se da cadeira que estava e andando pela sala, olhando as estantes de livros guardados e empoeirados de seus pais. — Além do que a Marvel te contou.

Ele sorriu, pois ele iria falar exatamente aquilo, das histórias que Thor e Loki tiveram dentro do universo Marvel.

— Nada. — Ele se encolheu, pois estava se sentindo tolo por não conseguir conversar sobre nenhum desses assuntos com ela e seus pais. — Quero dizer, eu li com Ivana os livros do Rick Riordan que abordam um pouco do assunto, mas confesso que ela foi uma leitora mais dedicada do que eu.

— Bem, então vou te dar uma breve introdução — pegou um livro de páginas grossas e escrita em dourado. — Este foi meu primeiro livro sobre mitologia nórdica. Eu sei que é um pouco infantil, porém é o meu preferido.

Bernardo concordou, pegando o livro em mãos e folheando, vendo Catarina se apoiar no braço da cadeira dele e ascendendo a luminária ao seu lado, dando a ele melhor iluminação.

Ali ele leu um pouco sobre como o mundo começou pelos olhos nórdicos, sobre seus deuses, suas crenças e suas tradições, começando a entender um pouco sobre o que Catarina e sua família estavam falando durante o jantar.

Ele estava quase terminando o livro, que era curto, já que era recomendado para crianças de seis anos, quando viu as imagens que estavam desenhadas na mão da moça.

— Agora posso saber o motivo para você ter *runas* em sua mão? — indagou, mostrando o livro para ela como um estudante dedicado.

Catarina concordou, esticando sua mão para que os dois pudessem visualizar bem as inscrições em sua pele.

— Esta — apontou para a primeira. — Se chama *Fehu* e simboliza riquezas, tanto materiais quanto espirituais, assim como sucesso e vitória.

E assim ela prosseguiu, apontando uma a uma: Uruz, aquela que entregava boa sorte, amadurecimento, determinação e progresso; Thurisaz, para proteção de Thor em relação a decisões importantes; Ansuz, sabedoria e inspiração; Raidho, era a viagem e decisões que a levariam a suas metas de vida; Kenaz, renovação para novos começos e iluminação; Gebo, para união, equilíbrio, bons negócios e amor correspondido; e, por fim, Wunjo, que era a felicidade, o bem-estar e a transformação para melhor.

— E todas elas sempre têm que ser vistas desta posição, pois quando estão invertidas, possuem o significado contrário — explicou com a voz animada. — Este é o primeiro grupo de runas que foram criadas por Odín e elas remetem a criação do mundo. Elas me entregam proteção.

— E você faz isso todo ano? — Bernardo perguntou.

— Minha renovação espiritual *é* anual, mas isso é algo meu, então não acho que todos inscrevem runas em sua pele todos os anos — concordou, começando a puxar sua mão para longe, porém ele a segurou, traçando com seus dedos os formatos de cada uma das linhas em sua pele. — E saiba que eu acabei de te ensinar uma linguagem sagrada, então não pode usá-la em vão.

— Então eu não poderia tatuar uma runa dessas em mim? — brincou, parecendo frustrado. — Mas você desenhou isso em minha avó! Até outro dia, Célia me disse que ela estava carregando seu livro para todos os lados, dizendo que estava protegida.

— E ela estava, é o que eu acredito, Bernardo — deu de ombros. — Ela precisava de proteção e as runas deram um pouco. O livro conta a história do mundo na visão da religião nórdica e, para mim, sempre entregou força quando eu mais precisei.

— Isso significa que você deu um livro de contos de fadas nórdicos para minha avó? — indagou tolamente, notando, imediatamente, que havia escolhido as palavras erradas.

— Não são contos de fadas! — grunhiu, visivelmente irritada. — Você não chama de conto de fadas as histórias da sua religião, ou chama? Não é só porque você não acredita, que não é real — franziu suas sobrancelhas, abaixando a sua voz. — Só porque você não acredita em algo, não deve desmerecer quem acredita.

— Bem... Eu... Mas... — Ele parou, pensando naquilo. — Você tem um ponto. Eu sinto muito. Eu ainda tenho muito que aprender. E eu quero. Quero aprender tudo o que você quiser me ensinar — deu um meio sorriso a ela, desfazendo a expressão contrariada dela.

De qualquer outra pessoa, ela pensaria algo ruim, que sua religião não era levada a sério ou que a pessoa estava tentando se aproveitar de um símbolo bonito que não significava nada para ela, porém ela conhecia Bernardo. E ele, finalmente, havia entendido o que tudo aquilo significava para ela.

E foi tão simples...

— Você não pertence a esse mundo, Bernardo — meneou a cabeça, sorrindo com a inocência dele.

— Eu pertenço ao *seu* mundo, moça — sussurrou, levantando a sua cabeça, fazendo com que ela notasse, pela primeira vez, o quão próximos eles estavam.

O brilho das chamas contra o rosto dele dançavam em cores e formas, tremeluzindo em seus olhos, modificando a intensidade do seu olhar.

O rosto dele se moveu apenas um pouco na direção dela e ela, instintivamente, se inclinou também, porém uma batida na porta quebrou o a magia que o fogo havia criado.

E, como uma brasa longe do seu calor, o encanto logo se apagou.

— Eu... — murmurou, afastando-se dele e andando até a porta, abrindo-a, vendo seu sorriso murchar. — *Hei*, Mikal.

Mikal Haugen, filho de Grima Haugen, estava parado a sua porta com um sorriso gentil e um embrulho em mãos. Ele tinha cabelos castanhos claros, olhos esverdeados e pálidos que combinavam com sua pele branca e suas roupas de frio cinza-chumbo.

Automaticamente, ela se preparou para a possível conversa em norueguês, pois ele era nascido e criado no país dos Fiordes.

— Não sabia que já estava de volta — comentou, inclinando seu corpo um pouco mais para frente. — Nossa, Freyja não cansa de abençoá-la.

— Obrigada, você também está... — Hesitou — Hum... bem. — E forçou um sorriso.

— Trouxe um presente de boas-vindas para você — entregou o pequeno pacote e ela meneou a cabeça. — Minha mãe que mandou.

— Obrigada, eu acho, mas não trouxe nada para vocês. — Ela se sentiu constrangida, pois todos os anos era a mesma dança entre os dois e a mãe dele.

Catarina não sabia o que Grima havia ofertado a Frigga para tentar juntar este casal, porém tinha certeza de que a força do seu pedido não conseguiu suplantar o que as Nornas haviam tecido para si em seu *Wyrd*, ainda bem.

— Tudo bem, sabe como ela é persistente, então estou apenas tentando manter minha *mamma* feliz — brincou, colocando o embrulho nas mãos dela e se afastando um pouco, respeitando seu espaço.

— Obrigada. — Ela o abriu e percebeu que era uma garrafa de Hidromel. — Realmente é um ótimo presente.

— Aqui em Oslo não foi difícil de comprar — sorriu cordialmente. — Espero que consiga encontrar suas Auroras.

— Eu... — segurou a garrafa com mais força. — Obrigada — agradeceu mais uma vez.

— Disponha. — Mikal sorriu e deu apenas um passo para frente, mas foi o suficiente para chamar a atenção de Catarina. — Minha mãe comentou que sua mãe contou que você está se saindo muito bem no Brasil.

— Oh! — arregalou seus olhos, sentindo suas bochechas doerem de tanto sorrir. — Eu acho que isso acontece quando se trabalha com o que ama. E tem pessoas sempre torcendo pelo seu sucesso — respondeu com sinceridade. — Eu amo meu Brasil e tudo o que encontrei lá.

E ela tinha um futuro incrível e brilhante na SC Motors. Desde que havia entrado naquela empresa, sabia que queria crescer e sabia até onde conseguiria chegar. E ela estava chegando perto de alcançar seus sonhos profissionais. No entanto, ainda havia uma pequena caminhada a sua frente.

— Fico feliz, você merece. — Ele se afastou dela novamente. — Cuide-se, Catarina. Até breve.

Ela concordou e fechou a porta, esperando que algum dia Grima entendesse que nada aconteceria entre ela e o seu filho, e desistisse dos seus planos casamenteiros. Mas talvez isso só acontecesse no dia do Ragnarök, ou Fenrir devorasse toda a humanidade. O que viesse primeiro.

Catarina colocou a garrafa de Hidromel no balcão da cozinha, observando os outros rótulos que havia ali, enfileirando-as.

— Então, suponho que este foi Mikal. — Bernardo falou, parando ao lado dela contra o batente da porta, parecia que ele gostava de se apoiar em portas, de tanto que o fazia. — Ele me intimidou apenas um pouco com a sua altura, mas ainda acho que ganho em uma queda de braço.

— Você estava nos espiando, Bernardo? — Ela o olhou acusatoriamente.

— Fiquei curioso e vocês estavam falando a língua secreta dos noruegueses.

— Língua secreta? — ecoou com um sorriso, percebendo que ele queria apenas importuná-la. — Mikal só veio aqui me dar este presente de boas-vindas para agradar a mãe. Só isso.

— O que é isso? — indagou, pegando a garrafa. — É aquele vinho de mel?

— Hidromel, Bernardo. — Ela bufou.

— Acho que nunca ouvi você falar tantas vezes o meu nome quanto estou ouvindo aqui. Tomou gosto por ele enquanto eu estava longe? — colocou a garrafa na mesa e se virou para ela.

Catarina poderia ter muitas respostas na ponta de sua língua, porém nenhuma delas se prontificou a sair, apenas uma antiga pergunta ainda não verdadeiramente respondida.

— O que você está fazendo aqui, Bernardo? — A moça perguntou, vendo o canto dos lábios dele subindo ao ouvir, mais uma vez, o seu nome.

— Vim caçar auroras com você, moça, já disse — respondeu, inclinando sua cabeça para o lado.

— Só isso? Apenas caçar auroras? — cruzou seus braços.

— Isso depende. — Ele se virou, começando a se afastar.

— Do que? — Ela se virou, acompanhando os passos dele escadas acima.

— Se essa técnica de cupido doido da Grima está dando certo. — Ele parou nos degraus e a olhou. — E quantos outros pretendentes você mantém em segredo aqui.

— Está com ciúmes? — Um sorriso se esgueirou pelos lábios dela.

— Isso também depende — sorriu, voltando a sua subida.

Capítulo 33 – "Viva os noivos?"

Tudo começou a dar errado. Assim, apenas um pouco errado, na manhã de quinta-feira, quando Catarina estava arrumando suas malas para sua longa viagem até Tromsø e decidindo que fariam uma parada em seu caminho: Lofoten, que era um lugar que as pessoas praticavam surfe congelante e possuía um visual único da Aurora Boreal. Contudo, como seu *timing* não foi muito bem favorecido, naquele horário, Grima apareceu em sua casa e começou a conversar com sua mãe.

Normalmente, Grima e Dalla não eram próximas ou amigas, porém sempre que Catarina estava por perto, Grima parecia ficar mais amigável com a sua mãe, principalmente quando Mikal era convidado a se juntar a eles. E como punição pelo inconveniente, afinal ter Grima ao seu lado estava enlouquecendo até mesmo Dalla, o pai de Catarina a proibiu de iniciar a viagem antes do sábado, alegando que era um dia mais auspicioso de acordo com as crenças dela.

Mentira! Ele apenas queria que os Haugen não os importunassem demais no casamento da filha de Norna.

— Desculpe. — Catarina sussurrou para Bernardo naquela tarde enquanto buscava um vestido de festa no meio dos seus casacos de frio. — Isso não estava em meus planos.

— Tudo bem, pelo menos vou conhecer um casamento viking — sorriu para ela.

— Não é exatamente viking, é apenas uma tradição dos países nórdicos para aqueles que seguem a nossa religião. — Ela o corrigiu e ele a olhou, mostrando que ainda não entendia muito do assunto. — Mas você ainda tem que ir arrumado e de terno, então vou ter que pedir um emprestado para meu pai...

— Sabe, moça? — começou falando e apenas por usar o seu apelido, ela sabia que ele estava tramando algo. — Eu sou um homem extremamente preparado. Não gosto de ser pego de surpresa.

— E daí? — indagou, encarando as possibilidades de tecido.

— E daí que eu trouxe um terno — sorriu vitorioso.

— O que? — perguntou mais alto do que gostaria. — Você trouxe um terno, mas não trouxe roupa de frio o suficiente? Você precisa checar sua cabeça para ver se ela funciona bem. — A garota parou de buscar um vestido. — Bernardo, o que você, de fato, está fazendo aqui?

— Acho que meus vastos conhecimentos *wikipedianos* sobre magneto hidrodinâmica não são suficientes para conversar com seu pai, então eu prefiro ficar aqui com você — deu de ombros, sentando-se na cama dela, enquanto olhava o seu quarto e notava que ele era uma cópia fiel ao que ela tinha em São Paulo. Completamente Catarina.

— Você é extremamente manipulador. — Ela o olhou com seriedade. — Parece até Loki. Tem certeza de que não tem um pé em Jotunheim?

— Adoro quando você fala nórdico comigo — piscou para ela com um sorriso torto e ela sorriu de volta, rendendo-se temporariamente ao seu charme.

— Você *é* filho de Loki, mas deve ser ofertado algo para que Freyja cuidasse de você. — Ela se corrigiu olhou para o único vestido que encontrou no guarda-roupa. — Vamos? Missão cumprida.

— É tradição. — A mãe de Catarina lhe disse quando ela reclamou do casaco de pele falsa enorme que teria que usar naquele casamento para não morrer de frio.

Havia uma frase que ela pensava e a motivava: "É amanhã! Amanhã você vai conhecer o mundo com Bernardo!". E isso lhe dava forças para aguentar o desvio de rota.

— Oi, ursinho. — Bernardo a cumprimentou na sala, já pronto em um de seus ternos mais bem cortados, ao lado de seu pai que havia até mesmo penteado sua barba.

— Olá, Bernardinho — acenou para ele com um sorriso amarelo enquanto se certificava que a coroa de flores em seu cabelo ainda estava parada, assim como olhava se a trança não havia desmanchado.

— Está linda, vamos? — Ele lhe estendeu o braço e ela o pegou.

— Obrigada, você também está bem — respondeu, tentando desviar dos olhares conspiratórios de seus pais na direção dos dois.

Aparentemente, eles haviam conversado na noite anterior e decidiram que gostaram de Bernardo, tanto pelo respeito, senso de humor e inteligência. Quem diria que os três concordariam em algo?

Eles andaram até à casa de Norna, afinal ela também morava perto deles e o casamento ocorreria lá.

— Talvez você não entenda muito o que será dito nas rezas sagradas, mas acho que você pode rezar do seu jeito, tudo bem? Qualquer coisa eu posso traduzir para você, se quiser — comentou com a voz baixa, porém sabia que seus pais estavam ouvindo.

— Certo — concordou, porém, seu rosto parecia confuso. — Você tem que me preparar de algum jeito para eu não te envergonhar? Não quero fazer feio.

— Envergonhar? — indagou com surpresa. — De jeito nenhum, só estou te preparando para o que você ainda vai ser, senão já sabe, né? Pode virar oferenda para que Freyja abençoe o casal. — Catarina brincou, querendo que ele relaxasse um pouco, pois era apenas um casamento, uma união de amor entre duas pessoas perante os deuses, e isso era um gesto praticamente universal.

Ele sorriu e ela também.

— Suas ameaças são pouco ortodoxas. — Bernardo refletiu.

— Eu também sou — concordou e eles entraram na casa.

Bernardo não entendia nada do que eles falavam, porém Catarina estava ao seu lado, explicando tudo o que estava acontecendo, sussurrando ao pé do seu ouvido.

Primeiro, eles entraram em um salão onde as cadeiras estavam dispostas em formato de círculo, se sentaram no meio onde seus nomes estavam marcados — e surpreendentemente o nome de Bernardo também estava ali. Depois, os noivos chegaram descalços, tiveram suas mãos amarradas por um pedaço de tecido, trocaram alianças, pronunciaram as rezas sagradas, prometeram se amar diante dos quatro elementos com objetos que eram trazidos por pessoas que deveriam ser a representação padrinhos e madrinhas, e brindaram a nova vida com hidromel.

Os noivos encheram um grande chifre oco de Hidromel e começaram a passá-lo por todas as pessoas ali presentes. A regra, ele percebeu, era simples, ele apenas deveria dizer algo e beber um gole, passando para o próximo. Não parecia muito higiênico, mas quem era ele para falar sobre o assunto quando quase criou uma colônia de fungos com um pedaço de bolo que esqueceu em seu quarto mês passado?

— Você tem que fazer uma promessa. — A voz suave de Catarina surgiu em seu ouvido, deixando-o arrepiado. — Você promete ou jura algo para o seu futuro.

— E o que eu devo falar? — sussurrou de volta para ela, percebendo que o chifre estava chegando neles.

— *At øl aldri tørker på våre krus og at kvinner aldri forlater sengene våre!* — Ela lhe disse em um suspiro.

— O *que*? — perguntou exasperado.

— Vou falar cada palavra e você repete na hora, pode ser? — Porém ele não teve tempo para dizer se concordava ou não, pois o chifre estava em suas mãos, frio e pesado pelo líquido.

Catarina pronunciou cada uma das palavras difíceis, e ele tentou falar cada uma delas com a maior precisão possível, porém sabia que estava falhando miseravelmente pelo rosto divertido de todos ao seu redor ao mesmo tempo em que recebeu aplausos, risadas e "Uhás" animados ao terminar de falar.

Quando ele terminou de beber, entregou o chifre para Catarina que o pegou com um sorriso nos lábios:

— *Hvis du ikke lever for noe, så vil du dø for ingenting.* — Ela brindou a todos e bebeu, recebendo mais "Uhás" do que Bernardo, pois, aparentemente, as pessoas entenderam o que ela falou.

Quando eles passaram o chifre, a atenção mudou de foco e o rapaz voltou a respirar normalmente.

— O que você falou? — indagou, curioso.

— "Se você não vive por alguma coisa, você morrerá por nada". — Ela lhe disse. — Aquilo foi Symbel, todas as pessoas envolvidas precisam fazer um juramento ou uma promessa para sua vida, então eu prometi ter um objetivo e morrer por ele.

— Profundo — considerou e ela concordou. — E o que eu disse?

— "Que as cervejas nunca sequem de nossas canecas e que as mulheres nunca saiam de nossas camas" — riu, notando como ele estava desconcertado com aquela frase.

— Por quê? Por que não poderia apenas falar "Viva os noivos"? — Ele estava tão chocado que quase tropeçou sozinho.

— Porque é muito divertido saber que você realmente vai repetir tudo o que eu disser — esbarrou seu ombro no dele, arrumando sua gravata já perfeita. — Mas isso não é um mantra masculino? Cerveja e mulheres?

— Você tem noções muito deturpadas da realidade — franziu seu cenho. — E estranhamente precisas.

— Obrigada — colocou a mão sobre o peito, como se estivesse genuinamente contente.

— Você é assustadora quando me manipula em norueguês — fingiu se afastar, porém, não quis ir muito longe.

— Você *ama* quando eu falo nórdico com você — sorriu para o céu e não para ele, como se conversassem com outra pessoa além dos dois.

Depois, o banquete havia sido liberado e para sua surpresa, as pessoas comiam com a mão.

— Vamos, está gostoso. — Catarina lhe disse, colocando um pedaço de carne em sua boca e limpando seus dedos com sua língua.

Ele desviou o olhar, pegando algumas frutas secas e as colocando na boca, pois aquilo era o mais seguro.

— Não faça essa desfeita e coma um pouco — disse em um sorriso, sabendo que ninguém mais iria entendê-los, pois seus pais haviam desaparecido em algum canto de conversas.

Ele pegou um guardanapo e pegou uma pata de algo que se parecia um javali, porém não tinha certeza, e colocou na boca, mastigando e se impressionando, afinal estava delicioso.

— Viu? — sorriu, notando o olhar contente dele. — Vou pegar um pouco de hidromel para nós. — E assim ela desapareceu na multidão.

Ele tomou seu tempo saboreando a criatura, olhando ao seu redor e entendendo o motivo para Catarina ter feito o comentário sobre casamentos durante a festa de Sophia. Um casamento ao ar livre, dentro de sua casa, com algumas pessoas próximas, com comida em fartura e apenas um tipo de bebida, porém com qualidade, aquilo era algo que Bernardo não sabia que gostava, mas que aprovou prontamente. Se ele contasse à Sophia que ele preferia casamentos a moda nórdica, provavelmente ela ficaria confusa até frequentar um e descobrir que também preferiria — e até mesmo concordaria em preparar um casamento neste estilo para ele e...

— Então, Bernardo... — Grima apareceu ao lado dele com seu inglês enferrujado e seu rosto cheio de marcas de expressões passadas.

— Grima. — Ele a cumprimentou, esperando para ver se Catarina estava chegando para salvá-lo.

— Soube que está na casa dos Wollvensberg — sorriu para ele como uma víbora sorria um rato, pegando uma maçã e a mordendo. — Muito gentil da parte deles abrigarem um namorado de Catarina que mal conhecem.

— Não namoramos. Somos apenas amigos — falou a frase padrão que estava cansado de repetir e, principalmente, ouvir.

Grima segurou mais forte a maçã, deixando-a escapar por seus dedos e cair no chão, rolando na grama.

Nenhum dos dois se moveu um milímetro.

— Ela nunca trouxe um rapaz para cá. Nunca. O que você tem de tão especial? — indagou com dentes trincados.

— Eu que vim atrás dela — revelou, fazendo com que a mulher se surpreendesse. — Não consigo mais ficar um dia longe desta moça fantástica, então, assim que ela saiu do nosso apartamento, eu peguei o primeiro avião para segui-la.

Um segundo se passou e Grima sorriu, porém Bernardo, novamente, não sentiu que ela estava feliz com o que ele havia dito.

— Muito bem. — A mulher começou a se afastar, voltando-se para outras rodas de conversa e deixando o rapaz sozinho com seus pensamentos.

Bernardo olhou para trás, procurando uma cabeleira ruiva, porém, infelizmente, *sua* Catarina não era a única com cabelos cor de fogo naquele local.

— Oi! — A moça, surgiu com duas taças e um sorriso. — Demorei muito?

— Não muito, apenas fui encurralado por Grima e seu desgosto pela minha pessoa — deu de ombros, brindando, finalmente, sua taça na dela e tomando um gole.

— Perdão, ela tem essa ideia louca de que Mikal e eu somos uma junção de Frigga, mas isso não vai acontecer — bebericou seu Hidromel, não notando como ela estava caindo na armadilha de Bernardo.

— Ela parece bem convicta que você dois vão ficar juntos no futuro — comentou.

— Seriamente — revirou os olhos. — Mas isso não vai acontecer.

— Quase como se algo, algum dia, em algum local, já tivesse dado a ela essa certeza — inclinou sua cabeça em sua direção e ela se engasgou.

Silêncio.

— Ah, foi o que eu pensei. — O brasileiro sorriu ainda mais, aproveitando o constrangimento dela pela situação. — Bem que eu imaginei. Você não perdoa nem um coração norueguês?

— Foi um beijo. Uma vez — levantou o dedo, empurrando-o contra o peito de Bernardo. — Foi uma coisa totalmente casual de dois adolescentes. Faz mais ou menos dez anos.

— E quem é que gostaria de ter algo apenas casual com você? — riu, vendo o olhar ultrajado dela.

— Você quis — empinou o seu nariz, ousada.

Bernardo aproveitou o momento para envolver o pescoço da moça com sua mão, sentindo seus dedos deslizando pelos cabelos dela, bagunçando sua trança.

— Eu não viria até a Noruega atrás de você se eu quisesse casualidade, moça — murmurou, deixando seu nariz tocar o dela, porém logo ele se soltou dela e se afastou. — Mas isso é uma conversa para outra hora.
— Bernardo... — suspirou o nome dele.
— *Catarina*! — Eles ouviram.

Capítulo 34 – Martelo de Thor!

Catarina olhou para trás e imediatamente soube que havia algo errado, pois aquela era a voz de seu pai, Johann Wollvensberg, nunca havia levantado tanto a sua voz em público.

Ao lado dele estava sua mãe com o rosto preocupado e Grima, com um sorriso satisfeito. Oh, não, o que estava acontecendo?

Ela andou apressadamente na direção deles, tentando evitar os boatos e rumores que aquilo poderia gerar, espiando ao redor para ver se muitos olhares já haviam se voltado na direção dela, porém havia apenas alguns curiosos, que graças aos deuses, não entendiam nada de português.

— O que foi, *pabbi*? — olhou entre os três, procurando algo que pudesse lhe dizer sobre o que aquilo se tratava.

— Grima disse que conversou com Bernardo e descobriu algo inquietante — falou calmo, porém seu olhar refletia transtorno. — Por um acaso você tem algo a nos contar?

— Eu? Não! — olhou para Bernardo, tentando entender o que ele poderia ter falado que causou tanta revolta em seu pai.

Com aquele olhar, Bernardo começou a andar na direção deles, não notando a zona de guerra que estava prestes a adentrar.

O que, em nome de Odín, ele poderia ter falado que...?

— Então não estão morando juntos? — Johann indagou, olhando friamente na direção dela.

Petrificada. Era assim que Catarina se sentia.

Ela não imaginou que aquilo poderia acontecer naquele dia, pois havia alertado Bernardo a não falar sobre o assunto. Não mencionar que eles moravam juntos de maneira nenhuma.

Seus pais eram pessoas compreensivas, mas ainda eram pais e se preocupavam com o bem de Catarina acima de tudo e todos. Seria quase impossível que eles compreendessem que ela e Bernardo eram apenas amigos depois de verem como eles se comportavam um ao lado do outro e...

E com certeza sua mãe havia percebido como ela olhava para ele. Como seu mundo parava quando ele se aproximava. Como ela brilhava mais, ria mais, sorria mais e era mais feliz.

Tudo poderia ter sido mais simples se ela tivesse feito muitas coisas diferentes. No entanto, ela não as fez.

— Catarina, eu te fiz uma pergunta — fechou estreitou o seu olhar e ela hesitou. — Você está morando com ele? Um rapaz que nós mal conhecemos?

— Nós... — Ela tinha opções, porém apenas uma era a melhor, por pior que pudesse parecer no momento. Como começar a contar que as noites sozinhas eram frias e que a falta de uma pessoa em seu apartamento a atormentava? Como explicar todos aqueles sentimentos que...? — Eu só precisava de alguém para dividir o aluguel comigo e...

— Se precisava de dinheiro, nós poderíamos te ajudar. Não precisava dividi-lo com ninguém. — Dalla murmurou, tentando segurar a mão de sua filha, porém desistindo no meio do caminho, olhando para o rapaz com simpatia. — O problema não é você, é só que... Poderia não ser você, entende? Poderia ser alguém que não fosse uma pessoa tão boa.

— Eu... Eu também estava me sentindo sozinha e... — deu de ombros, começando a gaguejar.

De repente, havia desaprendido a falar e um grande caroço estava se formando em sua garganta.

— Se estava sozinha, chamasse uma amiga. Você nunca nem cogitou morar com Guilherme mesmo sendo amigos por anos, então como, de repente, você está morando com um rapaz que você mal conhecia? — Johann estava decepcionado.

O maior medo de Catarina era decepcionar seus pais de maneira incorrigível, e o pior é que ela poderia ter evitado tudo isso se... Se ela tivesse sido sincera.

A moça se calou, pois eles estavam certos. Ela deveria ter contado sobre o aumento no aluguel, que ela não recebeu um aumento naquele ano e que o quarto vazio estava começando a incomodá-la tanto que pensou até em transformá-lo em um templo para o Internacional.

Ela poderia ter contado sobre as entrevistas, sobre ter encontrado um rapaz que tinha o mesmo estilo que ela, como eles tinham a melhor convivência do universo, e como tudo estava acontecendo aos poucos. Poderia ter contado como os meses estavam começando a deixar a linha da amizade deles mais confusa, pendendo para algo desconhecido que ela não tinha certeza do que era, porém tinha certeza de que não queria que ele a deixasse.

E mesmo que todos estes pensamentos tivessem banhado a mente dela, nenhuma palavra saía de seus lábios. Ela simplesmente não conseguia falar com eles sobre o assunto, como se tivesse um bloqueio dentro de sua mente que a impedisse. E talvez aquela fosse a raiz de todos os seus problemas.

— Na verdade, senhor Johann... — Bernardo apareceu ao lado Catarina, colocando sua mão na cintura dela e a puxando para mais perto dele. — Acho que toda essa confusão seja culpa minha e não de Catarina.

— Bem, certamente é. — O pai de Catarina resmungou, jogando adagas com seu olhar na direção do rapaz ao cruzar seus braços.

— Não dessa forma — meneou sua cabeça e deu o seu sorriso mais charmoso, desarmando Johann. — Catarina e eu temos um relacionamento complicado, que surgiu de uma mera amizade entre nós.

A garota arregalou os olhos e se preparou para negar tudo, porém foi parada quando os dedos de Bernardo se entrelaçaram com os seus e ela percebeu que ele estava suando frio.

— Foi por isso que eu pedi que ela não comentasse sobre a nossa situação até agora. — O rapaz colocou a outra mão no bolso, fingindo estar mais relaxado do que realmente estava. — Pois eu acredito que existe uma ordem e uma tradição a se manter. Catarina é uma mulher muito especial para mim, então não pense que eu não tenho as melhores intenções para um futuro não muito distante.

O que, em nome de Odín, Bernardo pensava que estava fazendo? O pensamento reverberava pela mente de Catarina.

Dalla colocou as mãos sobre seus lábios, tentando conter o choque que estava sofrendo, porém, seus olhos não conseguiam ser tão discretos e já estavam marejados. Ela olhava para sua filha, com toda a felicidade que, por anos, pensou que seria privada. Sua única filha, ajeitada com um rapaz como Bernardo, seria aquilo o que Dalla sempre sonhou para a vida amorosa de Catarina?

— Senhor e senhora Wollvensburg... — Bernardo começou a falar.

— Wollvensberg. — Catarina o corrigiu com um sussurro.

— Senhor e senhora Wollvensberg — recomeçou sua frase depois de um suspiro. — Só queria que vocês soubessem que eu sou apaixonado pela filha de vocês. Eu a amo como nunca amei ninguém na minha vida e se eu puder ficar todos os meus dias ao lado dela, eu serei o homem mais feliz do mundo. Desde que eu a conheci, sabia que jamais encontraria alguém como ela e cada dia que passa eu a amo um pouco mais.

As pernas de Catarina fraquejaram e ela se segurou no braço de Bernardo para não despencar no chão na frente de tantas pessoas, esperando que ele não a deixasse cair — e ele não deixou.

— Então eu só peço que confiem que Catarina não queria esconder nada de vocês, queria apenas ter certeza de que nossa relação iria durar — segurou a mão da moça e ela agradeceu, pois sentia como se o toque dele descarregasse toda aquela energia que estava acumulada em seu peito. — Nós não queríamos que vocês entendessem errado, mas foi exatamente o que aconteceu e isso é completamente culpa minha. Sinto muito por ter errado com vocês.

Johann se virou para Dalla e começou a falar algo em uma mistura de norueguês, inglês e português que nem Catarina conseguiu acompanhar, porém ela sabia que eles já estavam discutindo se o casamento seria em Oslo ou em São Paulo.

— Martelo de Thor! — sussurrou no ouvido de Bernardo, completamente desnorteada. — O que está fazendo?

— Confie em mim, eu tenho um plano — deslizou seu polegar pela bochecha dela e planou um beijo em sua testa.

Capítulo 35 – O que havia de errado?

Para Catarina nada poderia ter sido mais estranho do que ter recebido aquela declaração de amor – falsa, aparentemente – de Bernardo na frente de seus pais, porém foi exatamente aquilo que aconteceu e ela tinha que se preparar para controlar as consequências futuras.

Depois do casamento da filha de Norna, conseguiu alguns minutos com ele, alegando que tinham que conversar sobre todo o ocorrido e ficar um tempo a sós, algo que seus pais lhe permitiram, sorrindo.

Os dois estavam lado a lado, em frente à casa dela, encarando a paisagem como se tivessem todo o tempo do mundo, porém a verdade era que nenhum deles sabia exatamente o que dizer para o outro e aquilo nunca havia acontecido antes.

— O que foi isso? — indagou, respirando fundo, começando a se sentir presa no casaco que ela estava usando, porém, temendo o frio que passaria caso o retirasse. — O que foi *tudo* isso?

— Eu vim preparado — anunciou baixo, com um sorriso irritante nos lábios.

— Para o que, Bernardo? A gente não precisava de um romance para explicar o nosso acordo — tombou seu rosto para o lado, seus olhos buscando respostas dentro dos dele.

— Você precisa me escutar. Vai fazer todo sentido — alegou, segurando a mão dela e a puxando para ficar mais perto dele, abaixando seu tom de voz para um mero sussurro que acariciava sua bochecha.

— Você veio até aqui para fingir que somos o casal mais apaixonado do universo na frente de meus pais? — indagou, irritada por ter sido pega de surpresa. — Como isso pode fazer sentido? Em nenhum dos nove mundos isso faz sentido!

— Não — segurou o dedo dela que teimava em apontar para ele. — Eu vim aqui a convite seu. No entanto, como sou um rapazote muito perspicaz...

— *Rapazote perspicaz?* — Ela o criticou, debochando.

— Você pode falar norueguês *e* islandês, e eu não posso ser um rapazote perspicaz? — franziu seu cenho, porém logo sorriu ao ver os lábios dela se levantando.

— Pode — cedeu, sentindo que talvez o gelo entre eles estivesse derretendo aos poucos.

— Bem, continuando minha história...
— Muito perspicaz... — Ela o relembrou.
— Muito perspicaz — continuou. — Eu soube que se seus pais soubessem que estávamos morando juntos e não estávamos em um relacionamento, provavelmente a reação seria igual ou pior do que a de minha avó.

— E você acertou — resmungou, olhando para a janela de sua casa, vendo a silhueta de seus pais pela cortina.

Eles estavam abraçados, dançando como sempre faziam depois de um casamento.

— Então eu vim preparado para fazer uma declaração de amor eterno que qualquer pai ficaria contente em ouvir. Agora eles não vão mais pensar que eu sou o capeta encarnado, e sim uma pessoa boa que ama a filha deles e em um futuro não muito distante... — Ele se perdeu em suas palavras.

— Não precisa terminar a frase. Eu tenho medo até onde você iria para manter a encenação perfeita — estremeceu com as bochechas queimando de frio antes de voltar a olhá-lo. — Você pensou em tudo isso só para passar quinze dias comigo? Quero dizer, isso foi...

— Muito planejado? Brilhante? A salvação de sua vida? — sorriu para ela, soltando suas mãos e as enfiando em seus bolsos da calça para que seus dedos não se tornassem picolés. — E eu vou ficar um mês.

— Um mês? Eu... Vai ficar a viagem inteira aqui? — Ela não conseguiu mais guardar o seu sorriso e mostrou todos os seus dentes com aquela notícia. — Você é realmente sensacional. Eu fico te devendo uma.

— Eu só fiquei um pouco surpreso que seus pais não faziam ideia da minha existência como um todo — chutou um bolo de neve, prendendo seu sapato ali e possivelmente molhando sua meia. — Quero dizer, minha família sabia muito sobre você e eles acabaram descobrindo sobre nosso arranjo de moradia depois, mas eles sabiam sobre *você*.

— Eu sei, é só que... — suspirou. — Nunca tive uma relação muito aberta com eles. Nós conversamos muito, mas isso não significa conversamos sobre tudo. Minha família não funciona como a sua e eu sei que deveria ter contado antes a eles para evitar essa situação, mas... Eu não gosto de sair da minha inércia. Olha minha amizade com Guilherme. Se eu tivesse colocado um ponto final antes, tudo seria mais fácil e...

— Você nunca me disse o que falou para ele se afastar. — Bernardo comentou, tentando pescar algo.

— Eu disse que jamais estaria apaixonada por ele — olhou para suas mãos, estalando seus dedos, um a um. — Porque eu estava apaixonada por outra pessoa...

— Mikal é um cara de sorte — sorriu, provocando-a.

— Quer parar com isso? Não existe nada entre Mikal e eu — prendeu seu olhar no dele, dando um passo em sua direção. — Bernardo, eu... — Catarina estava sem fôlego, porém nunca chegou a terminar sua frase, pois a porta foi aberta e Dalla estava esperando por eles com o sorriso que Catarina jurou que jamais veria sua mãe entregar a alguém que não fosse para ela e seu pai.

E ele era tão sincero que a moça se sentiu mal pela mentira, por mais que as vezes ela quisesse que não fosse.

— Espero que saiba, Bernardo, que minha filha é a coisa mais preciosa que eu tenho em minha vida e eu jurei amar todas as criaturas de Deus, mas se machucá-la, eu vou machucá-lo de volta. — Johann disse com calma enquanto fumava um charuto no balcão da sala.

Dalla e Catarina estavam na cozinha, conversando em sussurros, provavelmente falando sobre tudo que eles não deveriam — nem poderiam — ouvir.

— Entendo perfeitamente. — O rapaz concordou, sabendo que aquilo era esperado, afinal eles estavam falando de Catarina.

O olhar de Bernardo se afastou da conversa para dentro da casa, onde Catarina ria com sua mãe, e se perguntava quem seria o homem que no futuro seria o responsável pelo sorriso dela, porque, lá no fundo, ele sabia o que se passava em sua mente sempre que estava com ela.

Seu coração ficou um pouco apertado e ele franziu seu cenho, porque aquela sensação estava ficando mais comum do que ele gostaria de admitir.

— Se entende, então eu só tenho algo a te pedir. — O pai de Catarina chamou a atenção e ele se virou, vendo o charuto esquecido no cinzeiro ao lado deles. — Às vezes ela tem medo e dúvidas e não acredita em si mesma, mesmo que seja a pessoa mais especial que eu já tive a honra de conhecer. E eu não digo isso apenas por ser minha filha, mas porque ela é. Então, por favor, nunca faça com que ela se sinta menos do que isso. Ela merece saber que é maravilhosa e merece estar com alguém que saiba disso.

Bernardo se manteve calado, não querendo trazer à tona os estragos que Guilherme havia feito na vida dela nos últimos meses, pois ninguém mais deveria falar sobre aquilo.

— Eu sinto coisas por ela que nunca senti antes. Catarina é... Eu não sei. Me desculpe, mas não acho que sei o que falar... — Bernardo disse com sinceridade, mesmo que ele queria ter a inspiração para outro discurso eloquente digno de um mocinho do filme da *Sessão da tarde*.

— Às vezes, quando nos faltam palavras, é porque o sentimento transborda a barreira do que entendemos. — Johann sorriu para o rapaz e retirou do bolso sua carteira, pegando uma foto antiga de uma mulher ruiva muito parecida com Catarina e a estendendo para que ele a olhasse. — Dalla me disse exatamente isso antes de nos casarmos.

Bernardo ficou em silêncio, vendo o sorriso da mãe de Catarina na foto com o pai dela — e um bigode digno de um alemão raivoso —, onde os dois deveriam ser, até mesmo, mais novos do que eles e já estavam esperando a pequena Catarina, pelas mãos na barriga de Dalla.

Será que era isso, então, o que ele estava sentindo?

Bernardo devolveu a foto para Johann, e acabou sendo puxado para um abraço forte.

— Você é tudo o que eu e Dalla sonhamos para nossa princesa. — Johann sussurrou, as palavras arranhando a sua garganta, buscando saírem antes de serem engolidas por um mar de sentimentos.

— Eu só quero fazer Catarina feliz. — O rapaz confessou a mais pura das verdades.

— Então o rapaz hipotético realmente existia? — Dalla perguntou, cortando alguns legumes e os jogando dentro da panela que estava cheia de água fervendo.

— Sim. — Catarina respondeu, pois ela não poderia revelar a mentira. — Temos um relacionamento meio estranho. Às vezes estamos junto e às vezes... — Ela deu de ombros, atraindo o olhar de sua mãe.

— Mas poderia ter nos contado, podemos não concordar com algumas escolhas, mas nunca vamos te impedir de viver a sua vida da maneira que você quer. — Dalla fez o apelo, encarando a filha. — Que mal há em saber se nossa filha encontrou alguém? Eu apenas iria assar uma ovelha e oferecer a Frigga, pedindo a proteção do seu coração e relacionamento.

O dessabor da enganação e da mentira estavam começando a se revelar. Era um peso constante e incômodo, como uma pequena pedra dentro do seu sapato, porém ela sabia que aquilo era melhor do que o a dor da decepção, pois queria dar um final feliz a história que criou para seus pais. Ela queria dar mundos de felicidade para eles. Os nove mundos se fosse possível. Era o mínimo.

— Eu sei, perdão, *mamma* — sussurrou, sentindo lágrimas começarem a surgir em seus olhos enquanto seus lábios tremiam.

— Oh, *líf mitt*, o que foi? Algo de errado? — Sua mãe limpou suas mãos em seu avental e foi ao lado de sua filha para acamá-la.

De fato, o que havia de errado? Tudo estava alinhado. Tudo perfeito. Tudo do jeito que deveria estar, porém Catarina não conseguia controlar as lágrimas que escorriam de seus olhos como pequenos córregos.

Ela se sentia sem ar, como se seu peito fosse explodir em um milhão de pedacinhos que não queriam mais ficar dentro dela.

O rosto de Bernardo surgiu em sua mente e a moça não conseguiu afastar o sentimento que ele havia despertado nela. Ela tinha que ser mais dura, dizer que ele não poderia fazer declarações românticas sem sentir nada, afinal... Afinal...

No entanto, ele só estava pensando no bem dela. Ele só queria fazê-la feliz ao agradar seus pais. Por que era tão difícil aceitar aquilo?

— Eu acho que estou me apaixonando por ele — murmurou entre soluços e lágrimas. — Não quero perdê-lo caso algo dê errado. Eu sinto que sempre que estamos chegando a algum lugar... Voltamos aonde estávamos antes. Não sei se temos o futuro que vocês querem que tenhamos.

— Claro que não vai perdê-lo! O jeito que ele te olha, fala de você... Isso é amor. E não somos nós que temos que querer um futuro, Catarina, é você. Você é quem tem que querê-lo todos os segundos do seu dia. — Sua mãe sorriu, limpando as lágrimas da filha.

— Você sabe que eu não sou a pessoa mais fácil do mundo. Eu estou sempre trabalhando e... E nem para vocês eu tenho muito tempo. Eu não sei se estou pronta para ter alguém. Parece um pulo. Um pulo direto na escuridão — revelou, sentindo um calafrio. — Você sabe que eu odeio a escuridão.

— Minha vida... — Dalla beijou os cabelos de Catarina. — Realmente, amar uma pessoa é assustador, mas você não pode nunca pensar que está ali sozinha. Ele também está. O salto é aterrorizante, mas ele vai segurar a sua mão e te prometer que vai cuidar sempre de você, te fazer feliz e... Frigga jamais permitiria que seu coração fosse despedaçado diante de seus olhos.

— Mas a taxa de divórcio no mundo atualmente é de... — começou a falar, porém foi parada com um beliscão de sua mãe. — *Ai*!

— Se você entrar no relacionamento com esse pensamento, ele com certeza irá fracassar. — Dalla recriminou a mocinha. — Do que você tem tanto medo?

— Errar. Errar de maneira irreversível — sussurrou, porém ela não disse a verdade completamente.

Ela tinha medo de errar, de Bernardo não estar interessado nela daquela maneira, e se magoar por ter se entregado demais a algo que nunca teve um futuro para começar e, no final, perdê-lo por ter entendido tudo errado.

— Não posso te prometer que não será um erro. — Dalla enrolou seus braços ao redor de sua filha e a puxou para mais perto. — Mas posso te prometer que eu e seu pai sempre estaremos ao seu lado, quando quiser ou precisar.

— Eu te amo, *mamma*. — Catarina disse baixo, algo que fazia muito tempo que não falava.

— Eu também, meu amor. Nem Odín sabe o quanto.

Capítulo 36 – Um milhão de onças de prata

— Vão se cuidar? — perguntou Johann, assim que Catarina colocou a última mala dentro da Hilux, fechando o porta-malas.

— Sempre. — A filha sorriu. — Fiquem bem, qualquer coisa vocês têm o meu celular.

A moça deu um beijo em seus pais e entrou no carro, vendo que a despedida de Bernardo havia sido mais longa que a sua, com muitos abraços, apertos de mãos, sorrisos e até uma promessa de retorno.

Ela buzinou para ele se apressar e os dois partiram para sua grande aventura.

— Quer colocar uma música? — perguntou. — Eu tenho um *pendrive* aí em algum lugar, porém já aviso que ele não é atualizado faz uns sete anos, então não sei se é muito recomendado.

— Eu tenho Spotify Premium, fique tranquila — conectou o celular no carro, escolhendo uma *playlist* de viagem como trilha sonora do momento em que estavam, mesmo que ela não estivesse prestando atenção.

Logo, eles saíram de Oslo e já estavam na estrada, vendo um visual de neve, casas, mata e rios congelados que faziam com que Catarina encontrasse paz, pois mesmo que ela trabalhasse com algo industrial e morasse em uma metrópole, havia algo na natureza que a fascinava

— Vamos ter que travessar a fronteira com a Suécia daqui a pouco, já que não existem rotas muito boas para chegar em Tromsø pela Noruega por causa dos fiordes. — Ela o avisou e ele concordou. — Mas é um passeio bonito. Normalmente eu faço pausas as seis da tarde, mas se você se sentir incomodado em viajar no escuro, podemos parar antes — mordeu seu lábio a espera do retorno dele.

— Faça o seu plano, moça, não vou te atrapalhar — cruzou os braços atrás de sua cabeça, estalando o seu ombro em um barulho preocupante. — Sua família é legal.

— Legal? — perguntou com descrença. — *Sua* família é legal. A minha é apenas diferente da sua, por isso que você tem essa impressão.

— Que é diferente? Com certeza! Porém seus pais são pessoas muito legais — explicou a ela, como se não o estivesse entendendo. E talvez ela não estivesse mesmo. — Eles me trataram muito bem apesar de tudo.

— Apesar do que exatamente? — olhou de relance para ele, que estava de olhos fechados.

— Que seu pai queria realmente me fazer ser um sacrifício Viking mesmo ele não sendo viking. — Bernardo abriu um olho e percebeu que ela o estava olhando para, voltar a fechá-lo, espalhando um sorriso em seu semblante.

Talvez ele quisesse mesmo, mas em defesa de Johann, possivelmente qualquer pai teria essa reação.

— Ele não queria. — A moça defendeu o sangue do seu sangue. — Ele só estava preocupado comigo e com suas intenções "não puras".

— Claro, porque tudo que acontece naquela casa é só culpa minha. — Voltou a abriu um olho apenas para julgá-la. — Você um dia vai me enlouquecer, mulher!

— Mulher? Nunca vi você me chamando assim — comentou com um sorriso.

— Prefere moça? Mozão? Amor? — O rapaz gracejou e ela tentou dar um tapa no ombro dele, porém acertou apenas o banco.

— Prefiro Catarina. Eu gosto do meu nome — empinou seu nariz. — E eu não tenho um apelido para você, então acho que é justo.

O que ela não revelou era que gostava da maneira que Bernardo a chamava de "moça", pois ele se demorava a falar aquela palavra, como se estivesse juntando todas as letras do mundo apenas para pronunciar quatro.

— Gosto quando você fala meu nome — sorriu para ela. — Você tem um jeito engraçadinho de pronunciar o "a". Como se falasse Ber-*nár*-do — tentou imitá-la, porém soou como um francês falhando em pronunciar um nome em português.

— Não faço — negou o fato veementemente, pois nunca havia percebido que falava o nome dele de maneira diferente do que os demais.

— Faz sim e eu adoro — segurou uma das mãos dela.

— Preciso das duas mãos para dirigir, sabia? Não dá para trocar a marcha sem a direita. — A motorista o avisou, tentando se desvencilhar dele para exemplificar o que queria dizer.

— Por que não compra um automático? Muito mais simples — sugeriu, soltando a mão dela a contragosto. — Só falando.

— Acontece que eu gosto de trocar a marcha. Mostra que eu estou no controle — explicou, olhando para a frente, procurando as placas de que eles estavam chegando na Suécia.

— Podemos perceber que você odeia quando não está no controle da situação. — Bernardo resmungou para si mesmo, porém riu quando ela soltou o seu ar em um barulho indignado.

— O que isso deveria significar? — indagou, obedecendo as sinalizações.

— Que você quase me matou ontem, quando eu fiz a declaração de amor mais romântica da Noruega só por você não estar inteirada no assunto — respondeu com calma, tomando um gole da garrafa d'água que estava ao lado de sua porta.

— Você deveria ter compartilhado seus planos comigo e sabe disso. — A moça arqueou suas sobrancelhas.

— Por quê? Eles não mudariam em nada. — O rapaz continuou olhando-a, porém percebeu que ela fazia questão de não retribuir uma olhadela.

Catarina olhou para suas mãos que estavam segurando o volante e suspirou, esticando-a na direção de Bernardo, com seus dedos afastados um do outro.

— Se você me aprontar uma dessas de novo, te bato até Helheim — ameaçou, balançando sua mão na direção dele, porém ele não se moveu. — Isso deveria te assustar, porque é o mundo dos mortos.

— É, estou aterrorizado — respondeu, porém o sentimento não foi transportado para sua voz.

Ela o olhou e voltou a segurar o volante com seus dez dedos que estavam formigando.

— *Mas* eu realmente estou agradecida por você ter me ajudado ontem a controlar uma grande... — começou a falar, porém foi interrompida por ele.

— Por que você nunca contou aos seus pais que eu existia? — indagou, olhando para o horizonte. — Não precisava contar que eu moro com você, mas apenas... Que eu existo.

— Já falamos sobre isso — murmurou de volta. — Eu não sou próxima deles e acho que o assunto nunca realmente surgiu...

— Você é inacreditável. Você planeja tudo na sua vida. Cada pequeno detalhe, e simplesmente se esquece de mencionar a seus pais eu existo! *Eu!* Eu moro com você! Como o assunto nunca surgiu? — disse, exasperado. — Eu te dou caronas todos os dias, jantamos juntos, fomos ao casamento da minha ex, eu te acompanhei no M-Outubro e... *Tantas* outras coisas! Eu faço parte da sua vida. Como *eu* nunca surgi em nenhum assunto?

— Eu não sei, não foi de propósito. Eu não estava pensando em te esconder, eu só... — encolheu seus ombros. — Me perdoa.

— Eu realmente não te entendo — tentou se arrumar no assento, porém acabou chutando a garrafa d'água ao seu lado, dando um susto nela. — Eu sou realmente tão ruim assim?

— Não! Bernardo! Já pedi desculpas! O que mais você quer? — perguntou, elevando a sua voz.

Ele, como resposta, apenas aumentou o volume da música.

A primeira noite de viagem foi estranha, pois quando Bernardo e Catarina chegaram na Suécia, em uma cidade pequena com nome complicado, havia apenas um quarto disponível. O quarto era de casal. Pronto, então era um fato, teriam que dividir a cama.

Catarina não hesitou, pagando a conta antecipadamente, porém Bernardo não havia gostado muito daquela ideia, resmungando que o jantar era por conta dele.

— Posso dormir no chão. — Catarina comentou, assim que voltou do banho com os cabelos pingando, ajustando a temperatura do aquecedor.

— Se alguém tem que dormir no chão, essa pessoa sou eu. — Ele se levantou da cama, colocando um travesseiro ao lado do tapete e sentindo suas costas berrarem de dor.

— Você vai acabar descadeirado. — Ela apareceu à sua frente, estendendo sua mão e esperando que ele a pegasse. — Você é um menino urbano. Não nasceu para esse tipo de situação.

— Ah, e você nasceu, *princesa nórdica*? — riu, apoiando-se em seus cotovelos.

— Faço isso a mais tempo, então estou mais preparada para esse tipo de situação — apoiou suas mãos na cintura, inclinando o corpo para frente. — Agora deixe de ser teimoso e vamos trocar. Você fica com a cama.

Bernardo estava prestes a responder quando percebeu que o decote da regata que ela estava usando era muito mais profundo do que ele imaginava, e não havia renda por baixo...

— Não tem um comentário ácido? — Catarina sorriu, satisfeita. — Parece que estou ficando boa nisso.

— Eu não sou um *menino* urbano — trincou seus dentes, pois aquilo o havia incomodado. Principalmente a palavra *menino*.

— Você é o que, então? — A moça agachou para ficar com os olhos na mesma linha dos dele, apoiando seus braços em suas coxas.

"Um cara que tem um puta medo de te perder", era o que ele queria ter respondido, porém apenas segurou o olhar no dela.

Fazia meses que ele a queria nos braços. Que ele fantasiava com o momento em que poderia tomar todos os seus pedaços para si, deslizando suas mãos nos seus cabelos, beijando-a dos pés à cabeça, arrancando todos os suspiros que ela pudesse lhe dar. E aquele, Bernardo pensou, era *quase* o momento, mas ele já havia esperado tanto, então o que era mais um minuto se ele poderia ter aqueles sessenta segundos pelo resto de sua vida?

E a maneira com a qual o metal derretido dos olhos dela, às vezes cobre, às vezes aço, às vezes latão, transformavam-se em pedras preciosas como âmbar e esmeraldas, era uma mistura que o envolvia cada dia mais, porque ele queria entender todos os seus mistérios, todas as suas partes.

— Eu sinto muito. — Catarina pediu com a voz fraca, sem o olhar. — Eu não queria que você ficasse chateado comigo sobre eu não falar sobre você com meus pais. Eu não sei o porquê de eu nunca ter comentado com eles, acho que só... Estava evitando algo.

— Evitando o quê? — perguntou, lhe afagando as costas e vendo que ela havia acabado de se virar para ele.

— Evitar ter que falar sobre mim, sobre o que eu sinto. Eles são pessoas incríveis e, Bernardo, eles me amam mais do que tudo no mundo e querem sempre me proteger. — Os olhos estavam marejados e ela usou uma de suas mãos para limpar as lágrimas. — Eles não são lá muito calorosos, mas quando eles se envolvem com algo da minha vida, eles sentem mais do que eu. Tudo. E nós... Eu e você... — Ela deixou sua voz morrer, desistindo de falar.

Ele fechou seus olhos e deitou-se no chão, inspirando fundo para tentar entender.

— Está tudo bem. Eu só fiquei surpreso. Moramos juntos faz quase seis meses e, eu não sei, mas parecia natural que as pessoas soubessem sobre nós.

— Não é tanto tempo — sugeriu. — Tem pessoas que moram juntas faz muito mais tempo.

— E tem casais que não aguentam um mês. Luís está quase enlouquecendo com Bárbara. — Bernardo abriu seus olhos, voltando a se sentar. — Nós funcionamos muito bem juntos.

Catarina mordeu seus lábios timidamente e desviou os olhos dos dele, não notando como aquele pequeno movimento o levou a loucura internamente.

— Por isso que eu acho que devemos ir devagar com isso. — A engenheira apontou para os dois. — Eu estou *começando* a entender...

— Entender o que? — pressionou, aproximando seu rosto do dela.
— Que eu não quero te perder — inclinou seu rosto na direção dele.
— Que eu adoro a maneira como você sempre me faz rir mesmo quando o dia está perdido — sorriu constrangida, porém decidiu continuar.
— E que às vezes eu conto os segundos para sair do trabalho por saber que você está me esperando. E eu amo trabalhar! O que está acontecendo comigo?
— Eu não sei te dizer. — O rapaz passou suas mãos pelos cabelos dela. — Não sei se é o mesmo que acontece comigo quando estou com você, mas eu estou descobrindo aos poucos.
— E como eu faço para descobrir? — franziu seu cenho, fazendo a pergunta de um milhão de onças de prata.
— *Nisso* eu posso te ajudar — sorriu, puxando o rosto dela para perto do dele.

O primeiro beijo foi no canto dos lábios dela, de raspão, como se testasse o território que estava adentrando, querendo ter certeza de que era bem-vindo, porém teve a breve confirmação quando viu o rosto dela se inclinando na direção dele, querendo tocar sua boca na dele.

Quando seus lábios se encontraram, foi como se ele fosse o fogo e ela o gelo, derretendo contra o seu toque; seu corpo sentindo que cada pequena insegurança e temor que havia dentro de si estava lentamente evaporando, deixando apenas aquele sentimento cálido dentro do seu peito, tão forte quanto aço e tão intenso quanto o sol de uma manhã de verão.

Ele inclinou seu corpo por cima do dela devagar, querendo tê-la tanto quanto ele queria ser dela.

Bernardo queria todos os sabores de Catarina. Todos os seus aromas, suas texturas, suas cores e melodias. Ele a queria por inteiro.

Desde que a viagem começou, ele sentia sua pele em chamas, em uma combustão crescente, queimando todos os dias um pouco mais, e apenas Catarina conseguia controlar o incêndio que ele havia se tornado.

Capítulo 37 – Eu gosto quando você me chama de moça

Eles acordaram apressados no dia seguinte, após terem esquecido de programar o despertador antes de irem dormir, mais uma vez, juntos, entre carinhos gentis e beijos arrebatadores. Contudo ele não conseguiu aproveitar muito de Catarina, porque ela disparou para arrumar as coisas deles, alegando que perderiam o horário do café da manhã.

No segundo dia, eles chegaram até um acampamento de *trailers*, onde tinha apenas um banheiro. Bernardo dormiu no banco traseiro do carro e Catarina dormiu no da frente, alegando que, por ser menor, ela não ficaria tão apertada.

No terceiro dia, não havia acampamento, estavam no meio do nada sem sinal de celular. Então, nem mesmo o Spotify estava funcionando, pois ele não havia feito *download* dos álbuns e *playlists* que gostavam, então acabaram ouvindo Spice Girls, pois era uma das melhores faixas do *pendrive*. E para a surpresa de Catarina, Bernardo deixou sua adolescente interior reinar enquanto cantava todas as músicas.

Quando os restaurantes começaram a ficar mais espaçados, a moça agradeceu por estar preparada para aquela situação, pois o carro estava carregado com duas caixas de comida e bebida, que consistia em suco em pó, garrafas d'água, pão, queijo, presunto, tomate e atum enlatado. Não que Bernardo estivesse reclamando, porque ele havia levado um total de zero coisas para ajudá-los na empreitada.

A verdade era que ele achava que aquela viagem seria um pouco menos complicada, porém não sabia que Catarina pretendia viver como uma nômade ermitã até chegarem ao seu destino final.

— Tudo bem? — A moça perguntou, terminando de comer e limpando suas mãos em um guardanapo.

— Tudo — falou o rapaz, deixando alguns farelos de pão caírem sobre sua barba. — Só estava pensando em como vou voltar com uma barba gigante pro Brasil.

— Não trouxe equipamento de barbear? — questionou surpresa, porque Bernardo tinha uma rotina quase religiosa com seus pelos faciais.

Ela ligou a luz do carro, olhando para o rosto dele, deixando seus olhos deslizarem dos seus olhos até o seu maxilar, absorvendo cada detalhezinho que conseguiu capturar.

— Trouxe, mas eu fico com preguiça quando penso no frio. — Ele estremeceu para comprovar o seu ponto.

Por mais que colocasse moletom em cima de blusa, em cima de jaqueta em cima de cobertor — até cobertor ela havia pensado em levar e ele havia embarcado apenas com um moletonzinho de meia-estação —, o frio sempre encontrava uma fresta para se esgueirar e congelar seus ossos.

— Eu também faria isso, além de que a barba esquenta melhor o rosto, não é? — Ela passou a mão em seu queixo, deixando seus dedos escorrerem pelos seus fios em um toque que foi leve no primeiro momento, porém que o eletrocutou mesmo assim. — Está macia.

— Pensei que você não gostasse de barbas — comentou com sagacidade, elevando seus olhos para encarar os dela.

— Acho que algumas são charmosas — respondeu, recolhendo sua mão para se enrolar ainda mais no cobertor. — Eu odeio quando os banheiros começam a desaparecer.

— Eu te entendo — murmurou para si mesmo.

Catarina bocejou, arrumando-se no banco da frente do carro, batendo seus cotovelos em todas as partes que conseguia enquanto se ajeitava em uma posição que não parecia minimamente confortável.

— Quer dormir aqui atrás? — O *trader* indagou, encolhendo-se contra o banco e mostrando que havia um fio de espaço a sua frente, caso ela aceitasse.

— Vai ficar apertado — murmurou, visivelmente cansada.

— Não vai. Se eu estou incomodado em dormir aqui, imagino você aí — replicou sem hesitar, porque era a mais pura verdade.

— Tudo bem — suspirou sem mais delongas, passando pelo meio dos bancos com seu cobertor como uma gata, apagando a luz e se deitando na frente dele.

Bernardo sentiu o cheiro dos seus cabelos primeiro, depois o calor da sua pele. O corpo dela encaixou naturalmente no dele, fazendo com que ele passasse o braço pela cintura dela, trazendo-a para mais perto, para que o encaixe fosse completo.

Aquilo era o mais perto que esteve dela nos últimos dias e ele não queria nunca mais sair dali.

— Está melhor? — sussurrou, sentindo seu coração acelerar em seu peito mesmo que ele jurasse que não havia motivos para aquilo.

— Sim, obrigada. — A voz dela estava exausta, quase adormecida.

Bernardo sorriu, percebendo que a mão dela estava se movendo e seus dedos procurando os dele, entrelaçando-os. O contato da sua pele contra a dele lhe causou frio, pois ela estava gelada, então o rapaz a puxou para mais perto ainda, cobrindo-os com seu cobertor para aquecê-la.

— Boa noite, Catarina — sussurrou.

— Eu gosto quando você me chama de moça — respondeu e ele jurou ouvir o sorriso em sua voz. — Sempre achei carinhoso.

— Boa noite, moça — repetiu, não conseguindo tirar o sorriso tolo que se esgueirou pelos seus lábios.

— Boa noite, Bernardo.

Capítulo 38 – É assim que você chama o que fizemos?

— Ok, aparentemente houve um acidente na estrada que nos levaria até Lofoten, então nós temos que mudar nossa rota. — Catarina disse, pegando um pequeno trânsito de cinco carros, dando a seta para trocar de fila.

— Você sabe para onde está indo? Quer que eu confira com o Google Maps? — Bernardo pegou seu celular, porém percebeu que estava sem sinal no local e não tinha baixado o mapa do lugar.

— Sem problemas, conheço o caminho — sorriu para ele. — Ou não confia em mim?

— Não tenho muitas escolhas — deu de ombros. — Isso significa que vamos direto para Tromslok?

— Tromsø, não complique mais do que é — riu, conferindo as placas a sua frente. — E sim, provavelmente hoje no final do dia já estaremos lá.

— Você é uma ótima guia de viagens. — O rapaz olhou para cima, como se imaginasse algo. — "Agência de viagens da Tia Kitkat", combina, não combina?

— Por Odín, Bernardo, às vezes eu me pergunto se você vive no mesmo mundo que eu — riu do absurdo da ideia.

— Acho que vou adotar "por Odín" na minha vida. É uma expressão que define muitos momentos indefinidos.

— Você é inacreditável! — Ela revirou seus olhos, porém o sorriso em seus lábios não saiu tão cedo.

— Você que escolheu, isso vem junto no meu pacote — tentou não dar o seu sorriso presunçoso, porém ele apareceu antes que conseguisse se impedir e ela hesitou por um instante, algo que não passou despercebido.

Eles viajaram mais alguns quilômetros em silêncio, apenas ouvindo as músicas do *pendrive* de Catarina — que atualmente havia evoluído para Queen —, e observando a paisagem ao seu redor. Era muito branco. Calmo. Infinito.

A noite chegou sem anúncios, tomando o sol com sua escuridão e trazendo as estrelas e a lua para brilharem. Ele nunca tinha assistido um espetáculo natural como aquele bem diante dos seus olhos.

— Aqui dá uma paz, não é? — Catarina comentou, ligando o farol do carro e diminuindo a velocidade. — Estamos quase chegando. Mais uma hora, mais ou menos.

Bernardo concordou, pensando que jamais havia visto um céu tão belo quanto aquele. Era tão iluminado que ele não conseguia parar de se deixar impressionar pelo brilho dos corpos celestes.

Então, como um mosquito inquieto e irritante, algumas perguntas curiosas surgiram em sua mente. Perguntas que, de uns tempos para cá, pareciam se tornarem mais frequentes e mais interessantes.

— Queria te perguntar uma coisa... — Ele verbalizou seus pensamentos, enfiando suas mãos dentro do seu bolso, não querendo que ela o visse tremer.

— Pode falar — olhou de relance para ele, acelerando o carro quando alcançaram a estrada principal.

— Você acha que eu fiz certo? — Ele franziu suas sobrancelhas e a moça arqueou as suas como resposta, esperando que ele elaborasse. — Com a história que contei para seus pais. Acha que o certo mesmo é morar junto e depois noivar? Ou primeiro noivar e depois morar junto?

— Bem, para me noivar, primeiro, você tem que pagar um belo dote pro meu pai — sorriu em um gracejo, retirando o cabelo que estava escorrendo pelo seu rosto. — Brincadeiras à parte, não sei se eu sou um bom parâmetro. Minha família é muito diferente do brasileiro padrão. Eles são tradicionais, sabe? A maior frustração da vida do meu pai foi que ele se casou apenas no civil com a minha mãe, então ainda espera que eu me case na igreja de branco, mas minha mãe me entende um pouco mais e acho que ela sabe que isso não vai acontecer.

Catarina suspirou e deu um sorriso cansado para Bernardo.

— Você comentou sobre isso no casamento de Sophia. — Ele relembrou o fato, mesmo que a maior parte das suas lembranças tivessem sido lavadas com álcool e na sua essência de amêndoas.

— Você realmente presta atenção no que eu falo — abriu um grande sorriso na direção dele. — Mas por que a pergunta? Está pensando em noivar alguém?

— Bem, estou me preparando para caso seus pais descubram o que quase aconteceu nessa viagem e demandem um casamento — deu de ombros, tentando aparentar serenidade e plenitude mesmo que a primeira infantaria inteira galopasse em seu peito naquele momento.

— Olha, existem coisas que pais não devem saber — riu, porém, seu riso foi falho e agudo, delatando que ela estava nervosa. — E essa é uma delas.

— Você viu o que aconteceu da última vez que você pensou isso, né?
— Ele fechou suas mãos com firmeza, sentindo suas intenções vacilarem.
— Culpada. — Ela colocou uma mão para cima, porém logo a colocou no volante de novo. — Mas você pretende anunciar para todo mundo que...?
— Que? — incentivou, deixando sua voz morrer nas reticências não ditas.
— Nos beijamos? — Ela arqueou suas sobrancelhas.
— É assim que você chama o que fizemos? — fingiu estar magoado.
— Eu chamaria de quase fizemos amor.
— Mas para ser "fazer amor" teria que ter... — Ela parou antes de completar com a palavra "amor", arregalando seus olhos ao deixar seus lábios abertos.
— Que ter o que? — Ele voltou a instigá-la.
— Você está me testando? — Ela estreitou seus olhos, surpresa. — Eu conheço esse joguinho, Bernardo Figueiredo, e me recuso a jogá-lo com você.
— Então posso parar de jogos e perguntar a verdade? — respirou fundo sem esperar pela resposta dela. — Algum dia vamos falar sobre nós?
— Não sabia que você queria ter um *nós* — murmurou desconfortável, movendo-se no banco de motorista e ajustando o cinto.
— Eu não vim de São Paulo até aqui, Catarina, apenas por causa das Auroras Boreais. — Ele queria voar no pescoço dela e esganá-la, mas depois beijá-la. — Ou você acha que eu peguei um mês da minha vida só pela luz do céu, por mais encantadora que ela seja?
— É uma visão muito bonita. — Catarina murmurou baixo, encolhendo-se ainda mais contra o assento que a engolia.
— Deve ser, mas não foi por isso que eu vim aqui. — Bernardo parou, olhando-a. — Espera! Você acha que não existe nada para nós dois falarmos, é isso?
— Pensei que você queria caçar auroras — deu de ombros, percebendo o quanto ela havia se deixado enganar com aquela desculpa fraca que nem ao menos acreditava. — Então você veio para viajar comigo? — Ela mordeu seus lábios, querendo esconder o seu sorriso.
— Veio para ficar aqui comigo? É isso o que quer?
Com aquele gesto e um pequeno brilho nos seus olhos, ela soube que ele estava construindo algo em sua mente, porém ainda não estava plenamente satisfeito, por isso continuava em silêncio.

E dentro deste silêncio, ela ficava cada vez mais inquieta.

— Quero você. Faz meses que sou insanamente louco por você. — Ele confessou e ela brecou o carro com força, algo que jamais e em hipótese alguma teria feito, porém não conseguiu se concentrar em dirigir enquanto... — Todas as vezes que eu fecho meus olhos, eu te encontro. Você faz mais parte de mim do que eu mesmo.

— Bernardo, eu... — Ela começou a falar, meneando sua cabeça, porém palavras não surgiam.

— Estou cansado desse jogo de fingir que nada está acontecendo — confessou as palavras que rondavam sua mente dia e noite. — Eu achei que você estava me dando um fora no dia seguinte do seu aniversário, depois que você não falou nada sobre o que aconteceu entre nós. Mas aí no M-Outubro você foi lá e me beijou. E a gente se beija de novo, de novo e de novo. Faz tempo que eu estou tentando entender o que está acontecendo e não consigo. Não consigo porque preciso saber se você quer o mesmo que eu quero.

— E o que você quer?

— Que eu e você vire *nós*.

Capítulo 39 – Ele colocou a mão sobre seu coração, roubando o dela

Bernardo aceitou o silêncio de Catarina melhor do que achou que aceitaria, pois o silêncio significava que ela estava pensando em tudo o que ele havia falado. Que ela estava *considerando* tudo o que ele havia dito.

A moça olhou para o lado de fora quando começou a nevar e suspirou.

— Melhor verificar as correntes nas rodas. — A motorista resmungou, descendo do carro.

— Correntes? — indagou, considerando que estava frio demais para acompanhá-la e deixando que aquele cavalheirismo que ele gostava de esbanjar ficasse quentinho com o aquecedor do carro.

E foi naquele instante que ele decidiu que Catarina com roupas de frio e o nariz vermelho pela temperatura baixa era uma das suas novas visões preferidas. No entanto, ao mesmo tempo era como se, o quanto mais roupas ela colocasse, menos roupas ele desejasse que ela usasse. Fácil dizer que aquela viagem o estava enlouquecendo.

— Tudo certo — confirmou, voltando para dentro do carro e colocando as mãos na saída de ar quente. — Tinha que ter certeza de que as correntes das rodas estavam bem presas caso a neve piore.

— Você é quase uma enciclopédia humana. — Ele a elogiou, arrependendo-se da maneira que ele disse aquilo. — Quero dizer, você é...

— Mas palavras lhe faltaram de novo.

Então ele se lembrou do que Johann havia dito, sentindo que cada dia mais, elas tomavam forma dentro do seu peito e faziam mais e mais sentido.

Às vezes, quando nos faltam palavras, é porque o sentimento transborda a barreira do que entendemos.

— Obrigada, você é bem perspicaz também. — Catarina sorriu, voltando a ligar o carro e retornando à estrada.

Ele começou a ficar confuso, pois ela o estava tratando da maneira "Catarina" de tratá-lo, que era ignorando momentos que não sabia como lidar e seguindo em frente. Algo que ele disse que não queria mais. Aquilo era uma rejeição? Então por que ela ainda não havia falado nada?

Poucos minutos depois, ela deu seta para entrar em um acampamento de carros com mais outros dois automóveis e olhou para ele.

— Feche os olhos — pediu, sorrindo genuinamente com algo que ele não compreendia. — Coloque toda a roupa de frio que você precisar colocar, mas preciso que você feche os olhos antes de sair do carro.

Ele concordou, curioso, fechando seu casaco, colocando outro por cima antes de encaixar a touca em sua cabeça, luvas em suas mãos e um cachecol para sua boca. Talvez não fosse assim que ele planejasse conquistar o seu coração, mas pela maneira como a moça sorriu, talvez estivesse no caminho certo.

Quando ficou pronto, fechou os olhos como lhe foi solicitado, ouvindo Catarina sair do carro e abrir a porta dele, segurando a sua mão e o puxar para fora.

Ele se sentiu imediatamente mais quente.

— Vamos andar devagar para você não cair, tudo bem? — sugeriu, guiando-o por caminhos que ele não fazia ideia onde o levaria, porém eram gelados e macios.

— Já posso olhar? — perguntou, cansado de manter seus olhos fechados e pensando que eles possivelmente poderiam ter congelados pela temperatura.

— Ainda não, confie em mim! — Catarina pediu e ele concordou.

Não havia como negar que ele confiava cegamente nela.

— Agora pode — sussurrou quase em êxtase e ele abriu os olhos.

Acima de suas cabeças havia uma luz esverdeada que tremeluzia como se tivesse vida e vontade própria, dançando à frente dos olhos dele como uma sereia e um marinheiro.

A luz era intensa, brilhante e mágica. Ela fazia com que Bernardo acreditasse em todas as lendas nórdicas que Catarina lhe contou. Era como se ele se sentisse transportado a um mundo onde guerreiros, deuses, martelos mitológicos, árvore colossais e cerveja infinita fossem reais.

Ele olhou para Catarina, percebendo que ela estava admirando o céu assim como ele, como se aquela fosse a primeira vez que ela via aquela mesma beleza.

Será que todas as vezes eram como a primeira vez? Será que dava para se acostumar com uma visão daquelas?

— Mágico, não é? — perguntou, voltando seus olhos para ele.

— Agora eu sei o motivo de você vir aqui todos os anos — respondeu com a voz suave, pois o silêncio da noite combinava tanto com as luzes do norte que ele temia assustá-las se falasse mais alto.

— Então você entende, não entende? — A moça andou até ele e segurou a sua mão. — Não existe lugar no mundo que me fascine mais do que aqui.

— Vai ter que me trazer todas as vezes, agora — brincou e ela concordou imediatamente, esquecendo-se da aurora e olhando unicamente para Bernardo.

Catarina se aproximou um pouco, deixando que o rapaz completasse o espaço entre eles, segurando o rosto dela com as duas mãos, inclinando-o para cima.

— Trouxe algo para nós, para brindar sua primeira Aurora Boreal. — Ela mostrou que em sua mão direita segurava uma garrafa de Hidromel e dois copos plásticos. — Assim você pode se sentir como os guerreiros se sentem em Valhalla.

— Já falei que adoro quando você fala nórdico comigo, moça? — sorriu para ela, perdendo-se na aurora refletida em seus olhos.

Os lábios de Catarina se abriram algumas vezes, porém nada saiu deles além da fumaça do frio. Ela parecia confusa, olhando dos olhos dele até seus lábios e voltando, procurando respostas naquele caminho, quando a resposta era...

— O que você quer, moça? — Ele passou o seu polegar por cima dos lábios dela, fazendo-a prender sua respiração. — O que você quer de mim? — repetiu, mais baixo.

Catarina não respondeu de imediato, olhando uma única vez antes de fechar seus olhos para ficar na ponta de seus pés e colar seus lábios nos dele, como se não pudesse ficar um segundo a mais longe do seu hálito morno e sua boca macia.

Bernardo puxou o rosto dela e beijou os seus lábios gelados, sua bochecha, sua testa, seu nariz. Ele deixou os seus lábios aquecerem a sua pele sob a Aurora Boreal e soube que não havia nada mais belo no mundo do que o sorriso de Catarina naquele momento.

A moça se afastou dele, com sua testa ainda encostada na sua, seus narizes tão próximos que se tocavam, e os olhos, fechados. A mão dela, que estava livre, se aproximou o rosto dele, tremendo, mas não de frio.

Ela puxou o rosto do rapaz para mais perto, enfiando seus dedos em seus cabelos e sentindo que estavam se prendendo em sua touca, porém não conseguindo se separar dele para arrumá-la — e se caísse no chão, tudo bem. Era um toque delicado e faminto, uma mistura de todos os sentimentos que lhe assolavam o peito quando estava perto dele, sentindo que estava prestes a implodir.

— Eu quero isso — sussurrou com um sorriso bobo nos lábios, não conseguindo *querer* se afastar dele, maravilhada com a eletricidade que corria da sua pele para a dele e depois voltava para ela. — Quero você.

As mãos de Bernardo trouxeram o rosto dela para mais perto do seu, roubando-lhe mais um beijo e fazendo com que eles redescobrissem juntos qual era a melhor sensação do mundo. Não havia mais nada de mágico nas Auroras Boreais. Anos de engano. A melhor sensação do mundo era Bernardo. Era tê-lo consigo. Era estar com ele.

Catarina se afastou de leve em busca de ar, com um sorriso insistente em seu rosto e o olhou. Ela não sabia que conseguia se apaixonar por alguém desta maneira, com tanta suavidade e intensidade, de forma tão frenética com doses de calmaria — um paradoxo dentro do seu coração —, porém, lá no fundo, ela sabia que não era bem assim. Ele a havia conquistado aos poucos, para, depois, tomá-la de uma vez. E talvez por isso não sabia se aquilo que sentia era amor, porém se não fosse, estava muito próximo de ser.

— Vamos — estendeu a mão para ele e esperou. — Ainda temos Hidromel. — Ela balançou a garrafa esquecida em sua mão dormente. — Vamos voltar para dentro do carro antes que você congele aqui fora.

— Você sabe o caminho do meu coração, moça. — Ele colocou a mão sobre seu coração, roubando o dela.

Capítulo 40 – Temos uma missão muito importante

A viagem acabou antes do que Bernardo gostaria.

Todo dia, Catarina lhe contava um pouco mais sobre os fiordes, a Islândia, a Escandinávia, a Aurora Boreal e a mitologia nórdica. Era fascinante a maneira como ela o envolvia em suas narrativas, como se tivesse presenciado todos os momentos históricos e contasse todos eles como um precioso segredo.

Ele continuou perguntando sobre a mitologia e as religiões nórdicas, e acabou percebendo que a casa deles era repleta de cultura nórdica escondida. Um símbolo na mesa da sala, um quadro no banheiro, algumas esculturas pequenas na bancada da televisão. Agora que ele sabia, aliás, ele sentia que havia entrado em uma sociedade secreta, privilegiado que ela compartilhou com ele o seu mundo.

Eles voltaram para a casa dos pais dela rápido, e, desta vez, não precisaram fingir que não eram um casal, pois não conseguiam se desgrudar nem um pouco e nem queriam.

Conversas constrangedoras apareceram, como a data do noivado, do casamento, do nascimento do primeiro filho e a que eles se mudariam para Oslo também, porém Catarina conseguiu desviar de todas elas com elegância e palavras norueguesas que Bernardo não fazia ideia do que significavam, mas tinham um jeito de serem "se me incomodarem mais um pouco, Tyr pega vocês dois". Ele não se lembrava quem era Tyr, porém a ameaça soou real.

No final, os pais de Catarina combinaram uma data para os visitarem em São Paulo, algo que emocionou a sua moça mais do que ela confessaria a alguém.

Pareceu que ele havia apenas piscado os olhos e já estava de volta a São Paulo, em sua velha vida, em seu velho apartamento com sua nova namorada. Tudo parecia igual entre os dois, porém era completamente diferente também.

Ele poderia abraçá-la e beijá-la quando quisesse, provocando-a sem pudor a qualquer hora do dia e, ele descobriu com muita facilidade, que dormir ao lado dela era mais terapêutico do que uma taça de vinho, decidindo que iria dormir em seu quarto todos os dias dali para frente.

Eles haviam voltado fazia um dia, porém ele já estava com vontade de voltar para Tromsø — principalmente que eles haviam saído de uma viagem mágica para a triste realidade do trabalho.

— Então, o Natal está chegando. — Bernardo comentou, enquanto os dirigia até a SC Motors, um dia antes da véspera de Natal.

— Já comprou meus mimos natalinos? — perguntou um pouco aérea e um pouco de brincadeira, descrevendo um projeto detalhado em seu *notebook* com muita rapidez, mal prestando atenção nele.

— Engraçadinha essa filha de Frigga. — Ele usou o primeiro nome feminino que se lembrou e percebeu que arrancou um esboço de sorriso dos lábios dela, possivelmente por não ter falado algo errado. — Mas o que eu realmente quero dizer é que o Natal *está* chegando.

— Ho-ho-ho, Bernardinho, o que você pediu para o bom velhinho? — Ela continuou olhando seu *notebook*.

— Tentei ser sutil, mas então tudo bem — falou, parando no sinal vermelho e virando sua cabeça na direção dela. — Esse ano o Natal não será na casa dos meus avós que moram em Santa Bárbara D'Oeste, porque eles vão viajar para Foz do Iguaçu.

— Parabéns a eles, é um ótimo presente de Natal — considerou, revisando seu texto em uma leitura dinâmica.

Ele colocou a mão na tela do computador dela e o fechou, notando que o sinal havia ficado verde para acelerar, não esperando para ver o olhar furioso dela.

— Ei! — reclamou, agradecida que teve reflexos para retirar seus dedos antes que fossem engolidos pelo metal.

— Eu gostaria de fazer o Natal na nossa casa. Quero convidar minha família para comemorar conosco — falou, uma parte de sua voz era um pedido, a outra era apenas uma constatação.

— Tipo... Ceia de Natal? Com troca de presentes? — perguntou, receosa. — Papai Noel e Feliz Natal?

— Com árvore de Natal, brinquedos embaixo dela e um presépio — anunciou, orgulhoso de todos os detalhes que já havia pensado.

— Bernardo... Hum... Eu não comemoro o Natal. — Ela se remexeu, desconfortável.

— Não? — Então ele percebeu o que estava acontecendo, afinal aquela era uma data comemorativa no Brasil inteiro, porém era um feriado religioso. — Ah, mas você não comemora nada?

— Eu comemoro o 13º e me compro presentes caros e bonitos. — Ela deu de ombros, porém decidiu complementar: — Na verdade minhas datas festivas já passaram, o Solstício de Verão foi dia 20 agora.

— E como eu não vi você comemorando nada? — estreitou seus olhos em desconfiança.

— Porque eu sou uma comemoradora silenciosa? Não sei, eu faço uma oferenda, rezo as preces sagradas e agradeço, só isso. — Ela voltou a dar de ombros. — Nunca comemorei de verdade um Natal, pois nem meu pai é muito fã da festa.

— Pobre garotinha. — Bernardo estava tocado, sofrendo por ela — Que infância triste a sua sem Papai Noel.

— Por favor, Papai Noel é uma enganação. Basicamente escraviza os duendes naquela fábrica no Polo Norte — levantou uma de suas sobrancelhas com o seu apontamento de brincadeira e sorriu para ele. — Se quiser fazer o Natal lá em casa, tudo bem, mas saiba que eu não tenho absolutamente *nada* festivo para data.

— Fique tranquila, Célia já me disse que vai amanhã de manhã para nos ajudar e minha mãe ficou encarregada da ceia, você só tem que estar animada para quando eu anunciar que finalmente conquistei seu coração — segurou a mão dela, entrelaçando seus dedos.

— Vai fazer um anúncio formal? Sua avó provavelmente te daria um beijo de alegria. — Catarina sorriu, não soltando o toque, pois a mão dele era quente e ela era fraca por ele.

— Eu sou o amorzinho dela, você sabe... — Ele sorriu e pousou um beijo nas costas de sua mão, depois de estacionar o carro em frente ao trabalho dela. — Está entregue, minha deusa nórdica da beleza.

— Você nunca vai se cansar disso? — saiu e deu a volta no carro, parando na janela dele. — eu poderia começar a te chamar de Santo Bernardo, mas de santo você não tem nada.

— Ei! Não foi isso o que você falou ontem — gracejou, inclinando-se para fora e a beijando levemente. — Bom trabalho.

— Para você também. — Ela mordeu seus lábios e ele dirigiu para longe.

— E de presente de Natal, Kitkat nos deu um Bernardo! — José Paulo comemorou quando Catarina entrou no escritório.

— Como ficou sabendo tão rápido? — Porém ela sabia e logo olhou para Angélica que estava se escondendo atrás de seu monitor. — Sua fofoqueira!

— Somos seus amigos, merecemos participar da sua felicidade depois de toda torcida que fizemos! — A loira disse ultrajada. — E que azar que o Vitório não te liberou hoje, né? Ele poderia ter te dado *um* dia a mais de férias.

— Até parece que não conhece a pessoa. — Catarina riu e se sentou a sua mesa. — O que eu perdi? Algum incêndio ou algo do gênero?

— Nada muito interessante. — Heitor sentou-se na cadeira ao lado da dela e girou antes de voltar a falar. — Provavelmente seu mês foi muito mais emocionante que o nosso. Com Bernardo, viagens e auroras...

— Não quero mais um pio sobre meu namorado. — Porém assim que as palavras saíram de seus lábios, se sentiu mais vermelha do que um tomate maduro. — Não...

— É oficial! Depois de meses na torcida, Kitkat está namorando! — José Paulo voltou a comemorar, fingindo estourar uma garrafa de espumante.

— Eu sempre soube. E eu disse que ele gostava de você de volta! — Angélica bateu palmas, saltando de sua cadeira. — Eu acho que isso merece uma comemoração no Starbucks, e já que estamos em horário comercial, pago café para todos.

— Não temos que trabalhar? — Catarina olhou para sua mesa, checando seu *e-mail* e percebendo que não havia nada novo desde o momento que pegou seu *notebook* ontem.

— Hoje é sexta-feira, dia 23 de dezembro. — Heitor olhou para a ruiva com seriedade, alisando sua barba de maneira pensativa — Você acha que existe algum trabalho para hoje?

— Bem, eu tenho que terminar um esboço e mandar para a... — Porém ela se calou ao perceber que havia apenas os quatro no andar inteiro.

— Viemos aqui em solidariedade a você, pois sabíamos que você não daria um gato e não tinha horas extras para compensar este mês. — Angélica segurou a mão de Catarina de maneira carinhosa. — Mas, infelizmente, tudo o que precisamos depende de terceiros e eles não vieram.

— Acho que podemos tomar um café, então. — Ela concordou, percebendo que desde sempre aquela era uma batalha vencida.

— Catarina? — A moça se virou, vendo que Vitório estava ali, com a camisa amarrotada e os olhos mais cansados que os dela, porém ele sorria, algo que não fazia com muita frequência. — Podemos ter uma palavrinha?

— Claro — anuiu, olhando para seus colegas, que perderam o riso no mesmo instante, quase como se soubessem o que a esperava, mesmo que ela não fizesse ideia.

— Eu digo Kit! — Carlos falou, cumprimentando Bernardo.
— Eu falo Kat! — Rodrigo complementou.
— Kit!
— Kat!
E eles ficaram repetindo aquilo algumas vezes até se darem por satisfeitos, enquanto Bernardo se sentava a sua mesa e se preparava para um dia tumultuado antes de poder focar suas energias em querer mais férias e sua Catarina.
— Oi, fiquei sabendo sobre você e Catarina. — Ana se sentou ao lado dele com um sorriso gentil. — Fico muito feliz por vocês, de verdade. Ela deve ser uma pessoa muito especial.
— Obrigado, Ana. Ela é. — Ele agradeceu, lembrando-se que *aquela* era a Ana que ele conheceu quando ainda estava namorando Sophia.
Ela não era uma pessoa ruim ou invasiva, apenas tinha um jeito extremamente peculiar de mostrar que estava interessada em alguém solteiro — no caso, durante um tempo, a pessoa em questão era Bernardo.
O seu telefone do trabalho começou a tocar e ele o atendeu, identificando-se com rapidez, porém percebeu que era apenas Ivana.
— Esse ano não vai ter amigo secreto? — Ela logo disparou a pergunta. — Eu estava tão animada para tirar a tia Catarina!
— Ah é? Por quê? — Ele indagou, notando a frustração na voz da sobrinha.
— Porque ela me disse que adora carrinhos e eu vi um Hot Wheels que é a cara dela. Vermelho que nem o cabelo dela! — A garotinha se animou.
— Por que eu não te levo para sair hoje de noite e não compramos juntos esse presente para ela, o que acha? — sugeriu, ouvindo um gritinho animado.
— Eu adoraria! Mas mamãe tem compromisso e eu preciso ficar em casa com a Becca e a babá Leila. — Ivana resmungou com a voz fraca e amuada.
— Podemos levar a Becca junto, será um passeio nosso sem a babá Leila. — Ele voltou a convidar, pois se a Leila era a amiga do trabalho de Célia que cheirava a talco, ele entendia a garotinha.
Ele não sabia, mas algo dentro dele, depois de passar um mês com Catarina, fez com que o rapaz começasse a ver o mundo com um novo par de olhos. Parecia que tudo era mais efêmero do que antes, como as auroras, e queria segurar todos os pequenos momentos o máximo que pudesse.

— Mesmo, mesmo? — Ivana estava esperançosa e isso fez com que Bernardo sorrisse.

— Mesmo, mesmo — anuiu. — Vou mandar uma mensagem para sua mãe dizendo que vou sequestrá-las pela noite e vocês já voltarão jantadas.

— Tia Catarina vai junto? — A menina estava em êxtase, não escondendo a sua animação.

— Não, pois temos uma missão muito importante e muito secreta.

— Qual? — sussurrou, entrando no clima.

— Comprar o presente de Natal dela.

Capítulo 41 – Eu acho que tenho uma ideia

— Eu sabia que você não resistiria as minhas propostas. — Angel gracejou, jogando sua bolsa pelo seu ombro e piscando para Catarina. — E confie em mim, vamos encontrar o presente de Natal perfeito aqui.

— Não. — A ruiva sofreu com uma dor inexistente, arrastando-se pelo shopping. — Não é *um* presente, são *dez*. Eu terei *dez* pessoas na minha casa amanhã. Eu não fazia ideia que namorar *uma* pessoa significava que eu teria que comprar *dez* presentes.

— Bem-vinda ao mundo dos relacionamentos. — A loira sorriu, admirando todas as lojas. — Vamos com os avós primeiro, eles são os mais fáceis.

— Adeus presentes bonitos e caros para mim mesma. — A ruiva choramingou, continuando a andar.

— Como foi que você conseguiu escapar para vir para cá hoje? Pensei que ele iria te buscar no trabalho como sempre. — Angélica indagou, começando a olhar com atenção as vitrines.

— Ele disse que Ivana tinha uma emergência e ele tinha que ajudá-la, então era para eu pedir carona para um de vocês. — Catarina deu de ombros, percebendo como aquela situação a havia ajudado a começar sua caça aos presentes.

Realmente, quando Angélica se gabou, dizendo que era uma ótima companhia para compras, Catarina não fazia ideia de que ela tinha mesmo um dom para gastar o dinheiro alheio. Depois de uma hora e vinte lojas, elas haviam conseguido comprar todos os presentes para a família de Bernardo, e ainda quase saíram no braço para decidir qual seria o presente de Becca, um livro infantil com contos natalinos ou um urso de pelúcia com roupa de bombeiro. Angel, mais uma vez naquela noite, venceu a batalha ao imobilizar o braço de Catarina no caixa, impedindo-a de pagar o livro.

— Bem, vamos fazer o primeiro *checklist*? — Angélica perguntou, sentando-se dentro do Blend Perfeito e pedindo uma cocada e um chá preto com cacau e especiarias, enquanto Catarina pediu um chá chamado estrelinha, adorando a ideia de tomar algo com flores.

— Você fala ou eu? — A ruiva indagou, olhando para as nove sacolas ao seu lado.

— Eu digo o nome e você confere a sacola. — Angel sugeriu, pegando sua lista e uma caneta, pronta para anotar tudo. — Por ordem de idade: vovô Figueiredo?

— Miniatura de um tanque de guerra estadunidense da Segunda Guerra Mundial — comentou com raiva do pacote, pois ele era feito de chumbo e muito pesado.

— Vovó Figueiredo?

— Conjunto de chá para duas pessoas com estampas aquarela florais.

— Pai Figueiredo?

— Camisa polo da Richards.

— Mãe Figueiredo?

— Um lenço maravilhoso verde-esmeralda que combinava comigo, mas só tinha um na loja e decidimos — na verdade Angélica havia impedido Catarina — que ela merece mais do que eu.

— Muito bem — Angélica sorriu, agradecendo o garçom que havia trazido seus pedidos. — Tio Figueiredo?

— Na verdade acho que Roberto é mais velho que Fernando, mas enfim, compramos uma garrafa de vinho Merlot que você me garantiu que era incrível.

— Irmã Figueiredo?

— Um conjunto de ferramentas para reparos caseiros de morrer de inveja.

— Pequena Figueiredo?

— Um quebra-cabeça da Disney.

— E a mini Figueiredo?

— Um ursinho com roupa de bombeiro — resmungou, ainda frustrada pela sua derrota.

As duas suspiraram aliviadas, tomando o chá e começando a falar de amenidades.

— Vou passar o Natal com meus pais. Vai ser a primeira vez em alguns anos, então prevejo que seja bem tumultuado, mas eu estou muito animada. Eu quero começar o ano que vem com o coração leve e eu estou me sentindo assim. — Angélica disse, recebendo um sorriso caloroso da amiga. — Vou fazer minha caça aos presentes amanhã mesmo, aproveitando o Outlet no meio do caminho até a casa deles.

— Que delícia, Angel, derreta o seu cartão sem piedade e saiba que você é uma maravilhosa. Uma das melhores coisas do meu ano foi ter me tornado sua amiga. — Catarina sorriu, assoprando seu copo e percebendo que ele estava apenas morno.

A loira abanou o assunto com a mão, porém piscou rapidamente para tentar acalmar o espelho d'água que havia se formado em seus olhos.

— Já decidiu o que vai dar para o amorzinho Figueiredo? — indagou para mudar de assunto, comendo seu doce e oferecendo um pedaço a sua amiga.

— Não — meneou a cabeça. — Ele me levou para assistir um jogo do Inter no meu aniversário e foi uma das coisas mais legais do mundo, mas agora eu tenho que desbancar isso de alguma maneira.

— Nossa, mulher, tinha até esquecido disso. E o coração colorado, como está? Deve estar superfeliz que seu time voltou para a série A. — Angélica sorriu.

— Nem faz ideia. Esse ano foi um sofrimento totalmente desnecessário, mas ainda bem que subiu. Qual a perspectiva para o Santos?

— Sabe que nem sei? Eu estava acompanhando as negociações dos jogadores e tudo mais, mas aí acabei me viciando na série *Dark*, do Netflix, e me desliguei do mundo do futebol.

— Sério? Não sabia que essa série é tão boa assim. — Catarina franziu seu cenho, bebendo do seu copo.

— "Tão boa assim"? — Angélica indagou, exasperada. — É a melhor série *mindfuck* da vida. Até hoje eu não entendi tudo o que aconteceu e olha que já assisti mais de três vezes.

— Vou colocar na minha lista só se você colocar *Westworld* como uma de suas prioridades.

— Pode deixar. — As duas deram as mãos como se selassem um acordo. — Agora, voltando ao amorzinho.

— Nem me fale, vou enlouquecer e ainda não vou ter achado um presente bom para ele — suspirou, olhando ao seu redor à procura de inspiração. — Eu só penso em relógios, perfumes e camisas, mas tudo isso ele pode comprar sozinho, sabe?

— Então estamos falando de um presente superespecial? — A loira comprimiu seus lábios, se juntando a sua amiga para que com um cérebro compartilhado, elas conseguissem chegar a uma boa resolução.

— Estamos falando de um cara especial. — Catarina a corrigiu. — O presente é só... — Ela deu de ombros. — Sei lá.

— Ok, então comece a me falar sobre esse homem e vamos listar tudo o que ele gosta. — Angélica virou seu pedaço de papel e se preparou para mais uma sequência de anotações.

— Ele é... — A moça suspirou e um sorriso se esgueirou pelos seus lábios. — Ele é tipo o sol, sabe? Ele brilha tanto que chega a doer, mas eu não me canso de olhar. E se eu me cegar? Tudo bem, valeu a pena. E quando ele sorri, parece que meu mundo vira de ponta cabeça e eu me perco no rosto dele, tentando memorizar todas as pequenas curvas de sua boca. E ele é fantástico, gosta de academia, de filmes, não sabe nada de futebol e mesmo assim assiste todos os jogos comigo e eu...

— Você *o que*? — Angélica inclinou sua cabeça para o lado, esperando o final daquela frase para começar a julgar sua amiga, porém ela não resistiu. — Ah, que fofo. Vocês ainda não falaram "eu te amo"?

Catarina se empertigou em como a rainha da manufatura era boa em preencher seus silêncios.

— Eu sinto que se ele falar isso para mim, vou começar a falar "não ama" e chorar — confessou, rindo de sua desgraça pessoal.

— Por que faria isso? Louca! — Angel deu um tapa na sua amiga apenas de brincadeira.

— Porque eu nunca amei ninguém na minha vida e ainda não acredito que encontrei um cara como ele para chamar de meu.

— Isso talvez seja a coisa mais fofa que você já disse em toda a sua vida. Parabéns, Kitkat! — A loira fingiu se emocionar pela colega. — Mas voltando ao que realmente interessa. Em todos esses meses morando juntos, tem alguma coisa que você notou que ele quer muito, mas ainda não tem?

— Antes eu diria "eu", mas até isso ele já tem. — A ruiva deu de ombros se afundando em sua cadeira. — Ele tem tudo o que poderia desejar e não precisa de mim para conseguir essas coisas.

— Então vamos pensar em... — Angélica parou de falar, começando a esboçar um sorriso de plena satisfação. — Eu acho que tenho uma ideia.

— Tio Bernardo, eu não consigo escolher. — Ivana mostrou dois carros para ele.

Um deles era um carro de corrida vermelho escuro, e o outro, uma picape vermelha viva. O mesmo vermelho que ele via todo os dias nos cabelos de Catarina.

— Essa daqui. — Ele pegou a picape e os dois andaram até o caixa, empurrando o carrinho de bebê. — Para presente, por favor — pediu, tirando seu cartão da carteira.

A vendedora fez um pequeno embrulho e o colocou em uma sacola, entregando a ele e desejando que tivesse um feliz Natal com suas filhas. Bernardo já havia ouvido tanto aquilo durante o passeio que nem mais tentava negar a situação.

— E o que vocês vão dar para a mãe de vocês? — perguntou, empurrando o carrinho de Becca para frente, com um bebê adormecido nele, enquanto Ivana andava ao seu lado.

— Eu fiz um desenho bem bonitinho e Becca vai dar uma pintura do seu pé — disse animada, contando todos os detalhes de sua família no desenho e como até mesmo ele apareceu como um rabisco no canto que sobrou. — E quando você e a tia Catarina vão ter filhos? Seria legal ter mais crianças para brincar.

Bernardo parou com aquela pergunta e olhou para Ivana, tentando entender de onde havia surgido aquela ideia: se havia sido apenas fruto de sua mente criativa ou se alguém havia comentado sobre a possibilidade no futuro.

Aquilo não deveria assustá-lo, afinal ele tinha 27 anos e ela tinha 25, então de certo a ideia não seria tão absurda, pois eles tinham um apartamento, empregos estáveis e...

O rapaz balançou a cabeça, tentando se livrar dos devaneios antes que eles dominassem seus pensamentos.

— Vai demorar ainda alguns anos — comentou, dando uma risada nervosa.

Ele não conseguia acreditar que estava sendo intimado a ter filhos pela sua sobrinha.

— Mas, quando isso acontecer, você não vai embora, né? Não vai fazer a mágica do papai e desaparecer? — perguntou em um sussurro que partiu o coração de Bernardo.

Ele fechou os olhos, ajoelhando no chão e a abraçando mesmo sabendo que estava atrapalhando o trânsito do corredor do shopping. Ela era mais importante do que os demais, sempre seria.

— Seu pai precisou viajar, só isso. — Era o que Célia falava para as duas meninas, não tendo coragem a contar a verdade. — Ele está viajando o mundo, comprando mil presentes para vocês e um dia vai voltar. — Ele se afastou, beijando a testa de Ivana com ternura.

— Eu não quero presentes, tio Bernardo, eu só queria meu pai — murmurou com seus olhos brilhantes, tanto por sua doçura, quanto pelas lágrimas que ali se formavam.

— Eu sei, princesinha, eu sei. — E ele sabia mesmo.

Outra coisa que ele também sabia era o que tinha que fazer logo que chegasse em casa.

Capítulo 42 – Um encaixe perfeito

— Olha, Kitkat, longe de mim ser o Grinch do seu Natal, mas você não acha que está faltando um pouco de cor? Ou... Uma árvore? — Angélica indagou assim que entrou no apartamento de Catarina e viu que ele estava normal, sem enfeites, decoração ou luzes.

— Eu não faço essas coisas... — A anfitriã pensou bem nas suas palavras, abrindo sua adega e pegando um vinho que havia comprado no *freeshop*. — Pode ser Riesling?

— Gosto de tudo! — A loira concordou, aproximando-se do balcão da cozinha. — Mas se a ceia de Natal vai ser aqui amanhã, então cadê o *Natal* na sua casa?

— A Célia vem aqui de manhã nos ajudar a montar tudo a tempo. — comentou, abrindo a garrafa e servindo duas taças. — Esse é meu agradecimento por ter me ajudado com os presentes.

— Faço o que posso, além do mais, é maldade negar ajuda a uma alma desesperada como a sua. — Angélica brindou com Catarina e as duas começaram a beber quando a porta se abriu.

Bernardo estava chutando delicadamente um carrinho de bebê enquanto Ivana e Becca estavam brincando com seus cabelos, ambas penduradas em seus braços.

— Acho que perdi uns sete anos de namoro aí no meio. — Angel brincou, olhando para o casal. — Vocês têm filhos e nem me chamaram para ser madrinha?

— Não. Hoje seremos os melhores tios do universo dando a *melhor* festa do pijama de todas. — Bernardo anunciou, dando um sorriso de desculpa para a dupla. — Célia me ligou e disse que precisa resolver algumas pendências hoje de noite e eu disse que poderíamos ficar com elas.

— Ah! — As duas se olharam e beberam ao mesmo tempo, para se prepararem para a creche da tia Kitkat.

— Então a Monstro 01 e a Monstrinho 02 vão dormir aqui em casa, não vão? — Ele colocou as duas no chão, pegando as malinhas de dormir do carrinho e o desmontando, deixando-o atrás da porta principal.

— Isso significa que precisamos de pipoca e brigadeiro. — Angélica se levantou da bancada, aceitando sua missão. — Onde tem leite condensado?

— Posso fazer o brigadeiro! — Bernardo de ofereceu e recebeu um olhar descrente das duas mulheres. — O que foi? Eu gosto de brigadeiro de panela.

— Então tá! — Catarina entregou os ingredientes a ele e deixou o óleo esquentando na panela ao lado para a pipoca. — Meninas, tenho suco de uva e de maracujá, mas já vou avisando que o Bernardo é bem ciumento do suco de maracujá dele.

— Mas eu abro uma exceção hoje — concedeu, já colocando o leite condensado na panela. — Só para avisar que jantamos no Burguer King, mas é bom ninguém contar nada a mãe de ninguém, não é?

— Sim, senhor! — Ivana sorriu, batendo uma estranha e desengonçada continência.

— Você deu batata frita para Becca? — Catarina perguntou, vendo que Angélica já havia se envolvido com a criança nos braços e as duas estavam entre barulhos estranhos e risadas gostosas.

— Não sou uma babá tão ruim, eu dei uma papinha de mamão e aveia para ela. — Ele nem se deu ao trabalho de olhar para sua moça enquanto falava aquilo.

Se alguém lhe contasse no ano anterior que no dia 23 de dezembro ela estaria naquela situação, Catarina teria chamado a pessoa de louca, porém tinha certeza de que nunca esteve tão feliz em toda a sua vida. Nunca sentiu tanto que estava no lugar certo.

Ela se aproximou de Bernardo e lhe deu um beijo na bochecha, espiando para trás e vendo que Ivana estava imitando um longo e estalado beijo atrás dos dois.

— Quer um beijinho, Ivana? — Catarina andou até onde a garotinha estava e a pegou no colo, colocando-a entre seu corpo e o de Bernardo. — No três! Um. Dois. Três!

Os dois começaram a dar vários pequenos beijinhos na garota e ela não cansava de tentar fingir escapar, apenas para receber mais.

— Obrigada pela noite e desculpa a bagunça. — Angélica agradeceu com seu salto alto em mãos e os cabelos cheio de glitter de Barbie. — Feliz Natal, casal.

Ela se despediu dos dois pouco depois da meia-noite e eles fecharam a porta atrás dela.

Ivana e Becca já estavam confortavelmente instaladas no quarto de Catarina, pois a cama era maior e ficava mais longe da janela do que a do Bernardo.

— Eu estou exausta. — Catarina confessou, secando toda a louça que já havia sido lavada. — Célia é minha nova heroína. Como ela consegue fazer isso todo dia?

— Ela sempre foi uma supermãe. — Bernardo concordou, admirado pela força da irmã, guardando a louça já seca.

Os dois terminaram e foram juntos ao banheiro para escovarem os dentes com movimentos quase sincronizados, e, assim que terminaram, Catarina tentou sair do lugar, porém Bernardo estava na sua frente, impedindo que ela passasse.

— Precisamos dormir, você não sabe que horas a Célia vai vir aqui amanhã — pediu, tentando empurrá-lo, apenas para sentir sua mão contra o seu peito quente e macio.

Ela entrou em combustão.

— Eu acho que a gente merece um banho, moça. — Ele começou a andar e ela recuou, sendo encurralada contra o *box*.

— Bernardo, as meninas estão dormindo logo ali — sussurrou hesitante, tentando escapar dos toques dele, pois sabia que não conseguiria ser muito forte se ele continuasse a olhá-la com aqueles olhos achocolatados envolventes.

— Por isso que o melhor é que você pare de resistir. — Ele se afastou dela, trancando a porta atrás de si mesmo para voltar a se aproximar de Catarina.

Nos pouco dois metros de banheiro que percorreram, ele perdeu todas as peças de roupa que tinha, menos uma que estava extremamente justa em suas coxas, fazendo com que ela invocasse uma força de vontade gigante para desviar seus olhos.

A verdade é que eles estavam indo devagar, todo dia descobrindo algum detalhe, um toque novo, um encaixe perfeito, porque eles não tinham pressa, afinal uma das melhores coisas que eles encontraram, quando estavam a sós, foi a intimidade de um olhar discreto, a vulnerabilidade dos sussurros de madrugada e a sensação crescente em seus peitos de que não queriam estar em outro lugar que não fosse nos braços um do outro.

— Não precisamos transar se não quiser, é só um banho — disse com um sorriso sereno, segurando a barra da blusa dela e a puxando para cima, revelando sua lingerie vermelha de renda.

Bernardo parou e aquela calma que estava em seu semblante poucos segundos antes, já não estava mais presente. Seus olhos escureceram, tomados pelo desejo que apenas aquela peça de roupa causou nele.

Aquilo acendeu uma fagulha de coragem em Catarina, fazendo com que ela abrisse os botões de sua calça e as deslizasse pelas suas coxas, revelando que o sutiã vermelho possuía uma calcinha combinando.

A moça respirou fundo e entrou no *box*, esperando que ele a seguisse, porém o rapaz continuou parado do lado de fora, devorando-a com seus olhos e ele estava faminto.

Catarina nunca se sentiu tão desejada quanto naquele momento, pois nenhum homem nunca a havia olhado com aqueles olhos, como se ela fosse a única coisa no mundo que ele precisasse para viver — e ela amaldiçoou todos os rapazes que vieram antes por não terem sido Bernardo Figueiredo.

Como um convite, ela abriu o chuveiro, misturando a água entre morna e gelada, entrando debaixo dela, pensando que se tinham que tomar banho, melhor que ela logo se molhasse. Rapidamente, Bernardo entrou no *box*, fechando-o sem delicadeza e a tomando em seus braços, pressionando-os contra a parede fria para devorar seus lábios como se ela fosse um oásis no meio do deserto.

Ele a beijava em todos os lugares que conseguia, todos os lugares que a água tocava, ouvindo a sua respiração prender em sua garganta quando sua boca deslizou do seu pescoço até a sua orelha em uma linha que a deixou em chamas, então a moça segurou a sua nuca para que seus lábios voltassem aos seus, puxando-o tão próximo que nem ao menos havia uma camada de água entre seus corpos.

Então houve uma batida na porta e os dois pararam de se mover sem nem ao menos respirar.

— Tio Bernardo? — A voz sonolenta de Ivana o chamou. — Posso pegar um copo d'água na cozinha?

— Pode — respondeu, depois de limpar três vezes a garganta.

— Obrigada, boa noite — agradeceu em um bocejo e se afastou.

Eles ficaram parados, atentos aos passos dela até ouvirem o momento em que ela fechou, novamente, a porta do quarto de Catarina.

— Então isso é o que os pais sentem quando têm filhos? — refletiu a moça, com um sorriso, sentindo os lábios dele contra os dela, em algo que era tão bom quanto um beijo.

— Isso estragou completamente o clima ou...? — Ele não terminou a sua frase, apenas olhou para ela, deixando suas mãos deslizarem pela pele macia da moça, sentindo-a ficar arrepiada.

— Definitivamente "ou" — respondeu, afundando sua boca na dele em um suspiro.

Capítulo 43 – Por isso eu te amo

Na manhã seguinte, os dois foram acordados com o choro de Becca. Às seis e meia da manhã. *Seis e meia.* Em pleno *sábado*.

Bernardo colocou o travesseiro em cima da sua cabeça, porém Catarina, corajosamente, se levantou e colocou seu roupão em cima da blusa que Bernardo havia emprestado para ela antes de aventurar-se até o lugar dos gritos.

Aparentemente Ivana ainda estava dormindo, pois assim que Becca se silenciou, a casa também voltou a paz de antes. No entanto, a moça não retornou ao quarto e Bernardo ouviu a televisão da sala ligar em um desenho animado — *A Galinha Pintadinha* talvez? —, e escutar o barulho do micro-ondas funcionando. Então o liquidificador destruiu todas as chances dele voltar a dormir. Aparentemente a vida de Célia não era apenas desprovida de atividade sexual, porém cheia de falta de sono também.

Ele se forçou a sair da cama, colocando uma calça de moletom em cima de sua cueca e foi para sala ao ver que Catarina e Becca estavam se preparando para o café da manhã — uma estava desperta assistindo o desenho e a outra quase desmaiando em cima da pia.

A moça havia preparado um copo de chá preto para si, e uma vitamina de mamão com um pó estranho de substância infantil que Célia havia separado para eles para Becca.

— Bom dia — murmurou a engenheira quase adormecida.

Além de sua voz estranha, os cabelos estavam rebeldes e descontrolados, apontando para diversos cantos ao mesmo tempo como se tivesse levado um choque, porém ele ainda achava que não havia mulher mais bela do que ela.

— Tem café? — indagou, olhando para a janela do apartamento e vendo que provavelmente eles eram as únicas pessoas acordadas em um raio de sete quarteirões.

— Acabei de fazer para você — respondeu ao tentar esconder um bocejo, pegando Becca no colo e colocando algumas colheradas de papinha em sua boca. — Está na garrafa térmica na pia.

— Por isso eu te amo, moça — respondeu, beijando a cabeça dela e aproximando-se da garrafa térmica para despejar o café dentro de uma de suas xícaras.

Ele escolheu a do Batman, ou apenas a xícara o escolheu, ou estava mais próxima e ele a pegou, não estava em condições de pensar muito, mas de qualquer forma, foi quando ele começou a tomar o líquido negro que realmente percebeu o que havia acabado de falar.

Bernardo roubou um olhar na direção da moça, porém ela estava tão absorta em cuidar de Becca que não estava prestando atenção em mais nada — talvez apenas no desenho que estava passando na televisão e na possibilidade de utilizar uma estrutura de compósitos para deixar os seus próximos carros mais leves.

— Eu acho que não quero filhos — resmungou a engenheira, baixinho. — Não quero acordar cedo no final de semana para trocar uma fralda.

— Becca fez alguma coisa? Eu já tive que trocar três ontem — resmungou, tomando o seu café e agradecendo que ainda estava quente.

— A sobrinha é sua, então não tente repassar responsabilidades aqui. — Ela o fulminou com o olhar, porém voltou encarar as bochechas rechonchudas e rosadas da criança. — E ela ainda é a coisa mais linda deste mundo, como posso ficar brava por ela fazer cocô?

— É muito cedo para tanta informação — começou a se afastar delas. — Se você cuidar disso agora, eu juro que troco todas as outras pelo restante do dia.

— Todas? — levantou uma sobrancelha, considerando.

— Todas — concordou sem hesitar.

— Tudo bem — levantou Becca assim que ela terminou a mamadeira e a segurou por baixo de suas axilas, deixando o corpo dela reto. — Meu pai falou que isso ajuda a digestão.

Ele a observou, maravilhado ao tentar se lembrar de uma época em que ela não esteve em sua vida, falhando.

Catarina desapareceu dentro do seu quarto com a criança e ele, por um breve momento, soube que se tivesse que passar o restante da sua vida daquela maneira, ele seria o homem mais feliz do mundo.

— Eu odeio o Natal. — Catarina resmungou com Becca pendurada em seus cabelos e Ivana em seus ombros, tentando ficar mais alta para colocar os enfeites na árvore que Célia havia trazido.

— Não fale assim, onde você colocou o seu espírito natalino? — Bernardo indagou, enfeitando a sacada deles com luzes amareladas e irritantemente piscantes.

— Não me pergunte duas vezes, senão eu respondo. — Ela o fuzilou com o olhar, segurando Becca com um braço e Ivana com o outro, tentando se desprender do furacão Figueiredo que havia adotado seu corpo como escada.

Catarina conhecia outros costumes e religiões, ela gostava de pensar que a cultura nórdica a havia escolhido e vice-versa. Para ela, a religião era algo introspectivo, dela com os deuses, com o mundo e consigo mesma. Por isso jamais imaginou que aceitar participar do Natal significava que sua casa seria a nova oficina do Papai Noel.

Célia havia chegado as nove da manhã após ter recebido a ligação do casal, informando que as meninas já estavam pedindo por brinquedos de Natal.

Era um pouco depois das quatro da tarde quando notaram que faltava apenas montar o presépio que a irmã de Bernardo havia trazido — Catarina nunca viu um presépio em miniatura tão grande quanto aquele — e colocar umas flores brilhantes no vaso da sala para considerar que a casa estava devidamente arrumada.

Marta chegou alguns minutos mais tarde, carregando quatro travessas de comidas e anunciando que iria preparar alguns acompanhamentos mais próximo da hora da ceia. Obviamente ela estava acompanhada de Fernando, Roberto e Maria Amália. De acordo com Bernardo, Augusto e Conceição só iriam chegar mais tarde, pois a senhora estava terminando de arrumar o seu cabelo e eles ainda iriam à missa.

Ela adorava a família dele, de coração, mas eram muitas pessoas entrando em sua casa de uma vez e ela só queria um segundo para respirar antes que colocassem *All I Wish for Christmas Is You* pela décima vez.

— Ah, a missa de Natal! — Marta sorriu, limpando suas mãos sujas de cebola no avental e olhando para Fernando. — Nós deveríamos ir também!

— Faz muito tempo que não vou — concordou Maria Amália, puxando a mão de Roberto e piscando seus grandes cílios na direção dele.

— Podemos ir todos nós. — Célia convidou, ouvindo pequenos resmungos de Ivana e um olhar desentendido de Becca, porém aquilo já era uma batalha vencida.

Os olhares da casa pousaram em Bernardo e Catarina, que foram os únicos que não se manifestaram em relação a tudo aquilo.

— Claro. — Ele sorriu, rendendo-se as tradições natalinas, então olhou para ela como se estivesse se desculpando.

— Acho melhor eu ficar em casa... — A moça deu um sorriso levemente tenso. — Para adiantar a comida, senão vai sobrar muito o que cozinhar em cima da hora.

— Tem certeza? — Marta perguntou, não sabendo o real motivo para ela estar tão animada em ficar.

— Claro! Eu não tenho o costume de ir à igreja no Natal, mas sintam-se à vontade para irem! — Ela bateu palmas tentando demonstrar animação. — Vou adiantando o arroz e as batatas. Daqui meia-hora coloco o cordeiro, o cabrito e o leitão. Aí quando voltarem podemos colocar o tender — abriu um grande sorriso.

Bernardo mordeu seus lábios com apreensão, concordando lentamente e estendendo a mão na direção dela. De repente, a engenheira se lembrou que possivelmente os pais dele ainda não sabiam que eles eram um casal, então apenas apertou a mão dele e a soltou.

"Completamente louca", ele deveria estar pensando, e possivelmente estava certo. Ele a olhou estranho, porém ela suplicou com seus olhos para que eles apenas fossem.

E eles foram. Dez minutos depois, todos eles haviam saído da casa e finalmente Catarina possuía o seu desejado silêncio.

Ela pegou o avental e começou a cortar a cebola, então quando as lágrimas surgiram, ela não sabia se eram por causa da cebola ou dela mesma.

Quando ela pensava nos ensinamentos teóricos de sua mãe sobre pluralidade e singularidade, achava lindo, porém quando tinha que colocá-los na prática eram tão mais complexos...

No final, ela tinha que falar com Bernardo sobre aquilo. Sobre ela. Sobre não saber se deveria ser sincera e contar para a família dele sobre a sua verdadeira fé, porque tinha medo deles a entenderem errado e... E isso estragar tudo o que havia construído com ele.

Será que se...? Ela olhou para sua bolsa. Não precisava pegar o carro dele, poderia pedir um Uber tranquilamente e sair dali aparecer em qualquer bar que estivesse aberto e ficar lá até as festividades acabarem. Ela poderia facilmente escapar de tudo aquilo com um clique. No entanto, sabia como aquilo iria magoar o rapaz e ela não queria machucá-lo de maneira alguma. Principalmente porque naquela manhã ele havia falado *aquilo*.

A palavra com "a".

Ela respirou fundo, fechando suas mãos em punho. Tudo era muito mais difícil quando estava com outras pessoas, e talvez fosse esse o motivo para ela ter demorado tanto tempo para se aproximar dos seus colegas de trabalho.

Catarina voltou a se concentrar na comida, colocando uma fornada de batatas com o cordeiro dentro do forno, tentando arranjar espaço junto com o leitão e o cabrito. Começou a fazer o arroz, vendo as uvas passas que Marta havia levado e tentando desconsiderar sua aversão aquela fruta, pois aparentemente o Natal se baseava em uvas passas em tudo o que fosse comestível e Bernardo as adorava.

Quando tudo já estava devidamente encaminhado, ela apoiou seu corpo contra a bancada, abrindo um vinho e servindo uma taça generosa. As coisas estavam acontecendo tão rápido em sua vida que não teve tempo para pensar nas palavras de Vitório. Na proposta dele. E aquilo, aquela chance, era tudo o que ela havia sonhado em anos e anos, mesmo que sentisse que talvez nunca chegaria lá... Mas ela havia chegado.

E é óbvio que aquela promoção tinha que chegar quando ela havia encontrado Bernardo, pois o destino não era simples e a linha da sua vida com certeza tinha uma bifurcação. Pela primeira vez em, não sabia qual caminho tomar: seus sentimentos pelo rapaz ou sua carreira profissional?

Ela pegou a taça e tomou uma parte do líquido que estava ali, pois queria dar o maior sorriso do mundo para quando a família dele chegasse e eles sorrissem de novo para ela. Queria comemorar seu primeiro Natal ao lado deles, ouvindo as músicas com sininhos, comendo em abundância e sentindo aquele calor no peito por estar em família.

Quando ela já havia colocado o arroz na panela, o seu interfone tocou e Catarina estranhou, pois a família de Bernardo inteira estava autorizada a subir até seu apartamento e ela não pretendia receber mais ninguém.

— Alô? — Ela o atendeu prontamente.

— Dona Catarina? Tem um homem aqui com presentes de Natal para Rebecca e Ivana, devo deixá-lo subir? — Fausto perguntou com a sua voz cansada.

— Ele se identificou? — franziu sua sobrancelha, colocando seus dedos nas têmporas.

— Ele disse que seu nome é Jorge. E que ele gostaria de falar com Célia.

A moça prendeu sua respiração, arregalando os olhos.

Será que alguém havia esquecido de mencionar que o pai das meninas também havia sido convidado? Ela sabia que ele havia se afastado, porém será que eles comemoraram os Natais juntos?

— Por favor, mande-o subir — pediu. — E... Feliz Natal, Fausto.

— Muito obrigada, Dona Catarina, para você também — falou com uma nova alegria, desligando.

Ela retirou o avental de cozinha do seu corpo e se aproximou da porta, abrindo-a.

A porta do elevador se abriu e um homem com seus trinta e poucos anos apareceu com cabelos negros e olhos verdes. Ele possuía uma barba-recém feita e mais de um metro e oitenta de altura.

Resumindo, era um homem bonito. E era a versão masculina de Ivana.

— Boa tarde, a Célia está? — perguntou, olhando para dentro do apartamento com dois pacotes gigantes em mãos.

— Ela está na igreja. — Catarina respondeu, sentindo um aperto em seu coração quando ele lhe lançou um olhar frustrado, porém continuou sorrindo.

— Ah, bem — recuou, sem saber o que fazer. — Eu poderia...?

— Meu nome é Catarina — estendeu suas mãos para ele, pegando um dos pacotes e entrando em sua casa. — Pode entrar, eles devem voltar em trinta minutos.

— Obrigada — sorriu, acompanhando-a até dentro. — Meu nome é Jorge.

v— Eu sei — mesmo que não tivesse certeza se estava fazendo o certo

A moça apenas sentiu que ele tinha que estar ali, como se as linhas invisíveis do seu *Wyrd* estivessem em movimento e elas pedissem que o homem tivesse a chance de participar da noite, afinal, o Natal era uma comemoração em família, não era?

Bernardo estava agoniado. Ele só queria voltar para casa e ver como Catarina estava, pois era visível o desconforto dela com tudo aquilo.

Uma coisa era ir a um casamento. Casamentos eram uma celebração de um casal se unindo e isso era universal, porém o Natal era a celebração da fé cristã, algo que não fazia parte dela, mas que havia concordado por ele, por saber o quanto aquilo era importante para a *sua* fé e isso fazia com que ele sentisse um sorriso tolo se estender pelos seus lábios.

O rapaz olhou ao seu redor, notando que sua família estava tão concentrada com a missa que não percebeu que ele estava pensando em tudo, menos nas palavras do padre.

— Quer chá? — Catarina perguntou, depois de alguns segundos tensos e constrangedores — Ou uma cerveja, uma taça de vinho? Devo ter espumante também...

— Normalmente as pessoas começam oferecendo água — Jorge riu. — Porém uma xícara de chá está ótimo.

— Erva cidreira, hibisco, camomila, frutas silvestres, erva doce ou chá verde? Eu tenho outros sabores do Blend Perfeito também — parou quando ele voltou a rir.

— Pode ser apenas erva doce — concordou.

Catarina se levantou em um salto para começar a ferver a água.

— Você tem muitos tipos de chá — considerou e ela assentiu. — Deve gostar bastante.

A moça não respondeu, apenas colocou sua chaleira elétrica para ferver a água, esperou um minuto antes de despejar um pouco em cada xícara — ela não tinha duas xícaras verde-limão, então teve que servir um deles em uma verde-água —, levando até onde Jorge a esperava.

— Aqui — entregou um chá para ele.

— Obrigado. — Ele a pegou e começou a assoprar.

Ela se remexeu, inquieta, sabendo que não deveria falar muito, mas a sua vontade de abrir a boca e deixar palavras saírem nunca foi tão grande.

— Elas são crianças maravilhosas. — Catarina disse subitamente, encarando sua xícara e deixando um sorriso tomar sua boca. — Ivana e Becca. — Ela bebericou seu chá. — Ivana tem uma coleção de Barbies de dar inveja e uma criatividade que a Disney deveria pegar emprestado. Sério, em cinco minutos nós passamos por três reinos diferentes que ela havia criado e eu fui de Rainha Boa para Fada Má em um segundo. Ela é uma pequena gênia, também, falando comigo sobre como ela gosta de carrinhos e gostaria de estudá-los no futuro — sentiu seus olhos marejando. — E Becca, com aqueles grandes olhos castanhos e aquele bumbum fazedor de cocô, tem a risada mais gostosa que eu já ouvi. E o sorriso dela, com apenas dois dentinhos é tão lindo...

Ela parou de falar, sentindo que as lágrimas já estavam escorrendo de seu rosto.

— Eu sei — respondeu com pesar.

— Se sabe, por que foi embora? — A mulher colocou sua xícara na mesa com força, derramando um pouco do líquido. — Você faz ideia da família maravilhosa que Célia está criando? Por que você não quer fazer parte disso?

— Porque me assusta — confessou, olhando para suas mãos. — Eu tenho medo de não ser o pai que elas precisam. Que elas merecem.

— E você foi embora por isso? Por ter medo? Você provou exatamente que não é a pessoa que elas merecem por este motivo — limpou suas lágrimas com as costas de sua mão antes de continuar. — E você não acha que o seu amor por elas e por Célia não deveria ser maior do que isso? Desse medo infundado?

Jorge sorriu sem muita alegria, meneando sua cabeça como se pensasse sobre o assunto e achasse aquilo irônico.

— Bernardo me falou quase a mesma coisa ontem. Eu levei o maior sermão da história, mas acho que eu precisava disso para acordar para vida — voltou a olhar para Catarina, comprimindo seus lábios. — Então é você a garota que fez o nosso Bernardinho voltar a amar?

Ela tentou manter seu rosto neutro, porém seus lábios tremeram e ele notou. Não sabia se poderia querer ser esta pessoa naquele momento, porém ela queria, desesperadamente.

— Acho que sou — respondeu mesmo assim. — E você? Vai ser o pai que aquelas garotas merecem ou vai ser apenas um nome em um cartão postal?

Capítulo 44 – E vai comemorar o Natal conosco?

— O cheiro está divino. — Maria Amália elogiou depois de fungar três vezes.

O saguão entre o elevador e o apartamento de Bernardo não era pequeno, porém não estava pronto para comportar sete adultos e duas crianças.

— Catarina deve ter colocado os assados no forno. — Roberto comentou.

— Já vou abrir. — Bernardo resmungou, tentando encontrar a chave em seu bolso com Becca adormecida em um de seus braços.

No entanto, antes de ele pegar a sua chave, Catarina abriu a porta, apenas uma fresta. E ela tinha o olhar mais culpado e inocente do mundo, se é que aquilo era possível.

— Não é para você brigar comigo — começou falando enquanto abria a porta por completo.

— Por que eu iria? — sorriu, entrando no apartamento para encontrar com um homem sentado em seu sofá.

Seu primeiro pensamento foi: Guilherme, e ele estava pronto para partir para cima daquele rapaz. Contudo quando percebeu de quem realmente se tratava, sua postura mudou e ele hesitou.

Era Jorge.

O Jorge de Célia.

— Surpresa. — Catarina sussurrou, afastando-se da porta e deixando que toda a família de Bernardo pudesse entrar. — Ele veio aqui para um chá e eu o convidei para a ceia...

Bernardo a olhou, tentando se comunicar com ela por telepatia, questionando o motivo de ela não ter mandado uma mensagem sequer sobre o assunto, então ele olhou para Célia e percebeu que ela estava tão chocada quanto ele.

No entanto, foi Ivana que fez com que o clima da sala ficasse mais leve, pois ela correu até os braços de seu pai e o abraçou com força.

— Papai! — comemorou, recebendo o mesmo carinho que estava entregando.

— Eu vou me arrumar... — Catarina murmurou, afastando-se deles e entrando em seu quarto.

— Jorge. — Célia o cumprimentou, pegando Becca dos braços de Bernardo e se aproximando do seu... Ex? — Pensei que havia conseguido um trabalho em Salvador.

— Eu voltei — contou, ainda com sua filha nos braços. — E eu gostaria de ficar, se fosse possível.

Ivana vibrou com a possibilidade, entretanto Célia estava mais cautelosa.

— Vamos conversar sobre isso depois — disse com seriedade, porém acabou sorrindo, aproximando a caçula de seu pai. — Becca, olha quem está aqui.

Bernardo estava se sentindo um intruso, porém não havia outro lugar para estar, pois sua mãe e Maria Amália haviam tomado conta das panelas e do forno enquanto seu pai e tio estavam abrindo a primeira cerveja da noite. Já seus avós tinham outros planos, sentar-se no sofá da sala e assistir de perto o reencontro do casal, provavelmente esperando um pedido de casamento e anúncio do terceiro filho a caminho.

Ele fez a única coisa que fez sentido no momento: foi até o quarto de Catarina e entrou, não esperando para bater ou que ela o recebesse.

O barulho da ducha estava alto, então ele tentou abrir a porta, mas estava trancada.

— Catarina! — O rapaz bateu na porta. — Catarina! — tentou de novo.

— Estou no banho — anunciou com obviedade.

— Precisamos conversar! — retrucou com a voz grossa, porém ele não conseguia entender o motivo para estar tão irritado, afinal o que ele esperava?

Ele havia mandado uma foto das meninas no dia anterior, perguntando a Jorge se o seu medo do fracasso era realmente maior do que o seu amor por elas e como não recebeu uma resposta, pensou que, mais uma vez, o medo fosse prevalecer.

Todos sabiam que ele não havia fugido para ficar com outra, apenas por ter medo demais. Esta era a sua maior fraqueza.

O chuveiro foi desligado e ele ouviu Catarina destrancar a porta, ainda encharcada por causa do banho e com uma toalha ao redor do corpo e o olhar culpado, porém não arrependido.

— Me desculpa, Bernardo — pediu, saindo do banheiro e colocando as mãos no rosto dele. — Eu juro que não queria, mas...

— Está tudo bem, moça. — Ele a abraçou, depositando um beijo em sua cabeça molhada. — Você só deveria ter perguntado a Célia antes.

— Eu sei. Eu agi por impulso — concordou, não elaborando sobre todos os pensamentos que a inundavam. — Mas eu só queria que as meninas tivessem um feliz Natal com os pais.

— Queria que elas tivessem um feliz Natal? — sorriu, afastando-se dela para deslizar o seu nariz contra o seu.

— Claro que sim, eu quero que todos os seus dias sejam felizes. De todos vocês. Principalmente o seu Natal. — Ela se afastou dele, começando a mexer em suas gavetas para encontrar uma roupa. — Falando em nisso, tem alguma roupa padrão?

— Não — deu de ombros. — Não existe uma roupa específica, mas se tiver vermelho, vai ficar melhor na foto — apontou para sua polo vermelha. — Ou verde.

Ela pegou um vestido vermelho-escuro e o colocou em cima de sua lingerie, mostrando-o para Bernardo e recebendo um sorriso de aprovação.

— Só avisando que depois da ceia, nós normalmente trocamos presentes. — Bernardo comentou, aproximando-se enquanto ela colocava um colar e se maquiava.

— Tudo bem, eu vim preparada para todos vocês — sorriu.

— Todos nós? — Ele se surpreendeu com a agilidade dela.

— Essa é a única parte do Natal que eu realmente conheço — deu de ombros, virando-se para ele com um sorriso discreto. — Deixei de me dar uma camiseta autografada pelo time do Inter para comprar presente para vocês. — Ela se gabou, orgulhosa de seu feito. — Sou uma pessoa dedicada à causa.

— Você não para de me surpreender — colocou as mãos na cintura dela e a puxou para mais perto. — Eu queria te falar uma coisa.

— Eu também preciso conversar com você — inclinou a cabeça para o lado e ele viu as gotas d'água escorrendo pelo seu cabelo. — Mas eu acho que agora não é a hora certa para isso.

Bernardo abriu os lábios para começar a pensar no que falar, porém houve uma batida na porta e Conceição a abriu, olhando para os dois com o cenho semicerrado e uma expressão de poucos amigos.

— Portas fechadas só depois do casamento — anunciou, virando-se com um pequeno sorriso satisfeito. — O jantar já está na mesa.

A mesa era pequena para nove pessoas e Bernardo deveria ter calculado isso, porém com o acréscimo de Jorge na conta, definitivamente faltava espaço para duas pessoas. Por isso, quando Catarina se ofereceu para comer no balcão, ele foi com ela, lembrando-se das primeiras semanas que compartilharam dentro do apartamento.

O rapaz agradeceu por seus pais terem se lembrado de trazer mais vinho, pois a quantidade que havia em sua adega não seria suficiente para seis bocas sedentas pela uva fermentada — Augusto não deveria beber, porém sempre acabava tomando uma tacinha ou duas ao longo da noite.

O jantar estava ocorrendo com calma e tranquilidade, todos sorriam e falavam sobre amenidades, e a viagem dele com Catarina em busca das Auroras Boreais foi o tópico principal da noite.

Recontar toda a aventura, inclusive ele ser intruso em um casamento nórdico e beber Hidromel de um copo-chifre, foi o auge. No entanto, logo no começo, ele notou que aquilo não estava correndo da maneira que havia esperado, pois para toda a sua família, aquilo era uma aventura surreal, afinal é o que ele também pensaria, certo? Vikings e deuses nórdicos e suas tradições eram apenas fantasias e mitos, porém não eram para Catarina.

E ele notou como os comentários a estavam deixando acanhada e incomodada, mesmo que ela sorrisse com educação e calma.

— Ah, então eles não sangraram uma ovelha como sacrifício? — perguntou Jorge. — Ou eles sacrificam virgens bonitonas?

— Deve ter sido tão legal participar de um negócio desses. Você não se sentiu meio possuído por um espírito de um viking ou algo do gênero? — Maria Amália tinha seus olhos brilhando com o conhecimento e as brincadeiras.

— Como o casamento funcionou? Tipo uma peça de teatro com os "deuses" e essas coisas? — Fernando riu, servindo-se de mais vinho.

— Aposto que deveria ter um fingindo ser aquele cara do martelo.

Bernardo voltou seu rosto para Catarina, vendo que ela havia parado de comer, porém sua mão segurava o garfo com força, como se aquela fosse a força que ela tinha para não se chatear com tudo o que sua família estava dizendo.

Ela não falava nada, não demonstrava nada, não olhava nada, porém ele *sabia* que aquilo a estava magoando — e ele, indiretamente, era a causa da dor dela. Será que foi por esse motivo que ela demorou tanto para deixá-lo entrar em seu mundo?

— Na verdade. — Bernardo falou em voz alta, segurando a sua mão, fazendo com que a moça levantasse seus olhos para encontrar os dele.

— A cultura nórdica é muito interessante, rica e unida. Vocês não gostariam que alguém fizesse piada com a fé de vocês, gostariam?

— Bernardo! — Marta o recriminou, notando como as pessoas o olhavam mortificadas. — Eles estavam apenas brincando.

— Bernardo, não... — Catarina tentou se segurar a mão dele, porém ele a soltou.

— Isso é errado. — Ele se levantou, olhando para todos, menos para Catarina. — O que vocês sentiriam se alguém entrasse em sua casa e começasse a ofender sua religião bem na sua frente? Não seria legal, não é? Não seria respeitoso ou um gesto de amor, tudo o que o catolicismo prega.

— Bernardinho... — Maria Amália começou a falar, contudo Conceição se levantou, olhando intensamente na direção de Catarina, calando a todos.

— Em nome de minha família, eu peço perdão. — A senhora pediu com a voz embargada. — Não é certo brincar com a fé de ninguém.

Bernardo olhou para Catarina e ele percebeu que houve um momento de puro entendimento entre as duas, lembrando-se dos desenhos e do livro que a moça deu a sua avó no hospital.

Conceição sabia.

Talvez muito antes dele.

— Acontece mais do que vocês imaginam. — Catarina murmurou, olhando fixamente para suas mãos brancas. — É complicado entender o que não faz parte do seu dia a dia, né?

O silêncio imperou por alguns segundos até que todos entendessem o que estava acontecendo. Célia, que estava calada até então, foi a primeira a demonstrar uma reação, prendendo sua respiração e colocando suas mãos em cima de sua boca.

— Nós não sabíamos... Não fazíamos ideia — Fernando meneou sua cabeça, desconcertado.

— Eu sei, sei que não fizeram por mal, é só... Bem, é frustrante quando isso acontece, o quanto isso ainda machuca e que as pessoas não fazem a menor ideia de que estão discriminando minha religião, porque chamam tudo isso de "brincadeira". — Ela deu um sorriso triste. — Mas eu sei que vocês são pessoas maravilhosas, que entenderão e que respeitarão o diferente. Acho que, às vezes, nós só precisamos de uma conversa franca para entendermos no que estamos errando e como podemos nos tornar pessoas melhores para jamais machucarmos os outros. Pelo menos, não depois de hoje. — Catarina falou mais alto.

— E você preparou o Natal inteiro para nós! — Maria Amália acrescentou, apontando para a casa toda. — E você nem comemora o Natal! Não acredita no mesmo que nós... Somos pessoas horríveis!

— Tia Catarina acredita no que, então? — Ivana perguntou.

Todos olharam para a moça, esperando que ela se mexesse e falasse algo, pois Bernardo sabia que jamais conseguiria explicar o mundo dela da mesma maneira encantadora que o fazia.

A ruiva se levantou do seu banco e andou até Ivana, pegando-a no colo e a levando até a sacada, atraindo o olhar curioso de todas as pessoas naquela sala.

— Eu acredito que, antigamente, havia Ginungagap, um grande e solitário vazio, que abrigava Niflheim, o mundo da névoa; e Musphelheim, o reino do fogo — narrou a história com o tom de voz misterioso. — Então, estes dois reinos se uniram e criaram um grande bloco de gelo que deu origem a Ymir, o primeiro gigante.

Bernardo estava maravilhado, assim como a sua família, ouvindo a voz dela ecoar pela noite, compartilhando com os Figueiredo tudo o que a tornava quem era, com tanto amor que o coração dele bateu mais rápido. Ele queria que ela amasse o seu mundo tanto quanto ele amava o dela e, no fundo, ele acreditava que ela amava, cada pedacinho que o tornava Bernardo.

Todos estavam parados, ouvindo, vendo Catarina apontar para o céu, explicando de onde vinha a noite, o dia, as estrelas e o arco-íris.

— E tem nove mundos totalmente diferentes? — Ivana indagou com os olhos arregalados, como se o seu pequeno universo tivesse aumentado nove vezes.

Catarina colocou Ivana no chão, ajoelhando ao seu lado para pegar os dedos da garotinha, contando:

— Nova mundos completamente diferentes! Existe Asgard, o mundo do Æsir, os deuses; depois existe Midgard, mundo dos homens e dos trolls; Jotunheim, mundo dos gigantes normais e de gelo; Vanaheim, mundo dos Vanir, que são outro tipo de deuses; Alfheim, mundo do elfos claros; Musphelhein, o mundo dos gigantes de fogo; Svartalfheim, mundo dos elfos negros e dos anões; Helheim, mundo dos mortos, e Niflheim, o mundo do gelo eterno.

— E você vai de um mundo para o outro pela ponte do arco-íris? — Ivana estava completamente entregue.

— Não, apenas de Asgard até Midgard. — Catarina sorriu, conversando com Ivana de igual para igual. — Yggdrasil que é o eixo do mundo, é a árvore colossal que fica no centro do universo e conecta a todos nós.

— E tem o Thor, né? O Deus do Trovão? — A garotinha continuou cada vez mais animada, sorrindo.

— Tem! — Catarina retribuiu o sorriso. — E o seu pai, Odín, o deus supremo. Foi ele quem aprendeu o poder das runas e a como usá-las.
— É verdade! — Conceição interrompeu. — Foram elas que me curaram quando eu estava no hospital.
Augusto tossiu, indignado com aquela informação.
— É verdade. — A senhora repetiu, concordando consigo mesma.
— E vai comemorar o Natal conosco? — Ivana perguntou — Mesmo que não acredite no Papai Noel?
Catarina sorriu, anuindo.
— Pessoal! Becca acabou de falar as primeiras palavras! — Célia chamou a todos e eles olharam para a pequena que estava nos braços de Jorge.
— Thor. — A caçula da família repetiu e todos começaram a rir da graça da situação.
Bernardo sentiu, naquele pequeno momento, que ele jamais poderia deixar Catarina partir.

Capítulo 45 – Um mundo nosso

O jantar estava quase acabando quando Catarina percebeu que Bernardo desapareceu dentro do seu quarto, com a mochila que Augusto havia levado para sua casa naquela noite.

Ela achou aquilo meio estranho, mas o que ela poderia dizer, se o Bernardo gostaria de trocar de roupa depois do jantar? Era um hábito estranho, contudo ela não era a maior entendedora das tradições de Natal daquela casa.

Então, de repente, um pequeno barulho suave, delicado e harmônico começou a soar e Bernardo apareceu vestido com as roupas típicas de um Papai Noel, usando até mesmo um gorro e uma barba branca.

Qualquer um poderia saber que aquele era Bernardo Figueiredo vestido de Papai Noel com um travesseiro para encher a barriga da roupa, pois os olhos dele continuavam os mesmos e aquele olhar era algo inconfundível. Isso era o que Catarina achava, porém Ivana saiu correndo na direção da figura natalina e se jogou em seus braços, contando sobre como ela havia sido uma boa filha, comido as verduras, respeitado sua mãe e tirado notas altas na escola.

— Viu, tia Catarina? Papai Noel também é real! — Ivana falou com alegria e animação. — O seu gigante de fogo também pode ser, mas eu acho que ele não traz presentes!

— Realmente não traz. — Catarina riu, sabendo que o gigante de fogo trazia apenas o Ragnarök, o fim dos deuses, porém ela decidiu que aquilo era informação demais para uma noite festiva.

A moça assistiu a cena com encantamento, pois nunca entendeu ao certo qual era a dita cuja "magia" do Natal até aquele momento. Talvez não fosse algo físico de presentes ou comida, porém aquilo *significava* algo.

O que era? Esperança? Renovação? Dever cumprido? Tudo aquilo ela conseguia se identificar. Talvez o Natal não fosse uma comemoração tão desconhecida no final das contas.

Bernardo, como Papai Noel, era um personagem à parte na vida, pois ele engrossava a voz, franzia os olhos e imitada a famosa risada "Ho-ho-ho" do bom velhinho. Aquilo era uma visão tão pura, que Catarina não sabia se tinha direito de olhar.

— E você jura que foi uma boa garota? — perguntou, colocando uma mão em sua cintura, retirando um saco vermelho de trás do sofá que estava sentado e deixando em seus pés.

— Fui sim, não fui, mamãe? — Ivana olhou para sua mãe com um pouco de medo e muita animação.

— Não foi boa... — Célia respondeu, fazendo com que Ivana quase caísse dura com a possibilidade de o Papai Noel escutar aquilo. — Foi maravilhosa! — Sua mãe revelou, fazendo a sala explodir em pequenos aplausos.

— E você sabe o que isso significa, Ivana? — Bernardo indagou. — Você se lembra do que me pediu em sua cartinha?

A garotinha não respondeu, apenas assentiu, olhando para suas mãos.

— E eu te dei o que você pediu? — Bernardo disse com mais suavidade, afagando as costas da menina em seu colo.

Ela havia começado a chorar, abraçando o seu Papai Noel, pegando a quase todos, menos Célia e Bernardo, desprevenidos, pois eles compartilharam um olhar de cumplicidade.

— Então pegue aqui um pirulito e vá aproveitar o seu presente — falou, retirando um pirulito de seu saco, entregando a Ivana e posando para a foto quando ela havia parado de chorar. Ivana pulou do colo de Bernardo e se jogou nos braços de seu pai.

Catarina não conseguia acreditar que seus olhos se enchiam de lágrimas mais uma vez naquele dia, pois tinha certeza de que havia um número máximo de vezes socialmente permitido, e a garota o estava estourando. Contudo, não conseguiu impedir-se de chorar quando viu que todos estavam movidos com aquele gesto.

Então, ela refletiu, o Natal não era sobre presentes. Era sobre união, amor e família.

Agora sim ela conseguia se entender e admirar a data, conseguia, até se ver comemorando no ano seguinte.

A próxima a sentar no colo do Papai Noel foi Becca, que não fazia ideia do que estava acontecendo, pois ficava puxando a barba falsa de Bernardo enquanto ele fazia o mesmo discurso que fez com Ivana.

O Papai Noel decidiu agilizar tudo, entregando a ela um novo cobertor da Galinha Pintadinha, tirando a foto e a devolvendo a Célia e a Jorge, que se afastaram de todos para terem um pouco do seu momento em família.

Ele havia terminado de entregar seus presentes, porém não havia saído do sofá, então Catarina levantou uma sobrancelha na sua direção.

Bernardo, por sua vez, apenas sorriu e deu dois suaves tapas em seu colo.

— Parece que tem mais um nome na minha lista hoje — olhou diretamente para ela, implorando que ela não o desafiasse na frente de todos e estragasse o seu espetáculo na frente das meninas.

Um movimento engenhoso, ela teve que admitir.

— Então, Catarina — falou com sua voz de Papai Noel, quando ela se aproximou e ele a puxou para ela se sentar em seu colo, assim como havia feito com as crianças. — Ouvi dizer que você foi uma boa moça esse ano, é verdade?

Ela revirou os olhos, porém ele a beliscou para que continuasse com o teatro, pois Ivana os olhavam atentamente a distância.

— É verdade — sorriu, entrando na brincadeira. — Fui uma moça *muito* boa.

— Conte-me um pouco sobre isso — pediu.

— Eu fui promovida no meu trabalho, ajudei uma amiga que precisou, visitei meus pais, ganhei uma competição de carros, viajei com responsabilidade, usei o cinto de segurança, comi salada... — começou a enumerar, assim como Ivana havia feito antes dela, seguindo o exemplo.

— E tratou bem seu namorado? — indagou, recebendo olhares e suspiros surpresos de sua família que os assistia.

Ela o olhou fixamente, tentando entender onde ele queria chegar para que pudesse acompanhá-lo, porém, ao que lhe parecia, o rapaz queria desbravar aquele terreno com ela às cegas.

O problema daquela pergunta, era que ela era uma grande pegadinha, pois em nenhum momento houve a conversa sobre eles estarem namorando, mesmo que ela tivesse soltado sem querer no trabalho que eles eram namorados. Não houve um pedido de verdade, então ela sentia que estava navegando em águas perigosas ali. E bem na frente da família dele.

— Eu tratei bem o Bernardo, sim — respondeu, segurando a barra de seu vestido para que ninguém notasse que ela estava suando seu peso para fora.

— E você se lembra do que me pediu de Natal? — pegou um pacote de seu grande saco vermelho e colocou no colo dela.

Era grande, retangular e relativamente pesado. Como qualquer presente que ela poderia receber.

— Não, eu não me lembro — negou, pois não havia como ela adivinhar o que havia ali.

— Bem, pode abrir então — pediu, porém desta vez sem usar a sua voz e Papai Noel, sendo apenas Bernardo e isso fez com que ela se desarmasse por ver o quanto aquilo era importante para ele.

Aos poucos ela rasgou o papel de presente, revelando apenas uma caixa preta com uma fita dourada a prendendo.

— Se ela estiver vazia, vou queimar *seu* presente como oferenda a Tyr — sussurrou e o ouviu engolindo a seco, pois ele se lembrava que Tyr era a personificação da Guerra.

No entanto, a ameaça se calou quando ela desfez o laço dourado e viu o que a aguardava dentro da caixa preta.

Era um copo-chifre menor do que havia sido usado no casamento de Haya, porém com mais detalhes. Ele tinha uma alça de couro macio e marrom, que se prendia no chifre por um robusto aro de ferro trabalhado com as runas de Odín. Era um chifre perfeito e bem trabalhado. E ao lado havia uma pequena garrafa de Hidromel.

— Infelizmente é pedra-chifre e não chifre-chifre, porque o Papai Noel achou que crueldade com os animais não seria um bom exemplo. — Bernardo falou, pousando uma mão sobre as mãos dela e outra em suas costas.

— Você...? — meneou sua cabeça, sem ter palavras para expressar o turbilhão que estava explodindo em seu peito.

Aquilo era...

— Você é uma pessoa maravilhosa, Catarina, e deveria saber disso — falou, ajeitando o cabelo dela para que ele não escondesse o seu rosto. — E você me deu um dos maiores presentes do mundo esse ano: ter você na minha vida. E cada dia mais eu me surpreendo com a mulher excepcional que você é, e em como eu tive sorte por te encontrar. Olha hoje, você está comemorando uma data que não faz parte do seu mundo com a minha família apenas por saber que é importante para mim, porque faz parte do meu — sorriu, beijando a mão dela. — Você me deu inúmeras oportunidades para que eu fosse eu mesmo ao seu lado, e é isso o que eu quero te dar. Eu quero que o meu e o seu mundo coexistam nas nossas vidas e que dali saia um mundo melhor, um mundo nosso. Quero que você sempre escolha ser você mesma, Catarina. Com todas as suas peculiaridades nórdicas e paixões estranhas, porque é isso o que eu amo em você.

Ela não sabia o que dizer, porque Bernardo era... Ele era tão perfeito, a pessoa perfeita para ela, então apenas se entregou nos braços dele e o beijou, mesmo com a roupa de Papai Noel e a barba branca sintética.

— Mamãe, por que a tia Catarina está beijando o Papai Noel? — Ivana perguntou, trazendo-os de volta a realidade.

— Como isso funciona? — perguntou Roberto, animado com a oportunidade de presenciar o Symbel em primeira mão.

Catarina havia oferecido a todos uma chance de conhecerem um pouco sobre a religião nórdica e eles aceitaram com entusiasmo, dispondo-se em uma roda na sala da casa, até mesmo Conceição e Augusto estavam ali.

Começaria por Bernardo e terminaria com Catarina, o ciclo perfeito. O rapaz, por sua vez, havia voltado a ser apenas Bernardo Figueiredo, dizendo que o Papai Noel tinha que visitar outras casas naquela mesma noite e fazendo com que Ivana acenasse para o céu, alegando que o velhinho estava no trânsito interestelar.

— Você faz uma promessa para o seu eu do futuro. Algo que *realmente* signifique para você. — Catarina explicou, sentindo todos os olhos nela, porém ela se sentia forte, pois aquilo era *ela*. — Você diz quem você quer ser, o que quer fazer ou um sonho a alcançar.

— Como um brinde! — Bernardo exemplificou e ela considerou, achando a comparação válida.

Todos concordaram.

— Por mais noites felizes como essa! — Bernardo anunciou, tomando um gole e passando adiante.

— Sucesso e prosperidade para o Ano Novo. — Fernando bebeu.

— Muito amor em nossas vidas! — pediu Marta.

— Que Augusto coma mais legumes! — falou Conceição, arrancando um riso de todos.

— Que Conceição pare de roubar minha coberta — retrucou Augusto.

Aquilo não era exatamente Symbell, porém era uma bela adaptação do que deveria ser. E talvez ela e Bernardo devessem começar a se acostumar com adaptações, pois elas faziam com que o relacionamento deles fosse único e especial, singular.

— A uma família mais unida — disse Jorge, olhando para Célia.

— Às pessoas que voltaram a nossas vidas — agradeceu.

— Pela nossa viagem a Roma ano que vem — comemorou Maria Amália.

— Às novas aquisições da família. — Roberto bebeu e passou para Catarina.

Ela pegou o copo-chifre e olhou para o seu fundo, sentindo que se olhasse ainda mais, poderia enxergar uma profecia, ou o seu futuro, ou ter uma resposta, ou o seu *Wyrd*.

No entanto, havia apenas uma coisa que seu coração lhe falava para dizer. Apenas uma promessa era realmente digna de seu Symbel, e ela não poderia trair suas intenções falando algo que realmente não tinha tanta convicção.

A moça elevou seus olhos até Bernardo e respirou fundo, bebendo o restante do líquido ao colocar o copo-chifre na mesa ao seu lado, não conseguindo arrastar seus olhos para longe do mar de avelãs que eram as íris dele, era como... Hidromel envelhecido. Era como ouro recém encontrado.

— Eu te amo, Bernardo Figueiredo — declarou, envolvendo o pescoço dele com as suas mãos e beijando seus lábios.

Se o maior defeito dele era não acreditar nos mesmos deuses que ela, Catarina tinha certeza de que este seria o menor de seus problemas.

Capítulo 46 – Não acredito em sorte

Eram três da manhã e todos já haviam ido embora. De fato, era tarde, porém tudo já estava encaminhado para a arrumação do dia seguinte, então Bernardo e Catarina combinaram que não iriam mexer naquilo naquela noite.

A moça, realmente, havia se superado em seus presentes, e ficou muito tempo pedindo perdão a Jorge por não ter nada a ele, contudo Bernardo sabia que ele já tinha o melhor presente de Natal do mundo em seus braços.

A noite havia sido fantástica, tudo havia acontecido da melhor maneira que pôde acontecer e ele não conseguia acreditar na sorte que teve, menos pelo presente de Catarina, que havia sido um relógio com o fundo roxo e verde.

Era um relógio muito bonito com certeza, mas ela havia dado aquele presente com tanta pressa e tão pouca cerimônia que ele ficou um pouco frustrado. O problema não foi o presente, e sim a maneira que ela o havia entregado. Principalmente, porque ele foi entregue minutos depois que ela disse que o amava.

Depois Célia havia colocado uma música de Frank Sinatra sobre Natal para tocar e todos pegaram uma dupla para dançar, então Bernardo não hesitou um segundo que fosse ao pegar a mão de Catarina e a puxar para mais perto.

— Obrigada por hoje — agradeceu, sorrindo para ela, guiando-a com suavidade no pouco espaço que tinham.

— Eu que agradeço. — Ela refletiu o movimento. — Foi o Natal mais emocionante da minha vida.

— Você não quer dizer o primeiro Natal? — Ele fez com que ela desse um giro e a segurou pelas costas. — Primeiro de muitos? — sussurrou contra sua bochecha.

— Tudo bem, teremos os meus solstícios para comemorar ao longo do ano que vem. — Ela virou seu rosto na direção do dele e sentiu os lábios dele em sua pele.

Conceição ficou tão feliz com aquele gesto que sua pressão caiu e ela insistiu que deveriam desenhar a runa da virtude em seu braço de novo. Logo depois daquilo, as pessoas começaram a ir embora, restando apenas o casal que morava no apartamento e os pais de Bernardo, lavando as panelas, colocando o restante de comida em potes e ajudando recolher as garrafas vazias até o lixo reciclado. Então, depois de um tempo, até mesmo os dois foram embora.

Bernardo e Catarina entraram no quarto dela e ele se jogou na cama, exausto, não percebendo que ela colocou ao lado dele uma caixa roxa com um laço verde.

— Aqui está mais uma parte do seu presente de Natal — disse, se sentando na cama ao lado dele.

Ele se levantou em um pulo, curioso com aquilo, abrindo a caixa e deixando vários pedaços de papel duros e coloridos caírem em cima da cama. Pegou um a um, notando a diferença entre eles e vendo que eles eram assimétricos e irregulares, e que as cores dele eram parecidas, porém não exatamente iguais.

— É um quebra-cabeça — descobriu, maravilhado, levando as peças até a mesa dela e começando a montar naquele momento, pois não parecia ter muitas peças.

O rapaz estava tão concentrado que não viu quando ela havia saído do quarto e voltado com a caixa do relógio dele, porém ela estava ali, apoiada em sua mesa com um pequeno sorriso nos lábios.

Era difícil, pois a maioria das peças eram escuras com colocações de roxo e verde que ele ficava confuso quando elas não se encaixavam. Alguns minutos depois, ele havia descoberto que aquilo se tratava de um céu, e não apenas qualquer céu, era um céu nórdico com uma Aurora Boreal. E, embaixo de tudo havia um carro, o carro que eles haviam usado ao longo de toda a sua viagem na Escandinávia. E, em cima do carro, havia os dois, duas pequenas silhuetas na escuridão, apreciando o momento com tanta intensidade que ele conseguia se lembrar exatamente do momento que aquilo se tratava.

Aquilo, para sua surpresa, não era um quebra-cabeça normal, era uma foto deles. No entanto, faltava uma única peça, exatamente onde a mão deles deveria se tocar. Havia um vazio ali. Havia sido perdida.

— Está faltando um pedaço — verbalizou seus pensamentos, olhando desolado para ela.

— Não, não está — revelou, abrindo a caixa do relógio e mostrando que havia uma peça colada no seu fundo.

Bernardo pegou a peça e completou o desenho, sorrindo de ponta a ponta e segurando a mão dela. Agora ele entendia. As cores do fundo do relógio eram as cores da aurora boreal. Eram as cores que ele enxergava em seus sonhos, eram as cores de Catarina, que brilhavam atrás dos seus cabelos vermelhos todas as noites.

Sem nem ao menos conversarem sobre o assunto, eles haviam se entendido e se respeitado. Não precisavam mudar quem eram para ficar juntos, na verdade estas diferenças era o que os uniam cada vez mais.

— Obrigado — agradeceu mais uma vez, plantando um beijo na mão dela e a puxando para que ficasse em seu colo. — Obrigado por ser você.

— Eu te amo, Bernardo — sorriu, fazendo carinho em seus cabelos e ele amou o som daquelas palavras saindo dos seus lábios. — Eu quero apenas a sua felicidade. Hoje e sempre.

— Sempre? — perguntou, arqueando suas sobrancelhas.

— Até quando você me quiser — deu de ombros, porém desviou os olhos dos dele.

— Então é sempre — concordou, sorrindo tanto que chegava a ser tolo.

— Assim você pode sempre se lembrar de mim... — Ela revelou e ele a puxou para mais perto, colando seus lábios nos dela, querendo entregar todo o amor que ele o havia entregado.

— Não tem como *não* pensar em você, moça — sorriu, mordiscando os lábios dela. — Eu queria poder te dizer o quanto te conhecer mudou a minha vida, mas parece que eu sempre me atrapalho com as palavras quanto estou com você.

E era verdade. Com ela, ele sentia que poderia sonhar mais alto, almejar chegar mais longe, conquistar as mais difíceis metas. Tudo porque ele estava com ela. Certo, talvez nem tudo fossem flores quando alguns caminhos de sua vida se desenrolassem, mas ele tinha tempo até pensar naquilo, pois naquele segundo, ele só queria pensar em como amava Catarina.

— Se eu te falar que sinto o mesmo, você acreditaria? — sorriu, encostando seu rosto no dele, aproveitando o momento.

— Acredito, eu só não sei exatamente se estamos em sintonia sobre onde estamos e para onde queremos ir — disse com a garganta seca.

— Certo. — Ela se afastou levemente dele, estreitando seus olhos. — Como assim?

Catarina estava ficando com sono, porém ela não poderia deixar Bernardo ali parado com o seu presente de Natal até a manhã seguinte, então tentou jogar algumas brincadeiras na direção dele, que acabou se esquivando de todas elas.

No entanto, sua linha de raciocínio foi interrompida quando Bernardo sorriu para ela e fez com que percebesse que ele, mais uma vez, tinha um plano que ela não havia sido incluída. Foi um sorriso discreto, esboçado apenas de um lado, demorando-se a atingir sua boca por completo, olhando para ela como se fosse *ela* fosse o quebra-cabeça, e ele estivesse prestes a resolvê-la. Era um sorriso apaixonado e ela sabia. Apaixonado por ela.

— Não sei se vai servir ou se você realmente vai gostar, mas eu acho que... — retirou a caixa vermelha de seu bolso e mostrou para ela, respirando fundo quando arregalou seus olhos para ele, colocando as mãos sobre os lábios.

Bernardo meneou a cabeça, ainda com aquele sorriso de canto que ela tanto amava, e abriu a caixa mostrando dois anéis dourados e foscos, sendo que um deles tinha cristais ao seu redor, enquanto o outro era simplesmente escovado.

Ela hesitou.

— Primeiro me deixa falar, depois você surta, pode ser? — pediu, notando que talvez ela já estivesse surtando e pudesse ser tarde demais. — Eu não sei exatamente onde estamos agora, moça, mas eu sei exatamente onde quero estar amanhã, semana que vem, no próximo ano e pela minha vida inteira. E eu acho que por muito tempo a gente não foi para frente, porque nós dois não sabíamos o que o outro sentia ou o que pensava e... — deu de ombros, retirando o anel da caixa, pegando a mão direita dela, e o deslizando pelo seu dedo anelar. — Ficou um pouco largo, não? Eu deveria ter pensado nisso.

E desta maneira, Catarina se lembrou de onde reconhecia a caixa. Era a caixa que ele havia pedido para que ela guardasse junto com as coisas de Sophia.

— Oh, era para Sophia — disse, começando a retirar o anel quando Bernardo se apressou em pará-la. Ela não poderia ter aquele anel. Ele não poderia fazer aquilo. — Não posso usar o anel que você comprou para ela, Bernardo. Ele deve ter um significado para história de vocês que...

— Na verdade não — disse, se aproximando dela e entrelaçando seus dedos para afagar a palma dela com seu polegar. — Eu tenho estes anéis guardados faz muito tempo. Eles pertenceram aos meus pais quando eles noivaram, porém acabaram trocando as alianças quando completaram 25 anos de casado. Meu pai me deu estes anéis para que eu desse a mulher que eu quisesse passar o restante de minha vida faz muito tempo. Uns dez anos? O Bernardo de dezoito anos guardou a caixa e nunca mais pensou nisso, porque a prioridade dele na época era beber, jogar e não reprovar na faculdade. Ou seja, isso significa que mesmo quando eu estava com Sophia, eu nunca quis uma vida com ela, isso nunca passou pela minha cabeça.

Catarina não sabia exatamente o que responder a ele, porque se ela dissesse tudo o que se passava em sua mente, não sabia se conseguiria ter todas as conversas que eles ainda precisavam ter naquela noite.

— Eu acho que, dentro de mim, eu sempre soube que Sophia não era a mulher que eu amaria pelo restante da minha vida. Nós tivemos uma história, é verdade, mas ela acabou e parece que foi há uma vida. Porque o que eu tenho com você é muito maior. O que eu sinto por você está tão intrincado em mim, que parece que eu te amei minha vida inteira. — O hálito dele tocava o rosto dela a cada palavra dita e ela não conseguiu esconder que todos os seus pelos estavam arrepiados, afinal… Bernardo. — Então, quando eu decidi te seguir pela Noruega, precisei fazer apenas uma ligação.

Catarina prendeu sua respiração, sem saber o motivo de estar tão ansiosa por ouvir aquela história, porém, mesmo assim, ela estava.

— Eu liguei para Sophia e perguntei para ela se achava que meu plano era louco, e ela disse que não. Eu perguntei se ela estava feliz por mim, por eu finalmente ter encontrado alguém, ela respondeu que sempre soube que eu acharia um amor como esse. Um amor que iria me fazer atravessar o oceano por ele — deslizou seus dedos pela bochecha dela, afagando-a com tanto cuidado que mal sentia o seu toque. — Eu não sabia o que você sentia por mim, se é que sentia algo, mas agora eu sei. E eu sei que é tanto quanto eu sinto. Tanto quanto eu amo. Eu, finalmente, sei o que eu quero da minha vida, do meu futuro. E tudo se resume a você, então não vou mentir e dizer que eu não estou pensando a longo prazo aqui, porque eu estou.

— Eu? — sussurrou, sentindo sua respiração prender em seu peito e tentou afastar a mão dele, porém ela não tinha convicção suficiente se que era aquilo o que ela queria. — É só que nós dois… — meneou sua cabeça, olhando para ele em toda a sua confusão e conflito. — Você está…? Nós começamos a ficar juntos agora. Não faz nem um mês.

O que ela queria dizer, na verdade, era que isso mudava tudo. Mudava seus sonhos. Mudava seu futuro. E ela estava aterrorizada por sequer cogitar a hipótese de descartar algo que foi seu sonho por tantos anos por uma pessoa. Ela ficava ainda mais assustada quando percebeu que estava disposta a fazê-lo sem pensar duas vezes.

— Não, não faz, mas eu não ligo para isso — relevou com tanta simplicidade, que queria saber como ele tinha tanta certeza enquanto ela se sentia movida a dúvidas. — Antes, eu achava um absurdo que em apenas um ano a Sophia havia encontrado o amor da sua vida e me esquecido. Mas, meu Deus, moça! Você fez isso em menos tempo. Ela precisou de um ano inteiro para decidir que queria passar o resto de seus dias com Júlio. Se eu tiver que ser sincero, acho que eu sempre soube, mas algumas coisas precisam de tempo. A gente precisou de tempo para encontrar o nosso equilíbrio.

— Bernardo, eu... — parou antes que conseguisse elaborar, pois não sabia o que dizer.

Ela o amava tanto quanto ele dizia que a amava, mas... Não era tão simples.

— Não estou te dando este anel para que a gente se case semana que vem, mas eu estou fazendo isso, porque eu fico o imaginando em seu dedo todos os dias — segurou a mão dela e a colocou sobre o seu peito. — Eu fico imaginando em te chamar de *minha*, em te beijar todas as noites e em trilhar um futuro ao seu lado. E eu estou cansado de imaginar. Eu quero que isso se torne realidade. Minha e sua, se você quiser.

— Eu... — Aquilo era demais, porém, ao mesmo tempo, era pouco. Pouco para tudo o que sentia em seu peito.

— Não precisa me dizer agora — sorriu, beijando a testa dela. — Não quero que você ache que isso é um ultimato e eu sei que estou te metralhando de informações, então...

— Bernardo — recuou, retirando o anel de seu dedo com medo que se ficasse com ele por mais um segundo, não teria coragem de fazê-lo depois. — Vitório me ofereceu uma promoção.

— Sério? Isso é incrível! Você sabe que sou seu maior entusiasta! Estou tão orgulhoso de você! — Ele se levantou, sorrindo e abraçando-a com todo o seu amor, fazendo com que ela se sentisse uma pessoa horrível. — Eu sabia que você conseguiria. Estava na hora disso acontecer.

— Eu só... — meneou sua cabeça, hesitante. — A vaga é na Alemanha. Em Stuttgart.

Bernardo parou onde estava, olhando para ela, atordoado, porém ele não parecia irritado, chateado ou frustrado, parecia simplesmente surpreso e... Intrigado? Talvez ainda estivesse embriagado e não entendesse ao certo o que ela estava falando e o que aquilo realmente significava.

— A SC Motors chamou a atenção de uma empresa alemã chamada D-Craft — continuou. — Ela comprou a SC Motors para continuar a investir em carros aqui no Brasil e eles gostaram dos meus *designs* e...

E eu recebi uma proposta para me mudar para a Alemanha e começar a fazer o *design* de novos tipos de estruturas metálicas lá — sorriu, porém, sua boca tremia e, por mais feliz que ela estivesse com aquela oportunidade, uma parte de si estava triste com tudo o que deixaria para trás.
— Não só carros, mas aviões, navios e submarinos também. É gigante!
— E você quer ir? — Foi a única coisa que ele perguntou, olhando para ela com o coração cheio de algo que ela não soube identificar. — É o seu sonho morar fora?
— Eu não sei — confessou. — Isso é muito mais do que eu um dia imaginei, mas...
— Mas? — indagou, seu olhar distante, querendo entendê-la como se ela fosse a equação mais difícil de todas, que ele não desistiria até desvendá-la.
— Mas essa é a primeira vez que eu estou realmente feliz com todos os aspectos da minha vida. — Ela se sentou em sua cama, olhando para o anel que estava frio em sua palma. — E eu me prometi que nunca seria uma destas garotas que abriria mão da sua carreira por um homem, desde que a Rachel saiu daquele avião para ficar com o Ross. Só que agora eu estou tão perdida e tão confusa...
Bernardo a abraçou e ela deixou sua cabeça pousar no ombro dele, odiando como ela amava aquele abraço e como queria ficar ali para sempre, enfiando seu rosto contra o seu pescoço para inspirar tudo o que conseguia dele para guardá-lo para sempre.
— Primeiro. — Ele sorriu — o Ross que deveria ter ido com ela. Segundo, o único motivo para você não querer ir sou eu? — Bernardo perguntou um pouco distante, talvez finalmente absorvendo tudo o que ela estava dizendo enquanto fazia cafuné em seus cabelos.
— Não é só você, mas... — confessou. — É você. Eu te amo, por isso essa decisão é tão difícil.
— Por que é difícil? — sorriu para ela e ela franziu seu cenho. — Acha que eu iria te impedir de ir, de realizar seus sonhos? Jamais, moça, você está conquistando o mundo e eu sempre vou te incentivar a ir mais e mais longe.
— Mas, Bernardo, isso significa... — As palavras morreram em sua garganta quando viu uma única lágrima, solitária e morna, escorrer dos olhos dele.
— Significa que nós vamos continuar juntos, moça — voltou a sorrir. — Eu fui até Oslo para ficar com você. Acha que eu te deixaria ir embora agora?

Bernardo deu um sorriso tão aliviado que era como se o mundo estivesse mais leve, mas como estaria, se Catarina sentia que carregava o peso todo em seus ombros?

— Eu não posso te pedir para abrir mão de tudo por mim. Da sua família, dos seus amigos, do seu emprego... — começou a discorrer sobre o assunto, porém parou quando ele tocou a maçã do seu rosto, chamando sua atenção.

— Moça, lembra que um tempo atrás eu fui fazer uma entrevista para o Deutsche Bank para operar América Latina para eles? — pegou a mão dela e a beijou, notando que os dois estavam tremendo em sintonia. — Eu realmente mandei meu currículo para a vaga na Alemanha que eles tinham em aberto e... Faz uns dois dias que eles me chamaram para uma segunda conversa. Para a Alemanha. — Catarina abriu seus lábios, porém nenhum som saiu deles e o rapaz apenas sorriu. — Existe apenas uma pequena chance de dar certo, mas você mesma me disse que nada é impossível, então se você for, eu vou logo atrás. E se não der certo com eles, existem outras empresas para tentar. Você me fez abrir meus olhos para aquilo que eu nunca achei que pudesse querer, mas eu quero! Eu quero descobrir um mundo de possibilidades com você — contou, arrancando um sorriso incrédulo dela. — Viu? Gosto deste sorriso.

— Não brinque com uma coisa dessas. Não tem graça! — limpou seus olhos, tendo certeza de que rios negros escorriam por eles por causa de seu rímel mesmo que ela não tivesse certeza de quando foi que começou a chorar. De novo.

— Não tem graça, por isso não é brincadeira, Catarina — o rapaz disse o nome dela, todas as suas letras, e a ruiva sentiu um calafrio em sua espinha. — A vida quer que a gente fique junto. É a única explicação. Me fala qual a chance de nós dois querermos os mesmos sonhos sem nunca termos conversado sobre o assunto? Não conheço ninguém com a nossa sorte. Se é que posso chamar de sorte.

— Não acredito em sorte — ecoou as palavras que havia dito para ele meses antes. — Eu acredito que nossos destinos foram traçados antes mesmo de nascermos, que eu estou trilhando o *meu* caminho. E se minha linha se enrolou na sua, por que vou tentar desfazer este nó? Eu não posso e nem quero, então deixe-o feito eternamente. Não vejo algo ruim nisso. — Ela se jogou nos braços dele, derrubando-os na cama com uma fonte de risada inesgotável.

Ele a olhou por um minuto inteiro antes de beijá-la, como se fosse tudo o que ele havia sonhado e estava bem ali, diante dos seus olhos em carne e osso.

— Às vezes eu não consigo acreditar que você é real, moça. — Bernardo abriu um sorriso demorado, deliciando-se com as últimas palavras que saíram da boca de Catarina. — Você me faz sonhar coisas que eu nunca imaginei que iria querer, um sonho que nunca tive, mas cada vez que eu penso sobre o assunto, menos consigo desver este futuro.

Quando Catarina nasceu, sua mãe disse que sua parteira fez uma profecia para criança, dizendo que ela seria uma menina abençoada pelos deuses. Que tudo o que ela tocasse se tornaria ouro, que tudo o que ela planejasse, aconteceria, e que quando ela amasse, seria eterno.

Pelos primeiros anos de sua vida, ela não acreditou naquilo, porém, naquele pequeno momento que ela estava compartilhando com Bernardo, não conseguia parar de se perguntar: Como a parteira sabia? Como ela soube que tudo daria certo no final, quando as chances de isso acontecer eram mínimas?

Estatisticamente falando, o destino deles era impossível. Era aquele famoso um em um milhão.

— Eu te amo, moça — disse mais uma vez naquela noite, sabendo que repetiria aquelas palavras pelo resto de sua vida.

— Eu também te amo, Bernardo — sussurrou em segredo, inclinando seu rosto na direção dele novamente.

Bernardo acordou naquela madrugada com Catarina enrolada em seu corpo. Ele abriu um grande sorriso por pensar que era aquilo. Sua vida. Seu futuro. Seu emprego. Ela.

Quando ele se inscreveu para a vaga, não estava confiante e nem animado, mas agora? Agora ele queria fazer a melhor entrevista de sua vida para que eles trilhassem aquela nova jornada juntos.

Os olhos do rapaz desceram até sua mão, deslizando seu polegar pelo anel dourado que estava usando no dedo anelar direito, pensando em quantas vezes ele o colocou, apenas para sentir como seria se ele e Sophia tivessem dado certo, porém a sensação era sempre a mesma: estava sempre apertado. Apertava seu dedo, sua mão, seu coração. O anel apertava todos os sentimentos que ele queria esconder dentro de seu peito e impedia que Bernardo conseguisse, finalmente, seguir em frente.

No entanto, bem ali, no quarto de Catarina, o anel pareceu servir perfeitamente. Coube como uma luva em seu dedo. Não apertava. Não sufocava. Não forçava nada.

Era por isso que ele tinha certeza que esta nova aventura valeria a pena, pois era apenas a primeira de muitas.

Era aquilo, então, o famoso felizes para sempre?

Agradecimentos

Primeiramente, gostaria de agradecer a todos os meus leitores, amigos e apoiadores! Sem vocês este sonho de publicar meu primeiro livro não seria tão especial, porque foi com cada mensagem de carinho e comentário de incentivo que eu me desafiei a ir mais longe, correndo atrás dos meus sonhos até chegarmos aqui. Espero que tenham gostado da história tanto quanto eu amei escrevê-la.

A todos os meus leitores antigos, sei que muitos de vocês devem ter um apego emocional com essa história, assim como eu, então agradeço de coração todos os surtos, críticas e elogios que recebi ao longo dos anos. *Em apenas um ano* se tornou a história que é hoje por conta de cada um de vocês, de cada sugestão, de cada conversa profunda e de cada momento que vocês pararam para compartilhar seus pensamentos comigo.

Às pessoas que me apoiam independentemente do local, momento ou circunstância, gostaria de agradecer especialmente a todos vocês pelo apoio e amor que recebi desde o momento que anunciei a publicação até hoje. Vocês fazem com que até os momentos mais tensos sejam leves.

À equipe do Grupo Editorial Letramento que, diretamente dos bastidores, fizeram este livro se tornar o que é hoje! Obrigada pelo carinho, tempo e atenção!

Por fim, agradeço à minha família, que me ama incondicionalmente e são meus maiores entusiastas. Vocês me ensinaram o valor de um livro, de uma história e de um sonho, por isso, serei eternamente grata a cada um de vocês.

Um beijo, até a próxima história.

- editoraletramento
- editoraletramento
- grupoletramento
- editoraletramento.com.br
- company/grupoeditorialletramento
- contato@editoraletramento.com.br

- casadodireito.com
- casadodireitoed
- casadodireito

Grupo Editorial
LETRAMENTO